Für meine Wiener Herzdamen:
Elisabeth, Leonore, Ruth und Gudrun

Sehr viel Liebe und Dank für wunderbare Jahre und Jahrzehnte voll Freundschaft, Familiengefühl, Heimat und Abenteuer.

30 Songs und eine Frau

Das Buch

Anne hat in ihrem Leben einiges aus dem Blick verloren. Als sie das Haus ihrer Eltern ausräumt, fällt ihr eine selbstaufgenommene alte Kassette in die Hände. Welche Träume sie mit 16 hatte! Die Musik und ihre hoffnungsvolle Stimme von damals versetzen ihr einen Stich. Sie wollte glücklich werden. Frei sein! Sie wollte die Welt aus den Angeln heben. Die Realität ist anders. Anne fühlt sich gefangen in einem Leben, in dem sie nur für andere da ist. Sie unterstützt ihren Mann bei einer Weiterbildung, den Sohn bei seinem Auslandssemester, sie ist bekannt als tüchtige Zahnarzthelferin. Nicht zu vergessen ihre betagte Mutter! Die muss sich gerade in einer Seniorenresidenz einfinden und macht dabei ihrem Spitznamen »die Fürstin« alle Ehre. Anne haut ab und lässt die anderen verdutzt zu Hause sitzen. Das Wiener Riesenrad mit Glitzerflocken wird ihr zur magischen Schüttelkugel für ein neues Leben.

Die Autorin

Christine Weiner, geboren 1960, arbeitete in Kinderheimen, als Heiratsvermittlerin und beim SWR, bevor sie sich vor vielen Jahren als Coach und Beraterin in Mannheim selbständig machte. Sie ist Autorin erfolgreicher Sachbücher und arbeitet derzeit an der Hochschule Mannheim, Schwerpunkt *Gleichstellung, Selbstmanagement und Berufsübergang.*

Von Christine Weiner ist in unserem Hause bereits erschienen:
Drei Frauen im R4

CHRISTINE WEINER

30 Songs und eine Frau

Roman

List Taschenbuch

Besuchen Sie uns im Internet:
www.list-taschenbuch.de

MIX
Papier aus verantwortungsvollen Quellen
FSC® C083411

Ungekürzte Ausgabe im List Taschenbuch
List ist ein Verlag der Ullstein Buchverlage GmbH, Berlin.
1. Auflage Januar 2017

Umschlaggestaltung: bürosüd° GmbH, München,
unter Verwendung einer Vorlage von
Büro für Gestaltung, München – Cornelia Niere
Titelabbildung: © Nele Andresen (Covergirls), Cornelia Niere, München
(Artwork + Kronleuchter)
Satz: LVD GmbH, Berlin
Gesetzt aus der Novarese und Script MT
Druck und Bindearbeiten: CPI books GmbH, Leck
Printed in Germany
ISBN 978-3-548-61337-6

Erste Worte

Als ich sechzehn Jahre alt war, nahm ich mir vor, das ganze satte Leben zu genießen. Ich wollte träumen, reisen, lieben. Eine freie Abenteurerin wollte ich werden. Jetzt war ich fünfzig Jahre alt, Zahnarzthelferin und die dienstälteste Gouvernante meiner Mutter. Und, um es gleich zu sagen, das war kein Vergnügen, sondern es war die reinste Pest.

KAPITEL 1

Liebe – Liebe

Georg Danzer

»Meine Tochter war als Kind sehr anstrengend.« Mutter neigte sich den drei schwerhörigen Eminenzen zu, die mit uns am Tisch saßen. »Aber als sie ihren Uwe traf, da wurde sie dann doch vernünftig.«

»Mama!«, fauchte ich zwischen den Zähnen hindurch. Ich hasste es, wenn sie mich benutzte, um Aufmerksamkeit für sich zu gewinnen. Sie führte mich damit vor wie ein Kind, dabei war ich auf dem besten Weg, selbst eine alte Frau zu werden.

»Besser, ich bin still!« Sie hörte natürlich nicht auf. »Annes rechtes Auge rutscht schon nervös weg. Haben Sie auch ein Kind mit Silberblick? Schrecklich, und man kann gar nichts dagegen machen.«

Die Aufmerksamkeit der Damen am Tisch senkte sich in die Suppenteller.

»Mein verstorbener Mann konnte auch sein eines Auge derart verschieben, dass einem vor Schreck fast das Herz im Leib stehenblieb. Anne hat das von ihm.« Meine Mutter räusperte sich in meine Richtung. »Aber Anne, vielleicht möchtest du das ja alles lieber selbst erzählen.«

Und wie gerne! Aber nur, wenn ich auch meine Cellulite zeigen durfte und das Hexenhaar an meinem Kinn. »Nicht nötig«, schnaubte ich sie von der Seite an. Ich brauchte nicht zu ihr hinblicken, um zu wissen, dass sie ihren Mund jetzt zitronenhaft kräuselte, um ihre Entrüstung deutlich zu machen. In ihren Augen war nicht sie unmöglich, sondern ich. Kein Grund zur Panik, und alles im normalen Rahmen. Je unsicherer Mutter war, desto unmöglicher wurde ihr Benehmen, ich kannte das seit nun fünfzig Jahren.

»Ännchen«, hatte sie mich als Kind schon vor ihren Damenrunden postiert, »komm, spiel uns ein bisschen was auf der Flöte vor, aber bitte nicht zu laut.« Sollte das jetzt im Altersheim so weitergehen? Und schon hörte ich sie: »Nicht nur Anne, auch mein Mann hatte leider kein großes Talent in …«

»Mama!«, drohte ich ihr mit dem Suppenlöffel in der Hand. »Hör auf!« Schlagartig wurde es im Saal ruhig. Neunzig Damen und zwei Herren ließen verschämt das Besteck auf ihre Teller sinken. Wie gut, schienen sie zu denken, dass wir nicht so eine böse Tochter haben. Mutter sah darüber hinweg. Was scherte es sie, wenn ein Floh hustete.

»Aaah, sieh an, die Servietten, die sind aus Damast«, überging sie gekonnt die irritierte Stille im Speiseraum und betupfte sich die Mundwinkel graziös mit den Baumwolltüchern, die aufgelegt worden waren. »Wie bei uns daheim«, erklärte sie ihren Tischdamen, während einzelne Bestecke wieder zögerlich zu klappern begannen. »*Fast* wie bei uns daheim. Die Teppiche fehlen mir freilich. Das sind ja angeblich Stolperfallen. Haben Sie so etwas schon gehört?« Sie erwartete keine Antwort. »Na ja, mit meiner Gicht könnte ich die sowieso nicht mehr ausrollen.« Schon führte sie der Tischrunde, die eigentlich mit Essen beschäftigt war, ihre Hände vor. Das mit Granatsplittern besetzte Armband klackerte dabei fein an die goldene Uhr, die Vater ihr zur Silberhochzeit geschenkt hatte. Mutters Fingernägel waren in zartem Altrosa gehalten, der Lack glänzend, die Nagelhaut dezent an ihrem Platz. Ich vermied es, mir meine eigenen Hände anzusehen, die rau und müde in meinem Schoß lagen und mit denen ich gerade Fingeryoga machte. Ich drückte an die Reflexpunkte, die angeblich für den Blutdruck zuständig waren.

Es ging mir elend, und Mutter hatte es gut. Seit sie im Heim war, kümmerte sie sich um nichts, außer um die Befehle, die sie erteilte. Vorzugsweise in meine Richtung. Sofort meldeten sich in mir Schuldgefühle. Warum dachte ich so kühl? Okay, die Sache mit dem Silberblick war blöd gewesen, aber wenn ihr das half, das neue Lebensumfeld zu akzeptieren? Ich konnte schließlich wieder heim. Mutter hingegen musste hierbleiben. Und nicht nur das, sie hatte in den letzten Tagen schon dreimal die Tischgesellschaft gewechselt, weil ihr die meisten Damen angeblich geistig nicht gewachsen waren. »Ich brauche Ansprechpartnerinnen, Diskussionsrunden!«, hatte sie gezetert, und das Tischkarussell hatte sich erneut für sie gedreht. Ich war schon gespannt, wie lange sie an diesem Tisch aushalten würde.

Noch hatte sie das Recht, den Platz zu wechseln. Die Fürstin, wie ich sie heimlich nannte, befand sich nämlich in der Eingewöhnungsphase der Seniorenresidenz »Die Rose«, und ich versuchte, so gut es ging, sie bei der Eingewöhnung zu unterstützen. Es war in etwa so wie damals, als ich Ronny, meinen Sohn, die ersten Tage in den Kindergarten begleitet hatte. Nur dass der ein Traumkind gewesen war und ich seine »liebste Mami«. Für Mutter war ich nichts anderes als eine Art Pizzaservice. Sie rief an, ich hatte ihr das Bestellte zu bringen.

»Mir fehlt eine rosafarbene Bettwäsche. Bring mir die vorbei. Du weißt schon, die mit den Rauten in Lachs.«

»Ihr habt bei meinem Einzug den Blumenständer vergessen. Bitte bring mir den. Er steht im Fernsehzimmer.«

Das wusste ich, er stand da nämlich schon, seit ich sehen konnte.

»Meinst du nicht auch, dass ein paar Deckchen fehlen? Pack bitte die gehäkelten ein. Du weißt schon, die von Tante Lisbeth!«

Häkeldeckchen? Wo? Tante Lisbeth? Mit der hatte sie doch seit vierzig Jahren Krach! Egal. Kaum dass sie etwas geordert hatte, packte, brachte, rannte ich, aber Dank oder Trinkgeld gab es nicht. Keine spürbare Anerkennung oder Freude. Ronny hatte mir seinerzeit aufgeregt seine Kunststückchen auf den Klettergerüsten vorgeführt. Mutter kletterte auch herum. Allerdings auf meinen Nerven.

»Ich halte sie nicht aus«, heulte ich mich regelmäßig bei meiner Freundin Manu aus, die mir mit Herz und Hand half, die Klamotten der Fürstin umzuziehen. Fast täglich kam sie zu mir in mein verwaistes Elternhaus, um mich beim Umzug und der gleichzeitigen Entrümpelung zu unterstützen. »Für Mutter bin ich nichts anderes als billiges Personal!«

Wenn jemand mich verstand, dann war es Manu. Wir hatten uns in der Schule kennengelernt und waren schon seit Jahrzehnten ganz innig befreundet. Manu hatte mir vom ersten Augenblick an gefallen, als ich sie am Brötchenstand der Schule traf. Das war in der fünften Klasse der Realschule gewesen. Sie war damals schon so rund und kräftig gewesen, so fröhlich und positiv, und das fand ich auf der Stelle richtig gut, weil ich immer nur so ein halbes Hemd gewesen war. Leider nur bis zur Schwangerschaft. Mit Ronny hatte auch ich einiges an Kilos zugelegt. Mein Sohn war inzwischen sechsundzwanzig Jahre alt, meine überzähligen Kilos auch. Mehr Standing hatte ich dadurch leider nicht gewonnen. Manu dagegen war schon immer durchsetzungsstark gewesen. Die typische Klassensprecherin und dieser Typ *Mädel zum Pferdestehlen*. Nie ließ sie sich einschüchtern und wehrte sich dabei doch immer mit Humor und einem großen Herzen, das ihr breit und rot mitten auf der Zunge lag.

Ich war als Kind eher scheu gewesen und hatte mich den anderen angepasst. Wo man mich hinsetzte, blieb ich hocken. »Sei brav und warte«, sagte man mir, und ich tat es. Dann kam Manu und setzte sich einfach durch. Ich sah ihr zu, wie man das machte, und wurde fortan auch ein wenig mutiger. »Sie hetzt dich auf, merkst du das denn nicht?«, hatte Mutter oft gegen Manu gestänkert, weil ich nicht mehr ganz so angepasst war, wie es ihr gefiel. Ich merkte nichts, außer einer Freundinnenliebe, die fest und groß war und die mich nun schon fast vierzig Jahre lang glücklich machte. Wenn ich nicht weiterwusste, nahm sich Manu für mich Zeit, und ich konnte Manu aus mancher Klemme helfen, wenn in einer Situation eher Diplomatie als Durchsetzungsvermögen gefragt war. Wir waren wie Pat und Patachon, Plisch und Plum, Hanni und Nanni oder wie die berühmten Tandems alle hießen. Wo ich mich nicht traute, da ging Manu für mich in die Vollen, und was sie um den Verstand brachte, das regelte ich besonnen und mit Geduld. Wir sprachen oft darüber, was wir als junge Frauen vorgehabt hatten und was jetzt fehlte. Manu war in der Berufsschulklasse Schülersprecherin gewesen, und ich hatte eine AG Schulpolitik gegründet. Wir hatten uns damals bei Zigarettenrauch und Rotwein die Köpfe heißgeredet und waren uns in dem Bestreben einig gewesen, dass etwas passieren muss, damit etwas passiert.

Viel zu schnell war ich erst 30, 40, 45, 48, 49, 50 Jahre alt geworden, und der Thrill meines Lebens lag darin, dass ich mit Ronny Gespräche per Skype führte und seit Jahren im selben Job war. »Vielleicht darf man vom Leben einfach nicht so viel erwarten. Oder?« Auf eine Reaktion wartend sah ich zu Manu hin. Wie Witwe Bolte sah sie aus mit dem Tuch in ihrem Haar.

»Du hast ja alles auch gut gemeistert. Dein Sohn ist begabt, deine Mutter ist gut untergebracht, Uwe hat dich meines Wissens nie betrogen – das ist doch alles ganz vorzeigbar. Darauf kannst du stolz sein! Eine Familie, wie ihr es seid, ist heutzutage eine große Seltenheit.«

»Genau«, stimmte ich ihr zu, obwohl ich nicht zustimmen wollte.

»Befürchtest du etwa, dass Uwe eine andere Frau hat? Fühlst du dich vielleicht ungeliebt?«

»Nur von Uwe oder sprichst du von meiner ganzen Familie? Inklusive Ronny, der sich nur meldet, wenn ich ihm drohe, den Geldhahn zuzudrehen. Ach Manu«, ich atmete durch, »wenn Mutter wenigstens ein bisschen anerkennen würde, was ich hier mache. Aber sie ist so, ach … Ich bring sie noch um, wenn sie mich weiter so behandelt.«

»Gute Idee«, lachte Manu auf. »Aber stell dich drauf ein, dass sie dir während der Strangulation noch vorhält, dass andere Töchter viel besser töten können als du!« Unser Galgenhumor schien mir seit Wochen das einzige Ventil zu sein, wenn ich nicht vergessen wollte, was mir das Leben gerade abverlangte und dass ich einmal ganz anders in mein Leben gestartet war. Hoffnungen hatte ich gehabt. Träume. Eben ganz so, wie das bei jungen Mädchen ist.

»Wenn ich einmal reich wär«, hatten Manu und ich als Jugendliche im Spaß geträllert und damit unsere Träume von Liebe, Glück und Freiheit gemeint. Nun rasten die Jahre dahin, und wenn ich Mutter in der »Rose« besuchte, dann bekam ich Angst, dass dieser Reichtum niemals eintreffen würde, weil ich, aus welchen Gründen auch immer, einfach nicht in meinem eigenen Leben ankam. Erst kam Uwe, dann die Ehe, dann Ronny, und nun war Mutter dran. Meine Augen wanderten durch den Speisesaal, ich sah die vielen alten Damen, die mit auftoupierten Haaren und mit Familienschmuck behangen von einer versunkenen Zeit erzählten. Die Gefahr war inzwischen ziemlich groß, dass ich eines Tages ebenfalls in solch einem Speisesaal der alten Mädchen landen und zwischen Käseigel und russischem Ei von meinem verpatzten Leben erzählen würde. Ich war eine Art Cinderella, die in die Jahre gekommen war. Als hätte es mir jemand versprochen, saß ich wie ein Kind da und wartete noch immer auf meinen großen Eisbecher »Leben«. Aber er kam nicht!

Wann hatte meine Resignation begonnen? War ich stiller geworden, als Mutter vor wenigen Wochen stürzte, oder schon viel früher, als Ronny eingeschult wurde, oder vor zwanzig Jahren, als Uwe sich mit seinem Buchhaltungsbüro selbständig machte? War dieser leblose Zustand mit den ersten grauen Haaren und der Kleidergröße 44 gekommen, als ich nicht mehr tanzen ging, abends zu müde für Freundinnen war, meine Kosmetiktermine steckte, weil sie doch nichts brachten? Oder fiel dieser Zeitpunkt mit dem ersten Aqua-Jogging-Kurs zusammen, weil die Bewegung im Wasser schonender für die Hüften war als das Joggen durch den Wald?

»Nicht wahr, Anne«, fingerte sich Mutter zu mir und holte mich damit aus meinen Gedanken wieder an den Tisch zurück, »nicht wahr, du denkst daran, mir ein paar Pralinen mitzubringen?«

Schon wieder eine Aufgabe! Diesmal Pralinen, einzeln verpackt, ich kannte das schon. Mit diesen »Bonbons« bestach sie das Pflegepersonal. Ich nickte und nahm vom Kräutersalz, weil meine Suppe kalt geworden war und dadurch noch schrecklicher schmeckte als warm. »Also das Essen ist wirklich wunderbar«, gab ich mich heiter und streute dabei aus Versehen Salz über den Tellerrand.

»Salz über den Tisch bringt Unglück«, zischte Mutter und nutzte mein ertapptes Zucken als Gelegenheit, um weiterzuschwadronieren.

»Upps!« reagierte ich erschrocken.

»Sie haben aber eine schöne Stimme«, nickte die Frau von gegenüber, deren Namensschildchen ich nicht erkennen konnte.

»Ja, das stimmt«, klinkte Mutter sich sofort ein. »Annes Musikprofessor war von ihr begeistert! Das Mädchen MUSS aufs Konservatorium! Hat er immer gesagt. Niemand spielt so gut die Triangel wie Anne.« Himmel hilf! Der olle Hilmrich, der einen Spaß hatte machen wollen. Dieser mittelmäßige Musiklehrer, den es nach seinem Referendariat zu uns nach Maikammer verschlagen hatte. »Kennen Sie Maikammer?«, zwitscherte die Fürstin ortsnamengemäß. Blasses Nicken am Tisch. Kein Wunder. Mein Heimatort war ein Winzerdorf, wie es sie in der Pfalz dutzendfach gibt. Viele Weinberge, viel Grün, viele Wanderwege, Felsensteine und ein Nahverkehr, der nicht nur junge Menschen in die schiere Verzweiflung treibt. Wer hier in den Siebzigern lebte, der hatte etwas falsch gemacht oder war vor irgendjemandem auf der Flucht. Wie hatte ich als Jugendliche davon geträumt, diese Gegend zu verlassen, hatte dann aber meinen Radius leider nur unmerklich vergrößert, indem ich mit Manu nach Neustadt zog. Dort war ich Uwe begegnet, und zwar im Aqua, dem damaligen In-Café der Stadt. Er saß da, drehte sich eine Drum mit Drumherum, hatte lange braune Locken und einen Blick, der so blau leuchtete, dass mir richtig schwindelig wurde. *Blue eyes, Baby's got blue eyes* ... Elton John musste das Lied für den jungen Uwe geschrieben haben. Mit unserer Begegnung stach sich mein Lebenszirkel in Maikammer ein und wurde auf einen Radius von fünfzehn Kilometern eingestellt, da ungeschickterweise auch Uwes Eltern in diesem Prachtnest lebten. Da sich Neustadt und Maikammer in ihrer Attraktivität nicht viel nahmen (viele Weinberge, viel Wald, Weinfeste, Nahverkehr, dort aber mit Bundesbahn), gründeten wir unseren Hausstand dort, wo wir hergekommen waren. Frühlingshaft war nur der Name des Ortes geblieben.

»Und mein Schwiegersohn ist ein stadtbekannter Steuerberater!« Mutter überprüfte mit der Genauigkeit einer Expertin die Nähte ihrer Serviette. Ihr Dutt, den sie sich mit Hilfe von silbrigem Festiger zu einer hochnäsigen Burg gezimmert hatte, wippte dazu angeberisch im Takt. Okay, jetzt war es so weit, sie schnappte über. Uwe war Bilanzbuchhalter, und wenn diese schreckliche Weiterbildung zum Steuerberater endlich vorbei war, dann war vielleicht auch mal eine eigene Kanzlei drin. Er sah in seinem Büffeln und Studieren eine große Chance und wurde nicht müde, die lukrativen Chancen zu beschreiben, die für uns alle – irgendwann – Erleichterung und Segen bringen würden. »Ich mach das auch für dich!«, erklärte er mir regelmäßig. Doch sosehr ich mich auch bemühte, es bauten sich in mir keine leuchtenden Visionen auf, weil er mir jetzt im Alltag fehlte. Denn das Studium brachte es mit sich, dass Uwe in seiner Freizeit fast nur lernte und mir deswegen bei Mutters Umzug in die Residenz eigentlich so gut wie gar nicht half.

»Es muss Ihnen eine Freude sein, solch hilfreiche Tochter zu haben!«, hörte ich Frau Pilser, endlich hatte ich das Tischschildchen vor ihr entziffert, in Richtung meiner Mutter hauchen.

»Aber ja doch!« Eine über Jahrzehnte geübte Selbstgefälligkeit huschte über Mutters Gesicht, und die Süßwasserperlen am Hals blinkten eilfertig dazu. Ein Blick nach vorne, ein Blick nach rechts und mit der Miene eine Masche fallen lassen. »Aber sie ist ja auch nicht allein.« Fürnehm strich sie die Tischdecke auf ihrer Seite glatt und ergänzte erwartungsgemäß: »So wie ich es die letzten Jahre immer war. Meine Söhne, ihr Mann und ihre Freundin unterstützen sie. Nicht wahr, Anne, das ist alles gut zu schaffen?«

Und ich Idiotin nickte auch noch dazu! Genau so, mit diesem Dutt, diesem Blick und, nicht zu vergessen, der goldenen Brosche, die sie am letzten Knopf der Bluse trug, hatte sie uns alle immer dirigiert. Vater hatte als Erster aufgegeben und war gestorben, Michael war in den Süden gezogen und Klaus auf eine Nordseeinsel abgehauen. Dann kam Mutters Sturz. Beim Sträucherschneiden im Garten. Es folgten Krankenhaus, Hüft-OP, eine Krankengymnastik nach der anderen, noch eine Operation, Reha, ein weiterer Eingriff und schließlich gestresstes Händeringen vom Pflegepersonal: »Holen Sie um Gottes willen Ihre Mutter wieder ab, aber alleine leben kann sie nicht mehr! Da müssen Sie sich jetzt etwas überlegen.«

Ich war wie vom Blitz getroffen, denn trotz der sich aneinanderreihenden Operationen hatte ich blind darauf vertraut, dass es nur ein bisschen medizinische Pflege bräuchte und dann kehrte, mit einer kleinen Verzögerung, Mutter wieder heim und damit auch wieder Ruhe in mein Leben. So ein bisschen Hüfte, hatte ich gedacht, das ist heutzutage doch eine Lappalie. War es aber nicht. Statt die alte Routine zu genießen, durfte ich diverse Altenheime in der Region prüfen, auf deren bunte Prospekte Mutter mit einem entrüsteten »Eher sterbe ich!« reagierte. Manus Eltern, beide noch rüstig und, wie sie annahmen, mindestens ein Jahrhundert vom Lebensabend im Altenheim entfernt, gaben uns dann den Tipp mit der Seniorenresidenz »Die Rose«, »weil man von der nur Gutes hörte«. Also bettelte ich dort um Mutters Aufnahme, zahlte eine horrende Aufnahmegebühr, akzeptierte eine Zimmermiete, von der man eine ganze Familie ernähren könnte, und tat bei Mutter gleichzeitig so, als wäre alles im grünen Bereich und die »Rose« eine Schnäppchenresidenz. Sie nickte, und ich atmete erst einmal auf. Nur noch ein paar Zimmer im Elternhaus ausräumen, beruhigte ich mich, dann ist alles wieder gut. Dann machst du Pause, gehst zum Friseur und lässt dir die Fingernägel machen. In der Arztpraxis nahm ich mir frei. Die Kolleginnen heuchelten Verständnis, tuschelten aber sauer, weil ich als emsige Helferinnen-Biene fehlte. »Gleich, gleich«, versprach ich atemlos, »gleich bin ich wieder da!« Und packte einen Koffer nach dem anderen und viele Taschen, Kartons und blaue IKEA-Taschen, weil man sich die, so riesig und schwer sie auch waren, wie ein Kuli über beide Schultern hängen und so die Klamotten gut transportieren konnte. Eine Menge hatte ich schon weggeschleppt. Doch obwohl ich fleißig einen Schrank nach dem anderen ausräumte, wurde der Ballast nicht weniger. Noch immer warteten Berge von Kleidung, Schuhen, Federbetten, Sofakissen, Vasen, Büchern, nicht zu vergessen das gesamte Familienporzellan auf mich. Die Heinzelmännchen trugen in der Nacht nichts fort, sondern, so kam es mir vor, sie brachten nur noch mehr alte Sachen ins Haus. Nachts heulte ich verzweifelt in die Kissen, weil ich mich komplett ausgepowert und überfordert fühlte. Tagsüber schluckte ich die Wut und akzeptierte, dass ich in einer Lebensphase gelandet war, in der ich an letzter Stelle stand. Der immer ausufserndere graue Haarbalken auf meinem Kopf dokumentierte, seit wie vielen Wochen das schon so ging. Ich versuchte den grauen Ansatz zu kaschieren, kämmte die Haare erst auf die eine, dann auf die andere Seite, experimentierte sogar mit Wimperntusche und dunklem Lidschatten, und als ich erkannte, dass dies auch nicht viel brachte, versuchte ich es einige Tage mit einer Pudelmütze auf dem Kopf. Eigentlich wäre ein Friseurbesuch die einzig richtige Entscheidung gewesen, aber nicht einmal für den Anruf hatte ich Zeit.

»Tritt deinen Brüdern endlich auf die Füße!«, platzte Manu stellvertretend für mich der Kragen. Doch obwohl ich bettelte und flehte, reiste weder der eine noch der andere Bruder an.

»Frauen können besser mit Frauen«, schrieb mir Michael in einer Mail.

»Eine Tochter weiß aus dem Herzen heraus, was eine Mutter braucht«, salbaderte Klaus durchs Telefon.

»Du hast viel mehr Zeit als wir. Dein Ronny ist schon aus dem Haus und Uwe im Büro«, entschieden beide.

Es war richtig, unser Sohn studierte seit einem Semester in Australien. Und eigentlich hätte das jetzt meine Zeit werden sollen. Ronnys Zimmer wurde jedoch nicht, wie geplant, zu meinem Reich, sondern zur Rumpelkammer für die elterlichen Sachen, die zu gut waren, um sie wegzuschmeißen, und zu hässlich, als dass ich bei mir einen Platz dafür fand.

»Du schaffst das schon«, ermunterte mich Michael scheinheilig, und Klaus kommentierte: »Mama hat doch die letzten zehn Jahre so gut wie gar nichts mehr gekauft. Die paar alten Stücke räumen sich bestimmt ganz schnell weg. Bis ich von meiner Insel komme, bist du schon längst damit durch. Tüchtige, du!«

Danach wurden beide Brüder offenbar von einem gemeinschaftlichen Hörsturz heimgesucht.

Es stimmte. Mutter hatte mit den Jahren immer weniger gebraucht und vieles nach ihrem Achtzigsten bereits verschenkt, nicht ohne bei diesen Schenkungen pathetisch zu werden. »Man muss mit warmen Händen geben«, schluchzte sie mit so verknitterter Miene, dass niemand wirklich Spaß an ihren Gaben haben konnte.

»Mutters neue Sachen sind auch nicht das Problem«, schrieb ich Klaus aufgebracht zurück, »sondern all das Zeug, dass sich die vierzig Jahre zuvor angesammelt hat, inklusive deiner Fußballschuhe. Was soll ich damit machen?«

»Muss nachdenken«, meldete Klaus zurück und versank in eine weitere Schweigemeditation.

»Schick ihnen doch das Gerümpel einfach zu«, ärgerte sich Manu und meinte damit auch die fünf Toaster verschiedener Technikgenerationen, die nun in Ronnys ehemaligem Zimmer aufbewahrt wurden, neben einem alten Röhrenfernseher, handgeschliffenen Kristallgläsern (nicht spülmaschinengeeignet), einem Entsafter, verschiedenen Waffeleisen und einem Monster von Fernsehsessel, den man zwar elektrisch bedienen konnte, der aber von Mutter nie bewegt worden war, weil sie, trotz vieler Erklärungen, stur immer die TV-Fernbedienung dafür nahm. Der eine oder andere Toaster wäre sicher für Liebhaber des Fünfzigerjahredesigns interessant, wenn man nur das Chrom, das sich dumpf unter rußigem Schwarz versteckte, noch sehen könnte.

»Wenn du die Sachen putzt«, hatte Uwe mir angeboten, »stell ich sie für dich bei eBay rein. In der Mittagspause kann ich die Verkäufe dann verwalten. Verpacken und wegschicken musst du sie dann aber!« Dieser Moment, in dem er mir seine »Unterstützung« anbot, würde sich mir auf ewig ins Langzeitgedächtnis brennen. Uwe – im schicken Unternehmensberateranzug mit weißem Hemd, die edle Aktentasche unterm Arm, der gepflegte Dreitagebart umhüllt von dem kühlen Rasierwasser, das ich ihm zum Geburtstag geschenkt hatte – wollte sich für mich bei eBay nützlich machen. Dafür gab es von mir ein großes DANKE!

»Kannst du auch mehr als virtuell?«, versuchte ich ihn zu provozieren, aber Uwe fand sein Angebot so außerordentlich hilfreich, dass er meine verbalen Spitzen gar nicht bemerkte.

Er wollte gleich loslegen, für mich einen Plan und Skizzen zu machen und sogar auszurechnen, wie schwer eine Kiste sein durfte, damit ich keinen Bandscheibenvorfall bekam. Im Fach Projektmanagement, wie er mir erklärte, lag er gerade ganz weit vorn. Lebensmitteleinkäufe waren jetzt »Milestones« und gemeinsame Abendessen »Events«. Uwe war zuverlässig, im Grunde auch hilfsbereit, aber er hatte nicht die Bohne zwischenmenschliches Talent. Aus seiner Sicht versuchte er wirklich, mir zu helfen, das wusste ich wohl. Aber in meiner Realität konnte ich ihn nur einen »Gorilla im Nebel« nennen.

»Ach, weißt du«, versuchte ich es mit Ironie, »ich glaube, wir behalten die Toaster noch ein bisschen. Ich hab sie in den letzten Tagen recht liebgewonnen, und ich denke, sie fühlen sich bei uns wohl.«

Uwe nickte, sicherlich sehr empathisch, wie er fand, stieg in seinen Geschäftswagen und rollte vom Hof. Ich schüttelte fassungslos den Kopf, schnaufte durch, krempelte wieder einmal die Blusenärmel hoch und fand weitere Toaster und Waffeleisen, die zu ihren Kumpels in Ronnys Zimmer zogen, um es sich dort für längere Zeit bequem zu machen.

Auf den Fußballschuhen blieb ich sitzen.

»Lass die mal liegen«, meldete sich Klaus nach Abschluss seiner klösterlichen Phase. »Oder noch besser: Könntest du sie mir nicht einfach schicken? Das bisschen Ausräumen ist doch alles kein großes Ding!«

Genau. Kein großes Ding, du kleines Arschloch. Ich fuhr schier aus der Haut und machte einfach weiter, weil es da eine alte, unfreundliche Frau gab, die meine Hilfe brauchte, und ein Haus, das es zu leeren galt. Ich hängte mir alles ans Bein, und mit jedem Tag wurde es ein bisschen mehr, weil ich ja die Tochter war und Töchter dazu verpflichtet sind.

In Wirklichkeit fühlte ich mich nicht nur verpflichtet, sondern gleichzeitig unglaublich ausgeliefert und benutzt. Selbst hier, im Speisesaal der »Rose«, saß ich nicht aus freien Stücken, sondern weil ich verantwortungsbewusst war und der Fürstin das Beste geben wollte. Wofür genau, das war mir in diesem Augenblick nicht klar. Aus Dankbarkeit dafür, dass sie mir das Leben geschenkt hatte? Aber warum sollte nur ich dafür dankbar sein? Warum mussten immer die Töchter dran glauben? Hatten nicht auch Klaus und Michael ihr Leben den elterlichen Beischläfen zu verdanken?

»Entschuldigung, ich habe mich noch gar nicht richtig vorgestellt«, meldete sich Frau Pilser wieder. »Ich habe früher auf dem Gesundheitsamt gearbeitet.« Ich nickte ihr lächelnd zu, wollte etwas Freundliches sagen, aber die Fürstin war schneller als ich und zog erneut die Aufmerksamkeit auf sich.

»Nein, was für eine interessante Aufgabe«, reagierte sie herzlich aufgeräumt. »Sicherlich haben Sie deswegen so schönes Haar!«

Frau Pilser strich sich als Antwort eine violette Haarsträhne hinters Ohr. Eigentlich wäre sie besser beraten, wenn sie schnell kapitulierte. Es war nur eine Frage der Zeit, bis Mutter auf den violetten Haarton mit einem satten Lila antworten würde. Die andere Tischdame, Frau Müller, wie ich auf ihrem Namensschild las, war schweigsam und bedächtig mit ihrem Fischfilet beschäftigt. Sie schob es seit Minuten mit der Gabel auf dem Teller hin und her. Wenn alle hier so langsam aßen, konnten die Küchenfrauen nach dem Mittagstisch gleich das Abendbrot servieren.

»Hoppla«, rumpelte es an den Tisch, weil eine Dame der Nebentischgruppe aufstand und ihren Rollator schräg zu unserer Gruppe lenkte. Meine kalte Suppe schwappte über. »Entschuldigung, das passiert mir immer wieder!«

»Gut, dass Sie das wissen«, hörte ich aus einer anderen Ecke, sah aber nicht, von wem es kam.

»Nichts passiert«, bemühte ich mich, die Rollator-Lady zu beruhigen.

»Mit wem sprichst du?«, reagierte die Fürstin eifersüchtig, weil ich mich ja ausschließlich um sie zu kümmern hatte. Meine Güte, was taten mir im Grunde diese ganzen Omis leid. Wenn das alles war, was blieb, die Konkurrenznummern am Tisch, violette Haare, Gezeter und Angebereien, dann wollte ich nicht alt werden. Das war traurig und sehr ernüchternd.

»Ach«, stach Frau Pilser derweil zärtlich in eine eingelegte Birne, die es als Nachtischkompott gab, und blickte versonnen zu mir herüber. »Wissen Sie, Sie sind so jung und so schön!« Ihre Augen bekamen einen zärtlich verklärten Glanz. Altwerden ist beschissen, dachte ich, auch weil sie sich so in meiner Jugend irrte. »Aber wissen Sie«, träumte sie laut weiter, »mein Leben«, sie sah mich an, »mein Leben ... das war ein Roman!« Das Wort *Roman* sprach sie ganz langsam und betont aus, so als hätte sie ein richtig gutes Buch gelesen und als müsste ich genau diesen Lesestoff jetzt kaufen. Sie nickte, lächelte und brauchte nichts und niemanden, nicht einmal mehr den Nachtisch, der noch immer nicht aufgegessen war. Ich konnte ihr zuschauen, wie sie in ihrer Erinnerung versank, und die war romantisch und schön und hatte nichts, aber auch gar nichts mit diesem Altenheim zu tun. Wie in einem Film driftete sie weg, erfüllt von einer längst vergangenen Zeit, und ich saß da, betrachtete sie und fühlte den Neid, wie er in mir kochte. Verdammt! Da saß eine Frau, die gelebt hatte. Richtig gelebt! Es war zu sehen und zu hören. Ich bekam eine Gänsehaut, weil es nicht zu verdrängen war, dass diese Frau zwar alt war, aber wesentlich glücklicher als ich. Ein Roman? Von meinem Leben würde ich das nie behaupten können. Nicht mal einen Groschenroman brachte ich zusammen. Höchstens einen langen Witz.

»Medizin«, reckte sich meine Mutter zu Frau Müller hin. »Meine Tochter ist eine ambitionierte Arzthelferin.«

Mit einem lauten Ruck stieß ich meinen Stuhl zurück. Das Linoleum unter den Stuhlbeinen quietschte, und am Nachbartisch wurden die Hälse schon wieder lang.

»Genau«, fauchte ich sie an, zornig, weil Mutter so egozentrisch war und den Zauber des Moments wieder einmal zerstörte. »Und Vati war ein prominenter Bürstenbinder, bis der Scheuerlappen erfunden wurde!«

Konnte sie denn nie, nie, nie jemand anderem wenigstens kurz die Bühne überlassen? Musste sie sich immerzu wie ein Zirkuspferd mitten in der Manege postieren? Wie kam sie dazu, Frau Pilser derart in die Parade zu fahren? Und wenn wir schon dabei waren: Arzthelferin war nicht mein Traumberuf gewesen. Vater hatte mich an die Praxis verhökert, als er eine Wurzelbehandlung plus Krone brauchte. »Hmpf, hmpf, aua, aua, tun Sie mir nicht weh, und machen Sie es nicht zu teuer. Ich gebe Ihnen dafür meine sechzehnjährige Tochter, im Wert von einem Esel und einer Kuh!«

»Und, war es Liebe?«, erkundigte sich Frau Müller, die neben Frau Pilser saß, leise bei ihrer Nachbarin, und ich versuchte zuzuhören und mich gleichzeitig zu beruhigen.

»Es war Liebe«, nickte Frau Pilser und verschwand dann wieder in ihrem Kompott, das sie genauso langsam weglöffelte, wie Frau Müller ihren Fisch aß. Ich wusste nicht, woher es kam, aber mir tat auf einmal alles weh. Meine Brust zog sich zusammen, und es roch mit einem Mal viel zu küchenschwer in diesem Saal. Ich fühlte die Art von bleierner Mattigkeit, die ich manchmal bekam, wenn ich Billigeis verzehrte. In meinen Ohren rauschte das Blut, und mein Silberblick sorgte dafür, dass ich mit einem Mal sechs Frauen sah, die vor ihren noch immer nicht leer gegessenen Tellern saßen. Nicht vom Tisch fallen, versuchte ich mich aufrecht zu halten und dachte gleichzeitig, warum eigentlich nicht. Betten gibt es hier genug, und es musste schön sein, hier in einem Zimmer zu ruhen und die Welt blieb außen vor.

»Willst du auch was von der Birne?«, kümmerte sich Mutter nun tatsächlich auch um mich, aber ich winkte nur ab und versuchte wieder ruhig zu werden.

»Nein danke. Ich geh jetzt. Muss noch mal ins Haus«, verabschiedete ich mich so hastig, wie es eben ging, weil mir nicht gut war und ich Tränen in mir aufsteigen spürte.

»Entschuldige, dass ich heute so nervös war!« Mutter strich mir zaghaft über die Hand. Ich verabscheute mich, weil ich wieder so ungeduldig gewesen war.

Dieses wiederkehrende schlechte Gewissen gab mir schier den Rest. Als hätte ich nicht genug zu tun. Ich nahm mir vor, gelassen und hilfsbereit zu sein, aber Mutter schaffte es, dass ich immer wieder explodierte, dass aber gleich darauf die Wut wieder in Mitleid, Selbstvorwürfe und ein schlechtes Gewissen umschlug. Sie ist doch gar nicht so schlimm, wie du immer tust, beschimpfte ich mich dann selbst. Nun hab doch Verständnis und sei ein bisschen lieb!

»Ja, geh nur«, nickte Mutter mir zu. »Und bring mir die gepunktete Bluse mit. Die mit den grünen Knöpfen.« Ihre Stimme klang nun gar nicht mehr so exaltiert, und ihr Blick war, im Rahmen ihrer Möglichkeiten, mit einem Mal direkt besorgt. »Ist dir nicht gut? Möchtest du noch etwas essen?«

Um sie nicht zu beunruhigen, verkniff ich mir jedes offene Wort. Wenn sie so war wie jetzt, dann liebte ich sie ganz und gar. Alles konnte ich dann für sie tun, weil ich ihre echte Trauer spürte darüber, dass ihr Leben nun in der letzten Phase war.

»Weißt du, wo die Bluse hängt?«, erkundigte sie sich, für ihre Verhältnisse sehr zurückhaltend und leise.

Ich wusste es nicht, weil auch in den Schränken keine Ordnung mehr war. Dabei war Mutter auf ihre akkuraten Kanten immer besonders stolz gewesen.

»Wenn ich sie mir doch nur selber holen könnte«, schluchzte sie auf und berappelte sich gleich wieder, eigentlich genau in dem Moment, als ich sie aus tiefster Seele trösten wollte.

»Und bitte denk an die Kaution. Nicht dass wir hier noch Ärger kriegen!« Jetzt drückte sich die alte Marschallin wieder durch.

»Schon gut!«, beruhigte ich sie schnell. In Wirklichkeit war die Kaution das Letzte, an das ich dachte. Aber, Himmel ja, sie musste her! Uwe wollte sie aus seiner berühmten schwarzen Kasse zahlen, in die all die Honorare kamen, für die es keine Rechnung gab. Leider kam nur er an dieses Geld, was hieß, dass ich nicht nur daran denken musste, sondern auch Uwe zu erinnern hatte. Uwe wollte einerseits die Kasse leeren, andererseits hing er auch sehr an seinem *privaten* Geld. Schon flackerten die Augen der Fürstin panisch.

»Mach dir keine Sorgen«, sagte ich, »ich werde U–«

»Naaaa?«, platzte die Dame von der Rezeption an unseren Tisch. »Wie geht es denn, Frau Wiese? Schmeckt es? Haben Sie gut gespeist? Ich bin Frau Goldmisch, aus der Verwaltung«, reichte sie mir völlig überdreht die Hand. »Goldmisch wie Goldfisch, nur mit m! Hihihi.« Sie kicherte ausgelassen über ihren blöden Witz. »Das ist doch alles großartig hier, nicht wahr?«, klopfte sie Mutter auf die Schulter. »Also: Immer schön bei guter Laune bleiben, dann ist alles nur halb so schwer. Nicht wahr, Frau Pilser und Frau Müller?«

Beide Damen sagten nichts, aber der fürstliche Kopf hatte kapiert, dass es aus taktischen Gründen angezeigt war, den Goldfisch zu angeln. Mutter hatte auf gute Kontakte in Verwaltungen und Rathausstuben immer sehr geachtet. Ich wusste es deshalb einzuordnen, als sie ihren Kopf seitlich nach vorne neigte und eine Träne auf das Tischtuch kullern ließ.

»Wie gut«, wurde der Fisch nun ganz betroffen, »dass Sie so eine liebe Tochter haben. Das macht das Schwere doch ein bisschen leichter.«

Mutter führte die zusammengepresste Serviette an den Mund.

»Ja«, schniefte sie in den baumwollenen Damast, »aber natürlich würde ich lieber selbst für meine Belange sorgen.«

»Also, ich muss los«, verabschiedete ich mich von Mutter und vermied es, auf ihre Tränen einzugehen. Schon wieder poppten die Schuldgefühle wie giftige Dampfbläschen in mir auf.

»Du kannst es grad niemandem recht machen«, versuchte Manu mich aufzubauen, als ich auf dem Weg ins Haus eine Verschnaufpause in ihrem Laden einlegte. Es war Sommer, und Manus »Fröhlicher Vagabund« lief gerade wie geschmiert. Das schöne Wetter lockte die Menschen vor die Tür. Alle wollten raus und Wald und Berge erfahren. Rund um Maikammer gab es davon genug, und in Manus Laden bekam man alles, was man für Wanderungen brauchte, inklusive Wimpel, Socken, neckischer Andenken und Accessoires. Manu hatte gerade eine ganze Truppe Wandervögel mit Wanderführern und Blasenpflastern ausgestattet und war bester Laune. Mit einem »Ich hatte doch heute schon ein gutes Geschäft« sperrte sie ihren Fröhlichen Vagabunden für eine unfröhliche längere Pause zu, und ich erlaubte mir, einen Moment lang die zu sein, die ich war: eine müde Frau, die eine alte Frau beneidete, weil deren Leben ein Roman gewesen war, deren eigenes Leben jedoch gerade einem Alptraum glich.

»Ich möchte am liebsten wegrennen«, gestand ich ihr und wischte mir die Tränen aus den Augen.

»Vor wem?«

»Vor mir. Vor der Fürstin. Vor Uwe und vor dem Haus.« Erschöpft ließ ich mich von Manu in den Arm nehmen. »Könnte nicht einfach ein Wunder geschehen?«, schluchzte ich verzweifelt.

»Ich möchte einfach schlafen, und wenn ich aufwache, ist alles vorbei«, heulte ich wie ein kleines Mädchen. »Es soll aufhören! Es soll mich in Ruhe lassen!« Wer oder was »es« auch war. Wahr war nur, dass es unsinnig war, von Wundern dieser Art auch nur kurz zu träumen.

KAPITEL 2

Lieder von früher

Nena

Ein Haus bekommt eine merkwürdige Kälte, sobald man beginnt, es auszuräumen. Das, was früher mein Elternhaus gewesen war, schien immer mehr zu zerfleddern, und die einzelnen Zimmer sahen aus, als hätten Einbrecher in ihnen gewütet. Keine Ecke war mehr wie zuvor. Die guten Möbel hatten wir zu Mutter gebracht, darunter ein Bücherschrank, ihre Kommode, der runde Tisch mit Stühlen, ein kleiner Fußschemel, ein zusammenklappbarer Teewagen und, weil sie drauf bestanden hatte, die karierte Gästeliege. Die anderen Sachen, wie das Telefonbänkchen mit Tisch und Polstersessel, die Hutablage, der hölzerne Schirmständer, Gardinen, Spiegel, gobelingestickte Bilder, die kompakte Schallplattenspieler-Radio-Kommoden-Anlage mit gedrechselten Beinchen im Stil Gelsenkirchener Barock, Herd und Kühlschrank sowie das Eckbankarrangement der Küche, würde hoffentlich die Caritas abholen. Sofern, das war noch immer nicht entschieden, Mutter die Spende zuließ und nicht weiter auf einer anderen Verwendungsmöglichkeit bestand.

»Aber das Telefonbänkchen ist doch sehr praktisch«, fiel sie mir ins Wort, kaum dass ich die Caritas auch nur erwähnte.

»Mama, heute telefoniert so gut wie niemand mehr auf einem Bänkchen!«, wollte ich ihr erklären, doch meine Worte rauschten an ihr vorbei.

So kam es, dass viele Möbelstücke im verlassenen Haus auf Menschen warteten, die einen Geschmack wie Mutter hatten. »Es gibt viele Menschen, die wünschen sich ein Andenken von mir«, versuchte sie es weiter, und ich bekam verschiedene Namenslisten, die es abzutelefonieren galt. Aber die Nachbarn, die kamen, nahmen sich nur ein Teeei oder einen Kerzenhalter als Andenken an Mutter mit, und ihre Freunde entrümpelten gerade selbst und fragten lieber mich, ob ich mich nicht schon lange nach einem Telefonsitzbänkchen sehnte. Auch Schirmständer aus Holz waren ganz deutlich aus der Mode, aber es gab sie massenhaft. Mich zermürbten diese ungewollten Möbelstücke und das Tohuwabohu, das durch die Herumrückerei entstand. In jedem Zimmer Berge von Pappkartons und Zeitungspapier, einzelne Kisten stapelten sich bereits auf der Veranda, die vor lauter Verpackungsutensilien gar nicht mehr zu sehen war. Wanderte mein Blick über sie hinweg, dann ging das Elend weiter. Mutters Garten war trocken und gelb, nur ein paar Sträucher hielten noch die Stellung, so als würde die Fürstin dereinst wiederkommen. Aber dies würde nicht geschehen, deswegen musste alles weg. Warum hatten meine Eltern nur so viel angesammelt? Allein die Bierglassammlung meines Vaters füllte drei Kisten.

»Wo ist der Werkzeugkasten?«, schickte ich Manu eine angespannte SMS. Gestern hatte ich Manu noch mit dem Kasten gesehen und es dann später aus irgendeinem Zimmer hämmern hören. Wo war das gewesen? Im Keller, Erdgeschoss, in den Schlafzimmern oder in Vaters Garage? *Vaters* Garage ... weil Mutter natürlich kein Auto fuhr.

»Danke für die Info«, schickte ich Manu eine zweite Botschaft hinterher, weil ich bemerkte, dass ich dabei war, Mutters Befehlston zu übernehmen. Das fehlte noch, dass ich Manu auf die Zehen trat. Ich sah mich noch mal selbst nach dem Werkzeugkasten um, aber in dem Durcheinander war einfach nichts mehr zu finden. Ich wuchtete einen mit Besteck, Gläsern und Krimskrams gefüllten Karton vom Tisch auf den Boden und ließ mich dann erschöpft in Vaters Lesesessel fallen. Es knackte unter meinem Hintern. O nein, das war der Porzellanaschenbecher mit Edelweißmotiv, den ich hier unter einem Tuch deponiert hatte, weil er so herrlich kitschig war.

»Ach, schade.« Ich stand wieder auf und besah mir die Scherben. Hoffentlich hatte die Fürstin das gute Teil nicht mehr auf dem Schirm. Die Sorge war berechtigt, denn seit Mutter in der »Rose« lebte, kamen ihr auf einmal alle möglichen Dinge in den Sinn. Vom verstaubtesten Nadelkissen bis zu den ausgeleiertsten Schuhspannern, alles war ihr auf einmal wichtig.

Der Aschenbecher war ein Familiensouvenir aus einem unserer vielen Österreichurlaube gewesen. Obwohl ich nicht rauchte, stand mir dieses Teil näher, als es der Schirmständer je getan hatte. Ich legte die Scherben auf das leere Regal, das ausgestopfte Eichhörnchen an der Wand darüber glotzte gehässig zu mir herab.

»Pass bloß auf!«, fuhr ich es an und stockte sofort, weil mir mit einem Mal auffiel, wie gespenstig leergefegt die Wand war, an der nur noch das einsame Eichhörnchen hing. Über die ganze Wand verstreut sah ich einzelne Nägel hervorstehen und blanke Stellen, wo früher Familienfotos und gemalte Landschaften in Öl gehangen hatten.

»Bloß nicht hinsetzen und nachdenken«, hatten Manu und ich in den schlimmen Disconächten unserer Jugend immer gelacht, »sonst kommt gleich die Depression!«

Dieser Rat war mir jetzt sehr teuer, denn sobald ich durchatmete oder eine Pause einlegte, schnellte der Tränenpegel derart hoch, dass die Gefahr einer Überflutung in mir drohte. Diese vielen Erinnerungen brachten mich noch um. Das Eichhörnchen keckerte. Ich hatte es doch gehört? Es machte sich über mich lustig! Verzweifelt zerrte ich an dem ausgestopften Tier, das sich ohne Werkzeug aber einfach nicht von der Wand lösen ließ. »Du Mistvieh«, plärrte ich es an und floh im selben Moment panikartig aus dem Raum, der früher unser Wohn- und Esszimmer gewesen war. Ich hastete durch den hallenden Flur, stieg über Kisten, Eimer, Kartons und rannte an den gefühlt tausend Putzlappen vorbei. Schnell, schnell, ich musste mich bewegen, sonst schnappte ich noch über. Wo Stehlampen gestanden hatten, waren die Steckdosen verwaist. Die Utensilien aus dem Nachtschrank lagen verstreut auf Vatis Bett, das nicht mit in die »Rose« umgezogen war. Der Überwurf darauf war noch immer nicht abgezogen. Wo ich hinsah, riefen mir Wände und Räume Vergangenes zu, aus jedem Winkel vernahm ich Stimmen, und der Gelsenkirchener Barock im Wohnzimmer heulte wie ein Gespenst so laut, weil ihn niemand haben wollte. Sogar die ausgestopften Tauben, die über dem Ausgang zur Veranda hingen, wetzten ihre Schnäbel und gurrten leise: »Blut im Schuh.« In die unwirkliche, gespenstische Atmosphäre hinein klingelte mein Telefon.

»Manu!«, rief ich schon erleichtert, weil ihre Stimme den Spuk beenden würde. Nach dem Telefon suchend, stolperte ich fast über einen Teppich, der sich wellte und wie ich gegen all die Veränderungen sträubte. Ach ja, das Telefon war ja im Bad, ich sprang die Treppen runter, hetzte dem Klingelton entgegen.

»Manu?« Ich lehnte mich erschöpft ans Waschbecken, dabei entdeckte ich die Ansammlung von Cremetöpfen und fast verbrauchten »Kopfwaschmitteln« und »Haarspülungen«, wie meine Mutter Shampoo und Conditioner noch immer unbeirrt nannte. Während ich mich meldete, überlegte ich, was mit den angebrochenen Flaschen und Tuben geschehen sollte, und die Entscheidung stresste mich so, als ginge es hier um eine Herz-OP.

»Was ist mit dir?«

Mutter! Mich traf fast der Schlag. Das hätte ich eigentlich schon am empörten Klingeln erkennen können.

»Bist du im Haus?« Ihre Stimme klang ungeduldig. Wollte sie mich kontrollieren?

»Ja«, antwortete ich karg. »Das hatte ich dir doch gesagt.«

Spürbare Entspannung auf ihrer Seite. Offenbar hatte sie nicht damit gerechnet, dass ich tatsächlich weiter ausräumte, was mich innerlich schon wieder auf die Palme brachte.

»Ich habe vergessen, dir vorhin etwas zu sagen. Bring mir bitte meine rostbraunen Schuhe mit. Die mit dem Absatz! Du kennst sie ja. Sie sind hinter dem Vorhang im Regal.«

Es gab keinen Vorhang mehr und kein Regal. Beides, mitsamt der Waschmaschine und einem Karton voll alter Schuhe, hatten die Bulgaren mitgenommen, die bei Manu um die Ecke wohnten. Fünfzehn Menschen in einem Zimmer, da konnten ein Regal und eine Waschmaschine ja nicht schaden. Allerdings hatte ich ihr das nicht gesagt, weil ich nicht jeden Handschlag diskutieren konnte. Das rächte sich an dieser Stelle.

»Du sollst doch keine Absätze tragen …«, bellte ich etwas zu laut, damit sie ja nicht weiterforschte. Die meisten Dinge, die Mutter verlangte, waren schon lange nicht mehr da, und ganz oben auf der Entsorgungsliste hatten ihre Pumps gestanden. Die hatte sie nämlich unsinnigerweise im Garten getragen, bevor sie sich in die Rabatten schlug. Sie trug diese Schuhe auf dem holprigen Rasen, weil die üblichen Gartenschuhe ihrer Meinung nach zu klobig waren. Die Fürstin bestand auf Absatz, koste es, was es wolle, und stand auch eine Hüfte auf dem Spiel. Hatte sie noch immer nicht genug? Wollte sie unbedingt wieder hinfallen und sich auch noch die zweite fürstliche Hüfte demolieren?

Mutter antwortete nicht, sondern schnaufte nur kurz und legte indigniert den Hörer auf. Zwischen dem Schnaufen und dem Tuuut, das daraufhin aus der Leitung tönte, hörte ich sie noch zu jemandem sagen: »… braunes Wildleder und das Fußbett wie von Mephisto.«

Nur dass es keine Mephisto-Schuhe waren, sondern irgendeine Billigware, aber natürlich, Mutter hing daran.

»Scheiße!«, schrie ich laut. »Scheiße! Scheiße! Scheiße!« Was ich auch anfasste, machte ich falsch. Hätte ich sie fragen sollen? Aber ich hatte doch gerade wieder gemerkt, wie unvernünftig sie sein konnte. Es war zum Verrücktwerden! Besser, ich schaffte alle Kopfwaschmittel zu ihr ins Heim. Was, wenn sie mit irgendeiner dieser Marken emotional verbunden war und sich in diesem Bad die letzte Flasche aus einem für sie ganz wichtigen Sortiment befand?

»Da kriegt man doch 'nen Knall!«, schrie ich gegen die grünen Fliesen und bemerkte an mir erste Anzeichen einer Hyperventilation. Ich musste mich zusammenreißen. Hier gab es niemanden, der mir half, wieder zu Atem zu kommen, indem er mir eine Plastiktüte zum Hineinatmen vor den Mund hielt.

»Tüchtige Mädchen haben keine Zeit, verrückt zu werden, tüchtige Mädchen atmen durch und arbeiten einfach weiter«, ermahnte ich mich beinhart und vermied den Blick in den Allibert-Schrank, der mir meinen weißen Haaransatz aus drei Spiegeln schnippisch entgegenwarf. Diese Kackschuhe, lenkte ich mich von meinem eigenen Grauen ab. Womöglich lagen sie ja doch noch in irgendeiner Ecke. Ich durchwühlte verschiedene Kisten und Müllsäcke und fühlte mich von Minute zu Minute mieser. Man darf einem alten Menschen nicht alles nehmen, aber manchmal muss man es eben doch. Der Teufel würde mich dafür holen, und wenn das geschah, dann hatte ihn Mutter für mich bestellt. Ich ging Richtung Schlafzimmer, um die Schuhsituation zu kontrollieren. Wieder klingelte das Telefon.

»Oooh Mamaaaa!«, schrie ich in Richtung Telefon. Konnte sie denn nicht endlich Ruhe geben?

»Ich hab sie noch nicht«, japste ich gequält ins Telefon. »Jetzt lass mich doch endlich mal weitermachen, oder gibt es noch was, das du dringend brauchst? Vielleicht Trockenshampoo? Hier stehen ein halbes Dutzend Döschen von Frottee, schätzungsweise aus dem Jahre 1966.«

»Hallo? Wer spricht da? Etwa eine Frau am Rande des Nervenzusammenbruchs?«

Manu! Endlich! Erlöst ließ ich mich an der Flurwand hinabrutschen und lehnte meinen Kopf an die Wand, an der das Schuhregal gestanden hatte.

»Der Werkzeugkasten ist im Keller«, beantwortete Manu meine SMS. »Ich hatte den Hammer gebraucht, weil ich kurz davor stand, die Bierglassammlung deines Vaters kurz und klein zu schlagen!«

»Warum hast du's nicht gemacht?«, lachte ich los, erleichtert und doch unter Tränen.

»Das will ich mit dir zusammen machen. Bring die Gläser also bloß nicht weg, sondern warte, ich bin gleich da!«

»Mach ich«, antwortete ich, nah am Schluchzen. »Ich bleibe hier sitzen und rühre mich nie mehr von der Stelle. Nie mehr!«

Ich hatte den Energiepegel eines ausgeblasenen Eis und schloss die Augen. Nein, ich durfte mich nicht auch noch selbst fertigmachen. Ich gab hier mein Bestes. Wirklich. Aber in den meisten Stunden war die Anforderung zu viel. Ohne Manu, zog ich Bilanz, war ich im Grunde ganz verloren. Nicht nur jetzt. Sie gab mir den Halt und die Hilfe, die ich so dringend brauchte. »If you need help, ask a woman!«, hatte ich mal einen Spruch gelesen. Auf Manu passte er, als hätte ihn jemand für diese Frau kreiert.

Die Dankbarkeit gab mir wieder frischen Mut. Ich überlegte, ob ich hier noch etwas zu essen für uns finden konnte. Schließlich würde Manu direkt von der Arbeit kommen, es war also anzunehmen, dass sie Abendbrothunger hatte. In der Küche stand noch der Korb vom gestrigen Tag. Ein paar inzwischen labbrige Brötchen waren noch darin. Dazu konnte ich löslichen Kaffee, Rollmöpse, Bratwurst in der Dose, halbe Pfirsiche im Glas und Speisestärke anbieten. All das fand ich im Küchenschrank. Na, unser Abend konnte ja richtiggehend kulinarisch werden!

»Früher waren die Menschen einfach kleiner und schlanker«, bemerkte Manu etwas später und ruckelte sich auf der Kücheneckbank zurecht. »Schau mal«, sie drückte ihren Bauch demonstrativ in Richtung Tischplatte, »das ist doch krass. Wenn ich den Bauch drauflege, dann könnte ich mir hier mühelos ein Nabelpiercing machen!«

»Iiieeeh! Nein, Bauch nicht drauflegen!«, hielt ich sie davon ab, ihren Pulli hochzuziehen.

»Wieso? Es gibt Menschen, die würden mir sehr viel zahlen, dürften sie dabei sein.«

So hatten wir das mit fünfzehn schon gemacht, wenn eine Situation eigentlich unerträglich war. Wir hatten uns gegenseitig *geschockt*, wie wir das damals nannten. Die Wette war: Wer von uns beiden kam schneller auf die blödeste, ekligste und widerwärtigste Idee? Auch jetzt wirkte das Gefrotzele wie ein Korkenzieher und ließ die Anspannung aus meinem Körper entweichen.

»Weißt du noch?«, grunzte Manu und spielte damit auf unsere Tanzstundenzeit und die quälende Unsicherheit an, ob wir wohl aufgefordert werden würden. Schnell hatten wir auch damals die Sache zu unserem Spaß umgedreht und eine Wette daraus gemacht. Wer von uns beiden würde eher von einem der hässlichsten Jungen zum Tanz erwählt werden?

»Pickeldi … weißt du noch?« Manu verschluckte sich fast an ihrem Brötchen.

»Und Mampf!«

Das waren ein Junge mit Pickeln und einer mit Speckbauch gewesen. Die Jungen taten mir jetzt richtig leid.

»Dass wir uns nicht schämten, so mit ihnen umzugehen«, versuchte ich noch schlimmeres Karma von uns abzuwenden.

»Tu nicht so heilig«, winkte Manu lachend ab. »Du bist böse, das weißt du doch. Und ein Piercing stünde deswegen auch deinem Bauch sehr gut. Vielleicht ein Hexenbesen oder Teufelshörner, wie findest du das? Oder, noch besser, wir finden hier vielleicht noch ein altes Souvenirglöckchen aus Tirol oder dem Zillertal. Mit dem am Nabel könnte ich dich bedeutend schneller in diesem Chaos orten.«

»Dafür hat dann die Eckbank einen Schock.« Ich lief mich langsam mit ihr warm. Manu war mein Sonnenschein. Wenigstens für diese kurze Pause wollte ich glauben, dass es keinen Schatten gab.

»So sind die Zeiten von heute«, unterbrach Manu mit Haifischgrinsen meine Gedanken. »Ich glaube, das Teil hatte in den letzten Jahrzehnten mehr zu verkraften als gepiercte Speckbäuche und tiefe Dehnungsstreifen im Gewebe.«

»Iiiehh!«, schrie ich wieder auf, aber Manu dachte nicht daran aufzuhören.

»Schau dir nur diese Pril-Blume an«, wies sie mit ihrem Kaffeelöffel auf das gelb-orange Blümchenteil, das Mutter über die Stelle der Sitzbank geklebt hatte, an der ich mit dem rebellischen Zorn eines neunjährigen Kindes meine Häkelnadel tief in den Schaumgummi gerammt hatte, weil ich partout keine Topflappen häkeln wollte. Diese zweifarbigen Lappen mit Mausezähnchenrand waren mir damals ganz unsinnig vorgekommen, und ich hatte mich gewehrt und geweigert, bis Mutter an meiner Stelle die Topflappen gehäkelt hatte, weil sie die Auseinandersetzung mit der Handarbeitslehrerin scheute. Fest in die Hand versprechen musste ich ihr damals, dass ich sie nicht verraten würde. Nicht im Traum hätte ich mich verplappert, denn ich war sehr froh, dass man mich fortan mit dem Schulmädchengarn in Ruhe ließ. Aber ich entwickelte eine kindliche Vorliebe für selbstgefertigte Knüpfunterleger mit Tiermotiven, die man für nichts gebrauchen konnte, außer dass sie einem auf dieser Bank als Sitzkissen dienten, wenn es heiß war. Noch immer erinnerte sich meine Haut an das schwitzig-klebrige Gefühl, wenn die Unterlage verrutschte und sich das rote Plastikpolster der Sitzbank an die Oberschenkel klebte.

Auf dieser Sitzbank, an diesem Tisch hatten wir gefrühstückt. Als Kind mit Kaba, später mit Caro-Kaffee. Mit Caro war man schon fast erwachsen. Ich erzählte Manu von unseren Mahlzeiten.

»Aber bitte keine Märchentasse«, erinnerte sich Manu laut. »Oder Schnittchen mit Fleischwurst, Radieschen und Schnittlauch aus dem Garten.«

»Bei uns gab es oft Käseecken, manchmal Tomaten, oft ein Ei.«

»Unter der Woche?«

Ich schüttelte den Kopf. »Ei nur sonntags, im Esszimmer und auf gutem Geschirr. Unter der Woche wurden Brettchen aufgelegt«, ich öffnete zielsicher eine Schublade und zog ein graues Teil hervor.

»Hier schau, die Unterseite grau-weiß gemustert, wie die Oberfläche des Tisches. Meine Eltern waren supermodern. Nicht nur die Brettchen, auch der Tisch ist eigentlich ein Knaller!«

Die Tischbeine verjüngten sich zu ihren Enden hin, voll das Design der sechziger Jahre. Zweimal pro Jahr wurden hier auch die Zeugnisse ausgelegt und kopfschüttelnd geprüft. Erst von Mama, dann von Vater. Das schlechteste Zeugnis kam zuerst.

»Was soll das sein? Willst du später mal Straßenkehrer werden?«, schimpfte Vater, wenn mehr als drei Vierer im Zeugnis waren.

»Wieso? Straßenkehrer ist ein anständiger Beruf!«, maulte Michael zurück und fing sich eine Ohrfeige, weil er aufmüpfig guckte.

Wirklich Prügel hatte es nie gegeben, aber Backpfeifen, Kopfnüsse und wie die fiesen Züchtigungen in den späten Sechzigern sonst noch geheißen hatten.

Wenn wir zu Freunden gingen, mussten wir auf diesem Tisch Zettel deponieren. *Bin bei Manu, komme um 18 Uhr wieder heim*. Und wehe, wir hielten uns nicht daran! Die Fürstin hatte hier auch die Arbeitsaufträge hinterlassen: *Michael: Rasen mähen (vor und hinter dem Haus). Anne: Staub wischen (Wohnzimmer, Flur) und Bad putzen. Klaus: Selterswasser kaufen und die Blätter in der Hofeinfahrt zusammenkehren.* Tischabräumen und Geschirrabwaschen war meine Aufgabe, während Vater, Michael und Klaus an den Wochenenden noch mal eine Runde auf dem Sportplatz drehten.

An Festtagen dinierten wir am runden Tisch im Esszimmer, den man zur ovalen Tafel aufrüsten konnte. Diesen Tisch, und wenigstens drei der guten Stühle, hatte Mutter in ihr Apartment in der »Rose« mitgenommen. Die ganze Tafel passte in den kleinen Raum ja nicht hinein, auch wenn sie immer noch tat, als würde sie in einer Villa leben. »Sicher werden Michael und Klaus bald kommen, da brauchen wir viel Platz«, hatte sie der Stationsschwester erklärt. »Meine Söhne!« Die Schwester hatte dazu routiniert genickt.

Damals musste alles praktisch und abwaschbar sein. »Kein Nippes in der Küche, der verklebt vom Küchendunst!«, hatte die Fürstin den Salz- und Pfefferstreuer weggeschoben, den ich beim Kirchenbasar gewonnen hatte und der aus einer Salzkatze und einem Pfefferhund bestand. Nun hatte ich die beiden Figuren hinter dem Besteckkasten wiederentdeckt.

»Ist doch niedlich«, meinte Manu und betrachtete die Katze in ihrer Hand. »Echt retro. Wenn du sie nicht willst, nehme ich sie gerne.«

»Und eine von Mutters Kristallvasen willst du nicht?«, schob ich ihr zum Spaß ein wild gemustertes Teil entgegen. Niemand wollte Kristallvasen, nicht mal geschenkt oder für einen guten Zweck. Sogar die Frau vom Caritasladen hatte händeringend auf ein Regal gezeigt, das sich vor lauter Kristallvasen nur so bog.

Der Tisch vor uns bog sich unter altem Plunder.

»Schau mal, ein Wetterhäuschen.« Jetzt begannen Manus Augen zu strahlen. Das Wetterhäuschen hatte Vater mir in Salzburg geschenkt. Michael und Klaus hatten Geldbörsen in der Form von kleinen Lederhosen bekommen.

»Ich erwarte von euch immer eine volle Hose«, hatte er dazu gesagt, und wir hatten uns vor Lachen so gebogen, wie das nur in den Sommerferien geht.

Salzburg, Sommer, kühles Wasser ... Ich nahm Manu das Häuschen aus der Hand, lächelte still auf den kleinen Mann mit Regenschirm und die fesche Dame in rotem Dirndl und gab es entschlossen Manu zurück.

»Kannst du auch haben.«

Gleich nachdem ich den Satz ausgesprochen hatte, spürte ich, dass ich zu eilig gewesen war.

»Geschenkt ist geschenkt, wiederholen ist gestohlen«, hatte mir Mutter eingeschärft, wenn ich wegen der zu unbedacht verschenkten Puppen, Bücher und Teddys heulte. Ich wollte beliebt sein, deswegen gab ich die Dinge her, die ich eigentlich selbst behalten wollte. Bei Manu brauchte es solche Geschenke nicht. Sie zeigte mir einen Vogel und legte das Wetterhäuschen in meinen Korb.

»Spinnst du? Das ist doch deines! Außerdem: Für Folklore bist eindeutig du zuständig, auch wenn so ein Zeug gut in meinen Wanderladen passt.«

Wir hatten uns einen löslichen Kaffee gebrüht, den wir mit synthetischem Kaffeeweißer erhellten. Auf der Bank neben Manu lag ein Stapel mit geblümter Bettwäsche und alten Laken. Eine Fliege surrte durch den Raum, draußen mähte Herr Wagner Rasen, ansonsten war es still. Kein Mensch weit und breit, nur Frau Seidling von gegenüber huschte auf den Balkon, prüfte die Feuchtigkeit in den Geranienkästen und rollte dann die rot-weiß gestreifte Markise aus.

»Ist schon ein sehr komisches Gefühl.« Manu nahm einen Schluck Kaffee und blickte aus dem Fenster über die Straße zu den Nachbarhäusern hin. »Noch ein paar Tage, dann ist hier alles weg. Schlimm?« Sie sah mir prüfend in die Augen.

»Geht so.« Ich versuchte tapfer zu bleiben und mir selbst vorzuspielen, dass ich hier nur ausräumte und nicht etwa Abschied von meiner Kindheit nahm.

Der Duft des frischen Grases wehte zu uns herein, so wie es immer geduftet hatte, wenn Herr Wagner mähte. Wie würde ich diesen Rasenmäherkrach vermissen, genauso wie den Geruch nach Benzin, weil in dieser Straße noch kein Elektromäher eingezogen war. Dieser furchtbar-wunderbare Gestank, mit dem die schönsten Gefühle verbunden waren. Wenn es früher danach gerochen hatte, dann war bald die Zeit gekommen, die Kniestrümpfe gegen Söckchen einzutauschen und statt der Schnürschuhe offene Sandalen an die Füße zu ziehen. Es war der Geruch nach Sommer, genauer nach erstem Ferientag und dem Moment, in dem das große Plastikplanschbecken aufgeblasen wurde, in dem sich das Wasser aber erst ein paar Tage von der Sonne erwärmen musste, bis wir endlich darin baden durfte. Folter waren diese Tage gewesen. Folter mit täglichem Geschrei.

»Es reicht doch schon!«

»Nein, es ist noch zu kalt!«

Manu schaute sich aufmerksam auf dem Tisch und in den geöffneten Kartons um. Prompt fand sie ein altes Polaroidfoto von mir, wie ich zwischen Klaus und Michael in dem echt großen Schwimmteil hockte.

»Und dahinten …«, sie zeigte auf dem Foto auf einen kleinen Punkt. »Das ist doch der Wagner …«, wir lachten los. »Der Wagner mit dem Rasenmäher.« Unglaublich, wie der mit seinem Garten verwachsen war.

Aus dem Wohnzimmer gongte die kleine goldene Tischuhr.

»Puh, schon nach sechs?« Manu schreckte hoch. »Dann kann ich nur noch ein Stündchen bleiben.« Flink schob sie das Foto in den Korb, den ich für die Habseligkeiten gefunden hatte, die ich mit nach Hause nehmen wollte. Im Korb lagen bereits ein Poesiealbum, Briefe mit krakeliger Kinderschrift, ein Salzkammergut-Fotoalbum, ein Armband aus Silber mit bunten Souveniranhängern, ein Vokabelheft in Blau mit in Schönschrift abgeschriebenen Gedichten von Hildegard Knef. Auch dieses bescheuerte Berte-Bratt-Buch, das ich mir zum zwölften Geburtstag gewünscht hatte: »Das Leben wird schöner, Anne«. Dieses Buch war mit dafür verantwortlich, dass sich in meiner Jugend zu viel romantisches Gift in meinem Herzen angesammelt hatte. Diese Jungmädchenbücher, allesamt entweder mit nervigen Aufforderungen oder romantischen Prognosen im Titel wie *Petra setzt sich durch*, *Karin findet ihren Weg*, *Du bist beliebt, Karoline*. Mit diesem hoffnungslos überzogenen Lesefutter hatte man uns Teenager in die kalte Welt des Alltags und Familientrotts entlassen, denn die tollen Abenteuer, die Reisen, die liebevollen und romantischen Männer, die in den Büchern beschrieben wurden, fanden wir im echten Leben nicht.

»Ach wie süß! Schau mal! Eine Schneekugel!« Jetzt hatte Manu im Korb das gesichtet, was auch so ein Traum meiner Kindheit gewesen war. »Das Riesenrad von Wien, oder?« Sie schüttelte die Kugel in ihrer Hand, und der Schnee darin begann lustig zu tanzen. Die kleinen Waggons drehten sich, und der Flitter umstob das kleine Wahrzeichen von Wien.

»Goldig!« Manu und ich sahen verträumt den Flocken zu. Wien.

Zweimal pro Jahr hatte Wien in meinem Kinderleben eine Rolle gespielt. Einmal am Neujahrstag, wenn das Fernsehen das Neujahrskonzert aus einem goldenen Konzertsaal übertrug und Vater zum Kaiserwalzer Mutter um die Hüfte packte. Und dann natürlich im Sommer. Fast alle Ferien meiner Kindheit hatten wir in Österreich verbracht, aber immer nur einen Tag davon in Wien. »Sommerfrische« nannten wir die Ferien damals. Raus aus der stickigen Stadt und hinein ins grüne Salzkammergut. Gemütlichkeit pur. Mozartkugeln, Grießnockerln, Mohntorte, Topfengolatschen und Powidltatschkerln, Kühe, Pferde, Berge, Gipfelkreuze, Lederhosen, Tirolerhüte, grün gestreiftes Gmundner Porzellan, blaue Seen, darauf bunt geschmückte, tönende Dampfer. Und immer wieder Regen.

»Wenn es hier mal richtig regnet, ja dann regnet es sich ein, denn die Gegend ist gesegnet, mit Regen allgemein ...« Ich konnte das *Weiße Rössl* rauf und runter singen. Wenn wir im Salzburger Land waren, erlebten wir hautnah, dass der besungene Regen keine Erfindung von Peter Alexander war. Auf dem Stoff der regennassen Sonnenschirme perlte das Wasser ab, und der Ober drückte mit dem Stecken von unten den Stoff der Markise hoch, damit das Regenwasser besser runterlief.

»Ja, ja, der Regen! Na, nehmen s' derweil halt noch eine Jause. Wird schon wieder. Die Natur braucht's.«

»So viel Wasser braucht keine Natur«, stöhnte Mutter, die damals noch keine Fürstin war, sondern schön wie Grace Kelly, und blätterte lustlos in einer alten *Brigitte*-Ausgabe. Die hatte sie von zu Hause mitgenommen und schon fünfzig Mal gelesen. Der Vater lehnte am Geländer und zählte die Regentropfen. »Na, essen wir halt was.«

Jause. Almdudler, Bergkäse, Saure Wurst. Dann kam auf einmal Sonne, und die Berge waren wieder da. Barfuß waren wir über abgemähte Felder gesprungen, der Weg gepflastert mit toten Fröschen, die im Morgengrauen der Traktor überfahren hatte. Die Limo mit Röhrchen, Eier einsammeln, kleine Ferkel streicheln, und auf dem Schokoladenpudding spannte eine glänzende fette Haut. Wenn der Eismann kam, durften wir uns für ein paar Schilling ein Eis kaufen, und die Kugeln waren so groß, dass sie schneller von der Sonne aufweichten, als wir schlecken konnten. Wie oft hatte ich hysterisch aufgeschrien, weil mir mal wieder eine Kugel von der Waffel gerutscht war. Die Augen hatte ich mir deswegen ausgeheult. Manchmal versuchte Mutter, die Kugel mit ein paar Blättern noch zu retten, aber oft zerschmolz das Eis so schnell, dass es als bunter Matsch auf Halmen und Klee zerfiel.

»Und deine Bluse, Anne, die ist auch schon wieder schmutzig. Pass doch auf! Sei ordentlich!«

Ordentlich, ordentlich. Daueranforderung von der Kindheit bis ins Altenheim. Wenn ich dann trotzig wurde und einen sichtbaren Schmollmund machte, zog mich Mutter am rechten Ohr.

»Hast du ein Böckchen?«, erkundigte sie sich scharf. »Wenn ja, dann schick's ganz schnell weg!«

Von hinten das Gejaule eines meiner Brüder, weil ihm Vater damit drohte, ihm den Mund mit Seife auszuwaschen, wenn er noch einmal »Scheiße« sagen würde.

Es hatte wenig gebraucht, um einen schönen Urlaubstag zu haben. Wir hatten uns in Bauerhöfen und kleinen Pensionen eingemietet, es gab Jägerzäune und blaue Gartengarnituren. Kornblumen, Mohn und Margeriten, so weit das Auge reichte. Die Jungs hatten Bastelbücher bekommen und bauten alles nach. Boote aus Rinde, Beerenmännchen und verschiedenes Flechtwerk, hergestellt aus hohen Gräsern. Ich mit einem Blumenkranz im Haar, der Vater las lachend die *Feuerzangenbowle* von Heinrich Spoerl.

Wenn eine Woche so vergangen war, kam es endlich zu *dem* Höhepunkt der Österreichreise: Wir fuhren für einen Tag nach Wien! Natürlich ohne Übernachtung, weil die in Wien für fünf Personen einfach viel zu teuer war. Morgens standen wir schon vor sechs Uhr auf, um irgendwann gegen Mittag in Wien zu sein. Schnell nach Wien und wieder zurück, damit man später vor den Nachbarn damit angeben konnte, dass man nicht nur in den Bergen, sondern auch in der großen Stadt gewesen war. Im Prater spazieren gehen, Schönbrunner Tierpark, Sisi und Kaiserschmarrn, den die knarzigen Ober in den imposanten Kaffeehäusern reichten. Ich wünschte mir so sehr eine Fahrt mit dem Riesenrad im Prater. »Hast du einen Vogel? Weißt du, was das kostet? Fünf Personen? Sei mal bescheiden! Wir gehen lieber ins Museum. Heute ist Montag, da ist das Museum für Familien frei.«

Wir Kinder sollten schließlich in jedem Urlaub auch was lernen und nicht nur *Micky Maus*, *Wastl* oder *Fix und Foxi*-Heftchen lesen. Die hatte es sowieso nur zu ganz besonderen Anlässen gegeben, und dann auch immer nur ein Heftchen für uns drei. Die Klopperei begann sofort, wer das Heft als Erster lesen durfte. »Zankt euch nicht«, ging Mutter dann streng dazwischen. »Was sollen denn die Leute sagen, wenn ihr so laut nur wegen einem Heftchen schreit!«

Den Kommentar waren wir gewohnt, weil wir uns auch das eine Glas Nutella teilen mussten, das es nur alle Jubeljahre gab. Auch da zankten wir uns lauthals und fummelten mit langstieligen Löffeln in der Schokolade herum »Du hast viel mehr als ich!« »Nein, du!« Und Mutter schüttelte auch hierüber den Kopf und schloss das Küchenfenster.

Die Leute! Die Nachbarn! Um die war es der Fürstin immer schon gegangen. Erst wenn sie wusste, was in anderen Köpfen vor sich ging, fühlte sie sich im eigenen Leben sicher. Unermüdlich war sie auf dem Laufenden, was andere Menschen sagten oder dachten. »Ja schämst du dich denn nicht? Was sollen denn die Nachbarn denken!« Noch heute konnte ich den entgeisterten Ausruf meiner Mutter hören, als ich mit einem selbstgenähten Minirock in die Schule gehen wollte. Nicht der Lehrer, nicht die Mode, sondern die Nachbarn bestimmten, was erlaubt war und was nicht.

Schrecklich war das gewesen. Es war zu befürchten, dass dies die Atmosphäre im Wohnstift meiner Mutter war, denn nun hockten ja alle die auf einem Haufen zusammen, die sich früher hinter zugezogenen Gardinen neugierig beobachtet hatten. Immerhin, so gesehen war es den Nachbarn zu verdanken, dass ich Wien hatte kennenlernen dürfen.

»Wenigstens haben sie dir eine hübsche Schneekugel geschenkt. Schau mal, nicht mal das Wasser darin ist verdunstet. Du, das war 'ne richtig gute Qualität. Die meisten Schneekugeln von heute sind schon nach wenigen Jahren trocken.«

»Die habe ich nicht von den Eltern, sondern von meinem damaligen Brieffreund geschenkt bekommen. Wir hatten uns in der Liliputbahn kennengelernt.«

Georg hatte er geheißen, und ziemlich stolz hatte mich das gemacht, einen Freund in Wien zu haben.

»Isser das?«, fingerte Manu ein schwarzweißes Passbild aus dem Stapel raus, auf dem ein etwa zehnjähriger Junge zu sehen war, den Scheitel akkurat auf der linken Seite gezogen, das karierte Hemd bis oben zugeknöpft.

Ach Gott, mir kamen sofort Episoden meiner Kinderliebe in den Sinn. Ich und meine Brüder bei einer Fahrt mit der Liliputbahn im Prater, ich passe in den Waggon bei den anderen nicht mehr rein und steige drei Waggons später ein, wo ein Junge mit seiner Mutter sitzt. Wir machen Scherze, amüsieren uns, und als wir nach dreißig Minuten wieder aussteigen, sagt der Junge: »Schreib, wenn du wieder in Wien bist.«

Es folgten gegenseitig übersandte Passbilder und ein paar Briefe, in denen er vom Prater und ich vermutlich von Maikammer erzählte.

»Georg«, erinnerte ich mich leise. »Hm. Ich hätte auch ohne seine Auferstehung gut weitergelebt.«

Wir sahen uns ein letztes Mal, als er mit seiner Ministrantengruppe einen Ausflug nach Köln machte. Da muss ich so sechzehn Jahre alt gewesen sein.

»Der heilige Georg und die Ministrantenfahrt nach Köln, schau an«, rutschte es aus Manu heraus. »Warst du danach noch mal in Wien? Ich kann mich an keine Reise dorthin erinnern.«

»Nein. Wir waren in allen großen europäischen Metropolen, aber merkwürdigerweise nie in Wien«, dachte ich laut nach. Und dabei fiel mir ernüchtert auf, dass die emotionalen Erinnerungen dieser Reisen gegenüber den Kindheitsbildern nur von geringer Intensität waren.

»Und heute, diese Frau im Speisesaal, was hat die noch mal genau gesagt?«, wollte Manu ein wenig zu plötzlich wissen.

»Na«, ich versuchte den Wortlaut zu finden, »irgendwie, dass ihr Leben wie ein Roman gewesen war. Oder so ähnlich.«

Ich tat so, als würde ich mich nicht erinnern, und nahm mir beiläufig einen Keks. Die Schneekugel legte ich zurück zu den anderen Dingen in den Korb. Manu blätterte verträumt in den Knef-Gedichten, die noch nicht zurückgewandert waren.

»Für mich soll's rote Rosen regnen«, las sie mir den Wunsch aus dem wohl berühmtesten Knef-Lied vor, der ihr gerade ins Auge fiel. »Wer weiß«, sie sah mich an, »vielleicht gibt es ja solche Leben, die sich wie ein Roman anfühlen, in denen Unerwartetes passiert und Rosen vom Himmel regnen. Kann doch sein, dass sie an eine große Liebe dachte. Oder an viele Lieben ... you never know!«

»Ich krieg das nicht ins Hirn«, wiegelte ich ab. »Diese alten Damen bekommen die Gabel nicht mehr exakt zum Mund, aber schwärmen von der Liebe?«

»Mmmmh«, brummte Manu, »das ist doch ein großes Gefühl! Ich erinnere mich gut an die Zeit, als auch du noch dauerverliebt warst.«

»Genug davon!«, beendete ich das Gespräch. Genug. Ich hatte eine Überdosis Vergangenheit abbekommen.

»Okay«, gab Manu nach und schraubte das Glas mit dem löslichen Kaffee zu. »Was packen wir noch schnell an?«

»Ich fürchte, wir müssen noch mal in den Keller.« Ich war von all dem Vergangenen so voll, als hätte ich drei Stück Schwarzwälder Kirschtorte gegessen. Es war zu befürchten, dass jetzt etliche Sachen diesem emotionalen Völlegefühl zum Opfer fallen würden.

Denn ich wusste genau, ich würde nur ganz kurz nachdenken, bevor ich ihnen den Garaus machte.

»Auf in den Kampf!«, hörte ich Manu auf dem Weg zur Kellertreppe wie eine Fanfare tönen, und ich schickte ihr eine Kusshand nach, weil sie so zuverlässig war und mir so viel Kraft und Liebe gab.

Ob dir wohl auch noch mal jemand einen Kuss nachwirft?, fragte ich mich nachdenklich. Und wieder kam mir Frau Pilser in den Sinn und wie glücklich sie ausgesehen hatte.

KAPITEL 3

Ebony and Ivory

Paul McCartney & Stevie Wonder

Nachdem ich am nächsten Nachmittag eine Fuhre alter Puzzlespiele, Lampen und die Krawattensammlung meines Vaters bei der Caritas abgeladen hatte, machte ich einen Schlenker in die »Rose«. Obwohl ich eigentlich keine Lust auf einen Besuch bei Mutter hatte, schaffte ich es einfach nicht, an ihrer neuen Haustür vorbeizufahren. Das Glück war mit mir, denn die Fürstin war nicht auf ihrem Zimmer, sondern beim Friseur, der jede Woche in die »Rose« kam. Monsieur Bijou war das Highlight der Woche, weil er so schön altmodisch die Plastiklockenwickler drehte und weil er für Klatsch und Tratsch ganz offen war, so dass die Damen zu Höchstform aufliefen. Mutter ging jetzt jede Woche zum Friseur – allein wegen der Gerüchteküche. Ich fragte mich, ob ich dort nicht auch mal einen Termin für mich ausmachen sollte. »Madame Anne, Sie se'en fürschterlisch aus, kommen Sie *toute de suite* auf meinen Stuhl!«, hörte ich Monsieur Bijou schon sagen. Seelisch war ich bereits jetzt von einer wässrig-violetten Dauerwelle nicht mehr weit entfernt. Die Fürstin hingegen mutierte neben mir Schritt für Schritt zu einer Art Sexbombe, und es war anzunehmen, dass sie das wusste.

»Soll ich Sie zu Ihrer Mutter in den Salon bringen?«, passte mich auf meinem Weg nach draußen eine Schwester ab, die gerade den Flur entlangkam. Der »Salon« war ein mobiles Frisierstübchen, das Monsieur Bijou in einem Rollköfferchen transportierte und in einem Kellerraum aufbaute.

»Nein danke.«

Ich war doch ganz froh, dass Mutter gerade unter der Haube saß, und nutzte die Gelegenheit, schnell wieder zu verschwinden. *Komme morgen wieder,* schrieb ich auf einen Zettel und warf ihn in ihr Postfach. *Melde Dich, wenn Du was brauchst!* Sie würde verärgert sein, dass ich nicht in den Salon gekommen war, um ihr eine Prahleinlage zu verschaffen, aber ich war zufrieden, denn ich hatte ein unverhofftes Stündchen Freiheit für mich gewonnen.

Kaum saß ich im Auto, schickte ich Uwe eine SMS: »Soll ich uns was Schönes kochen?« Jetzt, wo Ronny zum Studium in Australien war, mussten wir uns als Mann und Frau wiederfinden. Bislang waren wir da noch nicht sehr weit gekommen, und ich wollte guten Willen zeigen und ihn und mich an uns erinnern.

»Hab die Lerngruppe vergessen«, antwortete er mir knapp zurück. »Komme erst sehr spät heim.«

Autsch! Es tat mir weh, dass er mir so nüchtern antwortete, ohne auf die tiefere Botschaft zu reagieren, die in meiner Nachricht steckte. Die Lerngruppe. Seit Uwe den Steuerberater machte, stand die an erster Stelle. Studium und Lerngruppe. »Das ist nicht für mich, sondern für uns«, belehrte er mich regelmäßig. Hinzu kam die ganze Fahrerei. Von Maikammer eine einzige Zockelei bis auf die Autobahn, von dort nichts als Stau bis in die Tiefgarage des Bildungszentrums in Stuttgart. Ja, ich wusste, dass es nach dem Abschluss besser werden würde, aber ich sehnte mich schon jetzt nach Zweisamkeit. Die letzten gemeinsamen Sonntage schienen mir Jahrhunderte her zu sein. Auf diesen langen Durststrecken waren für mich kleine erquickliche Momente nötig, und es fiel mir auf, dass wir uns nicht mal mehr mit kleinen Zetteln grüßten.

»Und jetzt?«, fragte ich mich und sah die gewonnene Zeit schon zwischen meinen Fingern zerrinnen. »Sport?«, versuchte ich mich wenigstens für Bewegung zu motivieren, weil mich das Sportcenter schon seit drei Monaten nicht mehr gesehen hatte. Die Sporttasche auf der Rückbank meines Autos diente längst nicht mehr als Anreiz, sondern verwandelte sich mehr und mehr in eine Anklage. Uwe ging regelmäßig golfen, aber da er dies als Arbeit sah, nahm er mich nicht mit. Irgendwann würde ich als einsamer dicker Single in einer Landfrauen-Wandertruppe enden.

»Das sind die Hormone«, sagte Manu lakonisch, wenn ich mich

bei ihr beschwerte, und schob mir Schokolade hin. »Da sieht man oft das Leben dunkler, als es ist. Außerdem machst du gerade ziemlich viel durch. Gönn dir Zeit und mach mal Pause! Oder noch besser: Geh doch mal mit Uwe aus.«

Ich fuhr nach Hause und zappte mich abends entnervt durch siebenundvierzig Fernsehprogramme, wo es nur Krimis, Killer und Kosmetik gab. Viel zu früh verkroch ich mich ins Bett und hoffte, dort die Enttäuschung einfach zu verschlafen. Uwe hörte ich spät im Gästezimmer verschwinden. Da schlief er seit neuestem, weil ich ihm zu laut schnarchte. Auch das war ein Thema, das mich frustrierte.

»Wechseljahre«, meinte Manu wieder stoisch.

Ich kaufte mir Schnarchpflaster, Nasenklemmen und Nasensalben, wurde aber dennoch immer öfter vom eigenen Röcheln und Schnarchen wach. »Weibliches Schnarchen ist oft auch ein Stresssymptom«, ergaben meine Recherchen im Internet. Immerhin, gegen Stress konnte ich etwas tun.

»Ich glaube, ich brauche mehr Zeit für mich«, erklärte ich Uwe also sehr direkt, als ich ihn am nächsten Morgen beim Frühstück traf. Immerhin, er hatte den Tisch gedeckt und sogar an den Orangensaft für mich gedacht. Müde ließ ich mich auf meinen Platz fallen und goss mir etwas von dem Kaffee ein. Uwe legte die Zeitung zur Seite, auf seiner Stirn stand der unausgesprochene Satz: Das ist wohl ein Witz?

»Ach? Noch mehr?«, reagierte er erwartungsgemäß süffisant und legte manieriert sein Obstmesser schräg auf dem Teller ab. Obstmesser – das war auch so eine Marotte von ihm, obwohl er auf einem Winzerhof aufgewachsen war.

»Oder wir nehmen uns Zeit für uns«, versuchte ich es noch einmal, obwohl ich schon jetzt am liebsten den Tisch umgeworfen hätte. Aber ich wollte nicht streiten, sondern suchte einen Weg, damit Uwe mich verstand. Tief in meinem Herzen ersehnte ich mir sogar noch mehr, nämlich dass Uwe mich tröstete, mich unterstützte und dazu ermutigte, zu erkennen, dass auch die guten Zeiten wiederkommen würden. Ungefähr so: »Liebes, das ist jetzt alles hart. Noch ein paar Wochen, dann nehmen wir uns richtig frei und erholen uns irgendwo, wo immer es dir guttut.«

»Und wofür mehr Zeit?«, erkundigte er sich mit neutralem Steuerberaterton.

»Ich hab so Sehnsucht nach Leben«, sprudelte es aus mir heraus. Leider – das passierte mir öfter, wenn ich zu lange über etwas gebrütet hatte – rutschte gleich ein Vorwurf mit. »Wenn du mich ein bisschen mehr unterstützen würdest, dann könnte ich ab und zu eine Pause bei Mutter einlegen oder wir könnten Zeit miteinander verbringen. Ich hätte so große Lust, mal wieder ins Kino zu gehen, oder wir könnten mit Freunden ganz einfach grillen.« Dass ich meinen Wunsch mit einem Appell verknüpfte, war nicht gut. Die Verärgerung stand Uwe ins Gesicht geschrieben. Das Obstmesser ruhte weiter am Tellerrand, obwohl noch ein Stück Nektarine zu schneiden war. Prüfend fixierte er mich über den Rand der Lesebrille hinweg.

»Unterstützen. Mmmh. Könntest du das spezifizieren, oder erwartest du im Ernst eine Reaktion von mir? Erst willst du Zeit für dich, dann für uns. Tut mir leid, ich kann dich nicht verstehen.«

»Meine Güte, wie genau willst du es denn noch wissen? Reicht es dir nicht, dass ich mich gehetzt fühle und spüre, dass ich etwas für mich tun muss, damit ich nicht krank werde oder ausbrenne? Ach

Uwe, ich hab so Angst, dass ich erst mich und dann uns verliere.« Jetzt war es so weit. Uwe fuhr aus der Haut.

»Hast du schlecht geschlafen, oder was ist los? Was sind denn das für unverständliche Sätze, da blickt ja keine Sau mehr durch! Was denn nun? Mehr ich, du, wir, Universum? Überhaupt, was soll das denn heißen, mehr für mich tun … Was denn mehr? Mehr essen, mehr Sport, mehr Kosmetiktermine … kannst du mal bitte deutlicher werden und dein Gerede verifizieren?!«

Das war so überheblich und ohne jegliches Mitempfinden. Und überhaupt, ich ging davon aus, dass man in einer Ehe nicht zu *verifizieren* brauchte, schon gar nicht, wenn man sich bald dreißig Jahre kannte.

»Es ist aussichtslos«, antwortete ich entsprechend resigniert. »Wir finden einfach nicht zueinander.«

»Was heißt das nun wieder: nicht zueinander?«, explodierte Uwe. »Du kommst mit diesen Satzfragmenten, und wenn man dann nicht reagiert, wie du es gerne hättest, dann beendest du das Gespräch mit solch einem Schwachsinn und schiebst damit dem anderen die Schuld dafür zu, dass DU nicht kommunizieren kannst!«

»Ich schiebe niemandem Schuld zu«, platzte es aus mir heraus. »Und außerdem habe ich mit *dir* gesprochen und nicht mit einem *anderen*. Kannst du vielleicht auch mal Gefühle zeigen? Ich erinnere mich dunkel, dass da mal etwas ging!«

Er war unmöglich, wie er da so saß, mit dieser Krawatte, die er so albern über die Schulter geworfen hatte, um sie nicht zu beschmutzen. »Du bist auf dem besten Weg, ein störrischer, alter Esel zu werden, merkst du das denn nicht?« Vielleicht mache ich mir nur Luft, schoss es mir gleichzeitig durch den Kopf.

»Halt!«, schrie Uwe. »Das ist Gewalt in der Kommunikation!«

»Scheißdreck«, schrie ich zurück. »Ich liebe dich und will nur spielen!«

»Bitte«, Uwe legte nun seine Hände wie ein Heiliger zusammen, blickte provozierend an die Decke und quengelte mich überdreht an. »Um was geht es noch mal genau? Ich hab den Faden verloren, den du – glaube ich – nie hattest. Kannst du mir bitte weiterhelfen?«

»Ich hab's dir doch deutlich genug gesagt«, schrie ich, völlig außer mir. »Wir sollten mal wieder was zusammen unternehmen!«

Dann musste ich loslachen, weil ich für einen kleinen Moment begriff, wie albern das hier alles war. Mein Lachen sollte versöhnlich klingen und uns wieder miteinander verbinden, etwa in der Art, wie wir als junges Paar Konflikte beendet hatten. Auch wenn wir noch so laut gestritten hatten, immer fand einer von uns beiden den Punkt, der ein Lachen zuließ, und dann prusteten wir gemeinsam los und tauschten heiße Friedensküsse. Ich pflanzte mich also vor ihn hin, stemmte spaßig beide Hände in die Hüften, grinste breit, legte den Kopf schief und schürzte meine Lippen, aber Uwe machte keine Anstalten, sich meinen Lippen zu nähern.

»Komm, Uwe«, versuchte ich zu zaubern. Aber Uwe übersah das Angebot. Es kam nicht der junge Mann hervor, der mich früher einfach in den Arm genommen und sich mit mir küssend aufs Bett geworfen hatte. Uwe war nicht nach Versöhnung zumute, ich sah es an seinem unterkühlten Blick.

»Komm, Uwe«, äffte er mich böse nach. Seine Stimme war schneidend, wie gespannter Zwirn. »Sehr witzig, und damit soll ich nun was anfangen? Und überhaupt: Freunde besuchen. Wir sind doch heute noch auf einem Fest eingeladen. Hast du das vergessen?«

»Das ist nicht das Gemeinsame, was ich meine, das weißt du doch genau.«

Uwe erinnerte mich an meinen Hass-Event, das Sommerfest eines Orthopäden, der Uwes wichtigster Klient war. Es war eine jährliche Quälerei, besonders für mich, denn es war ein Tag, an dem wir auf fein und locker machten. Zwischen Fingerfood und Proseccogeschwafel kichern, nicken, Schuhe bewundern, Handtaschen bestaunen und die Weinbaugebiete Italiens runterbeten, weil viele von Uwes Klienten ebenfalls geladen waren. In der Tat, ich hatte diese Schreckenseinladung ganz vergessen. Das Fest war in Wirklichkeit gar keine Feier, sondern eine strategische Männerveranstaltung, bei der Netzwerke geknüpft wurden und die Gattinnen dabei hübsch mitzuspielen hatten. Der Orthopäde, der sich von Uwe nicht nur die Bilanz, sondern auch die Scheidungskosten frisieren ließ, erwartete sich heiße Tipps und neue Kunden. Außerdem gab es jede Menge Tratsch, weil der Leiter der Baubehörde regelmäßig ohne Frau, aber immer mit Assistentin kam, die in Wirklichkeit – man wusste es genau – seine langjährige Geliebte und Mutter eines gemeinsamen Kindes war. Oder der Gartenbauarchitekt, der gegen viele Kisten Wein die Rechnung so umformulierte, dass der Rasen als »Beratungsleistung« abgesetzt werden konnte. Auch meinem Chef war ich bei diesem Fest einmal begegnet, weil er vom Arztfreund des Orthopäden mitgebracht worden war. Ärzte mögen sich, weil der Zahnarzt irgendwann mal eine neue Hüfte und der Orthopäde schicke Zahnimplantate brauchte.

»Sicherlich kommt dein Chef auch«, rief Uwe mir prompt zu. »Dann kannst du ihm gleich davon erzählen, dass du jetzt mehr für dich tun willst. Mal sehen, was der dazu sagt, wo du doch seit Wochen schon Sonderurlaub hast.«

Dieser Satz brachte das Fass zum Überlaufen.

»Wenn du dich nicht drücken würdest, dann hätten wir alle was von diesem Ausflug auf den Ponyhof«, fing ich keifend an.

»Ach herrje, hört das denn gar nicht mehr auf?«

»…?!?«

»Ja … schau nicht so blöd! Wer verdient denn hier das Geld?«

»Öha! Fangen wir jetzt auf dem Niveau zu streiten an? Wer hält dir denn immer brav den Rücken frei, damit du dich weiterbilden kannst? Der feine Herr lernt und macht sich nicht die Finger schmutzig!«

»Was willst du eigentlich? Erst gestern hab ich dir dreitausend Euro gegeben, die ich vermutlich nie mehr wiedersehe.«

»Moment mal!« Jetzt plusterte ich mich auf. Es war genug! Er sollte seine freche Klappe halten. »Die waren nicht für mich! Das ist die Kaution für Muttis Zimmer. Du wolltest doch das Schwarzgeld aus der Kasse nehmen. All deine feinen Buchhaltungshonorare, die du der Steuer nicht offenlegen willst. Ein toller Berater bist du! Ein echter Diener für den Staat. Mutti muss dir dafür nicht dankbar sein.«

»Muttis Haus. Muttis Zimmer. Muttis Laune. Gibt es eigentlich auch noch andere Themen?«, leierte Uwe los, stand auf und verließ den Tisch.

»Du bist respektlos!«, zischte ich ihm nach und merkte, dass mich der Streit sehr mitnahm und ich zu zittern begann.

Auch ich ließ jetzt das Frühstück stehen und verschwand in Richtung Bad. Ich war nicht halb so gefasst, wie ich es gern gewesen wäre. Ich bebte, und mir war vor Aufregung ganz schlecht. »Das halt ich nicht aus!«, schrie ich in das kleine Frotteehandtuch, das seit Wochen unbenutzt am Gästehaken hing. Berstend vor Wut, schöpfte ich mir mit den Händen Wasser ins Gesicht. Uwes arrogante Art war einzigartig. Er hatte sie mit dem eigenen Büro förmlich kultiviert. Wenn er sich auf diese Weise benahm, dann hatte er nichts mehr mit dem soften Typen gemeinsam, der mit mir vor dem Traualtar gestanden hatte. Dieser Mensch, der mich erfahren wollte, dem es um ein gemeinsames Leben ging. Der sich gefreut hatte, dass ich mit ihm in Maikammer geblieben war, obwohl es mich in die weite Welt gezogen hatte. Je älter er wurde, je älter wir wurden, desto kritischer wurde es mit uns. Hatte er denn jeden Bezug zu uns verloren? Interessierte es Uwe denn gar nicht mehr, wie ich dachte und fühlte? War es so schwer zu verstehen, dass ich mich nach vertrauter Zweisamkeit sehnte und nicht nach einem Tête-à-Tête zwischen Angebern, Doktortiteln und Habilitationen?

»Ich bin anders als die, die zu diesem Fest kommen«, versuchte ich es noch einmal. »Diese jovialen Dummschwätzer mit ihren dickbusigen, blondgelockten Frauen, die alle wie Carmen Geiss aussehen.« Ausnahmslos mit Armani- oder Prada-Täschchen, und jede bildete sich auf ihren Schuhtick weiß Gott was ein. Ich hatte keinen Schuhtick und beabsichtigte auch nicht, einen zu entwickeln. Im Gegenteil, Highheels und Stöckel waren mir zutiefst zuwider, denn die Scheißdinger malträtierten bloß meine Füße. Diese Gartenpartyschnepfen hatten allesamt Lakaien, die ihnen durch den Alltag halfen. Gärtner, Kindermädchen, Hausangestellte, und der Coiffeur kam auf Wunsch ins Haus. Von mir verlangte das Leben, dass ich auf flachen Schuhen rannte, und im Laufen zupfte ich mir noch ein paar Hexenhaare aus.

»Färb dir halt auch die Haare blond, oder ist das bei dunklem Haar nicht möglich?«, hörte ich Uwe durch die Tür.

Dann knallte er die Tür der Geschirrspülmaschine zu. Mich blond färben lassen? Der tickte doch nicht richtig! Als Nächstes sollte ich mich dann wohl in ein Schlauchkleid in Schlangenoptik zwängen und meine Füße in Tigerdesign! Als ob ich je so ein Zeug getragen hätte!

Wütend strich ich über mein Kleid und stellte fest, dass es in der Taille lockerer geworden war. Der ganze Stress hatte offenbar auch was Gutes, aber ich fühlte mich eher ausgemergelt als erschlankt. »Jetzt nur nicht durchdrehen!«, redete ich mir Mut zu und strich mir mit dem Daumen die Heulränder unter den Augen weg. »Der macht dich nicht klein. Jetzt gehst du in die Küche und sagst ihm das in aller Deutlichkeit!«

Ich ging nach unten, suchte ihn in allen Räumen. Der Frühstückstisch stand unberührt, nur sein Ei hatte er gegessen und die Schalen offenbar entsorgt.

»Uwe?«, rief ich, obwohl mir klar war, dass er das Haus verlassen hatte. Dann entdeckte ich den Zettel in der Küche.

Wenn's Dir hier nicht passt, dann hau doch einfach ab stand darauf mit hektischer Schrift notiert. Den Zettel hatte er mit der Wiener Schneekugel beschwert, die ich ihm hatte zeigen wollen. Draußen, auf der Veranda, hoppelte das neue Kaninchen der Nachbarn unter einen Blumentopf, und im Fliederbusch zwitscherte sehr fröhlich eine Amsel. Mit der Kugel in der einen und dem Zettel in der anderen Hand setzte ich mich auf die Lehne unseres Sofas, das vor dem Bücherregal mit meinen Liebesromanen stand. Von den Buchrücken schrillten die Liebestitel so schief und falsch wie ein taubes Orchester, das sich mit schrägen Walzern versuchte.

»Mir ist alles zu viel«, weinte ich leise vor mich hin. Aus dem Radio eines vorbeifahrenden Cabrios hörte ich Paul McCartney und Stevie Wonder singen. Das Lied hatte mir 1983 so gut gefallen, weil ich es gesellschaftspolitisch bedeutend fand. Schwarze und weiße Tasten auf dem Klavier. Wenn man sie gekonnt spielte, dann wurde daraus eine Melodie, die nur mit beiden Tasten möglich war.

Schwarz und weiß, männlich und weiblich. Yin und Yang. Anne und Uwe. Wir hatten daraus einen Horrorsong gemacht.

Das Telefon klingelte, und einen Moment lang hoffte ich, es würde Uwe sein, der alles als Witz aufdecken würde: »Da hab ich dich aber mal drangekriegt ... stimmt's? Sag mal, was denkst du denn von mir? Komm, wir gehen ganz kurz auf das dröge Fest, und dann hauen wir ab und machen uns einen schönen Tag. Ich liebe dich!«

Ich liebte ihn auch. Mal.

Aber es war nicht Uwe, sondern Mutter blökte mich mit einer neuen Beschwerde an. »Du warst gestern da und hast mich nicht gesucht? Was soll das? Außerdem, im Postfach lag ein Brief von der Verwaltung. Es ist eine Mahnung, weil du die Kaution noch immer nicht bezahlt hast. Ich sitze hier und kann nichts machen, und ihr denkt nur an euch. Es ist doch nicht zu viel verlangt, einmal auch für mich etwas zu tun? War ich nicht immer für dich da? Wie oft hast du in der Schule was vergessen, und ich kam angerannt!«

»Das war Michael«, unterbrach ich müde ihren Redefluss.

»Bitte? Sprich lauter, ich kann dich nicht verstehen. Ihr habt mir das Telefon viel zu leise eingestellt. Das ist doch unglaublich«, hörte ich sie schimpfen, und dann legte sie auf. Das ist ein Alptraum, dachte ich und vergrub mein Gesicht erschöpft in den Händen.

»Ich kann wirklich nicht mehr«, weinte ich laut los und erinnerte mich unter Tränen an den alten Spruch:

Ich dachte, es könnte auch schlimmer kommen.

Und es kam schlimmer.

KAPITEL 4

I have a dream

ABBA

»Und er ist einfach allein auf die Party gegangen?« Manu stapelte Bücher auf die Tische und arrangierte dazwischen Wandersocken und Wasserflaschen aus buntem Blech. Sie hatte eine Lieferung antiquarischer Pfalzbeschreibungen ergattert, auf die die »beigen Jacken«, wie sie die lustigen Wanderer despektierlich nannte, ganz wild waren. Bunte Wanderführer mit gemaltem Wald und gemalten Wanderwegen, die es in diesem idyllischen Grün schon lange nicht mehr gab. Wenigstens im Buch soll alles noch so sein wie damals.

»Hatte nicht auch dein Vater solche Wanderführer?« Manu sah mich über die Tische an. Ich schüttelte den Kopf.

»Wenn, dann sind die längst entsorgt. Vati setzte mehr auf Sonntagsfahrten in unserem Kadett. Alle mal hübsch machen, einsteigen und dann ab durch den Schwarzwald. Die einzige Regel war, kein Bonbonpapier aus den hinteren Fenstern zu werfen, dabei flogen die so schön!«

»Ich hab diese Sonntagsfahrten in guter Erinnerung. Vielleicht täte euch so eine Fahrt ins Blaue gut.«

»Von wem sprichst du?«

»Von Pippi Langstrumpf und der Suppenschüssel.«

»Der mit der Suppenschüssel war Michel aus Lönneberga.«

»Siehst du … du weißt schon wieder alles besser.«

Hinter meinem Rücken stapelte und dekorierte Manu weiter, während ich Tee trinkend auf dem Sofa für die Kunden saß.

»Könnt ihr das Streiten nicht aufschieben, bis es dir wieder bessergeht?«

»Wann soll das sein? Am Sankt-Nimmerleins-Tag?«

»Ach, ich kann mir nicht vorstellen, dass Uwe alles so meint. Dem ist nur die Leitung durchgeschmort. Jetzt reg dich nicht auf, das wird schon wieder. Wieso habt ihr euch gestern nicht mehr gesehen?«

»Er ist von der Party gleich auf eine Abendveranstaltung gegangen. Weiß nicht, wann er nach Hause kam. Ich habe bis in die Nacht im alten Haus geräumt.«

Ulla, meine erste Sprechpuppe, hatte ich gefunden. Wenn man an der kleinen Schnur zog, die aus ihrem Bauch kam, quäkte es aus ihr heraus: »Ich habe Hunger!«, »Ich habe Durst!« oder »Ich bin müde, mach mir mein Bettchen!« Auch ich war müde, aber niemand wollte mir ein Bettchen machen. Keine sieben Zwerge, keine Puppenmutti, keine Fee.

»Sorry«, unterbrach Manu mein stilles Selbstmitleid. »Das ist jetzt alles richtig blöd. Ihr solltet unbedingt noch mal reden. Dieses Sich-aus-dem-Weg-Gehen bringt doch nichts.« Sie kam zu mir und nahm mich in den Arm.

»Uwe und du, ihr seid doch im Grunde ein gutes Paar. Ihr seid nur … wie soll ich sagen … ein bisschen aus dem Leim gegangen. Wenn du mit dem Haus durch bist, dann wird das wieder. Und ich helfe dir dabei – nur heute geht es leider nicht, weil ein paar Vertreter kommen. Schaffst du es allein?«

Es musste gehen, und es würde gehen. Doch wie Uwe und ich unsere Beziehung wieder zum Glänzen bringen konnten, war für mich das größere Rätsel. Wenn er vor mir stand und so gefühllos durch mich hindurchsah, dann war das schrecklicher als das ganze Theater mit der Fürstin und all die Plackerei. Er fehlte mir dann, aber ich wusste nicht mehr, wie ich ihn suchen oder finden sollte.

»Schau mal«, ich zog mein Handy aus der Tasche. »Ich hab heute früh das Haus von allen Seiten fotografiert und auch Mutters gesammelte Taschen, weil sie nicht weiß, welche von den hundert sie in der Residenz haben möchte. Im Schrank ist leider nur Platz für zehn.« Mein Lachen war laut und falsch, ich konnte es selbst hören.

Die Geschichte mit den Taschen sollte meine Bedrücktheit überspielen, die mich jedes Mal überkam, wenn ich im Fotoalbum meines Handys wühlte.

»Wie gut, dass sie das nicht sieht«, flüsterte ich und betrachtete voller Schuldgefühle das wuchernde Unkraut und das verwachsene Gras.

»Du tust, was du kannst«, tröstete mich Manu verständnisvoll. »Ruf doch Uwe an, vielleicht ist er froh, wenn er dir heute helfen kann. Man kommt sich durch solche Räumereien ja auch wieder nah.«

»Nein«, schüttelte ich den Kopf. »Wir gehen uns aus dem Weg. Er hat sich seit gestern nicht gemeldet, und ich habe keine Kraft.«

Dieses Schweigen kannte ich. Wenn Uwe auf mich sauer war, dann ließ er es mich deutlich spüren. Er kappte dann auch die Seelenverbindung zwischen uns, und ich spürte das als einen tiefen, nagenden Schmerz in meiner Brust, den ich den ganzen Tag mit mir herumtrug. Ich hatte mich oft gefragt, wie es Uwe wohl ging, wenn er die Pausentaste drückte. War ich dann auch wie ein stechender Schmerz präsent und überlegte er wie ich, was zu tun oder zu sagen war, damit wir wieder in Verbindung kamen?

»Meine Güte«, versuchte Manu mich zu ermuntern. »Jetzt macht doch die Sache nicht komplizierter, als sie ist. Ihr habt Stress miteinander, das kommt in den besten Ehen vor.«

»Jetzt fang du nicht auch noch so an«, ließ ich mich nicht beruhigen. Im Gegenteil, ihr Abwiegeln wühlte mich noch mehr auf. Ich machte hier nichts kompliziert. Uwe und ich waren wie zwei Wollknäuel, deren lose Enden sich erst vom Knäuel abgewickelt und dann ineinander verwickelt hatten. Es brauchte Liebe und Hinwendung, um uns zu entwirren. Oder eine Schere.

»Am liebsten möchte ich abhauen.« Meine Augen verfolgten die vorbeifahrenden Autos. »Weggehen und alles stehen und liegen lassen. Ich hab es so satt. Ich will frei sein! Weißt du, was ich meine?«

Manu wischte sich ein paar Fussel von der Bluse.

»Vielleicht würden euch wirklich ein paar Tage Urlaub helfen«, versuchte sie es noch einmal von vorn. »Oder du buchst dir ein Wochenende in einer schönen Wellnessfarm. Lass dich massieren, geh wandern oder reiten. Tu was für dich.«

»Ich denk drüber nach«, beendete ich das Gespräch, weil die ersten Touristen in den Laden platzten.

Manu winkte mir schnell nach, dann drehte sie sich um und begrüßte aufgeräumt ihre Kunden. Es war erstaunlich, wie schnell sie umswitchen konnte. Ich bewunderte sie für die aufrichtige Fröhlichkeit, mit der sie die Damen jetzt bediente. Zu solch positiven Stimmungswechseln war ich einfach nicht in der Lage.

Unmotiviert fuhr ich zu meinem Elternhaus, das dunkel und mit geschlossenen Rollläden auf mich zu warten schien. Ich öffnete alle Fenster und verzog mich für ein paar Minuten in den Garten, wo ich mich mitten auf die Wiese legte. So hatte ich das auch als Kind immer gemacht. Ich hatte mich ins Gras gelegt, Wolken gezählt und überhört, wenn die Pflicht in Gestalt von Mutter und Vati rief. Ob es hinter den Wolken Leben gab? Waren dort meine Großeltern? Sahen sie mir zu, fanden sie es gut, wie mein Leben war?

Ich rollte mich zur Seite und stützte mich auf den Ellenbogen. Glücksklee hatte ich hier immer gesucht. Und Marienkäfer. Ich hatte sie auf die Hand gesetzt, mir etwas gewünscht, und die Käfer dann fliegen lassen. Den vierblättrigen Klee hatte ich in einem Buch gepresst. Mit meinen Fingern kämmte ich durch den hochgewachsenen Klee, in der Hoffnung, etwas Glück zu finden, aber es rannten mir nur Ameisen auf der Hand herum.

Pflichtbewusst ging ich zurück ins Haus, um alle Räume noch einmal durchzusehen und die nächsten Entsorgungsschritte zu überlegen. Manu hatte recht, im Grunde war hier alles auf einem guten Weg. So gut es eben ging. Nur auf den Dachboden, das Baumhaus meiner Kindheit, hatte ich noch keinen Schritt gesetzt. Ich fürchtete mich vor weiterem Gerümpel, weil der Dachboden die Bleibe für all die Sachen war, die nicht feucht und kellermuffig werden durften.

Vorsichtig, so als könnte mich jeden Moment ein böses Tatzentier überfallen, schlich ich mich ins obere Stockwerk, kraxelte die kleine Holztreppe hoch und öffnete knarzend die kleine Luke. Das Licht fiel grell durch die Lücken der Ziegel, die lose geworden waren und nicht mehr passgenau aufeinandersaßen. Hier hatten wir früher die Wäsche aufgehängt, bis Weihnachten 1985, da hatte Mutter endlich den Wäschetrockner bekommen, mit dem ein langgehegter Wunsch in Erfüllung ging. Es war mir heute unerklärlich, wie wir damals alle paar Tage die vollen Wäschekörbe unters Dach gewuchtet hatten. »Männer machen so viel Schmutz«, hörte ich die Fürstin mit junger Stimme stöhnen. Dabei hatte sie selbst jede Bluse immer nur einmal getragen. Michael und Klaus musste man hingegen zum täglichen Socken- und Unterhosenwechsel zwingen.

Beladen, als würde ich wieder Wäsche schleppen, krabbelte ich durch den Spalt, den mir die Öffnung ließ. War sie in einem heißen Sommer eingegangen?, versuchte ich mich zu erheitern. Irgendwie passte ich nicht mehr so geschmeidig durch. Kaum war ich mit dem Kopf auf dem Dachboden angekommen, roch ich auch schon die Trockenheit und den Staub. Bis zu meinem Lebensende würde ich mich an diesen besonderen Dachbodenduft erinnern und immer wieder ein junges Mädchen werden, stieg mir auch nur ein bisschen von diesem Geruch in die Nase. Noch bevor ich ganz durch die Luke durch war, wurden auch schon Bilder in mir lebendig, wie ich mich hier mit Manu versteckt hatte, um *laute* Musik zu hören, *Bravo* oder *Mädchen* zu lesen, an Dr. Sommer zu schreiben und Liebesgeheimnisse zu besprechen. In den hinteren Dachpfosten, dort, wo der Haken für die Wäscheleine war, hatte ich ein Herz geschnitzt. Ich ging zu dem Pfosten, wischte ein wenig mit der flachen Hand darüber, und schon kam das Herz zum Vorschein, das ich in den Wochen des ersten Liebestaumels als Erinnerung im Holz verewigt hatte: A&U.

Das Herz berührte mich, und in diesem Moment verzieh ich Uwe und mir, dass wir uns momentan zu wenig an die Anfänge unserer Liebe erinnerten. Natürlich würden wir uns wieder versöhnen. Es war ja nicht das erste Mal, dass wir uns stritten. Aber Spaß machte es nicht, so miteinander so sprechen und derart nebeneinanderher zu leben.

Oje, erschrak ich, als mein Blick über den Dachboden schweifte. Was im ersten Moment überraschend aufgeräumt gewirkt hatte, offenbarte nun nach und nach die ersten Tücken. Hinter dem gemauerten Kamin lugten Kartons hervor. Große Umzugskartons und kleine Schuhkartons, in denen bestimmt keine Schuhe waren. Wie hatte ich es über! Nein, ich konnte und wollte keine Kartons mehr sehen. Angewidert strich ich mir eine Spinnwebe aus dem Haar. Bitte keine weiteren Siebensachen, die mir Entscheidungen abverlangten. Wenn schon Gerümpel, dann gut erkennbarer Müll, der ohne schlechtes Gewissen sofort in der Tonne landen durfte.

Ich wuchtete lustlos eine der vielen alten Holzkisten hervor, in denen in den Achtzigern der Wein geliefert worden war. Den Hals würde ich mir hier noch brechen. Überhaupt, was war in den Dingern überhaupt drin? Zwischen meiner Kindernähmaschine, altem Geschenkpapier, aus dem Leim gegangenen Bilderrahmen und einer Sammlung verschiedener *Hörzu*-Rezensionen der *Muppet Show* fand ich die handgezeichnete Skizze, die damals Vorlage für ein Buchregal aus diesen Weinkisten gewesen war. Der Zettel war fleckig, das Papier wie ausgetrocknet, aber die Zeichnung war noch gut erkennbar.

»Da kommt *Der Fänger im Roggen* rein«, hatte ich danebengeschrieben.

Der Fänger im Roggen. Das war mit sechzehn Jahren mein Lieblingsbuch gewesen. Erst hatte ich *Die neuen Leiden des jungen W.* gelesen, und weil darin Salinger, der Autor des *Fängers*, zitiert worden war, hatte ich mir das Buch in der Bibliothek bestellt. Genau wie Holden Caulfield, die Hauptfigur des Buchs, hatte ich werden wollen. So unangepasst, wild und voller kreativer Ideen. Mit einer Sprache und einem Witz, die andere vom Hocker rissen. Auch wenn das heute fast nicht zu glauben war, es hatte Zeiten gegeben, die wirklich wild gewesen waren. Mofafahrten in die aufgehende Sonne hinein. Disco in Landau. Saturday Night Fever in Neustadt. Dann nach dem Realschulabschluss Manus und meine Kleinst-WG. Trampen nach Heidelberg und Party auf dem Schloss. Uwe und ich nach durchknutschten Nächten. Liebesbriefe und kleine Herzanhänger. All das war ich mal gewesen.

»Das Leben ist nun mal kein dauerhafter Ponyhof!« wehrte ich das, was meine Vergangenheit war, ab. Unschlüssig öffnete ich einen der großen Pappkartons: Schulbücher und alte CDs, leider meine eigenen. Ich durfte mich also nicht beschweren. Dazwischen Hefte und alte Stundenpläne. Aus meinem Deutschbuch fielen mehrere Zettel, die voller Listen und Notizen waren.

Eine Hitliste, was ich mit fünfzehn am liebsten gehört hatte. *Moviestar* von Harpo, *Dancing Queen* ... die CDs waren eher späteren Jahren zuzuordnen und irgendwie auf dem Dachboden gelandet. Wishbone Ash, Dexys Midnight Runners, Georg Danzer, Ulla Meinecke, Spliff, aber auch Vivaldi waren darunter. Alles schon ewig nicht mehr gehört. Ich packte die CDs in eine alte Plastiktüte, die bei den anderen Taschen mit CDs im Auto landen würde. Querhören machte mir auch heute noch unglaublichen Spaß, deswegen liebte ich die jungen Radiosender, weil ich da Musik zu hören bekam, die ich nicht kannte.

Dann besah ich mir die Bücher und die Hefte. Hermann Hesses *Siddhartha*, im gelben Reclamheft-Design. Den hatten wir in der Schule gelesen. Den Anfang brachte ich sogar fast noch auswendig zusammen: »Im Schatten des Hauses, mmmh, des Feigenbaumes wuchs Siddhartha auf, der schöne Brahmane ... mmmh mmmh ... bei den Lehren seines Vaters, des Gelehrten, beim Gespräch der Weisen.« Ich blätterte die erste Seite auf, um meine Erinnerung zu überprüfen, und musste laut loslachen, weil jemand über »Brahmanen« *Bananen* gekritzelt hatte. Daneben in Bleistift das Konterfei des Guru-Guru-Elektrolurchs.

Dann eine Kassette, darauf in POP-Schrift *The Mixtape of my Life.* Ich reagierte augenblicklich mit einer emotionalen Gänsehaut. Es ratterte in meinem Kopf. Pink Floyd, Herman van Veen, Jethro Tull, Suzie Quatro, Nena, Ina Deter, um nur einige zu nennen.

In Sekundenschnelle war ich gedanklich mit Manu im Landauer »Mash« gelandet, wo wir damals zwischen Kiffern abhingen und uns sehr slow zu sehr lauter Musik bewegten. Wir hatten die langweiligen Spaghetti bolognese gegen eine Carbonara eingetauscht und aßen fortan keinen Schokopudding mehr, sondern Mousse au Chocolat. Ich lachte bei dieser Erinnerung laut los, denn Uwe hatte mich damals drangekriegt, indem er behauptete, Mousse au Chocolat heiße auf Deutsch Schokoladenmaus. Gleich am nächsten Tag hatte ich mich damit fürchterlich bei unserem Hausgriechen blamiert. Der hatte Mousse au Chocolat auf Wunsch vieler Kunden im

Angebot, und ich bestellte sehr lässig »Schokoladenmaus« bei ihm. Als Nächstes hatte Uwe aus einer Kübelpflanze im Hof für mich einen Semmelkaktus gemacht. Ich hatte es geglaubt. Alles hatte ich ihm abgenommen, weil er lieb gewesen war, fröhlich, einfühlsam. Nicht mal beim »Bis dass der Tod euch scheidet« hatte ich gezögert, sondern den Segensspruch um »ewige Liebe«, »ewige Sensibilität« und »ewigliches Glück« erweitert. »Bis die Entrümpelung euch scheidet«, hätte es heißen müssen. Oder: »Bis der erste Pflegefall euch und eure Familie in den Wahnsinn treibt«, überlegte ich bitter vor mich hin.

Meine Augen fanden in dem Stapel den Zettel, der zu der Kassette gehörte. Ja, das musste er sein. *Mixtape Life* stand darauf. Weil ich so chaotisch mit den Aufnahmen umging, trugen alle Kassetten irgendwelche Beschriftungen, die mit *Mixtape* begannen. Mixtape *1*, *2* oder *3*. Oder: *Mixtape Sommer 81*. Oder: *Mixtape WG-Fete* und so weiter. Da standen sie alle. Die dreißig Songs, die für mich damals der Fahrplan in meine Vergangenheit und Zukunft gewesen waren. Angefangen bei Gilbert O'Sullivans *Alone again* bis hin zu Ina Deters *Neue Männer braucht das Land*. Meine Güte, ich atmete tief durch. Wie lange doch diese wilden Tanznächte, die Spontanpartys und Demos auf dem Hambacher Schloss her waren. So lange, dass es viele Finger und Hände zum Zählen brauchte. Und wie nah mir dennoch alles war. So nah, dass ich es riechen und fühlen konnte und mein Herz vor Sehnsucht wild in mir galoppierte. *Thunder Road* von Bruce Springsteen, der damals kurz und knapp »The Boss« gerufen wurde. Yes mit *You and I*, Crosby, Stills, Nash & Young, John Lennons *Woman*, *So lonely* von Police, Susan Vegas *Luka*, Billy Joel, Rickie Lee Jones, aber auch Nena, Georg Danzer, Herman van Veen und die Straits, die so cool waren, dass man sich das Dire schenken konnte.

Ich sah mich im Sonnenaufgang mit Manu wild über die Autobahn brausen, die zwischen Landau und Neustadt gerade fertiggestellt worden war, und mit Paul McCartney und den Wings laut *Band on the run* singen. Wie Gangstermädels fühlten wir uns dabei, und sicher hatten wir irgendeinen »Schnulli« in irgendeiner Kneipe mitten im schönsten Flirt einfach sitzengelassen, weil wir ja schon mit jemandem »gingen«. So viel Leben war in uns gewesen und so viel Liebe, dass wir nicht schlafen konnten, sondern gleichzeitig rauchen, fahren und Musik hören mussten.

Ich drehte und wendete das Mixtape in meiner Hand. O Gott, dachte ich, das Wiedersehen trifft mich wie ein glühender Pfeil ins Herz, kommt total ungelegen, und ein grässlicher Heulkrampf brach wie ein Vulkan aus mir heraus. Ich hatte mal ganz echt gelebt, und jedes Musikstück auf dieser Kassette sang ein Lied von der Anne, die ich damals war und die ich auf dem Weg in Richtung fünfzig irgendwo verloren hatte. Eine imaginäre Discokugel fing an, sich über mir zu drehen, und ich sah mich tanzen, lachen, flirten. Voller Energie, Willen und Kraft war ich gewesen. Was hatte ich daraus gemacht? Ich lehnte mich kraftlos an einen Stapel Kisten. All meine Träume – ich hatte sie nicht auf dem Dachboden, sondern in mir verstauben lassen. Es gab nur noch eine Ahnung davon. Hier, wo das Herz, die Seele saß, da musste dieser Schatz noch zu finden sein. Wenn man den Mut aufbrachte, danach zu suchen. Mut, den ich nicht besaß.

Manu und ich hatten auf den Kassetten nicht nur Musik, sondern auch kleine Hörspiele und Sendungen aufgenommen. Mit dem Mikro hatten wir direkt vor dem Fernsehlautsprecher gelauert, um die brandneuen Songs bei *Disco* oder der *Hitparade* aufzunehmen. *I have a dream*, das hatten wir uns als Vision genommen und uns gegenseitig interviewt, wie unser persönlicher Traum sich zu gestalten hatte, damit unser Leben eine Wucht wurde. Schlager und Popmusik dienten als Zwischenmusiken für die kleinen Wortbeiträge, die wir erfanden. »Wollen Sie einen reichen Mann?«, »Glauben Sie an die ewige Liebe?«, »Möchten Sie berühmt werden?«, »Was ist Ihr Talent?« und »Wie werden Sie in dreißig Jahren leben?«

»Zwischen fünf Toastern«, antwortete ich jetzt trocken. Es war fast unerträglich, an diese Zeit auch nur zu denken. Besser, ich entsorgte die Kassetten auf dem Müll.

Ich holte noch weitere Zettel aus der Kiste, auch Zeugnisse, die von Vierern und Fünfern nur so strotzten. In Mathe war ich immer schlecht gewesen. Im hinteren Winkel eines Kartons fand ich meinen Walkman, den ich damals aber »Walkwoman« nannte. Zögerlich legte ich die Kassette nun doch ein und drückte auf die Abspieltaste. Der Himmel hatte ein Einsehen, das Ding ging nicht – welche Batterie hätte die Zeit auch überleben können! –, und ich schrammte dadurch vermutlich haarscharf an einer richtig fetten Depression vorbei. War es nicht schon genug, dass ich mit den Altlasten meiner Familie zu kämpfen hatte, mussten es nun auch noch die eigenen toxischen Jugendräusche sein? Überzogene Erwartungen an ein Leben, das es nicht gab.

Meine Hände fanden in dem Karton neben alten Buntstiften, Spitzern und Radiergummis im Snoopy-Look auch ein Päckchen Batterien. Natürlich, man ersparte mir auch nichts. Als würde es CD- und MP3-Player, Sticks, Streams und Downloads nicht geben, fanden meine Finger sofort die kleine Blende an der Seite, hinter der sich das Batteriefach verbarg. Das Klacken des Deckels, das Geräusch, wenn die Kassette in der Mulde verschwindet. Klack, der Deckel ging wieder zu. Vorspulen, rückspulen, um Bandsalat zu vermeiden. Dann auf Play drücken, die Rädchen drehten und bewegten sich, und noch bevor ich mir die kleinen Schaumgummihörer auf die Ohren zog, vernahm ich schon die ersten Töne.

Ich hörte mich verlegen kichern. »Wir haben heute den 23. Juni 1983.«

»Und wir haben heute in Neustadt ein Straßentheater gesehen«, das war Manu. »Zan Pollo Theater! Stark war das! Ganz spontan!«

Das hatten wir früher immer gesagt: »Stark« oder »Voll spontan«. Während *Blackbird* von den Beatles mich auf das einstimmte, von dem ich jetzt schon genug hatte, erinnerte ich mich an Uwe, wie er doch tatsächlich mal gesagt hatte: »Darf ich dich mal voll spontan küssen?« Er war damals so witzig gewesen.

In dem Karton war ein altes Foto von ihm zwischen all meinen Kassetten und Zetteln, zwischen alten Kalendern und Kladden. Uwe lachend über eine Zeitung gebeugt, die Haare ungebändigt, schulterlang.

»Was wünschen Sie sich vom Leben?«, hörte ich die junge Manu fragen. Wieder mein Lachen, dann Stille, weil ich wohl nachdachte.

»Na, sag schon«, forderte sie mich auf. »Du hast sechzig Sekunden Zeit. Schnell!«

Ich hörte mich Atem holen, entrüstetes Japsen, ein »Mach schon! Die Uhr läuft!« und dann meine junge, aufgeregte, aber auch zögerliche Stimme:

»Ich will: Eigentlich will ich nur total glücklich werden und niemals spießig sein. Also schon Wahnsinnshochzeit mit Uwe und dann Kinder, aber eben nicht spießig mit: Er arbeitet, und ich mache irgendeinen blöden Halbtagsjob.«

»Tempo!« Das war unverkennbar Manus Stimme.

»Ich will gaaanz viele Küsse bekommen, die nach *Moonshadow* von Cat Stevens schmecken« – ich wurde schneller und bestimmender – »und mit Uwe mal in Paris frühstücken.«

Manu: »Nach einer Liebesnacht?« Wir lachten beide los.

»Und ich will viel tanzen, eine richtige Dancing Queen sein. Und immer flirten, obwohl ich mit Uwe zusammen bin. Mindestens eine Nacht will ich mal an einem ganz spannenden Ort verbringen. Und immer, immer offen sein und das Glück anziehen. Ich will knutschen, Erdbeersektnächte, Glücksschneeflocken …«

»Wie bei einer Schneekugel«, das war wieder Manu.

Und ich ergänzte: »Eine Schneekugel mit Riesenrad und zwei Luftballonherzen, die aus einem Waggon wehen.«

»Roooomantisch!«, jaulte Manu auf. »Und, was wollen Sie weiter, Frau Anne Wiese? Sie wünschen, wir spielen!!«

»Uuuuh … Capri-Sonnen-Liebe jeden Tag, berühmt sein und, ach ja … ganz oft Spontanpartys. Ich will mich in meinem Leben immer wieder selbst überraschen, frei sein, gute Leute treffen, viel lachen, viel Liebe von Uwe und überhaupt: Jeder Tag soll saumäßig gut sein!«

»So wie jetzt!«, rief Manu laut, und ABBA mischte sich dazu.

»So wie jetzt, auf immer und ewig!«

»Sie hören von Harpo *Horoscope*.« Manu mimte nun eine Radiomoderatorin.

Früher war das einer meiner Lieblingshits gewesen, bis ihn mir die vielen Radiosender mit ihren Dauerschleifen aus Hits der Achtziger ausgetrieben hatten. »Ich will tanzen und glücklich sein, und jetzt gehen wir auf eine Partyyy!!«, hörte ich mich laut und völlig überdreht noch rufen.

»Jesus!« Ich riss mir die Kopfhörer von den Ohren. »Das ist nicht lustig«, wetterte ich durch die Dachbalken dem Himmel entgegen.

Nein, es war nicht lustig. Es war Folter. Noch schlimmer war nur, wenn bei runden Geburtstagen deine Freunde auftraten, um Anekdoten und lustige Erlebnisse aus dem gemeinsamen Leben vorzutragen. Nun hatte ich das selbst für mich gemacht. Mit zwanzig war ich so gespannt auf meine Zukunft gewesen.

»Irgendwo da draußen, da werde ich leben und glücklich sein«, hatte ich von unserem Hausberg, der Kalmit, heruntergerufen. »Nothing's gonna stop me now!« Niemand würde mich aufhalten, alles würde ich gewinnen, weil ich gewinnen wollte, hatte ich gedacht. Hatte ich gedacht. Nur noch ein paar Schritte, glaubte ich damals, dann kommt das große Erlebnis, das man Leben nennt und das ganz weit weg war von diesem Dachboden, auf dem ich jetzt die Devotionalien meiner Jugend fand. Mein schönes Leben, in dem so viele Überraschungen auf mich warteten. Küsse, Erdbeersektnächte und Glücksschneeflocken. Mein Herz war übervoll gewesen mit Erwartungen und Hoffnungen. Und dann war es nicht die große Welt geworden, obwohl es sich damals so groß und weit angefühlt hatte. Die Wahnsinnshochzeit hatte ich ja dann bekommen. Wahnsinnig deswegen, weil meine Eltern hinter Uwes und meinem Rücken als Tanzband zwei alte Männer mit Akkordeon und Hammondorgel gebucht hatten. Nicht ein Wahnsinn, sondern zum Wahnsinnigwerden war das gewesen. Wir hatten dennoch das Beste daraus gemacht, weil nichts uns entzweien konnte, schon gar nicht ein Akkordeon und eine Hammondorgel. Gerührt betrachtete ich ein Bild von Uwe und mir, wie wir vor unserem Zelt die Köpfe zusammensteckten, um ein Bild mit Selbstauslöser zu machen. Das Wort »Selfie«

war noch nicht einmal gedacht. Das musste der Urlaub in Italien gewesen sein, die Gedichte, die ich gleich unter dem Foto fand, wiesen darauf hin.

Das war ein Tag,
der von oben bis unten nach Erdbeeren schmeckte.
Ich und du im Gras.
Nur die Sonne und deine Küsse,
sonst schmilzt nichts auf meiner Haut.

Boah. Das war jetzt aber extrem harter Tobak für die Seele.

Als Nächstes fand ich verschiedene Putzanweisungen und Toilettenregeln von Manu und mir, die sich an die Dauergäste in unserer WG richteten. Manu hatte regelmäßig die Klotür aufgerissen, wenn sich einer der Typen dahinter befand. Wehe, er saß nicht! Öffentliche Listen wurden dann in der Küche, dem zentralen Punkt der WG, positioniert. *Günther wurde zweimal erwischt, versprach Besserung, muss aber trotzdem was zu trinken mitbringen!* Was zu trinken ... Alles in ordentlicher Mädchenhandschrift, die nur an wenigen Stellen mittels Tintenkiller korrigiert worden war. Oft machte das Ding aber eher hässliche Flecken, als dass es Tinte wirklich killte. Mir hatte damals das kleine Utensil als Kind so gut gefallen, weil es an einen Lippenstift erinnerte.

Es war merkwürdig, dass ich dann später, erwachsen geworden, so selten echte Lippenstifte benutzte. Irgendwie hatte sich das damals für eine Arzthelferin »nicht gehört«, und ab einem gewissen Punkt, an den ich mich jetzt nicht erinnern konnte, hatte ich auch in der Freizeit damit aufgehört, mir »Farbe ins Gesicht zu schmieren«. Mutter hingegen besaß noch immer mindestens einen Lippenstift und zog sich krumm die Augenbrauen nach. Immerhin, ich war nicht ganz so spießig geworden wie befürchtet, weil ich nicht zwei Kinder, sondern nur eines bekommen hatte. Genau genommen hatte der Sex zu mehr einfach nicht gereicht, denn mit der Geburt des Glückskindes Ronny waren die Schmetterlinge leider ausgeflogen. Uwe begann mit Überstunden und ich zu zetern, weil ich mir die vorgeburtliche Unbeschwertheit wünschte und er angeblich nicht wusste, wovon ich sprach.

Mit dem nächsten Foto, das ich fand, wusste ich das auch rückwirkend noch ganz genau. Uwe und ich bei unserem ersten Zelturlaub in Südfrankreich. Wieder ein Bild mit Selbstauslöser. Wir strahlen beide in die Kamera, vermutlich sind wir gerade aus dem Liebesnest gekrochen. Uwe und ich und die Provence. Wer damals was auf sich hielt, fuhr nach Aix-en-Provence, das coolerweise nur »ÄÄÄÄÄX« genannt wurde. Die Malediven kannten wir nicht, und die heutigen Shopping-Malls von Dubai waren uns wurst, weil wir für unser Glück ganz wenig brauchten. Erdbeersekt und Capri-Sonne. Niemand bremste uns damals, indem er sagte: »Kind, lösch den Blödsinn mit der Capri-Sonnen-Liebe. Capri-Sonne ist nicht gesund, sondern besteht fast nur aus Zucker. Nimm Fa-Seife und spül damit die Gedanken weg.«

Diese Wünsche, ich erinnerte mich gut, wie ich sie mir zusammengesponnen hatte. Hier auf dem Dachboden war das gewesen. Ich war von dem Gedanken beseelt gewesen, dass es so etwas wie ein Schicksal, einen Schutzengel oder eine Fügung gab. Dass sich alles zum Guten wenden würde, wenn man nur daran glaubte.

Im hintersten Winkel des Kartons entdeckten meine Augen die silberne Quaste, die, ich wusste es sofort, zu meinem Schminktäschchen gehörte. »Autsch«, flüsterte ich, denn es fühlte sich in meiner Brust so an, als würde gerade die Nadel einer Nähmaschine im Zickzack über mein Herz fahren. Dennoch öffnete ich das kleine Teil, und heraus fielen ein blassrosa Lippenstift, ein kleines Duftöl, ein Kajalstift und eine Wimperntusche, deren Bürstchen staubte, als ich es aus der Tusche zog. Ich hatte mich früher so gerne geschminkt. Der ganze Spiegelschrank war immer voll mit Schminke gewesen. Wann hatte das aufgehört?

Als ich im Karton zwischen herausgerissenen »Star-Bildchen« und noch immer nach Matrize riechenden Unterrichtsblättern ein Foto von mir und Manu fand – aufgenommen von irgendeinem Übernachtungsgast –, da überflutete es mir das Herz. Ich betrachtete Manu und mich, wie wir im Schneidersitz auf einer Matratze saßen, Peace-Zeichen machten und wild geschminkte Augen hatten. Auf dem Weinkistentisch vor uns eine alte Chiantiflasche mit Bastbauch, die zu einem Kerzenhalter umgebaut worden war. Sehr schick war das damals gewesen. Ein unglaublich voller Aschenbecher. Die Verandatür mit den selbstgehäkelten Gardinen und ja, da hing sie tatsächlich, die Gießkanne, mit der wir uns draußen geduscht hatten, wenn das Bad wieder mal in einem unterirdischen Zustand war. »Macht kaputt, was euch kaputtmacht«, flüsterte ich leise. Jetzt hielt ich es nicht mehr länger aus und wählte Manus Nummer.

»Manu, ich bin grad auf 'nem Trip«, japste ich ins Telefon.

»Ich wüsste nicht, was dir Besseres passieren könnte«, reagierte Manu schlagfertig, um dann sofort in die Erinnerungen mit einzusteigen.

»Ach, du liebe Zeit, das Foto hat Richard geschossen, Himmel, das ist ja ewig her!«

O ja, Richard, der Herzensbrecher, der ein paar Nächte in unserer WG verbracht hatte, um dann nach Tübingen weiterzuziehen, wo er Philosophie studieren wollte. Ich war verzückt von ihm gewesen.

»Du könntest ihn sicher über Facebook finden«, lief Manu sofort heiß, denn sie suchte und fand fast ständig irgendwen oder irgendwas im Netz.

»Kein Bedarf«, lenkte ich von der kleinen Sehnsucht ab, die sich bei seinem Namen sofort in mir gemeldet hatte und die Richard nicht wirklich meinte. Ich hatte so gerne geliebt. Ich hatte so gerne Uwe geliebt. Heute fanden unsere Begegnungen auf der Couch statt, wenn wir versuchten, ein gemeinsames Fernsehprogramm zu finden. Capri-Sonne, Erdbeersekt und *Moonshadow*. Nenas *99 Luftballons* waren alle fortgeflogen.

»Schade, dass ich meine ganzen Mixtapes weggeworfen habe«, bedauerte Manu leise. »Bei irgendeinem Umzug habe ich sie entrümpelt, ich weiß gar nicht mehr genau, wann das war. Welch ein Glück, dass du deine gefunden hast. Richtig zurückträumen kannst du dich damit.«

»Es macht mich aber nicht leicht, sondern es kommt mir vor, als hätte ich einen Teil von mir gefunden, der eigentlich besser im Verborgenen geblieben wäre«, gestand ich. Etwas regte sich in mir, gerade so, als würde eine alte, schlafende Riesin in mir langsam erwachen, sich recken und strecken und wundern, dass ihr die Höhle über den Winter zu klein geworden war.

»Was meinst du damit?«, fragte Manu in mein Schweigen hinein.

»Ich weiß es nicht ...«, versuchte ich es.

»Kannst du mir dann vielleicht sagen, was du dir wünschst?«, flüsterte sie mit einem Mal und war dabei sehr nachdenklich und leise.

Auch das war nicht wesentlich einfacher, denn es ging mir weder um einen Gegenstand noch um einen Menschen. Was ich mir wünschte, war ein Gefühl. Innerlich abgespeichert, abgelegt in einem Mixtape und so wiedererkennbar wie ein Daumenabdruck. Heiter, unkontrolliert, verliebt, übermütig, optimistisch war dieses Gefühl. Es schmeckte nach Zukunft, Neubeginn und Wagemut. Roch nach Mandarinen und Apfelshampoo, schillerte wie Blue Curaçao in billigem Discountersekt, klimperte neckisch mit getuschten Wimpern, schmeckte wie ein Lippenstiftkuss und war intensiv wie ein Tanz mit Kopfhörern auf den Ohren.

»Erinnerst du dich noch an *We are the champions*?«

Ich hörte Manu am anderen Ende der Leitung schlucken.

»Ich will nicht, dass sich was ändert«, versuchte ich ihr zu erklären. »Aber ich will das Gefühl zurück! Das Gefühl von 1983.«

KAPITEL 5

So lonely

Police

Eigentlich weiß man, dass es keine gute Idee ist, an bestimmten Tagen Liebesfilme zu schauen. Bei *Harry & Sally* trank ich noch Tee. Bei *Tatsächlich Liebe* stieg ich auf den Schokoladenlikör um, den mir Ronny zu Weihnachten geschenkt hatte. Der Likör schmeckte ausgezeichnet und so schön cremig-schokoladig, dass ich mir ohne schlechtes Gewissen ein paar kleine Gläschen gönnte.

Während ich den Film mit einem Drink in der Hand verfolgte, versuchte ich herauszufinden, wie ich aus meinem Leben wieder eine heitere Episode machen konnte.

Manu berichtete oft von einer Art innerem »Ruf«, den Menschen in sich spürten. »Sie wandern dann los«, erzählte sie mir, »gehen den Jakobsweg oder erklimmen Berge.«

Ich hatte viele Rufe gehört, und zwar die von dem schreienden Ronny in der Nacht. Was war er für ein Plärrkind gewesen! Als ich mir ein weiteres Glas von dem Schokoladenlikör gönnte, konnte ich selbst vor mir nicht mehr verheimlichen, dass ich ein bisschen angeschickert war.

»Uuups«, kleckerte ich mir den Likör mitten in mein Dekolleté. Die Schokolade rann übermütig genau zwischen meine Brüste, kam unter dem BH wieder vor und sammelte sich als kleiner See in der ersten von drei Bauchfalten, die ich mir in den letzten Jahren angefuttert hatte.

»Ferkel!«, schimpfte ich und meinte damit den Likör. Mit Fingern und Taschentuch versuchte ich, größere Flecken zu vermeiden, schleckte mir die Fingerkuppen ab und fand die Idee auf einmal gar nicht schlecht, bei irgendwelchen Sexspielchen, die es für mich nicht gab, auch mal Spirituosen einzusetzen. »Am besten Eierlikör«, kicherte ich albern. Aber Uwe brauchte ich damit gar nicht zu kommen. Der war so trocken wie ein alter Toast. Nicht nur in der Hose.

»Ich wünschte, ich hätte ihr öfter gesagt, dass ich sie liebe«, spulte ich zu der Szene zurück, in der Daniel den Tod seiner Frau betrauert, natürlich bevor er Claudia Schiffer trifft. Den Satz konnte sich Uwe schon mal für seine Rede notieren, wenn es bei mir so weit war. Es schien mir Jahrzehnte her, dass Uwe mir ein filmreifes Kompliment gemacht hatte. Kino, dachte ich, ein Kinoabend täte uns richtig gut. Mit oder ohne Eierlikör. Am besten die Geschichte eines Paares, das sich wiederfindet. Ich griff zum Telefon.

»Ich wollte dich gerne zum Kino einladen, wie findst 'n das«, tat ich ganz großspurig, kaum dass Uwe sich gemeldet hatte.

»In was? *Stirb langsam*, Folge fünfundachtzig?«

Von seiner Reaktion etwas überfordert, hielt ich mir den Hörer vom Ohr und blickte auf das Display. Ja, ich war richtig verbunden. Da stand *Uwe, Gatte, Büro.*

»Vielleicht gibt es ja einen anderen Film«, versuchte ich es weiter und lachte etwas verstellt. »Eine Romanze wäre doch schön. Irgendwas mit Jack Nicholson, der sich erst wehrt und dann ganz handzahm wird.«

»Ich geh nach dem Job noch mit Brunner und Mayer golfen.«

Die Art, wie er das sagte, kränkte mich. Unser letzter Crash war noch nicht lange her, ich hatte etwas mehr Mitgefühl erwartet.

»Du könntest wenigstens sagen, dass es dir leidtut, bereits verabredet zu sein.«

Pause. Keine Antwort. Pause.

»Also gut, ich will dich nicht aufhalten.«

»Entschuldige bitte, Anne«, regte er sich weiter künstlich auf. »Ich kann dir beim besten Willen nicht mehr folgen. Erst erzählst du mir, dass du unbedingt mehr Zeit für dich möchtest, dann lass ich dich, und es ist dir auch wieder nicht recht.«

»Aber du sollst mich ja nicht lassen ...«, versuchte ich mich hilflos zu rechtfertigen, landete vor lauter Aufregung mit dem Hintern auf der Fernbedienung, die Szenen des Films sprangen durcheinander, und Heike Makatsch wünschte sich gerade ihr Geschenk. »Ich will etwas Schönes«, hörte ich sie hauchen. Ja, genau, das wünschte ich mir auch. Aber Uwe brummte etwas von: »Wir können später sprechen, wenn ich heimkomme. Der Termin mit den beiden ist wichtig und wird bis in den Abend gehen.«

Natürlich, wie hatte ich vergessen können: Golfspiel war kein Spaß, sondern harte Arbeit, denn auf dem Rasen pflegte er die Kontakte weiter, die er auf den Sommerpartys geknüpft hatte. Wie oft musste er mir das noch erklären? Wenigstens gerieten wir nicht wieder laut aneinander. Im Gegenteil. Wir taten fast so, als wäre nie und nimmer irgendetwas zwischen uns geschehen, und ignorierten das Brodeln und das hässliche Frühstück, das es gegeben hatte.

Ich stellte den DVD-Rekorder aus, streckte mich auf der Couch aus und setzte mir die Walkwoman auf. Ich hatte sie nicht entsorgt, sondern mit ein paar Kassetten mitgenommen. Wieder hörte ich mir das Mixtape an. Sollte ich es Uwe später vorspielen? Ich war mir nicht sicher, ob er mit dieser Erinnerung etwas anzufangen wusste. Bei den letzten Liedern döste ich ein und wachte erst auf, als die Kassette klackte, da ich vergessen hatte, die Endlosschleife einzustellen. Inzwischen war es später Nachmittag, und ich war froh, dass ich kein Kopfweh von dem vielen Schokoladenlikör hatte.

»Hi«, versuchte ich es bei Uwe nach dem Aufwachen erneut. »Nur schnell, bevor ich zu Mutti fahre, ich würde uns heute Abend wenigstens was Niedliches kochen. Hast du auf was Bestimmtes Lust?«

Ich spürte es durch die Leitung, ich war ihm so lästig wie Stechmücken bei einem Badetag am See. Er wollte ein Hagestolz sein und kein Pantoffelheld, zu dem ihn die Abendbrotabsprachen mit einer unbefriedigten Hausfrau gerade machten. 21, 22, 23, zählte ich im Inneren unerschrocken, als er tatsächlich losbellte, weil er mit pochender Halsschlagader an irgendeinem Golfloch stand.

»Haallloooo!!!?«, presste er mit unterdrückter Wut aus sich heraus. »Jetzt lass doch mal gut sein. Ich esse später noch im Club, das hatte ich doch gesagt! Ich speise mit Dr. Brunner. Wann ich genau heimkomme, ist noch nicht klar.«

Er klang wie ein Auto, dessen Batterie versagte. Jaul, jaul, jaul, leier, leier, leier. Meine Güte. Ja. Ich hatte verstanden. Außerdem isst der Herr nicht, nein, er speist. Meine Annäherungsversuche stoben auf und flatterten fort wie ein Schwarm von bunten Schmetterlingen, der auf einer Blumenwiese gestört worden war.

»Oooh, sorry …«, tat ich so, als würde ich mich besinnen. Uwe räusperte sich, und ich hörte, wie er hinter zugehaltener Muschel mit jemandem sprach. Durch die Finger seiner Hand konnte ich die Satzfetzen verstehen: »Entschuldigung. Bin gleich fertig. Meine Sekretärin. Sie musste noch etwas abklären.«

»Ja dann … frohes Kontakten«, wollte ich noch nachschieben, aber da hatte er mich schon weggedrückt.

Ein paar Minuten lang saß ich einfach nur baff auf unserer Couch und konnte es nicht fassen, wie er mit mir sprach. Wie eine kalte Dusche, resümierte ich. Auch für Uwe bin ich nichts anderes mehr als Personal. Es schüttelte mich, als das Gespräch in mir nachklang. Noch schlimmer als all die Worte und abweisenden Gesten war die Aussichtslosigkeit. Ich wusste, es würde so bleiben. Heute Abend würde er erst nett sein, vielleicht davor noch mal versöhnlich anrufen, aber sobald ich mich und meine verletzten Gefühle in irgendeiner Form zeigte, käme bei ihm wieder dieser unnahbare Mensch hervor, dieser Stein mit dem strengen Gesicht. Natürlich, ich würde alles versuchen, weil ich tief im Inneren noch immer an unsere Liebe glaubte und davon ausging, dass wir uns nur gerade im falschen Film befanden. Da hatte irgendwer die Dialoge und Szenen verwechselt. Jemand hatte Uwe und mir unser eigenes, schönes Drehbuch geklaut. Es war mir nicht mehr klar, ob ich bei uns noch das Feuer hütete oder bereits die Asche.

Um nicht noch tiefer in meinen bedrückenden Gedanken zu versacken, entschloss ich mich, einen Sprung vor die Tür zu gehen, und sei es zu Mutter. Sie wartete noch immer auf ihre Kaution. Ich wickelte das Kabel um den Kopfhörer meiner Walkwoman und packte die DVDs wieder ins Regal. Aus der oberen Schublade des Sekretärs holte ich den Umschlag mit dem Geld und packte ihn in meine Tasche. Die Schneekugel, meine Augen verfingen sich an ihr, die konnte auch mit. Möglicherweise konnte sie der Fürstin als Inspiration für etwas schönere Gespräche dienen. Statt die Walkwoman wegzuräumen, legte ich sie ebenfalls in meine Tasche, weil es mir guttat, diesen jungen Teil von mir jetzt mit mir herumzutragen.

Ich atmete sehr heftig, weil mir wieder die Tränen kamen. Liebe ging tatsächlich anders. Wie eine Idiotin stand ich da. Schau mal … das wäre dein Preis gewesen, aber nun ist es leider nur eine Waschmaschine ohne Abpumpfunktion geworden. Schade, dass ich auf der Kassette als Wunsch nicht *Capri-Sonne trinken* angegeben hatte. Den Wunsch hätte ich mir nämlich ganz schnell selbst erfüllen können.

In Jogginghose und Schlabbershirt, meinem Standardoutfit seit zu vielen Wochen, beschloss ich, mich jetzt nicht damit zu beschäftigen, sondern mir lieber gleich die nächste Dröhnung abzuholen. Mutter. Nur sie konnte mir jetzt noch den Rest geben, wenn sie mich in diesem Aufzug sah. »Zieh dir den Pullover hinten wenigstens runter«, würde garantiert von ihr kommen. »Bei Trainingshosen beult sich so der Hintern aus, das muss ja nicht gleich jeder sehen.« Ich versuchte mir nicht zu viele Unverschämtheiten vorzustellen und ihr Verhalten unter »Sie kommt mit sich nicht klar, deswegen braucht sie dich« abzubuchen.

Mutter thronte, wie frisch hindrapiert, im Ohrensessel der Bibliothek des Hauses. Als ich eintrat, stritt sie gerade mit einer anderen Dame, wer von ihnen das schlimmere Schicksal gehabt hatte. »Ich würde noch jetzt zu Hause leben, wenn mich die Ärzte nicht verpfuscht hätten«, hörte ich sie sagen. Sie sah sehr gut aus in ihrer roten Bluse mit dem kleinen Blumenanstecker am Kragen. Auch der war ein Geschenk von Vater. Mein letztes Geschenk von Uwe war ein elektrisches Fahrrad gewesen, das er die meiste Zeit selbst benutzte.

»Schau mal, ich hab dir ein paar Tulpen aus unserem Garten mitgebracht!« Behutsam wickelte ich den Strauß aus dem Papier.

»Bring mir doch nicht immer so viele Blumen mit«, stöhnte sie auf. »Du weißt doch, ich habe nicht so viele Vasen. Hast du dir auch die Finger gewaschen? Tulpen sind giftig.«

»Tulpen sind nicht giftig, du meinst Maiglöckchen«, nuschelte ich unglücklich zurück. So war es immer gewesen. Ich hatte sie becirct, das liebe Mädchen gegeben, und sie hatte streng die aufgesagten Gedichtchen korrigiert.

»Hast du an das kleine weiße Pelzjäckchen gedacht?« Natürlich nicht. Wieso auch? Sie hatte das Jäckchen seit Jahrzehnten nicht mehr erwähnt, aber ich wusste sofort, welches Kleidungsstück sie meinte. Betreten knabberte ich auf meiner Unterlippe herum.

»Ich bringe es nächstes Mal mit«, log ich sie an, weil es das Jäckchen in ihrem Bestand schon nicht mehr gab.

Die andere Dame gabelte konzentriert in ihrem Stück Streuselkuchen herum. »Ist ja noch nicht Herbst«, wollte sie Mutter vertrösten, was die Fürstin natürlich nicht zuließ. Sofort erklärte sie die Vorzüge eines hauchdünnen Sommernerzes und wie gern und oft sie das Jäckchen getragen hatte. Dabei hatte es so lange im Schrank gehangen, dass selbst den Motten die Lust darauf vergangen war.

»Ich weiß nicht«, kritisierte sie mich abschließend, »was du den ganzen Tag machst. Dein Sohn ist im Ausland, dein Mann arbeitet, du hast gerade Urlaub, aber wenn ich mal was brauche, dann ist es zu viel.«

»Sorry«, stotterte ich, legte ihr die Blumen hin und ging in die Gästetoilette, um mir die Hände zu waschen.

»Was hat sie gesagt?«, hörte ich im Weggehen meine Mutter die andere Dame fragen. »Ich glaube, ›Curry‹«, antwortete die.

Als ich wieder von der Toilette kam, saß Mutter nicht mehr da. »Sie erwartet Sie in ihrem Zimmer, soll ich Ihnen ausrichten.«

Aha. Auch hier hatte Mutter schon ihr Personal. Ich bedankte mich und war froh, dass sich die Dreierkonstellation aufgelöst hatte. Wenn ich mit Mutter allein war, hielt sie sich wenigstens mit den höfischen Geschichten zurück.

»Konntest du nicht früher kommen?«, zeterte sie sofort los, als ich zu ihr ins Zimmer trat. »Und warum ist deine Jacke so ausgebeult? Hast du einen toten Hamster in der Tasche? Frau Jänige hat sich auch sehr über deinen Aufzug gewundert. Zum Gespött der Leute machst du mich.«

Der tote Hamster war die Schneekugel. Ich stellte meine Tasche ab und bedauerte, die Schlinge daheim vergessen zu haben, mit der ich Mutter meucheln konnte. Die nachmittägliche Sonne schien herein, die ganze Fensterbank stand voll mit Blumen, ein so hübsches Zimmer. Und Mutter beschwerte sich nur, dass das Pflegepersonal wieder nicht pünktlich und das Mittagessen unterirdisch gewesen sei!

»Wie konntet ihr mich nur hierherbringen? Was hast du dir dabei gedacht?« Dann erkundigte sie sich übergangslos nach ihrem Trachtenrock, der ihr nie wirklich gestanden hatte und den ich deswegen Manu gegeben hatte. Lila Trachtenstoff, verziert mit einer Borte, auf der Kühe und Glocken abgebildet waren. Den konnte Manu mal als Gag in ihrem Laden tragen.

»Hast du den etwa verkauft?«, herrschte sie mich an.

»Nein, Manu geschenkt«, antwortete ich beherzt. Und sie fing an, ihren gut gefüllten verbalen Müllkübel über mir auszuschütten, bis keine Worte mehr drin waren.

»Unerhört«, erklärte sie. »Das war mein Rock, wie kommst du dazu, den zu verschenken!«

»Jetzt hör doch auf!« Ich wurde langsam sauer und öffnete meine Tasche, um ihr die Kaution zu geben. »Ich kann Manu bitten, den Rock zurückzugeben, das macht sie bestimmt, oder wir kaufen dir einen neuen. Einen, der dir richtig gut passt. Einen Rock von Giesswein, die magst du doch so sehr. Der alte Rock war dir doch inzwischen viel zu klein. Ich kann sie gleich anrufen!« Schon wedelte ich mit meinem Handy.

»Mir ist der Rock nicht zu klein«, verbiss sich Mutter aber weiter in ihre Wut. »Du sagst das nur, weil *du* so dick geworden bist.«

Ich redete auf sie ein, als wäre Mutter eine schwerhörige Kuh, die besonderer Zuwendung bedürfte. »Du hast doch immer so gern gegeben, und Manu hat sich so darüber gefreut!«

»Was soll's«, setzte sie sich müde auf das Bänkchen des Rollators. »Die Wäscherei hätte ihn mir ohnehin geklaut.«

»Aber nein«, hielt ich dagegen und schaffte es wirklich, sie noch immer ernst zu nehmen. »Die stehlen nichts, und mit den Pflegekräften werde ich noch reden. Die sollen sich mehr Zeit nehmen, das ist hier wie ein Hotel, so musst du dir das denken. Und deine Tischdamen sind alle so nett.«

»Ach was!« Vor Wut fiel sie fast mit dem Rollator um. »Die sind doch schwerhörig, wie soll ich mich denn da unterhalten?« Sie schnaufte wie eine Dampflok. »Ich möchte«, fuhr sie auf, »dass ihr an den Sonntagen mit mir speist. Ich bleibe hier nicht allein. Es ist wohl zu erwarten, dass du dir – als MEINE Tochter – ein bisschen Mühe gibst und Zeit mit mir verbringst.«

Dreißig weitere Minuten ließ ich Zurechtweisungen und Beleidigungen über mich ergehen, bis ich nicht mehr konnte. Ohne dass sie es merkte, setzte ich mir die Walkwoman auf und hörte die Arie der Königin der Nacht, während ich gebannt auf ihren Mund starrte, der sich stumm bewegte. Wie ein altes Küken sah sie aus. Ein Küken in der Eierschale, das sich aufplustert, quäkt und seinen Schnabel wetzt. Wie in dem Film *Amadeus*, erinnerte ich mich, da gab es auch so eine Szene. Dann kam der verbale Angriff, der selbst die Königin der Nacht übertönte und der mein emotionales Fass zum Überlaufen brachte.

»Was hast du gerade gesagt?«, fragte ich und lüpfte den Hörer auf einer Seite.

»Mit dir ist wirklich nichts mehr los. Es ist ein Wunder, dass Uwe dich nicht verlässt. Schau dich doch mal an! Diese Hosen, diese Haare! Zum Weglaufen siehst du aus!«

Ich bekam ihre Beleidigungen nicht wirklich mit, sondern glotzte gebannt auf ihren Mund, wie er auf- und zuging und nach Luft schnappte, und auf ihren Kopf, der sich empört mal zum Fenster, mal zu mir drehte. Dann geschah etwas mit mir. Eine Wunderkugel platzte und heraus kam ein Gnom, der mich an die Hand nahm, um mich fortan durch Momente wie diesen zu führen.

Ich stellte die Walkwoman aus und bekam einen Blick, der war so hart, dass ich es richtig spürte. *Macht kaputt, was euch kaputtmacht!*

»Schluss!«, schrie ich sie an. »Ich verbiete dir, so mit mir zu reden!«

»Du hast mir gar nichts zu verbieten«, zeterte sie. »Du bist meine Tochter!«

Ich stand sehr langsam auf, winkte ihr sehr lässig zu, drehte mich noch einmal um, nur um den Kükenmund zu sehen, der sich jetzt in einem Adlerkopf bewegte. Dann verließ ich ihr Zimmer, ohne auch nur ein Wort des Abschieds zu sagen. Vor der Tür war ich erstaunt, welch kleine Sache das gewesen war, und ich fragte mich, warum ich nicht schon früher einfach gegangen war. Einfach aufstehen, gehen und nicht mehr zurückschauen. *Django bezahlt heute nicht. Django hat eine Monatsfahrkarte.* Ich hörte sie aus dem Zimmer nach mir rufen, so wie ich am Sommerfesttag Uwe gerufen hatte. Aber Uwes Beispiel folgend reagierte ich nicht. Ohne jede Hetze schritt ich die Treppe runter, grüßte im Blindflug nach rechts und links und machte mich dann gen Ausgang auf, obwohl mir die Dame aus der Verwaltung nachlief und nach Kaution und Unterschriften rief.

Es waren nur wenige Schritte bis zu meinem Auto. Den Strafzettel, den ich hinter dem Scheibenwischer fand, beseitigte ich, indem ich den Scheibenwischer in Gang setzte. So einfach geht das also, dachte ich, und fragte mich ganz ernsthaft, wieso ich nicht schon früher einfach abgehauen war. Es war doch gar nicht schwer und hatte etwas so Luftiges, Befreiendes, dass ich mich ärgerte, nicht schon viel eher von diesem Gefühl gekostet zu haben.

»Ich war noch niemals in New York«, summte ich den Song von Udo Jürgens und stellte mir diesen Mann vor, der beim Zigarettenholen gedanklich von der Familienbildfläche verschwindet. Auch ich brauchte ganz dringend Zigaretten, aber wo ich die holen wollte, das wusste ich noch nicht. »Erst einmal weg!«, befahl ich mir, ließ die Kupplung kommen und rollte los. Der Tank war voll, ich konnte damit eine weite Strecke fahren. Eine Ausflugsfahrt, überlegte ich zuerst, aber dann hüpfte wieder der Gnom, und ich weitete meine Überlegungen aus, wie es wäre, wirklich zu gehen, nicht nur zum Zigarettenholen. Es würde mir schon niemand eine Träne nachweinen, außer Manu. Was die anderen vermissen würden, wären nur meine Dienstleistungen. Mutter hielt mich jetzt vermutlich einfach nur für frech, und sie beschäftigte sich sicher damit, wie und wann sie mich dafür büßen lassen würde. Uwe spielte Golf und trank Riesling mit den Herren. So er überhaupt an mich dachte, würde er sich fragen, was mit mir los war und wieso ich nicht *einfach normal* sein konnte. *Normal*. Manu würde mich verstehen, und Ronny war weit weg. Wenn ich jetzt wirklich weiterfahre, überlegte ich, dann kommt doch niemand zu Schaden, weil mich eh niemand vermisst.

»Die kennen mich gar nicht mehr!«, schrie ich nun doch, als ich an einer Ampel stand und ein blaues Autobahnschild sah, das mir mit einem weißen Taschentuch zu winken schien. Sollte ich einfach auf die Autobahn fahren und schauen, wie weit das Benzin mich bringen würde? Niemand ahnte etwas. Ich konnte so tun, als würde ich *abhauen*. Das hatten wir als Kinder immer in Gedanken durchgespielt und dabei überlegt, wer alles verzweifelt und geläutert wäre, kämen wir am Abend nicht mehr nach Haus. »Dann werden sie sehen!«, hatten wir dunkel prophezeit und waren dann doch daheim geblieben.

Dieser Moment war anders. Ich blinkte rechts und hatte nie meinen Blinker so laut gehört. Jetzt musste ich gar nichts entscheiden. Gar nicht. Ich konnte jetzt große Reise spielen und nachher wieder heimfahren. Da ich keinen zu lauten Abgang gehabt, keine Szene gemacht und keinen Brief geschrieben hatte, lief ich auch nicht Gefahr, mich zu blamieren. Die Entscheidung lag ganz bei mir.

Mit der freien Hand zog ich eine CD aus der Tüte mit den Sachen, die vom Dachboden im Auto gelandet waren. Ulla Meinecke, nicht schlecht, da konnte ich wenigstens mitsingen, wenn mir danach war. Das Cover der CD rief erstaunlicherweise keine Erinnerungen in mir wach. Blind warf ich die Scheibe ein und zappte mich durch die ersten Lieder. Eine Auswahl übersetzter Coverversionen, die von sentimental bis trotzig waren. *Fifty ways to leave your lover.* Ja, das war ein guter Song, um loszuziehen. Es gab fünfzig Möglichkeiten, um auszubrechen. Mindestens. Ich zappte vor und zurück und blieb an einem Intro hängen, das mir komplett unbekannt erschien. *Langsam, du verrücktes Kind … du hast so viel zu tun, dass du endlose Tage verlangst …* Ich erkannte den Song noch immer nicht wieder. *Da kommt ein Tag, da zählt nur heiß und kalt, da wirst du sein, was du willst, oder du wirst nur alt … und warum merkst du's nicht: Wien wartet auf dich!*

Hatte ich richtig verstanden? Ich drückte auf den Rückspulknopf, oder wie das bei CD-Playern von heute hieß, und hörte noch einmal: *Da kommt ein Tag, da zählt nur heiß und kalt, da wirst du sein, was du willst, oder du wirst nur alt … und warum merkst du's nicht: Wien wartet auf dich!* Ich hatte richtig verstanden und schnappte mir die CD-Hülle. Das Lied hieß im Ursprung tatsächlich *Vienna* und war von Billy Joel. Das war ein verrückter Zufall. Erst die Schneekugel, jetzt der Song. Wien …

Als ich dann einen Löffel mitten auf der Fahrbahn sah, einen Plastiklöffel mit rotem Stiel, war mir klar, dass es nicht nur auf der CD, sondern auch in meinem Leben um eine Entscheidung ging. Entweder den Löffel abgeben und mich einfügen in dieses schale Leben oder die Schneekugel und die Musik als Zeichen nehmen, dass für mich noch mehr bestimmt war, dass noch mehr auf mich wartete als weiße Nerzjäckchen, die erst zu finden und dann zu liefern waren.

Die Schneekugel, die ich auf den Beifahrersitz gelegt hatte, rollte vergnügt hin und her. Es schien mir, als würden ihre Glitzerflocken immer heftiger wirbeln. Wie in Trance fuhr ich weiter auf die Autobahn zu und versuchte, nicht zu viel zu denken. Wenn mich später jemand fragen würde, wie ich ausgerechnet auf Wien gekommen war, dann konnte ich sagen: »Es war Magie! Ulla Meinecke und ein roter Löffel waren daran schuld.«

It's määtschig, dachte ich und hörte erneut das Lied von der überforderten Frau, die ihren Weg sucht und ihn in Wien finden soll. Wien war wirklich eine Option, überlegte ich. Mein Leben schuldete mir noch eine Fahrt im Riesenrad.

»Aber man darf sich nicht nur was wünschen, man muss sich die Geschenke auch abholen«, sagte Manu immer.

»Dann hole ich mir jetzt eben mein Geschenk«, befand ich, fuhr aber noch immer nicht schneller als 60 Stundenkilometer. Uwe würde durchdrehen, wenn er kapierte, dass ich ihn verlassen hatte. Aber das tat er in letzter Zeit sowieso ständig. Außerdem verließ ich ihn ja nicht, sondern machte nur einen Ausflug. Im Kopf ging ich die Termine der nächsten Tage durch. Das war alles zu vernachlässigen, da es sich nur um die üblichen Plackereien handelte.

»Aber du kannst doch nicht einfach weg«, hielt mich eine bange Stimme auf, die sich jetzt in mir meldete. »Das darf man nicht machen. Außerdem hast du doch nichts dabei!« Doch, ich hatte etwas dabei. Mein Blick hatte im Rückspiegel die Sporttasche entdeckt, die seit Wochen auf dem Rücksitz wohnte. Waschzeug, Turnschuhe, eine Sporthose, zwei T-Shirts, ein Jogginganzug, Socken, Unterwäsche befanden sich darin. Nicht viel, aber besser als nichts. Es gab Menschen, die fuhren nur mit einer Zahnbürste und einem Paar Socken nach Indien. Ihnen gegenüber war ich nahezu verschwenderisch ausgerüstet. Nur wenige Meter von mir entfernt rutschten jetzt die Autobahnauffahrten bedrohlich näher.

»Wien!«, diktierte ich meinem Navi die Route laut.

»Ien ist leider auf der Karte nicht verzeichnet«, meldete Susi, wie ich die Stimme nannte, bedauernd zurück.

»Wien!«, forderte ich sie erneut auf.

»Wien in Österreich«, rechnete Susi brav. »740 Kilometer, Ankunft circa 22 Uhr.«

»Ja«, gab ich Susi das erwünschte Kommando und fühlte, wie mein Herz vor Erwartung im Brustkorb fast platzte.

»Ausfahrt vor Ihnen«, sagte das Navigationssystem, und die

blauen Hinweisschilder kamen auf mich zu, wurden groß und bedrohlich, Heidelberg geradeaus, rechts nach Karlsruhe, dann weiter Heilbronn. Meine Hände wurden fahrig. Noch achthundert Meter, dann musste ich die Ausfahrt nehmen. Noch sechshundert Meter. »Nehmen Sie die Ausfahrt, nehmen Sie die Ausfahrt!«, forderte mich Susi auf.

Regensburg war schon ausgeschildert, dann entdeckte ich Linz auf der kleinen Karte. Ich war auf dem Weg.

»Ich dreh nicht mehr um!«, beschloss ich laut.

Die Schneekugel hüpfte lustig neben mir, der Umschlag mit Mutters Kaution zwinkerte mir aus der Tasche zu. Ich hatte ihn Mutter nicht gegeben, weil sie nicht brav gewesen war. Alle sollten kapieren, dass ich längst nicht mehr die brave, nützliche Anne war, für die man mich so gerne hielt. Niemand hatte mir etwas zu erlauben, und niemand konnte mir etwas verbieten. Ich dachte an den Prater, sah rote Luftballons und war von einem fast pubertären Zorn beseelt, mir das Glück zu holen, wenn ich es daheim schon nicht erhielt. Ich war fünfzig Jahre alt. Das war nicht alt. Fünfzig war das neue vierzig, wie vierzig das neue dreißig war. Gut, ich hatte ein paar Jahre dazwischen irgendwie verloren. Aber, ich blickte in den Spiegel, diese Augen waren doch noch voller Leben, auch wenn die Haare darüber grau waren. Andere fingen mit fünfzig Jahren noch einmal neu an. Johannes Heesters, würde er noch leben, hätte amüsiert über mich gelacht. Mit der Heester'schen Formel berechnet, war ich im besten Trotzalter. »I'm young and angry«, hatte mich Ronny nach einer Demo einmal angeschnaubt. Jetzt konnte ich ihn sehr gut verstehen. Ich war old and angry.

Mit der rechten Hand fingerte ich in der Handtasche nach dem Handy. Ich musste unbedingt Manu sagen, was ich vorhatte und wo ich war. Während meine Hand sich durch den Urwald meiner Handtasche suchte, fiel mir siedend heiß ein, dass ich es nach der Trachtenrockdiskussion nicht mehr in meine Tasche zurückgesteckt hatte. Es lag bei Mutter auf dem Tisch.

»O nein!«, stieß ich verzweifelt aus, um mich im nächsten Moment daran zu erinnern, dass es auch mal ein Leben ohne Smartphone gegeben hatte. Außerdem verpasste ich ganz sicher nichts. Es rief mich selten jemand an, um mir mal etwas Nettes zu sagen. Manu, ja. Die schickte auch zwischendurch immer mal wieder einen Gruß. Um mich zu bestärken, ließ ich noch mal Ulla Meinecke singen und dachte bei dem Lied auch an Uwe und mich. Ich hatte zu lange geschwiegen, weil ich ihn so gestresst erlebte. Dass ich ebenfalls am Anschlag war, hatte ich übersehen. Mein Zustand war, von außen betrachtet, alarmierend. Besonders in den letzten Monaten war ich immer kleiner und farbloser geworden. Mein Leben brauchte eine Pause. Nein, mein Leben brauchte neuen Schwung. Neuen alten Schwung. Ich wollte, wie ich es Manu gesagt hatte, das Gefühl von damals zurück, das Aufbruch, Neugier und Liebe gewesen war. Es musste doch möglich sein, auch in meinem Alter noch einmal pure Lebenslust zu fühlen.

Aber musste ich dafür nach Wien? Lebenslust gab es doch auch daheim, ich musste sie nur suchen.

Ein ganzes Parlament debattiert in meinem Kopf. Die eine Partei bestand darauf, dass ich fuhr, die andere schlug auf den Tisch und schrie: »So kann das nicht weitergehen! Sie hat Verpflichtungen, vor denen sie nicht flüchten darf.« Es war wie Wehen, die kamen und gingen. Mal sang ich im Auto munter ein Lied, dann schnürte sich wieder meine Kehle zu, weil ich mir ständig neue Auswirkungen meines Abhauens ausmalte. Uwe konnte ruhig mal staunen. Was aber, wenn die Fürstin mir meinen kleinen Ausflug mit Krankheit oder Tod quittieren würde? … *ist gefahren und hat die kranke Mutter armselig zurückgelassen*. Mehrfach überlegte ich, mich wenigstens von einem Rasthof aus bei ihr zu melden. Dann war schon wieder ein Rasthof vorbei, und ich las im Weiterfahren, dass der nächste erst nach 25 Kilometern kommen würde. Also beschloss ich, in 24 Kilometern erneut über einen Anruf nachzudenken oder noch später, vielleicht, wenn ich tankte. Bis dahin konnte ich überlegen, was ich eigentlich sagen wollte. Etwa: Es ist mir peinlich, aber ich hatte einen dummen Kurzschluss. Ich bin auch mal dran. Es war reine Panik. Ich weiß, so geht das nicht. Mutter, bitte sei mir nicht bös.

Das schlechte Gewissen in mir schwoll zu dem Volumen eines zu dick geratenen Haferbreis an. Wie eine Tonne fühlte ich mich. Ich war keine Amazone. Ich war nichts anderes als eine Frau mit einer Sporttasche, in der sich alles Notwendige für ein paar Tage und ein bisschen Goldflitterlotion befand. Die transportierte ich seit dem letzten Silvester unbenutzt in meiner Tasche. Unbenutzt, weil Uwe mir kurz vor dem Ausgehen erklärt hatte, dass er Frauen mit Goldglitter auf der Haut ganz schrecklich fand.

Außerdem, registrierte ich erhaben, hatte ich Geld. Dreitausend Euro in bar. Dieses Geld, überschlug ich im Kopf, konnte Monate reichen, denn ich war genügsam und brauchte nicht viel. Uwe würde nicht herausfinden, wo ich war, da es keine Abbuchungen geben würde. Die nächste Raststätte kam, ich ließ sie rechts liegen. Es hatte nicht nur Nachteile, ohne Handy zu sein, denn ich konnte zwar niemanden anrufen, aber mich störte auch niemand mit einem Anruf. Ich lauschte dem Verkehr, der um mich herum sauste und brauste, und ich sauste und brauste mit, zwar nicht ganz so übermütig, aber ich bewegte mich – immerhin.

Dann war ich an der Grenze zu Österreich. Meine Augen entdeckten zum ersten Mal das Hinweisschild Wien.

Es fühlte sich ganz unecht an, als würde ich mir alles nur im Liegestuhl zusammenträumen. Ich hielt an und stieg aus, um mir die Vignette zu kaufen, die in Österreich für die Benutzung der Autobahnen vorgeschrieben ist.

»Bitte?«, blecherte es durch die Glasscheibe. »Welche Dauer?«

Die zuckenden Hasenaugen hinter der Scheibe verursachten mir einen nicht vorhergesehenen Druck. War das eine Lebensentscheidung, die ich gerade fällen sollte?

»Beeilung!« Die Hasenaugen kamen näher. Ich trat von einem Bein auf das andere.

»Moment«, bat ich um Verständnis. Nach kurzem Überlegen erstand ich die Vignette, die zum jetzigen Zeitpunkt am besten zu mir passte. Es war ein Exemplar mit der gefühlten Gültigkeit von einem Jahr.

KAPITEL 6

Vienna

Ultravox

Kurz vor Wien machte ich eine Pause und öffnete die Tür des Wagens weit. Ich streckte die Beine aus, nahm die Schneekugel in die Hand und spielte ein wenig mit ihr herum. Die kleinen Waggons des Riesenrades begannen sich zu drehen. Die Fenster der Waggons waren mit sonnigem Gelb gemalt, so dass man den Eindruck gewinnen konnte, es würde Licht aus ihnen scheinen.

»Zauberkugel«, sagte ich. »Du bist schuld, dass ich ausgebrochen bin.« Dann ließ ich die Kugel sinken. Wieso dachte ich eigentlich so oft an Schuld? Besser war es doch, an Verlockungen zu denken. Ich war noch nie allein weggefahren, immer nur mit Uwe, Reisegruppen oder für ein Wochenendglück mit Manu. Es fühlte sich fremd an, so allein hier vor den Toren von Wien zu sitzen, und dennoch war das ich, die den Wagen hierhergelenkt hatte. Der laue Sommerabendwind lüftelte sich zu mir herein, der Mond stand schon parat. Die Fürstin würde nun bald schlafen gehen, wenn sie schlafen konnte. Bestimmt war Uwe schon bei ihr gewesen. Was sie wohl dachten, wo ich war? Die letzten Stunden hatte ich per Bleifuß die Kilometer abgerauscht. Immer wieder hatte ich nach dem Telefon gefummelt, das nicht in meiner Tasche war. Phantomschmerzmäßig hatte ich es sogar klingeln hören. Uwe hatte sicher versucht, mich zu erreichen. Vielleicht hatte er sogar schon die Polizei alarmiert. Es war so ziemlich das erste Mal, dass ich nicht da war, wenn er nach mir rief.

»Warum?«, würde er sich verständnislos fragen.

»Weil du mich seit Jahren übersiehst. Weil ich vergessen habe, wer ich bin. Weil ihr euch einen Scheiß um meine Träume, meine

Sehnsüchte, meinen Herzschlag schert«, schrie ich mit einem Mal total wütend die Windschutzscheibe an und hinterließ dort heiße, bitterböse Speicheltröpfchen. Diese unerwartete Wucht, die aus mir herausbrach, war mir selbst ganz neu. »Aaaaaah!!!!«, schrie ich, so laut es nur ging. Ich konnte mit einem Mal gut nachfühlen, wieso manche Menschen zu Geisterfahrern wurden und wie in einem Horrorfilm alle Autos niedermähten, die ihnen frech entgegenkamen. Man wusste doch: Die harmlosesten Menschen wurden die grauenhaftesten Attentäter, war erst einmal ihre Zeit gekommen. War ich so weit? War mein Gehirn geplatzt? Drehte ich vollends durch? Auf Krawall gebürstet, wie ich war, stellte ich mir vor, wie auch die Köpfe meiner Brüder, von meiner Flucht überrumpelt, in alle Richtungen eierten, und ich sah sie sich fragen, wo nur ihr dusseliges Schwesterchen abgeblieben war.

Ronny musste allerdings so schnell wie möglich erfahren, dass ich noch lebte. Vielleicht würde er die Information mit einem lässigen »Cool!« goutieren. »Super, du lebst noch. Und? Was geht?«

»Wie krass«, würde er sicher auch noch sagen. Ja, krass, ich hatte das gemacht, was mir niemand zugetraut hatte, nicht einmal ich mir selbst. So schnell wirft sich ein Leben um.

»Wenn du jetzt weiterfährst«, redete ich mir leise ins Gewissen, »dann wird aber aus Spaß richtiger Ernst.«

Ich ließ den Wagen an und rollte los. Noch konnte ich umdrehen. Ich konnte in Wien ankommen, einmal Riesenrad fahren, einen Kaffee trinken und dann husch, husch, zurück ins Körbchen. Mehr als eine Stunde würde ich für meinen Wien-Aufenthalt nicht benötigen, und alles Wesentliche wäre damit abgehakt. Schöne Vorstellung, später stolz wie Bolle mit meiner Abenteuerfahrt anzugeben, aber nur sechzig Minuten dafür gebraucht zu haben. Vielleicht konnte ich sogar den Kaffee gleich während der Riesenradfahrt trinken, dann war ich in weniger als einer Stunde mit allem fertig. Dann war es fast so wie früher mit den Eltern, nur noch effizienter. Um im Meer gewesen zu sein, muss man ja auch nicht mit dem ganzen Körper eintauchen, sondern es genügt der kleine Zeh.

»Wenn wir uns später ein Zimmer im Altenheim teilen, dann will ich aber ein bisschen was geboten bekommen«, schimpfte mich Manu seit Jahren. »Glaub ja nicht, ich gebe mich mit Geschichten aus der Zahnarztpraxis und Steuerberatergattinnengeschwätz zufrieden.«

Mit dem, was ich heute erlebt hatte, konnte ich sie schon jetzt mehrere Abende in den Schlaf quasseln. Ein LKW überholte mich, gab Lichtzeichen und hupte. Ich fädelte mich ein. Es ist eines, einen hübschen Plan zu haben, es ist ein anderes, ihn auch umzusetzen. Ich hatte kein Handy, keine Ahnung, wo ich schlafen sollte, und ich kannte mich in Wien nicht aus. *Vienna waits for you, honey,* hatte jemand mit weißer Farbe auf eine Betonwand geschrieben. Das ist ein Zeichen, dachte ich. Wien wartet auf mich!

Als ich Schönbrunn passierte, stand der Vollmond fett und rund vor mir am Himmel, er lockte mich und lächelte mir goldgelb zu. »Komm nur, kleine Häwelfrau«, schien er zu rufen. »Hol dir mehr von dem, was du noch nicht hattest!« Und obwohl ich alles andere als eine Häwelfrau war, drückte ich doch eine Spur deutlicher auf das Pedal, als es nötig gewesen wäre. Es war unglaublich! Ich war unglaublich. Ich war in Wien!

»Jaaaaaaa!«, schrie ich aus dem Fenster und winkte einem heftig blinkenden Weihnachtsstern in einem der Erkerfenster zu, den eine Familie wie für mich hatte hängen lassen. Der Stern pulsierte aufmunternd und sendete mir einen Gruß. »Es war richtig!« leuchtete er in Blau und Rot.

Ich erreichte nun das Innere der Stadt, kam an einem sehr großen Markt mit vielen Häuschen vorbei, sah ein Gebäude, das eine goldene Blätterkuppel hatte, und dann die Oper, ich erkannte sie sofort und … unweit davon die erleuchtete Spitze des Stephansdoms.

An Parken nur zu denken, war hier schon straffällig. Ich tat es dennoch und drückte mich in eine Lücke, die ich in einer kleinen Seitenstraße gegenüber der Oper fand. Hier war nicht so viel Rummel, und ich baute darauf, dass sich die Politessen in der Nacht eher auf das Umfeld rund um die Oper konzentrierten. Vorsichtshalber klaubte ich jedoch den Zettel zwischen den losen CDs heraus, der für Parksituationen wie diese im Seitenfach des Wagens steckte. *Bin beim Arzt*, stand darauf in künstlicher Eile gekritzelt. Mal sehen, ob mir das jemand glaubte.

Beim Aussteigen merkte ich sofort, wie die Luft in der Straße und auf dem Platz stand. Es war heiß, viel heißer als daheim, obwohl es Abend war. Erschöpft, wie ich war, schien mir die Luft wie in einer Sauna. Unsicher ging ich ein paar Schritte in Richtung Dom und nahm mir vor, mich erst einmal zu orientieren.

Der Steffel. Da war er. Über die großen Häuser hinweg winkte er mir zu. So groß, leuchtend, mächtig und über die ganze Stadt erhaben, wie ich ihn als Kind bewundert hatte. Erst morgen würde ich in seinem Inneren eine Kerze anzünden. Zuerst musste ich etwas finden, wo ich die Nacht verbringen konnte. Das altehrwürdige Sacher war jedenfalls nicht drin. Ich ging an dem Nobelhotel vorbei und linste durch die Tür. Gediegen und vornehm sah es darin aus, mit einem Concierge, der für jeden Gast da war. Ich musste heute meine eigene Concierge sein, der meine Anliegen wichtig waren.

Fast direkt hinter dem Sacher entdeckte ich die Touristen-Information. Na bitte. Hier würde es sicher irgendwelche Hotelempfehlungen geben. Man kam auch ohne Smartphone weiter. Ich sah mich um und wurde beinahe von einem jungen Typen umgerannt, der im Schottenrock spazieren ging. Auf der anderen Seite der Straße, wo die Fiaker standen, rappten ein paar Jungs. Wien, kniff ich mich in den Oberarm. Wirklich Wien! Die Touristeninformation war allerdings schon seit Stunden geschlossen, und an der Tür waren weder Flyer noch irgendwelche andere Zettel mit Hotelempfehlungen angeklebt. Mist. Da blieb mir nichts anderes übrig, als die Hotels einzeln abzuklappern.

»The Sacher is too expensive«, erklärte gerade ein Mann seiner Partnerin. Das Paar suchte wohl wie ich ein Zimmer. »The information is closed!«

Schon zückte die Frau ihr Handy und begann, eilfertig auf dem Display herumzuwischen. Die beiden beugten sich über das kleine Telefon, und ich hörte sie verschiedene Hotel- und Pensionsnamen runterleiern, die wohl auf irgendeiner Internetseite zu finden waren.

Konzentriert studierte ich derweil im Schaufenster der Info die Veranstaltungshinweise der Vereinigten Bühnen Wien, belauschte aber weiter das Gespräch des Paares.

»Just a second, this sounds nice, the Pension Niossetsch at the Graben ...«

Mein Realschulenglisch-Wortschatz war nicht groß, aber ich hatte alles verstanden, was ich brauchte. Pension Nossek, am Graben, ich erinnerte mich, der Graben war eine der beiden großen Flaniermeilen mitten in der Stadt. Ich freute mich diebisch über die Art und Weise, wie ich an die Adresse gekommen war, und hoffte nur, dass in der Pension noch ein Bett frei war, denn inzwischen war es richtig spät geworden. Ich irrlichterte in die richtige Richtung, vorbei an Kaffeehäusern, aus denen es festlich leuchtete und in denen befrackte Ober um die Tische wirbelten. Meine Finger tasteten nach der Kugel in meiner Tasche. Ich konnte es nicht fassen, dass ich heute Mittag noch in Maikammer gewesen war.

In der Pension war noch Licht, das war von der Fußgängerzone aus deutlich zu erkennen. Dennoch klingelte ich etwas zögerlich seitlich des alten Tores. Summend öffnete sich die Tür. Der Hausflur war so, wie ich ihn aus alten Filmen kannte, mit Hinweisschildern, wo der *Hausbesorger* zu finden war, und einem Aufzug, der aus dem vorigen Jahrhundert zu stammen schien. Das alte Teil, inklusive quietschender Schiebetür, ächzte und jammerte mich nach oben. Als ich, entgegen meinen Befürchtungen, gesund den zweiten Stock erreichte, befand ich mich sofort vor der Tür der Pension, die eher nach einer Wohnungstür aussah. Auch sie, wie das ganze Treppenhaus, im Gründerzeitstil, inklusive eines alten Emailwaschbeckens im Treppenhaus.

Mit dem Zeigefinger pochte ich höflich an das Glas der Tür.

»Haben Sie noch ein Zimmer frei?«, fragte ich zurückhaltend die Dame, die auf mein Klopfen reagierte.

»Bitte, bitte, kommen S' nur herein!«

Ich trat ein, und eine mir aus Filmen vertraute Gemütlichkeit hüllte mich wie duftendes Aroma ein mit ihrem Hauch von *nicht aus dieser Zeit*.

»Kommen S' nur, da vorne ist die Rezeption!« Die Frau drehte sich zu mir um. »Wer ma schau'n, ob wir noch ein Zimmer ham. Glaub'n tu ich's ja nicht.«

»Hoffentlich«, antwortete ich ihr.

»No ja, Wien ist voll mit Zimmern. Auf der Straß'n brauchen S' sicher net übernachten.«

Die Dielen knarzten unter meinen Füßen. Ich entdeckte alte, brüchige Teppiche und noch mehr Jugendstilmobiliar, inklusive Blumenbänken aus Holz, wie sie meine Großmutter besessen hatte. Figürchen aus Porzellan, alte Uhren, die laut tickten, Häkeldeckchen auf den Tischen und über den Armlehnen der alten Couch. An der Rezeption bemerkte ich schnell, dass an dem geschichtsträchtigen Schlüsselbrett die meisten Schlüssel fehlten. Das war kein gutes Zeichen. Die Hausdame schnappte sich ein großes, schweres Buch und forschte in Zimmernummern und Namen. Sie blätterte hin und her.

»Mmmh«, hörte ich sie nachdenklich brummen. »Der Professor Blau, nein, der bleibt noch, da kommt die Familie, nein, wart amal, ham die nicht des 47er diesmal gebucht?« Sie drehte sich um und sah zu dem leeren Brett. »Ah so, die sind ja schon da, aber des

12er …«, wieder drehte sie sich um. Das Brett blieb weiter ohne Schlüssel. »Aber des 17er …«, es war nicht zu fassen, sie besah sich wieder das leere Brett, um dann eine Schublade suchend aufzuziehen. Ich ordnete derweil die Prospekte, die ich auf dem Tresen durcheinandergebracht hatte.

Ein Schlüssel klapperte sich zu mir herüber. »Ja wunderbar! Des 17er geht«, triumphierte die Dame laut. »Jetzt ham mas. Die 17 können S' ham, aber«, sie sah mich streng an, »leider nur für diese Nacht.« Zufrieden klappte sie das Buch zusammen. »Allerdings ist die 17 klein und das Bad ist überm Gang.«

»Aha.« Zimmer ohne Bad, mitten in der teuersten Gegend von Wien. Auch das musste man mal erlebt haben. Dennoch war ich sehr erleichtert, bedankte mich bei ihr, griff mir einen Manner-Schnitten-Gratisstadtplan in Schweinchenrosa und fühlte, wie ich mehr und mehr entspannte. Alles war gut. Mein Abenteuer war gesegnet, ich wusste, wo ich schlafen würde.

»Ihr Zimmer finden S' da vorn, gleich daneben ist der Frühstücksraum.« Die Fenster führten in den Hof oder auf die große breite Einkaufszone hinaus. »Dort finden S' auch ein GenussBar-Angebot.«

Diese eine Nacht würde ich hierbleiben und morgen sehen, wie es mit mir weiterging. Erst einmal musste ich Wien umarmen und durch die Straßen tanzen.

»Alles in schönster Ordnung«, erklärte die Hausdame und schloss ihr heiliges Buch. »Herzerl, jetzt ham S' a Bett.«

Ich grinste breit, schnappte meine Tasche und steckte den Schlüssel ein.

»Kann man hier noch irgendwo was essen?«, rief ich der Dame zu, eigentlich nur, um was zu sagen.

»Ah gehen S' hearn S'. Riechen S' denn nicht schon die Schnitzel bis hierherauf? Wien ist eine einzige Genussmeile, wann S' nur genügend Zeit, Geld und Bauchraum ham.«

Glücklich richtete ich mich in meinem kleinen Zimmer ein, das sehr rüschig und backfischmäßig eingerichtet war. Ich stellte die Sporttasche in das winzige Vestibül und warf mich für einen Moment aufs Bett. Es war unglaublich, dies war das erste Hotelzimmer, das ich je für mich allein gebucht hatte, und es machte mich stolz und glücklich, hier zu sein. Und ich hatte Hunger. Großen Hunger! Auf Schnitzel, Torte und das ganze große Leben. Ich machte mich ein bisschen frisch und brach gleich danach auf, um Wien in Ruhe zu begrüßen.

In der Nähe der Pension entdeckte ich ein kleines Selbstbedienungslokal, die Schmankeria, die bis in die Nacht aufhatte. Hungrig, wie ich war, entschied ich mich gleich dafür.

Mit dem Tablett in der Hand wanderte ich die Angebote ab. Zwei Männer trödelten vor dem Salatbüfett, an dem ich mir Tomaten und ein paar Gurkenscheiben ergattern wollte. Sie waren ins Gespräch vertieft und taten so, als ob ihr Teller eine Doktorarbeit wäre. Der eine nahm sich laaaaangsam drei Blatt Feldsalat, der andere entschied sich bedächtig für den eingelegten Fenchel. Drängelnd drückte ich mich dicht hinter den beiden her und verfolgte dabei, was sie sprachen. Zwischen zwei Cocktailtomaten und der schwierigen Entscheidung, ob nun französisches oder italienisches Dressing besser sei, hörte ich mit einem Mal den einen sagen:

»Sie hat sich mit mir immer wieder verabredet. Eine super Frau. Nur leider schon etwas am Verblühen.«

Der andere zögerte zwischen Joghurtdressing und Balsamicoessig und Öl und erkundigte sich trocken: »Wieso, wie alt ist sie denn?«

»Ende vierzig, irgendetwas um den Dreh.«

»Und ist ihr klar, dass sie verblüht?«

»Leider …«

»Na servus, das ist ja tragisch.«

Ich zuckte zusammen, so als sprächen sie von mir. Das kann nicht sein, dachte ich. Wie kommen die dazu, von einer Frau in diesem Ton zu sprechen? Und ich bekam es mit der Angst, dass ich gar keine Abenteurerin war, sondern nur eine verrückte Alte. Derjenige, der von der Tragik gesprochen hatte, trug einen Bauch wie eine dicke, kurz vor dem Platzen stehende Hagebutte vor sich her. Und der andere, der hatte nichts. Nicht mal einen Bauch. Der war einfach durch und durch ohne irgendeine Auffälligkeit, sei es nun im schönen oder hässlichen Sinn. Die Situation kam einem schlecht geschriebenen Groschenroman gleich.

Irritiert nahm ich mir mit der Zange noch eine gefüllte Paprika. Das mit Hack gefüllte Gemüse erinnerte mich optisch an den Mann mit seinem Hagebuttenbauch.

»No, ist die Dame unentschieden?« Ein junger Typ hatte mich beobachtet. »Koon I Ihna hölfen? De Babrika san wundaboa!«

Ich grinste unsicher und rutschte den beiden Männern in Richtung Kasse nach. Sie sprachen nun nicht mehr von der Frau, sondern waren bereits beim Thema Sport gelandet. An der Kasse betrachtete ich mich im Spiegel, der eigentlich eine Uhr war und an einer Säule hing. Der Sekundenzeiger huschte über mein Gesicht und zeigte an, was die Zeit geschlagen hatte. Mein silbriger Balken am Haaransatz hatte einen Umfang, der in einen Dachstuhl passte. Meine blauen Augen, die Nase und der volle Mund gefielen mir ganz gut. Also gab es im Grunde doch gar nicht so viel zu meckern, wenn man es mit dem Grau nicht zu genau nahm. Sicher, die Jogginghose war nicht gerade schick.

»Du blöder, dicker Affe«, hätte ich mein Tablett gerne der Hagebutte ins Kreuz gedrückt, doch dazu fehlte mir der Mut. »Der hat doch orale Inkontinenz«, würde Manu jetzt laut schimpfen. Was sagt man zu einem so hässlichen Menschen, der über das Verblühen anderer spricht? Vielleicht war ich ja auch schon verblüht und machte mir nur was vor? Ich dachte an unseren Jasminstrauch im Garten, der im Frühjahr so wunderschön blühte und im Herbst so fürchterlich muffig stank.

Schnell suchte ich mir unweit der beiden einen Platz. Mit einem gekonnten Schnitt meines Messers schlitzte ich die erste Paprika auf meinem Teller auf. Das Hack quoll heraus, und ich linste zur Hagebutte, die sich in diesem Moment verschluckte.

»Geschieht dir recht«, zischte ich in seine Richtung.

Eigentlich hatte mich mein Alter nie gestört, aber jetzt, nachdem ich die Hagebutte und ihren Freund belauscht hatte, fühlte ich mich wie beschmutzt. Ich verzehrte energisch kauend die letzte Gabel Hackfleisch und versuchte mir vorzustellen, was es noch alles Schönes zu sehen geben würde. Der eine Hagebuttenbauch würde mir Wien ganz sicher nicht vermiesen.

Als ich wieder auf der Straße stand, fühlte ich mich noch immer benommen, vielleicht auch, weil nun doch die Müdigkeit in meine Zellen kroch. Ich fühlte mich, als hätte mir jemand den Stöpsel herausgezogen, und nun entwich alle Luft aus mir. Niemals alt werden, hatte das nicht die Meinecke auf der CD gesungen? Besser, ich fuhr wieder heim. Nach Maikammer. Mit Uwe und der Fürstin war mein Leben nicht besser, aber immerhin vorhersehbar.

Wie eine verlassene Katze schlich ich durch die noch immer flanierenden Menschen zurück in die Pension. Ich war zu müde, um Wien nach diesem Erlebnis zu genießen. Zu müde von der Fahrt, zu müde von mir. Und zu müde von Hagebuttenmännchen und all den anderen, die es mit anderen nicht gut meinten.

Leise ging ich in mein Zwergenbad, putzte mir die Zähne und stellte mich für ein paar Minuten unter die kleine Dusche, die in eine Ecke des Raumes eingepasst worden war. Mit dem Wasser und dem Duschgel aus meiner Sporttasche, das so sehr nach zu Hause roch, versuchte ich den Stress, die Furcht und die Anspannung loszuwerden. Hatte ich den Mund zu voll genommen? Wenn es hier noch mehr Hagebuttenmänner gab, dann war ich eigentlich jetzt schon bedient.

Ich trocknete mich ab und sprang, in ein Badetuch gewickelt, über den Flur in mein Nachtquartier zurück. Im Zimmer legte ich meine Hose und das T-Shirt sorgfältig auf einen Stuhl. Heute früh hatte ich mir Hose und T-Shirt schnell aus dem Schrank genommen, ohne zu ahnen, dass diese verbeulten Teile zu meiner Reisekleidung werden würden.

Das Bett grüßte mich freundlich, und müde kuschelte ich mich hinein. So wie ich es zu Hause auch tat, ging ich den Tag in Gedanken noch einmal durch. Meine Augen wanderten durch das Zimmer, in dem es nicht viel zu sehen gab. Einen Moment lang blieb mein Blick am Stuck an der Decke hängen. Ein kleiner Damenspiegel an der Seite, eine Vase mit künstlichen Blumen, ein dreibeiniges Hockerchen aus den sechziger Jahren. Ich überlegte, ob ich mich heute noch oder erst morgen zu Hause oder bei Manu melden sollte. Ich sah auf die Uhr. Mitternacht war nicht gerade Manus Bestzeit, aber ich hielt es nicht aus, ich musste mit jemandem sprechen, und es musste Manu sein.

»Wo bist du?«, schrie sie leise auf. »Anne? Wo bist du? Geht es dir gut?«

Erleichtert ließ ich mich wieder in mein Bett zurückfallen und holte das Zimmertelefon näher zu mir heran. Mit wenigen Worten versuchte ich, für Manu zusammenzufassen, wie es zu meiner überstürzten Flucht gekommen war.

»Er hat mich wie eine Idiotin behandelt, dann gab mir die Fürstin den Rest, und das Resultat ist meine Abreise.«

»Langsam verstehe ich«, ich konnte Manus Zustimmung hören. »Deswegen hat sich Uwe also so närrisch aufgeführt. Stell dir vor, er hat sich sogar überwunden und bei mir angerufen. Das spricht Bände. Als wäre er beim FBI, so hat er mich ausgehorcht, aber ich wusste ja von nichts. Dem Himmel sei Dank, du bist okay, ach, mehr als das, du lebst, und wie!«

»Ich werde nicht lange bleiben«, antwortete ich und wusste, dass an dieser frühen Resignation die Hagebutte und ihr Begleiter schuld waren. »Vermutlich komme ich schon morgen heim. Wien ist nicht mehr das, was es einmal war. Man sollte seine Kinderträume da lassen, wo sie sind. In Tagebüchern, auf Mixtapes oder Löschblättern, und das Wasser in Schneekugeln sollte man irgendwann entfernen.«

Bitter wendete ich mich dabei von einem Prospekt des Riesenrades ab, der auf einem kleinen Regal an der Wand stand.

»Wie lyrisch«, lachte Manu laut. »War das ein Lied auf der Kassette? Vielleicht von Danzer? Es würde zu ihm passen. Aber«, wurde ihre Stimme ernster, »jetzt mal Spaß beiseite. Du hast echt Schneid bewiesen, ich finde das genial, und eigentlich könnte gerade jetzt nichts besser passen als ein kleiner Urlaub!«

»Ist aber kein Urlaub.«

»Papperlapapp, es ist immer so, wie man es benennt.« Manu ignorierte das positive eingeübte Konfliktverhalten, das eine Fünfzigjährige zeigen sollte. In allen Frauenzeitschriften war nie etwas von Abhauen zu lesen, sondern immer nur: »Sprechen Sie miteinander. Nehmen Sie sich gegenseitig mit in Ihre Gedanken.« Wer auch immer in meinen Kopf zu Besuch kommen wollte, würde sich fühlen wie in einem Spiegelkabinett. Ich konnte mir ja selbst schon kaum mehr folgen.

»Etwas Besseres konnte dir doch gar nicht passieren. Wien im Frühsommer. Melange und Donaufahrten. Fiaker! Sisi und Schönbrunn, und nicht zu vergessen die vielen Bars und der Heurige. Also, du bleibst auf jeden Fall dort und rufst auf keinen Fall zu Hause an, sondern schreibst nur eine knappe Mail. Ich kümmere mich dann schon um Uwe, und ich werde auch mal die Fürstin besuchen. Lass dich bloß nicht umstimmen, egal, wer versucht, dir Vorhaltungen zu machen.«

Würde Uwe mir eine Art von Absolution erteilen, wenn ich ihn anrief und gestand, wie es mir gerade ging?

»Bloß nicht!«, verbot sie mir erschrocken. »Wenn du mit Uwe telefonierst, dann kannst du Wien glatt vergessen. Der hat dich gleich weichgeklopft. Ich kann jetzt schon hören, was er dir alles sagen wird: Wie konntest du mich nur auf diese Art verlassen? Was bildest du dir ein, wer du bist? Eine Prinzessin? Eine Bettelprinzess bist du!«

Die Bettelprinzess zielte auf mein Gehalt, Manu wusste das. In einer sentimentalen Minute hatte ich Uwe mal erzählt, dass ich als Mädchen die Schnulzen von Hedwig Courths-Mahler gelesen hatte, weil in denen immer alles gut ausging und die Bettelprinzessinnen am Schluss Liebe und Reichtum fanden. Heute benutzte er den Buchtitel, um mir vor Augen zu halten, dass ich in die Riege der Frauen gehörte, die sich mit dem kommenden Thema Altersarmut zu beschäftigen hatten. Als Halbtagskraft in einer Zahnarztpraxis war meine Rente so gering, dass ich sie auf den jährlichen Bescheiden mit der Lupe suchen musste.

»Uwe wird mich fragen, ob ich meine Hormontabletten vergessen habe.«

»Hast du?«

»Ja, seit Wochen!«

Wir lachten schallend los.

»O wunderbar, dann waren sie ja tatsächlich für was gut. Aber hör mal«, Manus Stimme nahm einen dringlichen Klang an, »ergreif deine Chance, pack dein Glück. Du hast heute einen so großen Schritt getan, tripple nicht morgen schon wieder zurück. Nimm echt 'ne Auszeit, du hast es verdient, und hier kommt deswegen niemand um, auch nicht die Fürstin. Die schon dreimal nicht, sie ist ein zäher Lappen.«

»Manu …?«, flüsterte ich ins Telefon.

»Was, Süße?«

»Ich hab Schiss. Ich will wieder heim.«

»Haben die Whiskey in dem Laden?«

»Bestimmt.«

»Dann trink einen doppelten auf dich und das, was jetzt kommt.«

Es entstand eine kleine Pause.

»Hey«, ermutigte sie mich. »Im Prater blühen bestimmt schon die Bäume.«

Mist, ich wurde wachsweich.

»Brauchst du was?«

»Ich habe keine Kleidung dabei«, putzte ich mir die Nase. »Es ging ja alles so schnell.«

»Hast du deine Karten, Bargeld?«

»Ja«, schniefte ich lachend ins Taschentuch. »Ich habe die Kaution für die Fürstin.« Jetzt gluckste ich doch, obwohl mir Tränen die Wangen herunterliefen. »Von Uwes schwarzem Konto.«

Manu jauchzte auf. »Herrlich! Das wird ihn um den Verstand bringen!«

»Ich muss mir eine Unterkunft suchen.«

»Es gibt doch das Internet, Wien liegt dir zu Füßen.«

»Schickst du mir was nach, wenn ich weiß, wo ich bleibe?«

»Bist du verrückt?«, lachte sie mich sofort aus. »Was willst du denn mit deinen alten Fetzen? Schätzchen, das Leben macht dir gerade zwei ganz große ...«, sie unterbrach sich selbst, »nein, *drei* ganz große Geschenke: keine alten Kleider, kein Handy, eine schöne Menge Geld. Das ist der beste Start in ein neues Leben.«

»Ich will aber gar kein neues Leben«, schluchzte ich auf, und während ich mich dann doch sehr bemitleidete, hörte ich Manu in die Stille sagen: »Gott, was gäbe ich gerade darum, du zu sein!« Sie schickte mir einen Gutenachtkuss durchs Telefon. »Schlaf schön! Morgen wird dich wunderbares Wetter wecken.«

»Woher weißt du das?«

»Weil Mädchen, die was wagen, immer eine Sonne sehen!«

»Hmmpf«, grunzte ich, und dann legten wir beide auf. An Schlafen war aber für mich noch nicht zu denken. Aufmerksam sah ich mich in meinem Zimmer um, und meine Ohren horchten in den Flur hinaus. Es war still in der Pension. Fast so, als wäre ich der einzige Gast. Aufgewühlt wälzte ich mich von der einen auf die andere Seite. Was sollte ich machen? Bleiben oder gehen? Ich hatte etwas gewagt. Wirklich etwas gewagt. Ich war nicht einfach mal eben nach Mannheim ins Café gefahren, um am Abend daheim zu triumphieren: »Ätschi, bätschi, jetzt hab ich euch aber geschockt. Ihr habt bestimmt gedacht, ich wäre abgehauen!« Ich WAR abgehauen. Ich hatte es gemacht. Das war neu und alt zugleich. Fahrig fummelte ich die Liste aus meiner Handtasche heraus und brachte auch die Walkwoman für mich in Gang. Als Jugendliche hatten wir immer Musikorakel gespielt. Das ging so: eine Frage stellen, Kassette vor- und rückwärts spulen, anhalten und sich überraschen lassen, was einem die Musik genau an dieser Stelle sagte. Was früher ging – das Orakel zu manipulieren –, gelang jetzt nicht, denn ich wusste nicht einmal ungefähr, welches Lied sich an welcher Stelle befand. Es sah so aus, als würde ich ein echtes Orakel wagen. Ohne weiter darüber nachzudenken, stoppte ich das Mixtape und ließ das Band laufen. *What a fool believes* von den Doobie Brothers. Ich konnte sofort mitsingen und so gut es ging im Bett mitwippen, aber der Text half mir nicht weiter. Was ein Narr glaubt, das sieht er, und kein Weiser hat die Macht, ihn von etwas anderem überzeugen zu können. Was zu sein scheint, das ist so, und es ist immer noch besser als nichts. Na super. Damit konnte ich ja echt gar nichts anfangen.

»Danke, Mixtape«, verbeugte ich mich ironisch vor meiner Walkwoman und den alten Tagen. Es schien ganz so, als müsste ich mein Leben selbst in die Hand nehmen. Dafür war ein Whiskey nicht der schlechteste Begleiter.

Ich schlüpfte aus meinem Bett, öffnete leise die Tür und ging in den Speiseraum zu der angepriesenen GenussBar, einem Automaten mit Getränken, Erdnüssen, Schokolade, Crackern und kleinen Päckchen mit Einwegzahnbürsten und winzigen Zahnpastatuben. Tatsächlich, Jack war hier. Jack Daniels. Ich zog mir ein kleines Minifläschchen und öffnete es gleich vor dem Automaten. Der wohltemperierte Alkohol wärmte sofort gluckernd meine durchgeschüttelte Seele. »Puuh!« Ich lehnte mich schon ein wenig entspannter an den Automaten, dessen Geldeinwurf sich sofort leuchtend und piepsend meldete. Okay, dachte ich, ich nehme die Aufforderung ernst. Zielsicher zog ich mir den zweiten kleinen Freund. Jetzt war nur noch eine kleine Flasche Whiskey im Automaten übrig. Die sollte nicht so einsam zwischen all den Erdnüssen bleiben. Wieder wählte ich, spürte aber schon: Jetzt war es genug! Mit meinem dritten Fläschchen in der Hand machte ich es mir in dem Winkel gemütlich, über dem angeberisch ein Emailschild mit der Aufschrift *Guest Office* hing.

»Woll'n mer doch mal sehen«, spornte ich mich selbst an. Ich folgte Manus Rat und warf drei Euro in den Kasten, der zur Internetbenutzung gehörte. Die Benutzeruhr blinkte hektisch los, und ich versuchte mich nicht von der Nervosität anstecken zu lassen, die die kleinen blinkenden Zeichen vermittelten. Ich öffnete mein Mailprogramm und entdeckte freudig eine Mail von Ronny.

Hey all, schrieb er, und ich begriff, dass die Mail nicht exklusiv an mich, sondern auch an 745 Freunde gerichtet war. *Facebook geht grad nicht, deswegen umständlich per Mail.* Umständlich. Wenn Mails umständlich waren, wie wurden dann heute Brieftauben beschrieben? Ein kleiner Film mit einem hüpfenden Känguru war an die Mail angehängt. Aus dem Beutel blickte ein Babykänguru, das im nächsten Moment zu kotzen anfing.

Ich lehnte mich mit einem lauten Aufstöhnen zurück. Mein Sohn hatte schon einen erschreckend dämlichen Humor. In dürren Worten formulierte ich, was ich meiner Familie zu sagen hatte.

Hallo, klapperte ich in die alte Tastatur, überlegte kurz und entschied mich, Manu als Blindkopie in den Verteiler aufzunehmen. Dann fasste ich mir ein Herz und schrieb weiter. *Ihr habt es sicher gemerkt, ich bin weg. Ich brauche eine* …, wieder stockte ich und entschied mich dann schnell, … *Familienpause. Vielen Dank, Michael und Klaus, dass Ihr jetzt die Fürsorge für Mutti übernehmt. Uwe: Die Tiefkühltruhe ist voll mit Sachen, die Dir nicht schmecken. Ronny: Deine Mutter lebt und meldet sich bei Dir. Mami: Ich bring Dir was Schönes mit. Leb Dich weiter gut ein, Michael und Klaus sind für Dich da. Ich drücke Euch und melde mich in unregelmäßigen Abständen. Anne.*

Der Punkt, den ich hinter meinen Namen gesetzt hatte, erschien mir wie ein Ausrufezeichen. Hier kommt die Lady, die Lady kommt hier. *Übrigens*, tippte ich dann noch ein PS, *ich kann nicht sagen, wann ich wiederkomme. Ihr werdet es merken.*

Dann schickte ich meinen Gruß ins All, ohne die Sätze noch mal auf Fehler hin zu überprüfen. Ich öffnete das dritte Fläschchen. Der Whiskey war gut, er umnebelte meine Gedanken.

Wie würde mein Sohn mich beschreiben? »Sie war immer praktisch wie eine Ritter-Sport-Tafel, und auf einmal, ich weiß nicht, warum, benahm sie sich wie eine Piemont-Kirsche.« Ich nuckelte den letzten Tropfen aus dem Fläschchen und hängte mir dann das Fläschchen an die Oberlippe, indem ich es sich dort festsaugen ließ, ganz so, wie wir es als Jugendliche gemacht hatten.

Dekoriert und angedudelt, begab ich mich im Internet auf *Budensuche*, wie es in der *Feuerzangenbowle* so schön hieß: »... am besten bei einer ordentlichen Witwe«, zitierte ich den Film in löchriger Erinnerung. Der Computer gab mir noch zehn Minuten, um eine Bleibe für die nächste Zeit zu finden. Er blinkte aufgeregt, und da ich keine Lust hatte, wieder ins Zimmer zu gehen, um mir meine Geldbörse zu holen, machte ich einfach ein bisschen schneller. Die Daten hatte ich ja im Kopf. Ein Zimmer, entweder als Ferienwohnung oder aber in einer WG. Wobei mir das Erste lieber war, obwohl ich ja ausgesprochen gute Erinnerungen an meine Wohngemeinschaftszeit mit Manu hatte. Die Fensterchen poppten munter auf und wieder zu, und jemand versuchte, mir zwischen Hotels, Pensionen und Privatzimmern auf dem Bildschirm einen Mann, Viagra, Scheidenzäpfchen, Schokolinsen und Inkontinenzeinlagen anzudrehen. Bei »Privatzimmer Wien« wurden massenweise Ferienwohnungen angeboten, die für mich zu groß waren, und WG-Zimmer für Veganer, Vegetarier, Nichtraucher, Raucher, Buddhisten, Yoganer und Menschen, die »besondere Begegnungen« suchen. Nein danke, das Risiko wollte ich erst gar nicht eingehen, dass nächtens irgendein merkwürdiger Typ an meine Tür klopfte und heiser meinen Namen rief. Also klickte ich weiter, zur Rubrik »Frauen-WG«. Mein Auge blieb schnell an einem Zimmerangebot hängen, das musikalisch mit dem Kaiserwalzer unterlegt war. *Greta und Marlene geben sich die Ehre, Ihnen ein sehr schönes Gastzimmer zu offerieren*. Das gefiel mir. Amüsiert las ich weiter. *Nähe Kunst Haus Wien, Balkon zur Straße, Innenstadt fußläufig erreichbar, Theater und Bars in der Nähe, unweit vom Prater und allem, was gut und schön ist. Schauts bitte in unserem Kalender nach, tragts euch ein, und dann wohnen wir auch schon los. Bussi, baba.*

So etwas wie heißes Lampenfieber stieg in mir auf. Nervosität. Vibrieren. Greta und Marlene, die Namen klangen zwar ein bisschen tauftantig. Dafür klang die Anzeige sehr unkompliziert, das Zimmer war günstig und die nächsten vier Wochen frei. Schnell, damit ich es mir nicht anders überlegte, meldete ich mich an und buchte sofort vier Wochen. Angesichts der kleinen Miete erschien mir das Zimmer geräumig und groß, zumindest machte mir das die handgefertigte Skizze vor, welche die beiden eingestellt hatten.

Huhu, bis bahald, vielen Dank, reagierte das Programm auf meine Buchung. *Greta und Marlene freuen sich aufs Kennenlernen. Bitte einfach anreisen und klingeln. Ihr wissts, von 16 bis 19 Uhr sind wir sicher da. Wer später kommt, muss sich gedulden bis nach 23 Uhr.*

Aha, ich notierte mir die Adresse. Und mit den Ansagen komme ich klar. 16 Uhr.

Dann war mein Zugriff auf die große weite virtuelle Welt schon wieder beendet. Jemand hustete in einem Zimmer, das Licht auf dem Flur ging an und wieder aus, Türen öffneten und schlossen sich leise, Mitternacht war schon lange vorbei. Ich zog mir noch einen Schokoriegel und ging in Zimmer 17 zu meinem Bett. Wie um mir Mut zu machen, legte ich die Walkwoman auf den kleinen Nachttisch. Die Schneekugel stellte ich daneben, nicht ohne den Schnee noch mal tanzen zu lassen. Ich war so aufgeregt, dass ich kaum schlafen konnte. Und dann ging es doch. So wie immer alles geht, auch wenn man es erst nicht glauben will.

KAPITEL 7

If you're going to San Francisco

Scott McKenzie

Aus einem der Fenster wehte eine Regenbogenfahne, und jemand hatte vor dem Haus ein Fahrrad geparkt, dessen Lenker mit künstlichen Blumen geschmückt worden war. Okay, dachte ich, die Gegend scheint schön bunt zu sein. Direkt gegenüber war eine Bar, in der die Araber aus dem Kiez ihren Kaffee tranken. Ein Zeitungsladen, über dessen Eingang *Trafik* stand, eine Bäckerei, ein Altwarenhändler, ein Zuckerwaren & Tortendekorationsladen und ein Italiener mit Tischen und Stühlen vor der Tür. Ich raffte meine Siebensachen aus dem Auto und versperrte damit der Straßenbahn den Weg, die mit schrillem Klingeln und kreischenden Bremsen stehen blieb.

»San Se deppart?«, schrie der Fahrer aus der geöffneten Tür.

»Entschuldigung«, nickte ich ihm versöhnlich zu.

»'tschuldigung«, äffte er mich nach. »Piefke, Trutschn!«

Okay. Verstanden. *Deutsche, du Trottel*, hatte er gemeint. Dann ruckelte die Tram weiter, nicht ohne nochmals erregt die Klingel schrillen zu lassen, und ich entschied mich, meine Tasche und zwei Plastiktüten mit neuen, schnell gekauften T-Shirts und einer grauen Leinenhose lieber von der anderen Seite aus dem Wagen zu holen. Ich hatte Wien so charmant wie Peter Alexander abgespeichert, obwohl es ja auch Typen wie Hans Moser hier gab.

Noch etwas angegriffen aufgrund der, wie ich fand, ungerechten und heftigen Beschimpfung, blickte ich zu dem Haus hoch. Es sah nett aus. Ein prächtiges Gründerzeithaus, mit kleinen Balkonen und Stuck an den Decken, wie ich durch ein paar Fenster erkennen konnte. Das waren die Häuser, die man in Deutschland suchte und in

Maikammer nicht fand. Sie versprühten den Charme von rauschenden Ballnächten und Kutschern, die vor der Tür warteten, um ihre Herrschaft durch die Nacht ins ebenfalls imposante Heim zu fahren. Wenn die Wohnung auch so war und Marlene und Greta einigermaßen verträglich, dann hatte ich in der Nacht mit drei Euro Einsatz vielleicht sogar das große Los gezogen. Wie würde ich mich ihnen vorstellen, was zu ihnen sagen? Es war mir unangenehm, jetzt schon die Wahrheit preiszugeben. Früher oder später legten Frauen sowieso die Karten auf den Tisch, wenn sie sich sympathisch waren und sich eine Flasche Wein teilten. Aber jetzt, heute, war ich dazu noch nicht bereit. Jack hatte mir zwar einen tiefen Schlaf geschenkt, aber ausgeruht war ich nicht, sondern ich fühlte mich eher wattig im Kopf und noch ein bisschen wie unter Schock. Was hatte ich da gestern nur gemacht? Jetzt war die Sache schon so weit vorangeschritten, dass eine Heimreise einer Niederlage gleichkäme. Gestern wäre das noch cool gewesen, heute war es peinlich. Es war also besser, wenigstens ein paar Tage hierzubleiben.

»Hallo, ich bin Anne Singer, geborene Wiese, und komme aus Maikammer – klingt das nicht wie der junge Frühling?«, probte ich schon mal. »Mein Gepäck? Das habe ich im Auto und hole es später hoch. Nein, nein, keine Mühe, die Taschen sind nicht schwer, und das Wichtigste trage ich ja schon in der Hand.«

Klang das unverstellt und lässig? Ich bezweifelte es. In Lügen und Schwindeleien war ich noch nie wirklich gut gewesen. »Anne, die ehrliche Haut« würde mich treffender charakterisieren.

Noch einmal studierte ich die Klingelschilder, diesmal mit Lesebrille, und fand die Namen in der vierten Reihe. Um Himmels willen, vierter Stock! Da blieb nur zu hoffen, dass es einen Aufzug in dem Altbau gab. *Greta und Marlene*, auch auf dem Klingelschild wurde auf Nachnamen verzichtet. Hoffentlich waren die beiden nicht schräg. Was ich jetzt brauchte, waren zwei richtig nette Schwestern im Geiste, lustig, aber bodenständig und solide. Frauen wie Manu. Eine solche Wohngemeinschaft würde mich moralisch unterstützen, meine Gedanken zu sortieren. Kaum hatte ich geklingelt, summte auch schon die Tür. Im Hausflur war es kühl, er war mit Jugendstilfliesen gekachelt, eine alte Laterne baumelte an einem langen Kabel von der Decke herab. Briefkästen, die mit Namen und Zeichen versehen waren. Ein Tisch, auf dem verschiedene Flohmarktgegenstände standen. *Stöbern und Mitnehmen erwünscht!*, las ich auf dem Pappschildchen davor. Ich stellte meine Taschen ab und suchte nach dem Aufzug. Gratulation, es war keiner da.

»Die Treppen nehmen!«, hörte ich auch schon einen Mann von oben rufen. Vielleicht war das der Hauswart, der alles im Blick behielt, selbst dann, wenn er gar nichts sah. Eigentlich wäre es schöner gewesen, die Stimmen meiner Zimmerwirtinnen zu hören.

»Einfach hochkommen!«, forderte er mich weiter auf. Mach ich doch, dachte ich und fand, man konnte das sehr gut hören. Die Stiegen waren ausladend breit und knarzten gewaltig. In Deutschland hätte man sie vermutlich mit Teppichbodenflecken schallgedämpft. Entlang der Treppe riesige Fenster, die in den Hinterhof eines anderen Hauses zeigten. Irgendjemand hatte auf einem Fenstersims eine Basilikumzucht begonnen, ich sah ein kleines Mädchen lachen und einen Menschen, der Cello spielte.

»Burli!«, plärrte es von oben, »Burli, kumm!« Eine Frau im Morgenmantel hing über dem Geländer. War das Greta oder Marlene? Ich ließ die Tasche mit einem Ächzen sinken und nickte der Frau von unten zu.

»Sind Sie Greta? Marlene?«

»Nein«, antwortete die Frau spöttisch. »Seh ich vielleicht so aus? Die wohnen noch eine Stiege höher. Hören Sie ... ist da unten mein Kater? Bringen Sie ihn doch mit rauf, wenn's geht ...«

»Na, es geht net«, schallte nun wieder die Hauswartsstimme, diesmal allerdings deutlich genervt, durch den großen Flur.

Ich stellte die Tasche hin und sah durch das Geländer hoch. Da war was. Aber was? »Was ist das?«, staunte ich erschrocken. »Ein Alien?«

»Was geht 'n die des an, du bleede Funzn!«

»Hearst, zuck net aus, Bissgurn«, kreischte die Fantasiegestalt zurück. »Bist blind? Siehst net, Püppi hod doch mit ihr'm eigenen G'wand genug zuam dua.«

Püppi? Ich drehte mich um. Außer mir war niemand mit Taschen oder Koffern auf der Treppe.

»Dann hilf du ihr doch«, gellte die Frau nach oben. »Aber verlier deine Stöckel nicht auf dem Weg!«

»Depperte Urschel«, schimpfte der Mann, der wie eine Frau gekleidet war.

»Oarsch!«, plärrte es von unten hoch.

»Chchchchc«, zischte es unter der Yuccapalme giftig.

»Was ist denn los hier?«, tönte nun eine weitere Männerstimme empört durch den Krawall, und ich verstand mit einem Mal, warum man Österreich auch das Land der Operetten nennt.

Schon hörte ich Absätze in meine Richtung klackern, und meine Augen verfolgten eine Federboa, die sich dazu elegant um den Handlauf des Geländers schlängelte. Staub wirbelte auf. O Gott, dachte ich, besser, ich hau ab! Aber ich hatte keine Chance. Mit einem »Schatzerl, da bist du ja endlich« breitete so etwas wie eine Frau ihre Arme aus und drückte mich tief in ihr künstliches Dekolleté. Zuckersüße Begrüßungsworte wurden gegurrt, glitzernder Puder und schweres Parfum kitzelten meine Nase, und es brauchte all meine Zurückhaltung, damit ich zur Begrüßung nicht in diesen Ausschnitt nieste.

»Ist sie das?«, hörte ich dumpf jemanden zwischen den beiden Brüsten nach mir fragen. Die Frau, die keine war, drückte mich aus dem gerüschten Stoff wieder heraus.

»Anne, da ist sie«, sie strahlte mir ins Gesicht. Das Gesicht war weiß gepudert und hatte einen roten Zuckermund, auf der einen Wange klebte ein kleiner dunkler Schönheitsfleck, und blondweiße Schillerlocken schlängelten sich zu beiden Schultern herunter. »Aaaah«, jubelte sie laut. »Ich weiß es jetzt schon: Wir werden dich Nannerl rufen!«

»Gestatten, Anne Singer, geborene Wiese. Ich komme aus Maikammer – klingt das nicht wie der junge Frühling?«, wiederholte ich im Stillen meinen unnötig gewordenen Begrüßungssatz.

»Oder Püppi«, johlte die andere Stimme, die zu der anderen Frau gehörte, die auch nicht wirklich eine war.

Mit »Ich bin Greta« wurde mir eine Hand gereicht, und ich verfolgte die langen Perückenlocken, die bei den aufgeregten Bewegungen des Kopfes wild nach allen Seiten flogen.

»Und ich Marlene«, drückte mich nun der andere Mensch an seine oder ihre Brust. »Wunderbar, du bist da, ich springe nach oben und mixe uns den Begrüßungsdrink.«

»Aber ihr, äh Sie sind ja gar keine ...« *Frauen*, hatte ich sagen wollen, aber es erschien mir dann doch zu intim, dies mitten im Flur anzusprechen.

»Burli!«, schrie es wieder durch das ganze Haus.

»Ach, dieses fette Burli«, wendete sich Marlene nach mir um, »so heißt doch kein Kater. Dackel heißen so«, sie winkte lachend ab, »da siehst du, in was für a bleede Nachbarschaft du g'raten bist. So a Trulla!«

Sie griff nach meiner schweren Tasche.

»Wos wir für a Glück ham«, freute sich hingegen Greta laut und nahm mir die Plastiktüten ab. »Sonst mieten sich bei uns immer nur Schwule oder irgendwelche Transvestiten ein ...«

»Oder Lesben«, brüllte Marlene von vorne zurück, »die unbedingt ein Kind mit uns machen woll'n.«

»Man glaubt ja net, wos es al's gibt. Wir war'n heute früh scho furchtbar aufg'regt, als wir deine Anmeldung im Postkasten fanden, und ham den ganzen Tag deine Ankunft gefeiert und überlegt, wie du wohl ausschaust und was du für eine bist. Wohnst du immer bei schwulen Männern oder bist du aus Versehen auf der Regenbogenseite herumspaziert? No, des wern mer sicher no beplaudern.« Regenbogenseite? Regenbogenseite!

»O jaa!«, Marlene war schon fast oben und sang durchs Treppenhaus. »Immer und immer wieder haben wir uns ein Mädchen gewünscht, ein echtes, richtiges Mädchen. Ein Püppi, Pupperl, Puppschilein!«, trällerte sie von oben. »Und nun bist du endlich da!« Und Greta kniff mir aus lauter Freude in den Po.

»Autsch«, reagierte ich empört. Die waren verrückt, die beiden. Kein normaler Mensch empfing in solch einem Rokoko-Aufzug Besuch, und niemand, der Anstand hatte, drückte sich einen wildfremden Menschen zur Begrüßung in den Ausschnitt hinein. Das war übergriffig. »Und niemand kneift mich in den Po!«, schlug ich erbost Greta auf die Finger.

»Des glaub i dir«, grinste sie mich frech an, »sonst dats du di ja freu'n und wärst net so zickig wia a Gouvernante. Aber das treib'm wir dir scho no aus.«

»Wie bitte?«, blieb ich bockig stehen.

»Ach, stell dich nicht so g'scheit an! Komm rein, wirf alles ab«, zog mich Marlene vom Treppenabsatz in die Wohnung.

Jetzt sah ich es genau. Ihre Perücke hatte einen Rosastich, und in den Locken funkelten kleine Sternchen. Sie breitete ihre Arme so weit aus, als wäre ich ein Traktor und sie ein Scheunentor.

»Küss die Hand, gnä' Frau!« Marlene verbeugte sich und wies mir den Weg. »Der Champagner perlt schon in den Flöten. Es ist herrlich, dass du da bist. Du wirst dich pumperlwohl in deinem Zimmer fühlen, es wohnt sich hier grandios. G-r-a-n-d-i-o-s! Aber jetzt müssen wir erst einmal feiern, dass du uns gfunden hast, dann zeig ich dir die Wohnung. Vier Wochen! Das ist grandios. G-r-a-n-d-i-o-s!«

Ich wollte sprechen, fragen, mich erkundigen.

Ich wollte auf die Toilette, mir die Hände waschen.

Ich wollte mich umsehen.

Ich landete in einer Küche, in der ein Champagnerkübel, zwei Flaschen und drei Gläser angerichtet waren.

Eine der Flaschen war bereits fast leer.

»Habt ihr …« Ich wollte nach ein bisschen Brot zum Champagner fragen, denn etwas in mir riet mir zu, besser erst mal klar im Kopf zu bleiben.

»Papperlapapp«, meinte Greta und goss mir einen Kelch mit Champagner voll. »Wir erzählen dir alles nach und nach. Jetzt kommst erst amal an, und wir müssen eh gleich weg.«

»Die Kunst ruft uns!«, tirilierte Marlene. »Wir singen in einem wunderbaren Stück. W-u-n-d-e-r-b-a-r! Noch ein Schluck? Du trinkst so wenig!« Kraweng!, krachte der Korken der zweiten Flasche an die Decke und landete mitten in den Armen eines verstaubten Leuchters.

»No bitte!«, klatschte Greta in die Hände. »Der weiß, wo er hin-g'hört!«

»Komm, stoß an«, hörte ich Marlene.

»Willkommen, willkommen …« Willkoommmeen, lallte sich die Begrüßung bald schon in mir weiter. Das Bild vor meinen Augen wurde orange und gelb und funkelte wie eine Mozartkugel im Sonnenschein, ich saß auf meinem Stuhl und beobachtete alles, als säße ich in einem Film.

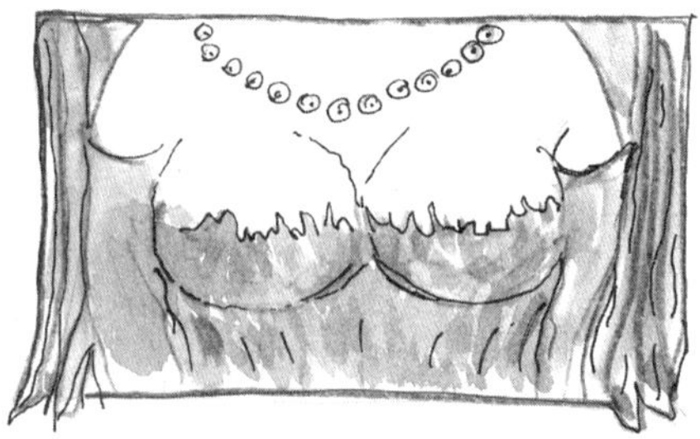

Greta u. Marlene liebten das Theater

Irgendwann, hicks, ich konnte beim Aufwachen keine Zeit zuordnen, fand ich mich auf einem 1 Meter 40 großen Plüschbett wieder. Ich musste wohl doch irgendwann in meinem Zimmer gelandet sein. Über mir baumelte ein dicker Engel aus Pappmacheé, der mit anderen Putten als Mobile seine Runde tanzte. Was war das da vorne, da bei der Tür? War das ein Schuh von mir? Wo war der andere? War er unter das Bett gerutscht? Auf was lag ich da so unbequem? Mit einer Hand zerrte ich ein mit Strass besetztes Teil hervor, das aussah, als würde es in einen Push-up-BH gehören. Hoppla, dachte ich und sah mich mit schmerzendem Schädel weiter um. Aus dem Augenwinkel entdeckte ich ein paar Strapse, die an einem Geweih in einer Nische hingen. Champagnerfahrig zitterten meine Augäpfel in ihren Höhlen, sprachen sich dabei jedoch nicht ab. Ich sah doppelt. Zwei, vier, sechs, acht Strapse zählte ich, oder waren es noch mehr? Sollte das wirklich mein Zimmer sein? Und wenn ja, wie war ich hierhergekommen? Hatte man mich geführt oder getragen? Mein linkes Auge war von Natur aus schwächer als das andere. Strengte ich mich zu sehr an, verstellte es sich nach außen, was Doppelbilder nach sich zog. Nun schien das Auge völlig orientierungslos zu sein, schwenkte sozusagen eine weiße Fahne. Mein Kopf war wie weichgekocht. Es blubberte giftig hinter meiner Stirn.

»Oooooh …«, jammerte ich ins Kissen. Das war kein Kater, das war ein Tiger, der sich in meinem Körper eingenistet hatte. Ich rekapitulierte, so gut es ging: Während ich erst angeheitert, dann beschwipst, dann angetrunken und infolge weiterer Gläser betrunken geworden war, waren Greta und Marlene mehr und mehr aufgeblüht und hatten ihre Bühnengeschichten, wie Skatkarten abwechselnd auf den Tisch geklatscht. Mit jedem weiteren Glas waren sie noch aufgekratzter geworden. Nach wie vielen Gläsern ich aufgegeben hatte, wollte ich rückwirkend nicht mehr zählen. Auf jeden Fall war ich bereits lahmgelegt, als die beiden erst voll in Fahrt gekommen waren. Ich hörte sie vor meiner Tür lärmen, verstand aber nur wenige Gesprächsfetzen. Auch dass Greta und Marlene Kunstfiguren waren, hatte ich noch parat. Einst hatten die beiden als ein Marlene-Dietrich-und-Greta-Garbo-Duo begonnen und waren dann auf Operette, Oper und Wiener Lieder umgestiegen.

»Wie wär's mit einer kleinen Überlandpartie …«, hatten sie kreischend in der Küche gesungen und die Küchenstühle so aufgestellt, dass wir wie in einer Kutsche saßen. Das war eine Hommage an Hermann Leopoldi gewesen, der in der Nähe gelebt hatte.

Überlandpartie … das Lied fehlte eindeutig auf meinem Mixtape. Es hätte mir die Fahrt nach Wien bestens versüßt. Ab einem bestimmten Glas hatte ich alles mitgemacht und es gar nicht mehr komisch gefunden, dass ich zwei Männer vor mir hatte, die aussahen, als wären sie geradewegs einer Mozartoper entsprungen.

»Wir spielen heute in der Hausoper! Magst kommen?«, hatte mich Marlene stürmisch eingeladen, doch ich hatte mit »Muss auspacken und duschen« abgewehrt. Die Hausoper war derzeit die Hauptbühne der beiden, doch ihre Kostüme trugen sie wie eine zweite Haut. In der Schwulen- und Transvestitenszene Wiens bekannt wie bunte Hunde, war es von daher für die beiden unnötig, auf der Internetseite »Ferienzimmervermietung Regenbogen« genauer zu werden. Dass ich mich auf einer schwulen Seite bewegt und eingemietet hatte, hatte ich bei meiner Zimmersuche nicht bemerkt.

Meine Finger suchten auf dem Nachttisch meine Uhr und fummelten zwischen dem Fuß einer Lampe und den Fransen eines Deckchens ein rundes Ding an einer Kette hervor. »Eine Taschenuhr«, nuschelte ich, aber als ich den Deckel aufspringen ließ, sah ich, dass es keine Uhr war, sondern ein Medaillon. Mit Mühe erkannte ich ein Herz in der einen und einen gefalteten Zettel in der anderen Hälfte. Diskret, wie ich war, ließ ich das niedliche Teil wieder zusammenschnappen, ohne vorher den Zettel zu entfalten. Auf dem Deckel funkelten bunte Steinchen. Hübsch war dieser Schmuck, aber leider nicht sehr hilfreich. Von irgendwoher krähte eine Uhr, ich zählte siebenmal. Ich rechnete nach. Wie lange hatte ich geschlafen? Am Ende nur ein paar sehr peinliche, weil komatöse Minuten?

»Püüüüppiiiii!« Das war Marlene, ich erkannte sie schon an der Stimme. Ihre hochtoupierte Perücke drückte sich rosa gegen das Glas der Flügeltür, die zu meinem Zimmer führte. »Wie geht es dir, mein Schatz? Können wir dich auch wirklich alleine lassen? Wir müssen jetzt los!«

Auch Gretas barocke Hochfrisur tauchte hinter dem geriffelten Milchglas auf. »Hast du einen sitzen? Wenn ja, dann hilft jetzt nur eins: Aspirin schlucken oder weiter Champagner trinken! Aspirin haben wir nicht, aber in der letzten Champagnerflasche ist noch was drin. Hab's schön, Püppilein!«, brusttönte es aus ihr. »Wir sehen uns nachher, schade, dass du nicht mitkommen magst. Das Stück ist famos! G-r-a-n-d-i-o-s! Wir singen den *Rosenkavalier* mit verteilten Rollen. Die Oper ist eine Wucht!«

»Wenn du doch wieder auf die Beine kommst …«

»… oder der Champagner dich aufmöbelt …«

»… dann komm nach!«

Die beiden Riesenköpfe tauchten weg, ich hörte vier Pfennigabsätze über das Parkett stöckeln, und dann fiel die Haustür wuchtig ins Schloss. Meine gebrummten Antworten waren ungehört geblieben. Ich stemmte mich auf, fiel aber sofort wieder rücklings in die Kissen.

»Ich bin voll wie ein Aquarium«, registrierte ich auf Deutsch. »Aan echter Schampagnerrausch«, rutschte es bereits auf Wienerisch nach. Aber ich fühlte mich nicht nur betrunken, sondern vor allem wie Alice im Wunderland. Wie Alice war ich in einer überraschend bunten Wunderwelt gelandet.

Wenn Uwe mich hier sehen könnte, dachte ich. Auch mit ihm trank ich Champagner, und zwar exakt zweimal pro Jahr. Termin Nummer eins war der 5. Mai, unser Hochzeitstag. Termin Nummer zwei war Silvester. Zu allen anderen Feiertagen wurde Winzersekt gereicht, weil man davon in Maikammer mehr als genug bekam, auch wenn man lieber was anderes wollte.

»Wenn ich wieder daheim bin, werde ich als Erstes dafür sorgen, dass wir immer eine Flasche Champagner im Kühlschrank haben. Mindestens eine, besser zwei!«, fasste ich trotz des dicken Kopfes zusammen, was ich schon jetzt verändern wollte. Die daheim würden sich umschauen, wenn ich wieder nach Hause kam. In einen Kracher würde ich mich verwandelt haben, und das in weniger als zweiundsiebzig Stunden. Ein Dreitagesticket ins Glück, das waren meine ... was jetzt eigentlich? Meine Jungs oder meine Mädels? Mädels!, entschied ich grinsend und döste wieder ein.

Keine dreißig Minuten später trällerte das Telefon: »Juchuuuuu, Juchüüüüchen!«

Das war Hella von Sinnen als Klingelton, ich erkannte sie sofort. Wie kam denn meine Landesschwester hier nach Österreich? Ich rutschte auf dem Überwurf des Bettes entlang, auf den mich Greta und Marlene drapiert hatten. Es war sehr schwer, da meine Beine nicht machen wollten, was ich ihnen befahl. Außerdem kippte ich mit Schlagseite immer wieder nach rechts und dann nach links.

Wieder kreischte Hella wie von Sinnen los, dann hörte ich Marlene aus dem Anrufbeantworter nach mir plärren: »Püüüppiiii, ich habe was vergessen … du darfst alles essen, was du in der Küche findest! Viel ist es nicht – bis nachher!«

So richtig gesehen hatte ich die Küche noch nicht, weil wir nach dem ersten Glas ins Esszimmer umgezogen waren und sich die Wohnung als riesig entpuppt hatte. Echt heruntergekommener Wiener Altbau mit Geschichte.

»Ach, wir wohnen hier schon fünfzehn Jahre«, hatte Greta vergnügt erzählt, »erst wohnten hier nur Frauen, dann kamen die Schwulen. Übrig geblieben sind Marlene und ich und die Feriengäste. Ganz früher wurden hier Textilien hergestellt. Da, schau, die Polster sind noch mit einem original Jugendstilstoff bezogen.«

Ich erinnerte mich an den üppigen Sessel im Rosendesign, der in einem Alkoven stand.

»Die Sessel? So alt sind die?«, hatte ich mich gewundert.

»Die Polster, aber ja!«

»Sag ihr doch endlich, dass das hier *Polster* sind!«, hatte Marlene aufstöhnend dazwischengefunkt. Demonstrativ hatte sie sich in den Sessel fallen lassen. »Das sind *Polster*!« Sie sah mich an. »Und was du da anhast, ist a echter Fetzen!« Sie meinte meine Jogginghose. »Und das ist eine Haube.« Marlene zeigte auf eine Mütze, die an einem Haken hing.

»Morgen gibt's Karfiol.«

»Ich hoffe, du magst Beuschel?«

»Eine Eitrige mit Gebäck und heuriger Gurke?«

»Und zum Nachtisch Zwetschgenröster?«

Mein Kopf war zwischen beiden nur so hin und her geflogen.

»Und was magst du trinken? Eine Melange, einen Einspänner, einen Türkischen, einen Pharisäer …«

»… einen großen Braunen, kleinen Braunen oder einen ganz normalen Häferlkaffee?«

»Ich trink gar nicht so viel Kaffee«, bockte ich dagegen.

»Sie ist verrückt!« Marlene hatte ihre Hand wie eine Diva gehalten und überkandidelt zu mir gewinkt.

»Sie ist übermüdet«, hatte Greta erklärt, ohne mich zu fragen.

So hatte es begonnen. »Püppi, du bist in Wien, du musst Kaffee trinken, sonst setzt dich Wien energetisch vor die Tür. Übrigens, du wohnst in unserem besten Raum, dem früheren Chefzimmer der Weberei! Aber jetzt komm, wir haben drüben aufgedeckt.«

Beim Esszimmer handelte es sich um einen unglaublich großen Backsteinraum, der einer großen Theaterkulisse glich. Alten, nachkolorierten Fotos von verschiedenen Operndiven und Szenen aus Opern wie der *Zauberflöte* und dem *Rosenkavalier* war eine ganze große Wand gewidmet. Dazwischen rankten sich Pflanzen, die aus Töpfen wucherten, die ebenfalls an der Wand befestigt waren. Alte Luster, wie man in Wien die Kronleuchter nannte, und Stehlampen, die meine Mutter grandios gefunden hätte, verbreiteten im Winter sicherlich ein romantisches, behagliches Licht. Kerzen standen auf jedem Platz, der nur ansatzweise Raum für einen Leuchter bot. Ein ausladendes Büfett füllte die kleinere Wand, die zum Flur hin grenzte. In der Mitte des Raums ein Tisch, der in das Schloss von König Artus gepasst hätte. »Wow!«, konnte ich nur stöhnen.

Wir hatten es uns auf dem großen Plüschsofa gemütlich gemacht. Greta und Marlene in ihrer herrlichen Kostümierung für den Abend und ich. Sie hatten nicht viel gefragt, was mich sehr verwundert hatte. »Ach, es gibt so viele Gründe, nach Wien zu kommen«, hatte Greta nur gemeint und einen weiteren Korken knallen lassen. »Die Hauptsache ist doch, du bist jetzt hier, du putziges, kleines Püppiding!«

Wie wir da saßen, die Szene hätte prima in *Manche mögen's heiß*, den alten Billy-Wilder-Schinken, gepasst. Das Saxophon, die Bassgeige und ich. Ich hatte mich aber nicht zurückhalten können und dann doch, angetrunken und viel zu früh, in deutscher Gründlichkeit erklärt, was mich nach Wien gebracht hatte und wieso ich hier so was wie Obdach suchte. Und das Ganze ohne Ukulele und wirkliches Gepäck.

»Püppilein! Da bist du einfach abgehauen?« Greta hatte ihre Augenbrauen hochgezogen. »Das ist ja grandios!« Und mit einem »Darauf müssen wir jetzt aber trinken!« hatte sie in Windeseile die halbleeren Gläser wieder aufgefüllt.

»Prosit! Prosit!«, hatten beide immer wieder ausgerufen. »Lasst uns das Glas auf die Fürstin erheben!«

Wie ein vollgeladener Schnapslaster war ich mit den beiden mitgefahren. »Auf die Fürstin! Auf den Steuerberater! Auf die faulen Brüder! Auf das kotzende Känguru! Auf die beste Freundin der Welt! Auf das Leben! Auf Wien! Auf die Schneekugel, das Mixtape und auf all die Wünsche, die das Leben braucht!«

»Glückliche Reise!«, hatte Marlene gegrölt.

»Wieso glicklische Roeise?«, hatte ich da schon selig gelallt. »Isch bin dosch schon ier!«

Aber Marlene hatte sich nur in die Kissen fallen lassen und mir erklärt, dass all das, was bislang geschehen war, doch nur die Ouvertüre eines großen Stückes war. »Deine Reise beginnt doch erst!«

Und Greta hatte, ähnlich wie Manu, mit einem »Wie ich dich beneide« reagiert.

»Isch bin nischt frei und jung ...«, hatte ich dagegengehalten und von dem Hagebuttenmännchen erzählt.

»Wie bitte? Was hat der g'sagt?«, empörte sich Marlene. »Was war denn das für ein Oarsch? Trink sofort ein Stamperl ...«, sie hatte enttäuscht die leere Champagnerflasche gegen das Licht gehalten und war dann schulterzuckend zu Marillenlikör übergegangen. Das war die Karaffe, die am nächsten stand. Und ich hatte brav genickt, obwohl ich von all den Winzern aus Maikammer gelernt hatte, dass es nicht ratsam ist durcheinanderzutrinken.

Marlene hatte mir das Schampusglas zu gut einem Drittel gefüllt. »Trink!«, befahl sie mir. »Kränkungen sind wie Erkältungen. Wenn man nicht gleich was dagegen unternimmt, dann wird daraus eine wochenlange Grippe.«

Die Marille war es, die ich jetzt besonders deutlich spürte.

»Mein kleines Püppilein«, hatte Greta mich weiter getröstet. »Soll ich die Hagebutte finden und verdreschen?«

»Ja«, greinte ich und wirklich, ich heulte los, weil nämlich niemand, niemand sich für mich jemals gehauen hätte.

»Mein armer Schatz, mein kleiner Vogel«, tröstete sie mich weiter und reportierte alles über meine Schulter hinweg Marlene, die inzwischen im Schlafzimmer hinter einem Paravent verschwunden war, um sich für die Aufführung zu richten.

»Keine Details«, meldete sie zurück, »am besten alles sofort vergessen.«

»Komm«, hatte Greta meinen Kopf in ihre Hände genommen und mir mit den Daumen die Tränen weggewischt. »Es gibt so viele Gefühle, halt dich mehr an die, die dir guttun, kleines Püppilein!«

Das war das Letzte, an das ich mich erinnerte.

Und nun lag ich auf dem Bett und versuchte mich zu sammeln und zu begreifen, dass ich tatsächlich in Wien gelandet war. Unter halbgeschlossenen Lidern spionierten meine Augen das nähere Umfeld des Bettes aus, und erleichtert atmete ich auf, als ich eine Flasche Mineralwasser entdeckte. *Für das liebe Püppilein*, stand auf einem Kärtchen, das an der Flasche lehnte. Wieso nannten die mich denn dauernd Püppi? Ich war keine Püppi. Eher eine ausgewachsene Puppe nach Käthe-Kruse-Art. Rund, mit roten Wangen, dunklen Haaren und ungläubigen blauen Augen. Klimper, klimper, gib mir was zu trinken!

Mit fahrigen Bewegungen durchsuchte ich meine Handtasche, fand aufatmend zwei Aspirin, warf sie ein und spülte die Tabletten mit viel Wasser hinunter. Dass ich mich überhaupt bewegen konnte, schrieb ich einem Akt von Wunderheilung zu. Aber gut ging es mir nicht. Kaum legte ich mich wieder hin, tanzte auch der Schwindel los. Einen Fuß rausstellen, so hatte ich es als Jugendliche mal gelernt. Es half nicht viel, aber immerhin, ich taumelte wieder in einen kurzen Schlaf, in dem ich Uwe im Traum durch ein Fernrohr beobachtete, wie er daheim auf der Couch lag und leise grunzend bei den *Tagesthemen* schlief. Mit einem »Ich muss ihn doch wecken!« schreckte ich erneut hoch und schrie laut auf, weil ich beim Augenaufschlag ein Gespenst im Spiegel sah. Das Gespenst war ich. Der Spiegel gehörte zu dem Kleiderschrank, der am Ende des Bettes stand.

Im Regal daneben blinkte es in Orange. Aha, hier hatten die also den Wecker. 22 Uhr. Wenigstens hatte sich der Sturm in meinem

Kopf etwas gelegt. Das Neongrün hinter meinen Augen war einem satten Orange gewichen, das zwar auch nicht gesund war, aber zumindest nicht mehr so grell wie Gift. Ich brauchte ein Taschentuch. Vielleicht fand ich ja ein Päckchen in der Nachttischschublade.

Doch dort, wo in Hotels für die Besucher Papiertaschentücher, das *Neue Testament* oder beruhigende Gutenachtgeschichten warten, grüßte mich hier das Nacktfoto eines Mannes mit schiefem Matrosenkäppi auf dem Kopf. Ertappt drehte ich das Foto um und schob die Schublade wieder zu. Im Buchregal, ich sah es erst jetzt, standen weitere Fotos von Männern, alle in sexy Posen, die Fotos in barocken Rahmen.

»Jetzt bleib doch steh'n, oide Blunzn«, hörte ich eine Frau auf der Straße keifen. Ich glaubte, brechen zu müssen, und torkelte ins Bad.

Hektisch öffnete ich den Deckel der Toilette. Zum Vorschein kam eine Brille, die ein in Harz gegossener Kranz aus Gänseblümchen war. Mit der Hand vor dem Mund kauerte ich mich auf die Wiese und versuchte mich von dem Brechreiz abzulenken, der sich wie Wehen immer wieder in rhythmischen Wellen meldete. »Entweder pressen oder ablenken«, hatte mir die Hebamme damals geraten, als sich Ronny etwas zu zeitig gemeldet hatte. Ich entschied mich auch heute für die Ablenkung und studierte die Badezimmerdekoration, als wäre es eine wichtige Ausstellung von alten Meistern. Federn, Kitsch, künstliche Blumen und goldene Engelsflügel aus Pappe hinter dem Spiegel, daneben Bühnenfotos von Greta und Marlene. Greta mit Schleier, Marlene im Federkostüm, dann beide ganz orientalisch. *Entführung in den Serail* stand darunter. Die Oper hieß doch *aus dem* Serail, klaubte ich mein Opernhalbwissen zusammen. *In den* Serail, vermutlich war das auch schon wieder so eine homoerotische Sauerei. Dann die beiden als Räuber in *Rinaldo Rinaldini*. Auf einer Ablage entdeckte ich eine Anzahl unechter Bärte und einen Stapel Hüte, die man sich, wie ich einem Zettel entnehmen konnte, für die Zeit auf dem »Thron« aufsetzen konnte.

»Eine einzige Kuriositätensammlung«, amüsierte ich mich. Körbchen, die von der Decke hingen und die voll mit Kosmetikpröbchen waren. Blind suchte ich das Toilettenpapier, und sofort ratterte ein kleiner Fahrradfahrer, der auf die Rolle geklemmt war, drauflos. Sogar Binden lugten aus dem Wust hervor. Über dem Waschbecken ein Plakat mit Mandalas und Mudras, die angeblich entspannen sollten. *Schön, dass es Dich gibt*, stand auf einem weiteren Zettel, der unterhalb des Plakates klebte. *Schön, dass es euch gibt*, entzifferte ich darauf einen handgeschriebenen Gruß. *Mike & Dietmar, 12. 4. – 17. 4., super Zeit mit euch, Danke!* Die Zahnputzbecher waren mit *Gay heißt lustig* verziert. Aha, wieder was gelernt, dachte ich und war stolz, dass ich überhaupt wusste, was gay hieß, denn in Maikammer nannte man schwul einfach nur »warm«.

Wackelig erhob ich mich von der Toilettenwiese. Auf keinen Fall würde ich heute noch mal das Haus verlassen, Auftritt hin oder her. Ich zog mir eine Gästezahnbürste aus dem Korb und sorgte erst einmal für frischen Atem, auch damit Manu am anderen Ende der Leitung nicht umfiel, wenn wir gleich miteinander sprachen.

Dann startete ich meinen Rundgang durch die Wohnung. Unser Flur daheim war ein IKEA-möblierter, geordneter und praktisch eingeteilter Raum. Dieser Flur hier war dagegen ein Mysterium, ein Sammelsurium, ein anderer Planet. In welche Ecke mein Blick auch fiel, überall Pumps, gewagte Highheels und dazwischen braune Herrengesundheitstreter. Die Garderobe ging fast in die Knie unter dem Gewicht von darübergeworfenen Mänteln, Jacken und paillettenbesetzten Umhängen. Interessiert ließ ich die Stoffe durch meine Hände gleiten.

Die Küche schien mir komplett zusammengestückelt, unter anderem mit einem alten Kohleherd, wie ich ihn das letzte Mal bei meiner Großmutter gesehen hatte. Kochten die etwa darauf? Offenbar nicht nur, denn schräg daneben stand eine Mikrowelle im Regal. Ein Vogelkäfig, der als Lampe diente, machte in diesem Winkel der Küche Licht. Die eher schlichten Küchenstühle hatte jemand mit Pappschablonen zu beeindruckenden Thronsesselchen aufgemotzt. Einzig der Küchenschrank schien normal zu sein. Die bunten Teller und Tassen, die darin gestapelt waren, vermittelten WG-Ambiente, die Unmengen von Weingläsern und Champagnerschalen ergänzten diese Stimmung.

»Mach, was sie sagen – trink Champagner«, hörte ich Manus Stimme mich motivieren.

Nach zwei medizinischen Gläsern wagte ich mich in Richtung Felsenhöhle des Lofts. »Sesam, öffne dich«, flüsterte ich der Schlafzimmertür der beiden Herren zu. Neugierig drückte ich die Klinke runter und streckte den Kopf durch den Türspalt. War das verboten, was ich tat? Wenn ja, dann bereitete es mir äußerstes Vergnügen. Diese andere Welt war spannender als alles, was ich die letzten Lebensjahre gesehen hatte. Mein erster Blick fiel auf ein pompöses Bett, das dem Mobiliar von Schloss Neuschwanstein sehr nahekam. An der Wand ein Gemälde von einem nackten Mann.

Wie ertappt zog ich die Tür mit einem Ruck wieder zu und blieb atemlos ein paar Sekunden davor stehen. Dann nahm ich in der Küche einen weiteren Schluck Champagner, ging wieder zum Schlafzimmer zurück und drückte die wuchtige Klinke ein weiteres Mal nach unten. Vulgär und drall spannte sich die Matratze in einem geschwungenen Rahmen und dünstete puren Sex und Erotik aus. Ich konnte das frivole Stöhnen förmlich hören. Gold und Ochsenblutrot strotzten nur so von der Tapete. Ein riesiger Barockspiegel hing über dem Kopfende des Bettes. Die Nachttischlampen waren zwei turbanbekränzte Mohren, beide nackt mit nur je einem goldenen Blatt über ihrem Gemächt. Mit den Händen streckten beide triumphierend jeweils einen Lampenschirm in die Höhe, dessen malvenfarbener Brokatstoff von schweren goldenen Fransen nach unten gezogen wurde. Ich schlich mich tiefer in den Raum.

Hinter einem Mäuerchen, auf dem weitere antike männliche Holzfiguren, natürlich alle nackt, als ergänzende Deko standen, entdeckte ich ein in den Fußboden eingelassenes Aquarium. »Ui!«, rief ich nun doch beeindruckt aus. Nicht, dass ich einen Bezug zu Fischen hatte, es sei denn, sie lagen im Knuspermantel auf einem Teller vor mir. Aber so einen Zimmergoldfischteich hatte ich noch nie gesehen. Ich zählte drei, vier, fünf größere Goldfische, die sich um die Plastikunterwassernymphe in der Mitte des Beckens tummelten. Auch den nackten Matrosen fand ich hier wieder, allerdings gerahmt. Mein Zuhause der nächsten Wochen würde ich also mit Opernsängerinnen und Matrosen teilen. Manu wäre begeistert.

»Wenn du nach Deutschland telefonieren magst«, hatte Greta mir angeboten, »dann gibt es dafür eine Billigvorwahl. Wenn du die nimmst, dann kostet das Telefonieren so gut wie nichts.«

»Und wenn du dich anrufen lässt«, hatte Marlene aus dem Badezimmer gequäkt, »dann wäre das noch praktischer, denn unsere Leitung ist immer mal wieder nicht intakt. Aber im Moment funktioniert sie, wir hatten Gage.«

Ich hatte nicht vor, Stundengespräche nach Maikammer zu führen. »Nein, nein«, hatte ich abgewehrt und dabei wie hypnotisiert den künstlichen Schönheitsfleck angestarrt, den Marlene auf der rechten Wange trug. »Im Gegenteil. Ich bin ja hier, weil ich ein wenig Abstand brauche.«

»Das haben schon viele behauptet«, hatte Marlene gesagt und sich dabei zwinkernd zu mir umgedreht. »Und weißt du was?«, hatte sie mir weiter erklärt. »Man muss gar nicht immer das machen, was man mal gesagt hat. Meinungen können sich ändern, dafür sind sie doch da.«

»Es wäre großartig«, nickte ich mir im Spiegel der großen Kommode zu, »wenn ich mal gar nichts wissen müsste und wenn ich die Freiheit hätte, heute eine Teetrinkerin und morgen eine Kaffeetrinkerin zu sein, allein aus dem Grund, weil ich morgens mit einem anderen Fuß aufstehe.« Oder gar nichts mehr zu begründen, sondern einfach zu machen, und zwar so, wie mir gerade die Laune stand.

»Manu …«, leider musste ich mich mit ihrem Band begnügen. »Ich bin's. Anne im Wunderland. Mir ist da was passiert. Ich muss es dir … hicks … erzählen. Oder kann sein, dass auch nicht.«

Dann kicherte ich albern, hängte ein, torkelte in mein Zimmer zurück und ließ mich wie ein stocksteifes Häschen waagrecht in die Kissen fallen. Vom Nachttischchen fiel klirrend etwas herunter, als ich es mit meinem Hintern streifte. Es konnte nur wieder ein nackter Mann im Bilderrahmen sein. Ich wusste es genau.

KAPITEL 8

Girls just want to have fun

Cyndi Lauper

Mitten in der Nacht tat es einen Knall. »Uwe?«, rief ich alarmiert in das Dunkel hinein, dann erinnerte ich mich sofort, dass ich ja gar nicht daheim war und es hier keinen Uwe gab, sondern nur einen nackten Matrosen unter dem Bett. Aus dem Flur vor meinem Zimmer fiel Licht zu mir herein. Ich sah Schatten, hörte unterdrücktes Gekicher, halb geflüsterte Worte, Gläser wurden gefüllt, und eine Flasche fiel polternd um. »Jö schau«, hörte ich eine Frau angetrunken kreischen. Wieder knallte eine Tür, und das Licht eines Leuchters, das ungefähr so grell wie eine Taschenlampe leuchtete, strömte durch die Glasverzierung meiner Tür. Eine weitere Tür fiel laut ins Schloss, Poltern, wieder fiel etwas um, und als Reaktion darauf lautes, sirenenartiges Gelächter.

»Jetzt weck sie doch nicht«, hörte ich Marlene so laut flüstern, dass an Schlafen nicht zu denken war.

»Natürlich wecken wir sie …« Das kam von Greta. Ich erkannte ihren Tenor.

»Sei doch leise!« Marlene wieder. »Schließlich ist sie unser Gast.«

»Wenn's nur einer wär, ist aber eine«, kicherte eine junge weibliche Stimme und prustete hörbar hinter vorgehaltener Hand los. »Habt ihr sie im Pufftempel untergebracht?«

Erschrocken stellte ich die Ohren auf. Pufftempel?

»Pa pa pa pa«, tenorte Greta, dann hörte ich die Kühlschranktür. »Papageno!« Offenbar bückte sie sich hinein, denn jetzt klang ihre Stimme gepresst.

»No, wo isses denn jetzt, euer Herzpimperl?«, tirilierte die junge Frauenstimme.

»Herzpimperl, Herzpimperl, jooooaaahhhh, wo ist das Herzpimperl«, sang es nun dreistimmig im Chor.

»Im Irrenhaus«, kommentierte ich leise. Mit schreckgeweiteten Pupillen und pochendem Herzen überlegte ich, ob ich mich wohl rühren sollte. Die Uhr blinkte in Orange 2.35 Uhr.

»Schläft sie so fest?« Noch eine Männerstimme.

»Ach geh, K&K, lass sie doch! Vielleicht kommt s' ja später ...«

Genau. Am besten tauchte ich dann in meinem braunen Bärchenjogginganzug aus meiner Sporttasche auf. »Kuschelbärige Zeiten«, hatte ich mir in den letzten Ferien selbst daraufgestickt und das unglaublich kreativ und witzig gefunden. Als ich mir das Teil mal bei irgendeinem Discounter als Aktionsware in den Einkaufswagen geschmissen hatte, wäre mir nie in den Sinn gekommen, dass dieser Anzug einmal Teil eines großen Auftritts von mir werden könnte.

»Püppilein?«

Ich hörte und sah, wie Marlenes Finger sanft gegen die Scheibe klopfte. »Püppi?«

»Ja.« Ich gähnte demonstrativ laut. Die Tür öffnete sich knarzend, und Marlene blinzelte zu mir herein. Ihr Kopf war jetzt kleiner, weil die überdimensionale Rokokoperücke darauf fehlte. Auch das Mieder schien sie nicht mehr zu tragen, denn unter Blinzeln konnte ich erkennen, dass sie jetzt in orientalische Pumphosen gekleidet war. Die großen Ohrringe, die neben dem Gesicht herunterbaumelten, wirkten bizarr an dem kurzhaarigen dunklen Männerkopf.

»Schätzchen«, sie kam näher. »Wir haben gedacht, wir gehen etwas früher heim und bringen dafür unsere Freunde mit.«

Sie setzte sich mit einer Hand die Perücke wieder auf.

»Wie spät isses denn?«, fragte ich rhetorisch und zog mir die Zudecke bis unter das Kinn.

»Ach was.« Marlene knipste das Licht an. »Sei nicht albern, in Wien ist man nicht müd.« Ich stöhnte auf. »Komm!« Sie zog an mir. »Da sind ein paar Freunde, die möchten dir ihre Aufwartung machen. Aretha und Udo kommen später nach.« Noch später? Aus der Küche hörte ich etwas klappern, und Menschen sangen und lachten durcheinander.

»Wo bleibt ihr denn?«, sang Greta uns entgegen. »Trinke, Liebchen, trinke schnell, trinken macht die Augen hell!«

»Wir kommen ja schon«, rief Marlene laut zurück. »Komm jetzt, Püppi! Sie sind alle g-r-a-n-d-i-o-s! Du wirst sie lieben.«

Vielleicht, überlegte ich kurz, liege ich ja wirklich im Koma oder habe eine handfeste Psychose. In diesen Fällen hielt man ja auch alles, was geschah, für Realität.

»Püppi! Püppi! Püppi!«, sang der Küchenchor und trommelte dazu auf den Tisch. Im Hintergrund knallte ein Korken aus der Flasche. O nein, nicht schon wieder!

Marlene ließ ihre Hände wie ein Hypnotiseur vor meinen Augen kreisen: »Ich gehe vor, und du kommst nach. Nur weil ich es sage. Du kannst dich nicht wehren gegen diesen Befehl!«

»Jaaa«, hauchte ich ergeben.

»Bis gleich«, flüsterte sie gespenstisch und schloss im Rückwärtsgang die Tür.

Ich rülpste verhalten. Eine Straßenbahn ratterte vor dem Haus vorbei.

»Na, dann mal gute Nachtruhe«, ermunterte ich mich sarkastisch und schlüpfte aus dem Bett. Beim Sockenanziehen torkelte ich, rumste gegen das Bücherregal und brachte dadurch eine Reihe von homoerotischen Hummelfiguren zu Fall. Blind, wie ich ohne Lesebrille war, stellte ich die Gesellen wieder auf und versuchte gleichzeitig, zappelnd meine Jogginghose loszuwerden und gegen die Leinenhose einzutauschen, die Greta beim Abstellen meiner Taschen bereits als Lappen bezeichnet hatte. Den bärigen Jogginganzug knüllte ich zusammen und sperrte ihn in eine Tüte ein, wo er bis zum jüngsten Maikammertag verbannt sein sollte. Auf keinen Fall würde ich mich mit dem Bärenteil blamieren.

Kaum dass ich die Küche betrat, stürmten Greta und Marlene auf mich zu und zogen eine junge Frau, einen Mann und eine ältere Dame zu mir heran. Aus dem Augenwinkel zählte ich drei offene Champagnerflaschen.

»Dies ist unsere Exildeutsche Püppi.« Greta drehte mich um meine eigene Achse.

»Sie ist wundervoll!« Marlene legte ihren Arm um mich. »Schaut sie euch an. So ein netter Besuch. Anne führt in Berlin einen ganz bekannten Salon. Die größten Künstler gehen bei ihr ein und aus. Sie hat uns von Sir Simon Rattle, Ivan Reblaus und von Cecilia Bartoli erzählt. Shirley MacLaine hat jüngst bei ihr gelesen, und wenn Püppi wieder daheim ist, dann singt in ihrem Salon ein sehr bekannter Chor ... er heißt ...«

»Kastelruther Spatzen«, rettete Greta den kleinen Hänger.

»Ooooh«, verneigte sich die junge Frau.

»Eine Salonlöwin ... habe die Ehre«, der Mann zog seinen imaginären Hut vor mir und deutete einen Handkuss an. »Darf ich mich bekannt machen, mein Name ist K&K.«

»Was soll das?«, zischte ich Marlene zu.

»Erzähl nicht die Wahrheit, wenn dir etwas Besseres einfällt«, raunte sie grinsend zurück. »Das hat Karl May gesagt, und er wurde damit sehr erfolgreich.«

»Sie hat«, tenorte es aus Greta, »in Berlin – schnief, schnief – ihre Geliebte verlassen und ist nun bei uns, um sich zu erholen. Seid so gut und nehmt sie freundlich auf!«

Das Mädchen machte einen höfischen Knicks. »Mitzi oder Mitzerl«, stellte es sich vor, »vielleicht darf ich in Ihrem Salon mal singen?« Ungebeten trällerte sie sofort die Tonleiter rauf und runter und drehte sich dazu im Kreis.

Die ältere Dame reichte mir zurückhaltend ihre Hand: »Traudel, ich bin Souffleuse und Maskenbildnerin in der Hausoper. Willkommen in Wien. Benötigen Sie ein wenig Künstlerpuder? Ich habe etwas zu viel bestellt.«

Ertappt wischte ich mir mit dem Ärmel über meinen Nasenrücken. Der glänzte immer schrecklich, sobald ich mich angespannt fühlte. Und das war ich. All diese bunten Menschen, und ich hatte nichts als müde Farblosigkeit zu bieten.

»Auf dass sie bald wieder fröhlich ist!«, hob K&K theatralisch das Glas.

»Ja, ihr Herz soll ganz bald heilen!«, schwenkte jetzt auch Mitzi ihr Glas gefährlich nahe zu mir heran.

Was kümmert es mich, dachte ich, dass ich eigentlich schlafen wollte. Und was geht es mich an, dass ich irgendwann einmal sagte, nach zwei Gläsern Sekt habe ich genug? Schnell, viel zu schnell tranken wir die Gläser aus, und schnell, viel zu schnell wurden sie von Marlene frisch gefüllt. Sie wedelte mit ihren Federn um uns herum, ließ ihren Fächer aufrollen und zusammenklappen und entschied dann völlig aufgekratzt: »Wir brauchen dringend Musik! Anne ist es gewohnt zu tanzen!«

»Nicht nötig«, versuchte ich abzuwehren, aber das Fest war bereits in vollem Gange, mit oder ohne mich als Anlassgeberin. Marlene zog unter einem Tuch einen Koffer hervor. Sie klappte ihn auf, und ein Grammophon der zwanziger Jahre kam zum Vorschein. Nach etwas Gekurbel ertönte knisternd Musik.

»Kaiserwalzer – darf ich bitten?« Ich zuckte zurück. Der Kaiserwalzer. Vater, Mutter, der goldene Saal, Neujahrskonzert im Fernsehen. »Na komm, Salonlöwin«, Marlene fasste mich forsch um die Taille und wedelte sogleich mit mir los. Ich versuchte ihrem Schritt zu folgen, was mir mal mehr, mal weniger gut gelang. Die anderen standen um uns herum, prosteten uns zu, und ich hörte, wie Greta K&K von meinem prächtigen Salon erzählte. Unmöglich war das! Die Story passte doch gar nicht zu mir, nicht mal an den närrischen Tagen hätte ich solch einen Quatsch von mir erzählt.

»Wann wirst du den Schwindel aufklären?«, zischte ich Marlene ins Ohr.

»Ach Püppi, Püppilein«, summte sie beim Tanz und drehte sich mit mir im Kreis. »Ist es nicht fantastisch, wie schnell man eine andere werden kann?« Sie wiegte sich mit mir hin und her und grinste mich dabei genussvoll an. »Salonlöwin … ich finde, das steht dir gut. Fast wärst du eine Salonbärin geworden …«

Diesen Satz quittierte ich mit einem grimmigen Blick.

»Ich bin deine Freundin, denn ich habe deinen Trainingsanzug gesehen.« Sie wedelte mit der Hand, so als hätte sie sich verbrannt. »Heiße Ware, kann ich da nur sagen!«

Bevor ich mich wehren konnte, begannen auch die anderen zu tanzen. K&K hatte Mitzi im Arm, und Traudel wiegte sich mit Greta.

Marlene drehte mich aus der Küche in den Flur, wir tanzten vor dem großen Spiegel, und ich merkte, spürte und sah, dass es nicht so schlimm aussah, wie es sich für mich anfühlte.

»Hört endlich mit dem Getrampel auf!«, schrie jemand durch das Treppenhaus, aber ich ließ mich davon nicht beirren, weil auch Marlene ganz ruhig summte, tanzte und mich sicher über die Dielen schob. Bin ich ein Mensch, der träumt, ein Schmetterling zu sein, oder ein Schmetterling, der träumt, er wäre ein Mensch? Das hatte ich mal auf einem Kalenderblatt gelesen. Solange ich träume, entschied ich mich, werde ich einfach eine Salonlöwin und Mäzenin der Kastelruther Spatzen sein. Und wenn es mir nicht mehr gefällt, dann werde ich eine andere. Nichts und niemand hält mich und Walzer kann ich tanzen, auch mit mir allein. Kippten die mir was in den Schampus? Hatte ich LSD genommen, oder war das so was wie ein gigantischer Champagnerrausch?

»Höart, die Donau ...«, legte Mitzi den nächsten Walzer auf, und auf einmal blieb sie ganz stumm und ehrfürchtig stehen. Auch die anderen standen still, Arm in Arm, und lauschten der Musik mit geschlossenen Augen, fast ergeben. Etwas irritiert machte ich es ihnen einfach nach. Leise knisterte eine ruhige Orchestermusik aus dem alten Lautsprecher, ein Wogen, das immer deutlicher wurde, mehr wurde, dringlicher, um sich dann in die alte, wunderbare Donauwalzermelodie zu ergießen.

»Hearst ... wie wunderbar?« Mitzi löste mich von Marlene, wiegte sich leise von rechts nach links mit mir, wurde immer schneller und tanzte dann mit mir durch die Küche, den Flur, das Esszimmer, den Salon, um uns von dort wieder über den Flur zurück in das Wohnzimmer zu drehen. »Hei«, lachte sie dazu. »Heißassa! Ach, ich liebe Walzer!«

Es war ein wunderbarer, langer Tanz, der meine Gedanken durch meine Kindheit, die Ehejahre, bis ins Heute in dieser Küche führte. Was wäre das Schlimmste, das mir passieren könnte, fragte ich mich. Dass Uwe und ich uns trennen? Nein, entschied ich mich sehr schnell. Das Schlimmste wäre, diesen Donauwalzer niemals getanzt zu haben. Atemlos lösten wir uns wieder, Mitzi öffnete ihren Dutt, und K&K kam und drückte ihr schnell einen Kuss mitten in das Dekolleté.

»Aha«, registrierte ich, und wusste genau, dass man solche Küsse nicht bekam, wenn man das Bärchen im Jogginganzug lebte. Wenn ich je zurückgehe, fasste ich einen weiteren von den vielen Vorsätzen der letzten Stunden, dann kaufe ich mir eine Bluse, deren Ausschnitt mindestens bis zum Nabel geht. Ich dachte an Uwe, mit dem ich vor Urzeiten einmal einen Walzer auf einer Wiese getanzt hatte. Ronny war da noch in meinem runden Kugelbauch gewesen, und ich hatte geglaubt, dass mein Leben wie dieser Walzer werden würde. Mogelpackung.

»Jetzt bin ich dran«, drängte sich K&K zwischen uns und löste mich von Mitzi. Obwohl ich nun schon einige Walzer hinter mir hatte, stotterte ich: »Eigentlich kann ich gar nicht tanzen.«

»Wer sagt das?«, fragte er und pfiff leise vor sich hin. »Ihre Geliebte?«

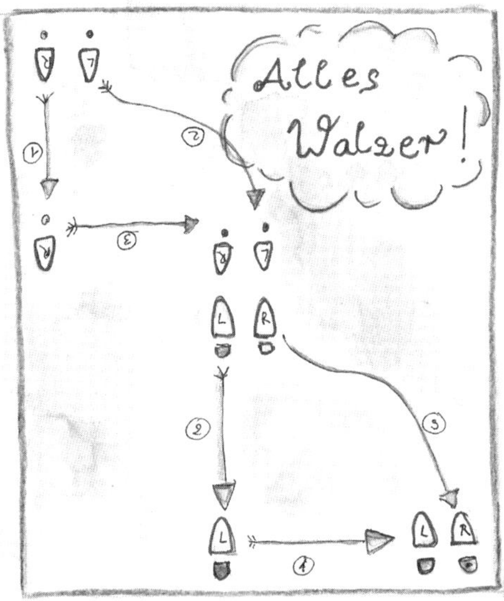

»Mein Mann!«, wäre es beinahe aus mir herausgerutscht.

»Und was ist, wenn sie es ist, die nicht führen kann?«

Eine farbige Frau trat in die Tür, gefolgt von einem Mann im Bademantel. »Hallo, Aretha, hey, Udo! Fein, dass ihr da seids«, begrüßte Marlene sie trällernd. »Wir feiern gerade Püppi! Sie hat es recht gemacht, sie ist abgehauen. In den Sommer, zu uns, nach Wien. Sie lebe hoch! Hoch! Hoch!«

Als der Morgen sich langsam zeigte, die ersten Vögel zwitscherten und die Wolken lichter wurden, fanden wir uns müde um den Küchentisch sitzend, auf dem ein zentnerschweres Stück Parmesan lag. »Es gibt Käse, ihr Lieben, das Brot dazu müssts euch denken.«

»Könnt ihr nicht mal für ein bisschen mehr Auswahl sorgen?«, bemerkte Udo missmutig und betrachtete das einseitige Käseangebot. »Parmesan! In solchen Mengen ersticke ich daran. Meine Güte, was hätte ich jetzt einen Gust auf die eingelegten Tomaten, die es letzte Woche gab. Die habt ihr aber alle schon gegessen, oder? Gibt's denn wenigstens a Gurkerl?«

»Ach, sei nicht lästig und spül ihn halt mit Schampus runter«, Greta reichte ihm ein übervolles Glas. »Trink, solange es geht. Wir haben nur noch wenige Flaschen.«

»Falls ich mal fragen darf: Wie könnt ihr euch so viel Schampus leisten?«, wollte ich wissen.

Wenn die beiden so wohlhabend waren, warum vermieteten sie dann? Und warum gab es von allem gleich so viel? Die Vorräte der beiden waren keine angemessenen Mengen, das hatte ich im Blick. Körbe voll mit Aprikosen entdeckte ich hinter der geöffneten Speisekammertür. Mindestens drei Kartons Olivenöl waren da zu sehen. Und jetzt dieser Berg von Parmesankäse, wie und wer sollte den essen?

»Warum kauft ihr in diesen großen Mengen ein? Ist das so viel günstiger?«

»Der Himmel schickt uns den«, strahlte Marlene. Sie faltete die Hände, setzte einen heiligen Blick auf und ging wie eine Art Bernadette von Lourdes betend auf die Knie. »Also, das ist so. Da sind ein paar Kisten von einem Laster gefallen, und die hat man uns gebracht«, sie zog mit einem Finger das eine Auge etwas runter.

»Vom Laster gefallen …?«, dachte ich laut nach. Dann begriff ich aber doch, dass ich mich gerade mit Diebesgut betrank.

»Wir haben kistenweise Champagner«, lachte Greta laut. »Nur Almdudler können wir uns nicht leisten.«

Marlene erhob sich, spreizte die Arme ab und drehte ein paar Runden um sich selbst. »Außerdem haben wir einen Freund, der einen Supermarkt besitzt. Wenn der zu viel einkauft, dann gibt es auch immer mal wieder fette Beute.«

»Er liebt Marlene«, Greta ließ ihre Augen in Richtung Marlene rollen. »Und sein Bruder, mit dem zusammen er den Markt besitzt, liebt sie auch. Zwei verschrobene Brüder hinter Käsebergen.«

»Ich will in nichts verwickelt werden«, stotterte ich spießig und schämte mich sofort dafür.

»Ach was«, wiegelte Marlene ab, »das sind Esswaren, die andere nicht brauchen. Ein Freund von uns findet die Sachen immer in einem Gebüsch, und weil er uns mag, bekommen wir was ab. Letzten Monat hatten wir eine Ladung Ravioli in Dosen. Schrecklich, es sind noch welche da!«

»Und jetzt?« Mitzi legte ihren Kopf dicht an meinen, so vertraut, als wären wir bereits ganz enge Freundinnen. »Spielst du uns mal deine Kassette vor?«

Im ersten Moment wusste ich nicht, was ich sagen sollte. Ich war nicht davon ausgegangen, dass Mitzi wusste, was ich Greta und Marlene nach den ersten Gläsern Champagner gestanden hatte. »Da war auf einmal diese alte Musik, meine Stimme, das, was ich meiner Freundin erzählte, und ich wusste, ich lebe irgendwie an mir vorbei. Es ist keine Flucht vor meiner Mutter oder meinem Mann. Was ich suche, ist ein Gefühl.«

Nehmen wir einmal an, die lachen dich aus, dachte ich jetzt, im Morgengrauen. Nehmen wir einmal an, sie tun es nicht, konterte ich innerlich. Noch abwägend, betrachtete ich ihre Gesichter. Dann gab ich mir einen Ruck und fühlte in mir die Gewissheit, dass den Menschen in dieser Küche nichts fremd war – und es tat dabei nichts zur

Sache, dass sie kostümiert und für die Bühne geschminkt waren. Die hier waren alle schon durch Krisen, Ängste und auch durch Hoffnungen gegangen. Auf der Bühne des Lebens hatten sie schon viel gespielt, ich wusste es, ich konnte ihnen meine Geschichte anvertrauen.

Etwas wackelig ging ich in mein Zimmer und holte mein Mixtape und das Gerät. »Das ist mein alter Walkman, zu dem ich immer Walkwoman sagte.« Ich hielt das blaue Metallteil in die Runde. »Darin ist das Mixtape, das ich mal aufgenommen habe und das so was wie ein Wunschbrief an mein Leben ist. Ich war damals noch ein junges Mädchen, ich glaube, keine siebzehn.«

Sofort beugten sich alle über mein Gerät, und Marlene setzte sich vorsichtig die Kopfhörer auf.

»Außer, dass ich verheiratet bin, hat sich davon in meinem Leben nichts erfüllt. Das ist es, was mich nach Wien gebracht hat. Und diese Schneekugel, die ich einmal geschenkt bekommen habe.« Nun stellte ich die Schneekugel auf den Tisch.

»Jö schau, das Riesenrad«, zwitscherte Mitzi, bettete die Kugel verträumt in ihre Hände und ließ den Schnee ein wenig tanzen.

»Aber Püppi«, lächelte Marlene, als sie die Kopfhörer wieder abnahm. »A Dancing Queen wolltest sein? Bist doch auch! A Wiener-Walzer-Dancing-Queen!«

Die Walkwoman machte die Runde, aber keiner stellte alberne Fragen, sondern alle waren bald mit ihren eigenen Jugendträumen beschäftigt. Das, was mal da war, was uns einst aufgeregt, freudig gemacht hatte. Und sie erzählten von Träumen, die sich erfüllt hatten, und von denen, die sich noch erfüllen sollten. Die Satzfetzen, die ich aufschnappte, das gelöste Gelächter darüber, machten mich glauben, dass Träume wohl wahr werden konnten. Vielleicht nicht in der ganzen Größe, wie man sie sich in der Jugend denkt, aber doch portionsweise. Vielleicht sogar auch ganz, ich wollte mich da jetzt gar nicht mehr so festlegen. In der Wohnung gegenüber ging das Licht an und warf Schatten in den Flur.

»Geh hearst, wie liab«, stellte Traudel gerührt fest und legte die Kopfhörer zusammen. »Und schau, jetzt bist erst so kurz da und host dir schon eine Menge erfüllt.« Sie griff sich eine angestaubte Flasche aus dem Regal, öffnete sie und goss mir rote Flüssigkeit in den Champagner. »Dancing Queen mit Erdbeerchampagner. Sogar getoppt hast du schon den Wunsch.«

»Nix da Sekt, hallo Champagner!«, nickte Udo anerkennend. »Mitten im Leben und noch weiter darüber hinaus!«

Greta legte eine neue Platte auf.

»Ach, ist das schön, dass du da bist«, umarmte mich Marlene innig, und zu den anderen sagte sie: »Oooh, ich liebe sie! Ich habe sie gleich geliebt. Sofort. Da wusste ich noch gar nicht, dass es Püppi in meinem Leben gibt.«

Ist dies mein schönes Leben, fragte ich mich selbst und jubilierte innerlich ein lautes »Jaaaaaa!«.

KAPITEL 9

Mercy mercy me

Robert Palmer

Es kam mir vor, als hätte ich nur ganz kurz geschlafen. Noch immer tanzte ich um den Tisch herum, noch immer hörte ich die anderen singen, plaudern und lachen. Dabei war es ganz still in der Wohnung, alles geschah nur in meinem Kopf. Ich träumte und drehte mich von einer Seite zur anderen. Ich lachte im Schlaf, und ich freute mich unbändig, hier zu sein, obwohl ich gleichzeitig total erschöpft war. Es war ein kurzer, nicht sehr tiefer Schlaf, und kaum dass ich mich hingelegt hatte – so war mein Gefühl –, rüttelte mich schon wieder jemand an der Schulter.

»Aufstehen!«

Es war Marlene. Sie war gepudert, geschminkt und geduscht und roch frisch wie der junge Morgen.

»Aufstehen!«, rüttelte sie weiter an mir.

»Traudel bleibt nur noch ein bisschen da. Sie muss ins Theater und will dir vorher noch die Haare machen.«

»Was ist?«, nuschelte ich mit halbgeöffneten Augen.

Ich hatte noch in Erinnerung, dass Traudel Maskenbildnerin an der Hausoper war. Wie Marlene und Greta war sie jeden Abend in diesem kleinen Etablissement, in dem auch bekannte Sänger auftraten, um bestimmte Rollen und Opern wenigstens einmal vor Publikum durchzusingen. Oft sangen sie dort, bevor sie auf die großen Bühnen gingen. Die Hausoper war sozusagen die schönste Probebühne, die es in Wien und darüber hinaus wohl gab.

Im nächsten Moment sah ich Traudel mit einem Koffer in der Tür auftauchen.

»Und, ist sie bereit?«

Marlene zog mich an den Füßen aus dem Bett, richtete mich auf und rief ein freudiges »Ja!«.

Und kaum hatte ich die Augen ganz geöffnet, befand ich mich auch schon im Bad, und Traudel schnitt an mir herum und schmierte mir eine Färbepaste auf die grauen Haare. Sie hatte in ihrem Köfferchen offenbar immer alles dabei.

»Das muss auch so sein«, sagte sie. »Denn wie oft kommen Künstler zu uns auf die Bühne und haben vor lauter Proben gar nicht gemerkt, dass sie viel zu viele graue Strähnen haben. Aber bei dir«, sie griff mir ans Kinn, »war es jetzt wirklich schon ziemlich nötig.«

Als die Prozedur endlich vorbei war – wobei ich es vermieden hatte, auf die vielen Haare auf dem Badezimmerfußboden zu blicken –, sah ich mich im Spiegel an und merkte, wie schön ich aussah, wenn meine Haare tatsächlich zu meinem Gesicht passten.

Traudel hatte mir die Haare fransig geschnitten, so dass sie bis zu den Schultern gingen. Jetzt aber waren sie in einem dunklen Maronenbraun. Und wenn auch ein paar Lichtreflexe im Haar fehlten, war ich doch insgesamt überglücklich, denn Traudel hatte mich in eine schöne Frau verwandelt.

Ich umarmte sie und ließ mir von ihr auch noch die Wimpern tuschen.

Dann musste Traudel los, nicht ohne mir noch ein vielfaches »Servus und baba!« zuzurufen.

Ich freute mich schon jetzt darauf, sie wiederzusehen. Dann vielleicht auch mit ein paar Kleidern am Leib, die zu der neuen Frisur und den wunderschönen Haaren so richtig passten.

»Das ist ja das Wunderbare«, sagte Marlene, »dass du mit so wenig Kleidung gekommen bist. Husch, husch, zieh deinen Bärchenjogginganzug an. Wir ziehen jetzt los und kaufen dir ein paar rechte Fetzen.«

Natürlich befolgte ich die Anweisung mit dem Bärchenjogginganzug nicht. Nach dem kurzen Schlaf und der Haargestaltung fühlte ich mich schon überfordert genug, als Marlene mich an der Hand erst aus dem Haus und dann über die Straße zog.

Es ging hinauf und hinab. Und hinein und hinaus. Wir kauften

Tücher, Taschen, Hosen, und auch vor der Unterwäsche machte Marlene nicht halt.

»Du bist doch a Lady«, sagte sie zu mir, »und keine Sportlerin.« Und dabei fasste sie den breiten Träger meines alten BHs und ließ ihn ungebührlich schnappen.

Wir gönnten uns kaum eine Pause, weil Marlene mich immer weiter zum Einkaufen trieb. Und es machte mir nichts aus. Denn wenn ich etwas hatte, dann war es Geld.

Es war ein ganz anderes Einkaufen als das, was ich mit Manu gewohnt war. Alles schien viel einfacher, und Marlene hatte eine wirklich sichere Hand, wenn es darum ging, neue Farben und Formen für mich auszusuchen.

Jedes Mal wenn ich mich im Spiegel sah, entdeckte ich eine neue Frau in mir. Maikammer rutschte immer weiter von mir weg, und wenn ich gerade daran denken wollte, dass ich mich eigentlich dort zu melden hatte, waren wir auch schon im nächsten Geschäft, wo natürlich – denn Marlene war in Wien bekannt – auch ein Glas Sekt gereicht wurde, das man zum Einkauf unbedingt brauchte.

Zum Schluss wurde mir ein Lippenstift verpasst, der so rot war, dass ich sicherlich auch in dunkelster Nacht gesehen werden würde.

Zu zweit schleppten wir die Taschen und Tüten lachend nach Hause, und ich war verblüfft und erstaunt, in welch kurzer Zeit aus der alten Anne eine neue Anne geworden war. Es hatte gar nicht so viel gebraucht, wie ich zu Anfang im Auto gedacht hatte. Ein paar Gläser Champagner, wirklich ungewöhnliche Menschen um mich herum, ungewöhnliche Geschichten, eine neue Stadt, Mut und jemanden, der mich an die Hand nahm und mit mir auf Entdeckungsreise ging. Ich mochte Marlene wirklich sehr. Sie war für mich schon jetzt ein Vorbild, eine Inspiration, und ich beobachtete sie staunend, weil sie sich all das traute und umsetzte, was ich mir auf dem Mixtape für mich gewünscht hatte.

»Jetzt ist es aber gut!«, sagte ich und verlangte nach einem späten Mittagsschlaf.

»Den sollst du auch haben«, lachte Marlene breit und stand schon wieder mit einem Korb in der Hand in der Tür.

Im Korb sah ich zwei Frotteehandtücher liegen.

»Aber geschlafen wird nicht hier. Komm, Püppilein, komm. Du wirst doch Wien nicht verschlafen? Ich zeige dir das schönste Ruhekissen, das es hier in dieser Umgebung gibt.«

Und weil ich wusste, dass sie mir eh keine Ruhe lassen würde, stand ich stöhnend wieder auf, ließ mich von ihr wieder an die Hand nehmen und die Treppe hinunterzerren, und schon saßen wir in der U-Bahn und stiegen nach vielen Brücken in einer Hochhausgegend aus.

»Das soll schön sein?«, fragte ich. »Soll ich mich mit dir hier aufs Pflaster legen? Und wir stellen eine Schale vor uns auf in der Hoffnung, dass die Passanten diesen beiden Verrückten ein paar Münzen geben?«

Marlene zwinkerte mir zu und sagte nur: »Wart's ab!«

Und weiter ging es mit dem Bus durch eine Gegend, die nun wieder nach Alt-Wien aussah, weiter über eine kleine Brücke, und – kaum zu glauben – wir fanden uns auf einer Insel mit hohen alten Bäumen wieder. Ich sah viele Menschen, die sich bepackt mit Taschen, Sonnenschirmen und Klappstühlen auf ein großes Tor zubewegten.

»Das ist eine Badeanstalt«, kombinierte ich.

»Richtig«, bestätigte Marlene.

Was sollte das? Ich hatte keinen Badeanzug dabei. Der lag noch in Maikammer, und einen neuen hatte ich mir in Wien noch nicht gekauft.

»A geh«, sagte Marlene, »du brauchst doch keinen Badeanzug, das ist das Gänsehäufel, und wir gehen zu den Nackerten.«

Nun fühlte ich mich wirklich überfordert. FKK hatte ich noch nie gemacht, schon gar nicht mit dem dicken Bauch, den ich mir angefressen hatte. Aber auch jetzt gab Marlene nicht nach und zog mich weiter bis zu einer kleinen Hecke, hinter der sich der FKK-Strand befand. Kaum waren wir angekommen, wurde mir klar, dass es hier gar nicht auf schöne Körper ankam, nicht auf Styling, nicht auf Jugend und nicht auf perfekte Formen, sondern dass wir in einem kleinen Paradies angekommen waren, genau wie Marlene es prophezeit hatte.

Eine weite Rasenfläche mit alten Bäumen. Es war sehr still an diesem Fleck, nicht so laut wie in dem Getümmel, das an den anderen Stränden des Gänsehäufels herrschte. Wenig Kinder mit Planschenten, dafür gediegene ältere Leute, die nackt an Tischen saßen, Karten spielten und dazu Almdudler oder einen G'spritzten tranken. Sogar einen kleinen Gastgarten gab es hier, und daneben, ich traute fast meinen Augen nicht, standen Liegen mitten auf der grünen Wiese, auf denen die Gäste von Thaifrauen und einem Mann massiert wurden.

»Der Herbert«, sagte Marlene, »ist der beste Masseur von Wien. Wenn du nachher magst, solltest du dich von ihm massieren lassen. Aber erst legen wir uns hin, und dann gehen wir in der Donau baden. Denn bevor du nicht in der Donau warst, warst du noch gar nicht wirklich in Wien.«

Wir legten uns auf den zarten Rasen, und schon bald hatte ich vergessen, dass ich völlig ohne Kleidung war. Der Wind wehte über meine Haut. Leise plätscherten die Donauwellen. In den Bäumen raschelten und zwitscherten Vögel. Ich hörte das leise Hingleiten und Knarzen der Tretboote und die Stimmen von Menschen, die von der anderen Seite der alten Donau kamen, wo es Restaurants und Gastgärten gab, die ihre Arme weit in das Wasser streckten.

Es war eine Idylle, wie ich sie an den Stränden von Griechenland, Italien oder Frankreich nie gefunden hatte. Es war total besonders und außergewöhnlich, weil es so bieder und einfach war. Im Grunde fühlte ich mich in das Österreich der sechziger Jahre, das Österreich meiner Kinderträume, zurückversetzt. Mit dieser kleinen Gaststätte, wo durch ein Megaphon immer wieder »Pommes!«, »Würstel!« und so weiter schallte und die Gäste aufstanden, um das Bestellte abzuholen. Hier war eine stille Beschaulichkeit und ein tiefer Friede.

»Das Gänsehäufel ist ein heiliger Ort«, sagte Marlene. »Immer wenn es mir nicht gutgeht, komme ich hierher.«

»Aber geht es dir denn nicht gut?« Ich richtete mich erstaunt auf, weil ich noch nie auf den Gedanken gekommen war, dass es Marlene und Greta mit all dem Tamtam, das sie täglich erlebten, eventuell auch mal schlechtgehen könnte.

»Ach, weißt du«, sie hielt die Augen weiter geschlossen, »auch bei Greta und mir gibt es manchmal Krisen. Greta ist wie ein großer Kasten, den man nur schwer verschieben kann. Andererseits kann man sich wunderbar an ihn anlehnen und muss nie Angst haben, dass er umkippt, denn der Kasten ist wirklich breit und hat auch für ein breites Kreuz genug Platz. Sie kann mich aufrichten, und sie kann mir Halt geben. Nur manchmal ist sie halt auch ein bisschen stur und unflexibel, und ich fühle mich wie ein Champagnerkorken, der durch die Luft von einer Zimmerecke in die andere knallt und dann wieder auf dem Boden landet und gleich danach wieder hochfliegt. Das ist für so einen Kasten schwer auszuhalten, besonders wenn der Korken zwischendurch auf seinem Deckel landet. Ich glaube, manchmal ist sie von mir ganz schön genervt. Und ich von ihr ja auch. Aber insofern«, nun öffnete Marlene doch die Augen, »sind wir ja quitt. Gegensätze ziehen sich nun mal an, und manchmal stoßen sie sich auch ab. So ist das im Leben.«

Wie sie so dalag, mit ihrem offenen, halblangen Haar, dem Tuch über der Brust und der Sonnenbrille auf der Nase, da war es mir auf einmal, als wäre ich in einem Spiegelkabinett. Immer wieder entdeckte ich Marlene und Greta neu. Nie wusste ich, wer sie wirklich waren. Für heute sind sie mir einfach Freundinnen, entschied ich in das Blaue des Himmels hinein. Beste Freundinnen, wie Manu mir eine war. Und was sie mir morgen sein würden, das würde ich erleben. Uwe und ich, wir hatten uns hingegen gegenseitig abgeschliffen. Fröhliche Lebendigkeit, wie ich sie bei Greta und Marlene sah, hatte unsere Liebe nicht. Wir ergänzten uns, aber wir bereicherten uns nicht mehr. Seit Uwe seine Weiterbildung machte, kam es mir so vor, als ob der Puzzlestein rauer geworden war und sich nicht mehr in den meinen einpassen wollte. Das irritierte mich, ich wollte es aus reiner Bequemlichkeit so nicht haben. Aber nun wurde mir langsam klar, dass Uwe vielleicht auch nur einen Versuch gestartet hatte auszubrechen, um das alte Gefüge von Mann und Frau, von Ich und Du, von zwei voneinander unabhängigen, unterschiedlichen Menschen wieder herzustellen. Er wehrte sich, wie ich, aber er wehrte sich auf eine andere Weise. Und das Unglück in dieser Geschichte war wohl unsere Sprachlosigkeit. Wir erklärten uns einander nicht mehr, sondern machten immer weiter mit unserem Sicheinfügen, mit unseren Versuchen, den anderen so zu biegen, das er in die eigenen Rundungen passte.

»Ich weiß gar nicht, wie lange ich hierbleiben soll«, sagte ich zu Marlene. »Ich habe bei euch vier Wochen gebucht, aber manchmal kommt es mir schon jetzt vor, als wäre das viel zu kurz. Und dann kommt es mir wieder vor, als wäre es viel zu lang und ich müsste schon morgen fahren.«

»Wie lange fühlst du denn, dass du bleiben sollst?«, nuschelte Marlene halb im Schlummer vor sich hin.

»Bis ich wieder gesund bin. Bis ich wieder meine Lebensmelodie gefunden habe und singe«, antwortete ich. »Wie die, die auf dem Mixtape gesprochen hat. Ich möchte Uwe nicht verlieren, aber ich spüre, dass es jetzt gilt, für mich gilt. Dass ich wieder ich selbst werden muss. Und ich weiß gar nicht, wie viel Zeit es dafür braucht.«

Marlene antwortete nicht, sie war eingeschlafen. Auch ich schloss die Augen und ließ eine Weile die Geräusche um mich herumplätschern. Dann stand ich leise auf und ging ins Wasser, in dieses wunderbare Blau, in dieses Glitzern, in die Sommerfrische von Wien, und ich fühlte mich richtig wohl, und richtig anders, und richtig angekommen, und am hundertprozentig richtigen Platz.

Als wir wieder zu Hause waren, fasste ich mir ein Herz und kramte, braungebrannt und freudig lachend, mit Herzklopfen aus meinem Geldbeutel die PIN-Nummer heraus, die es braucht, um die Nachrichten meiner Handy-Mailbox abzuhören, obwohl man von einem anderen Apparat anruft. Ich war ganz stolz auf mich, dass ich diese Nummer nicht wie andere Geheimnummern verschlampt oder verschludert hatte. Jetzt war mir die PIN Gold wert, konnte ich doch auch ohne Handy abhören, was man mir daheim auf Band gesprochen hatte.

»Sie haben neun Nachrichten«, meldete mir die Box. Angespannt hörte ich die ersten Nachrichten ab, alle von Uwe, in denen er mich nur kurz und knapp fragte: »Wo bist du?« Oder mich aufforderte: »Melde dich!«

Dann kam eine Nachricht von Manu, die mit zittriger Stimme bat, ich solle mich doch bei ihr melden. Sie hatte mich am Tag meines Aufbruchs angerufen.

Die nächsten Nachrichten, ebenfalls von Uwe, waren schon länger. Er begann loszuschimpfen, dass ich unverschämt sei, ich solle mich endlich melden, wo ich sei, und wenn ich so weitermachte, würde er die Polizei informieren. Die letzte Nachricht war von gestern. Wieder von Uwe. Diesmal hielt er sich nicht knapp, sondern sagte mit kalter Stimme zu mir:

»Du bist verantwortungslos. Ich bin von dir enttäuscht. Wie kann man einfach so abhauen. Alles stehen und liegen lassen. Ich schäme mich für dich. Ich hätte nie gedacht, dass du so egoistisch bist. So egozentrisch. Nur auf das Eigene ausgerichtet. Wenn du denkst, ich mache das mit, dann hast du dich geschnitten. Du wirst schon noch sehen, was du davon hast. Erst einmal fordere ich dich auf, sofort nach Hause zu kommen. Ich bestehe darauf, dass du dich um deine Angelegenheiten kümmerst und um die Angelegenheiten, die uns beide angehen und die du zugesagt hast zu übernehmen. Ich gehe arbeiten, und du bist halbtags zu Hause. So war die Abmachung. Ich bestehe darauf, dass du dich an diesen Vertrag hältst.«

Er sprach noch weiter, aber ich legte einfach auf, löschte seine Nachricht wie die anderen davor. Dann nahm ich den Zettel mit der PIN-Nummer, sah nicht mehr drauf, sondern ging ins Klo, zu dem schönen bunten Blumenkranz, warf den Zettel mitten in diesen Kranz hinein, winkte ihm kurz nach und betätigte die Spülung.

»Das ist doch wunderbar«, horte ich vor der Badezimmertür Marlene krakeelen. »Wir machen uns ein schönes Wochenende mit Mitzi, K&K und Traudel, hier bei uns daheim, völlig relaxt und ohne großes Büfett. Einfach nur mal ausruhen, fernsehen und die Füße auf die Polster legen. Dann sind wir auch für die Auftritte nächste Woche endlich wieder fit.«

Na, dachte ich und war gespannt, ob das wirklich ein ruhiges Wochenende werden würde.

KAPITEL 10

Captain of her heart

Double

Nach einem sehr langen Ausschlafen, einem ausführlichen Spaziergang durch den 3. Bezirk, einem Museumsbesuch im Kunst Haus Wien und einer tatsächlich ruhigen Phase war ich bereit, wieder ein Stückel mehr von Wien zu entdecken. Viele Wege hatte ich mir schon erlaufen, und die Bänke vor dem Rathaus grüßten mich, wenn ich im 1. Bezirk Pausen einlegte. Meine »Stulle« hatte sich bereits in eine Jause verwandelt oder in ein Gabelfrühstück, wie ich amüsiert auf den Verpackungen von Portionen mit Ei, Schinken, Kartoffel- – Pardon – Erdäpfelsalat las. Um Greta oder Marlene, die mich vielleicht von meinen Plänen für den Tag hätten abbringen können, nicht zu wecken, stand ich sehr leise auf und machte nur eine kleine Katzenwäsche. Mein erstes echtes Wiener Frühstück nahm ich in einer Bäckerei ein. Jetzt, so früh am Morgen, waren fast nur Wiener unterwegs. In der Bäckerei war ein einziges Geraunze. Ich schmierte mir in meiner Ecke still meine Semmeln und sperrte die Ohren ganz weit auf.

»War'n S' des Jahr schon in Schönbrunn?«, fragte eine Kundin eine andere. »Mei, der Park, den ham s' wieder so wunderschön hergericht, und die Eichkatzerln, die da springen, na, da wirst narrisch, wie siaß de san!«

Warum nicht, dachte ich. Der Tag ist jung, ich will Wien erleben, und ein Besuch in einem Park könnte ein guter Start dieses Ausflugs sein. Schnell frühstückte ich fertig, fast so, als hätte ich jetzt alle Informationen zusammen. Es tat gut, niemanden auf dem Laufenden halten zu müssen, wohin es mich trieb und was mir in den Sinn kam. Nicht mal Greta und Marlene. Es machte mich wirklich frei.

Zielsicher stieg ich in den richtigen Bus, der direkt zur passenden U-Bahn-Linie fuhr. Nur wenige Stationen, und ich war genau an der Kreuzung, wo vor kurzem mein Wien-Abenteuer begonnen hatte: Schönbrunn, die Sommerresidenz des Kaiserpaars. Ich kannte das Schloss natürlich, von vielen Bildern und auch aus meinen Kindertagen. Es war schön, jetzt hier zu sein, um einen Tag draußen in der Sonne zu verbringen. Ich drängelte mich an Schulklassen und Rentnergruppen vorbei in Richtung Schlosspark. Grünflächen, Rosenbeete, Brunnen, Skulpturen, Irrgärten und der große Rasen fächerten sich vor mir auf. Es sah gigantisch aus, die Größe des Parks beeindruckte mich sofort. Oben auf dem Hügel die Gloriette, rechts der Tierpark und links ein Labyrinth, in dem sich Liebespaare voreinander versteckten, um sich dann wiederzufinden.

Bepackt mit Lesestoff, Schreibzeug und Sonnenbrille, suchte ich mir einen schönen Platz auf dem Hügel und versuchte, so gut es eben ging, inmitten des Getümmels die anderen Touristen zu übersehen. Ich zog meine Schuhe aus und ließ die Zehen durch das Gras tanzen. Es war ganz weich. Wien lag vor mir. Ich konnte von hier den Stephansdom und den Hausberg der Wiener, den Kahlenberg, sehen. Mein Blick wanderte über Wien und die Ausläufer der Stadt. Ich war froh, dass ich die PIN zum externen Abhören der Box weggeworfen und nie in meinem Kopf abgespeichert hatte. Zu groß war die Gefahr, aus der Ferne die Mailbox erneut abzuhören, und sei es aus einer Art bravem Gehorsam heraus, einer Angewohnheit, die ich »zuverlässig« nannte. Mein Handy war bei der Fürstin, also konnten auch die Nachrichten in Deutschland bleiben. Es war nicht gut für mich, den aufbrausenden, zynischen Uwe anzuhören, denn seine Worte bremsten mich aus und überschatteten mir den Tag. Bildlich betrachtet, fühlte ich mich wie ein gerade geschlüpftes Küken. Uwes Holzhammerauftritte waren zu heftig für das zarte ICH, das doch gerade erst dabei war, sich zu entfalten. Welche Argumente gab es gegen die Vorwürfe, die er mir schickte? Keine einzige wirkliche Frage hatte er gestellt. Und die mageren Antworten, die ich geben konnte, würden ihn nur noch wütender stimmen.

Eine Japanerin stolperte mir fast in den Schoß bei dem Versuch, ein Selfie von sich und ihrem Mann zu machen. Weil die japanischen Arme nicht lang genug für ein schönes Foto waren, stand ich auf und übernahm den Fotojob. Beide waren überglücklich und verbeugten sich so oft vor mir, wie es sich für Japaner und Schönbrunn gehört. Im Grunde war mir auch das lästig, und ich wollte die beiden möglichst schnell im digitalen Kasten haben. Als ich durch die Linse sah, zögerte ich jedoch mit dem Drücken des Auslösers, um das Bild eine Sekunde länger für mich festzuhalten. Vor dem Fotoapparat stand dieses Rentnerpaar und lächelte sich so verliebt an, dass ich im Herzen einen deutlichen Stich verspürte. Sie winkten mir zu, beide Gesichter waren erhellt und glücklich. Würden Uwe und ich jemals wieder so liebevoll in eine Kamera blicken können? Hatten wir noch eine Chance? Hatten wir je so liebevoll in eine Kamera geschaut? Selbst der Schnappschuss bei unserer Trauung war ein schräges Bild geworden, weil ich mich geärgert hatte, dass der Standesbeamte uns gleich nach der Eheschließung einen Scheidungswitz erzählte. Zu Recht hatte ich so griesgrämig geblickt. Ich wunderte mich, warum ich gerade jetzt, in Schönbrunn und so viele Jahre später, immer noch sauer darüber wurde. Früher hatte ich die Story mit einem Augenzwinkern erzählt. Jetzt fühlte ich, wie böse Wut in mir hochkroch. Es fühlte sich an, als hätte man mich um meinen Hochzeitstanz betrogen. Wehren hätten wir uns müssen. Sagen, dass das unsere Hochzeit sei. Aber wir waren jung gewesen und unbeholfen in dieser Situation.

»One more picture?«, fragte ich das japanische Paar, nur um noch einmal hinter der Kamera zu verschwinden und die beiden genauer zu betrachten. Schon kam die kleine Dame auf mich zu, nahm unter vielen Verbeugungen das Handy wieder an sich, beide beugten sich darüber, erfreuten sich an den Bildern und nickten mir zu. Ich hörte, wie sich ihre Schritte auf dem Kiesweg mit den Schritten der anderen Parkbesucher vermengten, und verfiel in eine seltsame Traurigkeit. Langsam machte ich mich auf den Weg nach Hause.

»Sieh dir die Sauerei an«, polterte Marlene mir entgegen, als ich am späten Nachmittag wieder nach Hause kam. In der Küche herrschte das reinste Chaos. Ich sah Schüsseln, Schälchen, Mehl und Formen und viele, viele Marillen, die von einem Laster auf einer Fahrt durch die Wachau gefallen waren. Marlene trug eine Schürze, was zusammen mit der Perücke auf dem Kopf und den barocken Schleifchen, Bändern und Schnüren rund um ihr Kleid sehr lustig aussah.

»Heute haben sie uns auch noch einen Sack mit Mandeln vor die Tür gestellt. Ein Zentner Mandeln! Was sollen wir damit machen? Das ist eine Unverschämtheit. Wer braucht so viele Mandeln im Sommer? Die werden uns alle ranzig werden!«

Auf der Kommode sah ich Bleche stehen, darauf kleine, mit Schokolade glasierte Kugeln, auf denen jeweils eine Pistazie steckte.

»Versuch mal.« Marlene nahm eine der Kugeln und steckte sie mir in den Mund.

»Mhm«, staunte ich, »das schmeckt ja richtig köstlich!«

Ich biss durch die knackige Schokoladenglasur auf einen wunderbar weichen Marzipankern, der nach Aprikose schmeckte. Drinnen war eine kleine Kapsel, in der ich ebenfalls etwas sehr Aprikosiges schmeckte.

»Was ist das? Wo hast du das Rezept her?«

»Hierher«, Marlene pochte sich mit dem Finger an die Stirn. »Selbst ist die Zuckerbäckerin. Aus den Mandeln habe ich das Marzipan gemacht. Schokolade hatten wir noch genug und Marillen ebenfalls. Daraus ist eine Köstlichkeit entstanden.«

»Und wie heißt die?«

Sie dachte kurz nach, und ich konnte sehen, dass sie sich darüber noch überhaupt keine Gedanken gemacht hatte.

»Ich habe eine gute Idee«, ihre Mimik strahlte mit einem Mal. »Wir nennen sie süße Nannerln. Nach dir, mein Schatz. Süße Nannerl, Anne Nannerl, Püppilein. Ich werde immer an dich denken, wenn wir diese Süßigkeit machen, und du an mich, wenn du das Rezept mit nach Deutschland nimmst. In Maikammer werden sie staunen, das weiß ich schon jetzt – denn du wirst, das hast du ja schon gelernt, dazu eine Geschichte erzählen.«

»Erinnere mich nicht an Maikammer ...«

Meine Vergangenheit verdarb mir immer wieder die Gegenwart. Ich wurde sie nicht los. Im Schlosspark dachte ich an Uwe. Wenn ich Japaner fotografierte, dachte ich an uns. Wenn ich an den prächtigen Schaufenstern im 1. Bezirk entlangbummelte, hörte ich die Fürstin, wie sie sagte: »Aber dazu braucht es eine andere Figur als die eines Kartoffelsacks!« Wenn ich es zuließ, dann zerfraß mich der Schmerz, dass Uwe und ich unsere Ehe so heruntergewirtschaftet hatten, und ich war wütend auf ihn, weil er meine Gefühle einfach ignorierte.

»Jetzt reicht's!«, protestierte Marlene unvermittelt und schleuderte den Marzipanteig mit einer solchen Wucht auf den Tisch, dass die darauf verstreuten Mandeln nur so hüpften. »Du langweilst mich zu Tode mit deiner Jammerei!«

»Aber, aber, aber ...«, wachte ich empört auf und wollte damit zum Ausdruck bringen: »Du bist doch meine Freundin und musst mich doch verstehen!«

Marlene wurde richtiggehend rigoros. »Dieses Lamentieren ist ja schrecklich. Da kannst du auch gleich zu deinen Maikäfern zurückgehen, wenn das alles ist, was du hier erleben willst. Und deine grandiose Kassette, die kannst du in die Donau werfen, mitsamt deinen Mädchenbriefen und der Schneekugel. Oder auf den Trödel. Am Samstag, auf dem Naschmarktflohmarkt, da verkaufen sie solchen alten Plunder, und die Touristen reißen es den Grattlern aus der Hand. Geschichten aus der Vergangenheit. Aber mich kannst du damit in Ruhe lassen.«

»Ich jammer doch nicht!«, stampfte ich nun auf, um zu zeigen, dass auch ich sauer werden konnte.

»Gar nicht. Geh bitte!« Sie ließ die Augenbrauen tanzen. »Du bist nur ein Püppi, das sich beschwert, dass seine Puppenfamilie nicht lieb genug zu ihm ist! Bringt dir das was?«

»Erleichterung.«

»Ach ja? Wenn du so erleichtert bist, warum schaust dann so sauertöpfisch? Du siehst aus wie eine graue Maus, der die Buchteln angebrannt sind!«

Das war unverschämt! Schließlich war ich nicht aus Jux und Tollerei nach Wien gekommen, das wusste Marlene inzwischen sehr genau.

»Du hast gut reden«, maulte ich. »Wenn ich so illuster wie du und Greta leben würde, dann hätte ich in meiner Ehe auch mehr zu lachen!«

»Dann mach dir das Leben so! Wir haben das nicht erfunden.«

»Und wie, bitte?«, zeterte ich.

»Indem du das Gute im Miesen findest. Alles ist für etwas gut, wenn wir nur bereit sind, es zu sehen. Schau dir diesen Teig an.« Sie zeigte mit mehligen Händen auf den Tisch. »Wäre ich auf die Idee gekommen, hätten sie uns nicht mit Mandeln den Eingang zugeschüttet? Nein! Also. Man muss kreativ sein, auch mit dem Leben. Du weißt doch schon ein bissel, wie das geht. Ich hab's dir doch beigebracht.«

»Was meinst du genau!«

»Zum Beispiel: Erfinde mir die Geschichte von den süßen Nannerln.«

Nur widerwillig ging ich auf ihre Aufgabe ein, obwohl sich die Story sofort in mir entspann.

»Die süßen Nannerln … die wurden von der Kaiserin Marie Therese erfunden, nachdem die Mozartkinder bei ihr gewesen waren. Perfektioniert wurden sie von Klimt, und was danach kam, das war sein Kuss.«

»Das ist gut«, staunte Marlene und rollte neue Nannerln, »das ist richtig gut! Ich sehe schon, du wirst noch a richtige Wienerin.«

»Was ist das Gute im Miesen bei mir? Was denkst du?«, fragte ich Marlene ganz direkt. Ich hatte noch nicht so oft Menschen getroffen, die mir derart den Spiegel vorhielten. Nur Manu hatte ich das bisher erlaubt.

»Das Miese ist, dass du dich allein gefühlt hast. Das Gute ist, dass du … ach, du weißt es selbst, ich werde es dir nicht sagen. Und nun verschwinde, Nannerln machen kann ich nur allein.«

Ich verzog mich aufs Sofa. Während ich dort herumlümmelte und gedankenverloren einen Stapel alter *Wienerinnen* durchblätterte, kam Greta von der Probe zurück und trieb Marlene an, sich umzukleiden. Konzentriert gingen sie alle Lieder noch mal durch.

»Der Leopoldi«, runzelte Greta ihre Stirn, »der hier um die Ecke g'wohnt hat, der war auch so ein Stern am Wiener Himmel, den sie ausgelöscht ham.« Damit meinte sie das, was im Zweiten Weltkrieg geschehen war. In diesem Moment verstand ich, dass Greta und Marlene ihre Arbeit nicht nur als Komödie verstanden, sondern sich auch als Hüterinnen der Musik sahen, denen man das Spiel genommen hatte. Es berührte mich zutiefst, denn ich spürte auf einmal tief in meinem Herzen, dass sie ihre Kunst wirklich auch als Berufung verstanden. Das hat mir vielleicht auch gefehlt, blitzte es in mir auf, und ich fragte mich weiter, ob man wohl auch als Zahnarzthelferin die Welt ein Stück mit retten kann.

»Wir gehen heute nach dem Auftritt noch in eine Bar, und diesmal kneifst du nicht«, stoppte Marlene mein Grübeln. »Jetzt ham mer g'nug seniert, jetzt wird g'lebt. Und Pupperl, es gibt keine Ausrede!« Mit ihrer Puderquaste wehte sie Rouge zu mir herüber. »I kumm und hol di sölber ab. Also, schlaf a bissserl vor.«

»Marlene, echt nicht«, wehrte ich ab. »Ich bin heute nicht in Stimmung.«

»Ich hole dich ab und damit basta!«, ließ Marlene nicht mit sich verhandeln. »Du wirst sehen, es wird großartig sein. Die Lusterkönigin ist …«

»… g-r-a-n-d-i-o-s«, vollendete ich den Satz und gähnte.

»Genau!«

»Weißt du, ich glaub, die Lusterkönigin ist nichts für mich. Ich besuche eigentlich keine Bars. Auch nicht mit Uwe«, startete ich einen zweiten Versuch, Marlene abzuwehren. Und um sie auf andere Gedanken zu bringen, fragte ich noch: »Sagt mal, wie lange seid ihr eigentlich schon ein Paar?«

»Lange«, meinte Marlene und stand auf. An der Tür drehte sie sich zu mir um. »Püppschi, du hältst dich zu viel mit Äußerlichkeiten auf.« Sie richtete sich das Tutu. »Es ist egal, wie alt Greta und ich sind, wie lange schon zusammen, wie wir unser Leben gestalten, ob wir schwul oder Transvestiten sind. Es spielt keine Rolle, denn wir sind das, was wir sind, und das kann jeden Tag etwas anderes sein.«

»Ich interessiere mich halt«, maulte ich ein wenig und und legte sichtbar meine Stirn ein wenig kraus.

»Natürlich darfst du das, aber ich habe den Eindruck, du brauchst die Antworten, um dir selbst etwas zu erlauben. Das braucht es doch gar nicht. Du weißt schon selbst, was für dich wichtig ist.«

»Ooommm!«, dröhnte Greta und ließ ihren Kopf wie eine Glocke hin und her wackeln. »Hör auf! Sie ist hier im Urlaub und nicht in einer Gruppentherapie. Mach zua! Wir müssen in die Oper!«

Mit der Hausoper, in der Marlene und Greta auftraten, hatte sich Oskar Pirzak, der Operndirektor, wie Marlene mir mit leuchtenden Augen erzählte, seinen Lebenstraum erfüllt. Mit Küchenstühlen, Kerzen, Samt und Seide hatte er ein Opernhaus geschaffen, wie es auf der Welt, oder zumindest in Wien, kein zweites gab.

»... und wir träumen alle mit ihm mit«, zeigte Greta auf die Bühnenfotos, die an der Wand hingen. »Du wirst es bald schon sehen!«

»Nur etwas mehr Gage wäre schön!« Marlene hielt mehrere Perückenköpfe hoch. »Was meinst du? Welche soll ich heute tragen?«, fragte sie mich. »Blond oder rot?« Sie musterte mich. »Ach ja, Pupperl. Die Lusterkönigin ist übrigens ein Bordell. Zieh dir also was Anständiges an.«

»Ich geh da nicht hin!«, trotzte ich, doch beide standen bereits in der Tür, keiften mit der Nachbarin, und der Kater fauchte munter mit.

KAPITEL 11

In einer Nacht im Mai

Peter Alexander

»Komm endlich. Wirf dir an g'scheiten Fetzen über. Es wird a Hetz!« Gnadenlos zerrte Marlene mich aus dem Bett und blieb mit gekreuzten Armen vor mir stehen. »Nun mach schon, die anderen san sicher scho dort. Es ist grandios, wirst sehen.«

»Hhhffftt«, pustete ich ergeben die Luft aus, schüttelte mich wach und ging zum Schrank. »Und was soll ich anziehen?«, fragte ich. Viel hatte ich noch nicht zu bieten, obwohl ich mich kleidertechnisch längst aufgerüstet hatte. Nach den noch unscheinbaren Leinenhosen des Ankunftstages waren Röcke und Ballerinas, Tücher, Blusen und Sommerkleider dazugekommen. Aber nichts davon passte so richtig gut in eine Bar.

»Das hier?« Ich zeigte auf ein Kleid, das immerhin rot war und Punkte hatte. Ich erkannte ein halbherziges Nicken von Marlene, warf mir das Kleid über, und ungekämmt und ungeschminkt, wie ich war, zog sie mich auch schon aus dem Haus.

»Beeil dich!« Marlene legte große Schritte vor, und ich stolperte ihr müde hinterher. Von irgendeiner Kirchturmuhr schlug es längst nach Mitternacht, aber die Straßen waren voll. Menschen, die Eis aßen, die sich vergnügten. Wieso ging ich eigentlich nicht öfter abends aus?

»Aaah, die Lusterkönigin ist die schönste und beste Bar in Wien«, drehte sich Marlene zu mir um, und ich entdeckte die funkelnde Vorfreude in ihrem Blick. »Du wirst sie lieben. Alle wirst du lieben, du süßes Nannerl, du!«

Wir spazierten über die Donaukanalbrücke, geradewegs auf den Prater zu. Nur wenige Schritte vom Stephansdom und dem illustren

Schwedenplatz entfernt nahm nun das Amüsiermilieu mehr und mehr Gestalt an. Bars mit schmutzigen Fenstern, blinkende Leuchtschrift und ein paar Damen, die im Dunkeln standen. Trotz der späten Stunde flutete dichter Verkehr an uns vorbei. An den Ecken lungerten Männer, die aussahen, als würden sie auf etwas warten, und ihre Kippen glühend auf die Straße schnipsten. Das Riesenrad drehte sich leuchtend und in majestätischer Ruhe im Dunkel der Nacht.

»Der 2. Bezirk ist herrlich«, freute sich Marlene, sichtbar aufgeregt. Niemand beachtete die Kostümierung, in der sie steckte. »Sicher denken die anderen, dass ich hier als Animierdame mein Geld verdiene. Auch recht. Es gibt nichts Besseres, als sich immer mal wieder ein neues Image zuzulegen.«

Ich hatte vom 2. Bezirk schon eine Menge gehört, weil er, so hieß es, zu den hippen Bezirken der Stadt gehörte. Hier gab es alles. Restaurants, Bars, Rotlicht, Bürger, eine große jüdische Gemeinde, Türken, Studenten, das Praterpersonal und eben eine Menge Nachtschwärmer. »Und du wärst beinahe im Bett liegen geblieben, bloß um von deinem faden Mann zu träumen. Du machst Sachen!«

»Was ist falsch daran?«

»Kennst du nicht den Spruch von Liz Taylor: It's not the having, it's the getting? Männer müssen heiß laufen. Sie jagen gerne, verdirb ihnen also nicht den Spaß! Ich verrat dir was«, Marlene legte im Gehen ihren Arm um mich. »Es ist wirklich an der Zeit, dass du ein bisschen Primadonna wirst. Von Püppi zur Diva!«

»Lass uns ein andermal darüber reden«, seufzte ich, weil ich mich nicht in der Lage sah, nach dem Aufwachen gleich zu vielschichtig zu diskutieren. Außerdem hatte ich nicht wirklich von Uwe geträumt. Zumindest nicht mit dem Herzen.

»Ach, du solltest dich verlieben!« Marlene gab keine Ruhe und wedelte mit ihrer Boa durch die Luft. »Aber das muss man sich hier nicht vornehmen … das regelt Wien von allein. Da muss man sich ja gar net kümmern. Aber man kann's üben!«

Nun war ich gespannt. Primadonna, Diva üben. Natürlich, Marlene und Greta hatten auf der Bühne dazu jeden Abend Gelegenheit, wenn sie ihre Arien trällerten, sich mit Pfauenfederfächern Luft zuwedelten und das Publikum vor Begeisterung wie wild applaudierte.

»Als Opernsängerin kann man leicht die Diva geben«, erklärte ich und wollte nicht wieder mit Maikammer anfangen und dass ich mit Diven recht wenig anfangen konnte.

»Ah bah, Bühne! Geh ins Sacher! Lerne, dich im Glamour zu bewegen, und steh nicht wie ein Pupperl nur davor!«

»Teure Hotels, woher willst du das wissen, du kannst sie dir doch gar nicht leisten«, nuschelte ich und beobachtete im Vorbeigehen einen Mann und eine Frau, die knutschend in einer Ecke standen.

»Was soll das heißen? Unsere Kostüme sind immerhin von Josef Jiracek, der war ein bekannter Atelierschneider für englische und französische Kostüme und Toiletten. Aber das nur nebenbei. Denn das Wesentliche ist doch«, blinzelte Marlene listig, »dass dir niemand deine Träume erfüllen kann. Keine Musikkassette, keine Schneekugel. Sondern du bist die Fee in deinem Leben. Das ist magisch! Ich hab es dir doch heute Mittag schon gesagt.« Marlene blickte mir tief in die Augen. In all den Tagen, in denen wir nun schon als WG lebten, hatte ich sie noch nie so ernst erlebt.

»Was?«

»Dass du eine Zauberin bist. Jeder ist ein Zauberer.«

»Das stimmt nicht«, erklärte ich fest. »Man hat im Leben vielleicht am Anfang die Möglichkeit zu zaubern, wenn man zwanzig ist, aber dann wird man mehr und mehr ein Teil von einem Hokuspokus, den andere aus dem Hut zaubern. Um im Bild zu bleiben, ich fühle mich eher wie ein Kaninchen, das gerade aus dem Zylinder gesprungen ist und das versucht, vor dem bösen Petrusilius Zwackelmann zu flüchten. Da helfen auch keine schnieken Hotels. Das muss aus mir wachsen. Du gehst ja auch nicht im Sacher ein und aus.«

»Aber doch!« Marlene legte die Stirn in erstaunte Falten. »Ich bin sehr oft im Sacher, weil mir der rote Salon so guttut. Geh da bitte unbedingt hinein.«

»Aber du kannst dir das doch gar nicht leisten.«

»Püüüüppi!« Marlene schüttelte den Kopf. »Ich muss mir da

nichts leisten. Ich gehe hinein, atme die Luft, sehe die roten Polster, im Winter den prächtigen Weihnachtsbaum, die blaue Bar, die vielen Fotos der Prominenten, die dort schon zu Gast waren …«

»Und?«

»Und dann gehe ich aufs Klo, denn jeder Hippie muss mal Pipi!«, kicherte sie los. Wir blieben vor einem schäbigen Schaufenster stehen, das Elektroartikel aller Art anbot. Ein verknitterter Zettel wünschte allen Kunden ein frohes Fest, womit wohl das letzte Weihnachten gemeint war. Der Gehweg war voll mit Semmelpapier und dem Unrat, den Menschen einfach auf die Gasse werfen. Es war laut hier, dreckig, unfein und ohne jeden Charme, aber Marlene wurde nicht müde, mir vom Sacher vorzuschwärmen und wie gut es ihr tat, dort auch nur ein paar Sekunden lang zu sein. »Wenn man Glück hat, dann kann man aus der Oper gegenüber die Proben hören. Ach, das Sacher! Es richtet mich auf, und es zeigt mir, was mir im Leben wichtig ist und was ich mir ersehne. Das Sacher ist nicht nur ein Café, es ist eine Therapie.«

»Aber du und Greta, ihr könnt auch nicht zaubern, denn dann wärt ihr im Sacher und auch sonst in einer anderen Situation.«

»Und in was für einer, deiner Meinung nach?« Sie sah so aus, als ob sie meine Antwort wirklich interessierte.

»In einer sicheren.«

»Warum fängst du immer wieder damit an? Wir leben doch sicher«, reagierte Marlene sehr überrascht und gleichzeitig verzückt. »Es ist alles gut so. Ganz genau, wie es sein soll. Das ist genau das Leben, das wir führen wollen. Mit all den Stegreifeinlagen in der Nacht. Hätten Greta oder ich ein festes Engagement, mit einer festen monatlichen Gage, wäre der Kühlschrank voll mit Dingen, die wir selbst einkaufen würden. Glaub mir, das würde uns sehr unsicher machen. So schauen wir immer, was der Himmel uns bringt. Blutwurst, Champagner oder Likör. Wir hätten dann auch keine Zimmergäste und hätten weder dich noch Mitzi noch K&K kennengelernt.«

»Haben die auch mal bei euch gewohnt?«

»Natürlich!«

»Aber ihr hättet Geld.«

Marlene winkte ab. »Ach, die paar Rechnungen. Für den Schreiner singen wir auf der nächsten Betriebsfeier, und der Fleischhauer soll froh sein, dass wir ihn nicht verklagen. So dürre Hühnerstelzen wie letzte Woche hatten wir noch nie. Weißt du«, sie zog mich zu sich heran, »ich lebe, wir leben, du lebst. Wia a Glock'n, die 25 Stund'n leit.« Laut sang sie das alte Lied von Marianne Mendt.

»Ah, grüß Gott! Habe die Ehre, die Herrschaften spuil'n mal wieder Oper und Grande Dame?« Eine Frau kam mit einem dicken Dackel um die Ecke.

»Genau!«, winkte Marlene ihr zu. »Und jetzt gehen wir in das Puff. Sie sollten mitkommen. Es würd Ihnen guttun. A Hetz würd's für Sie sein.«

»Frechheit!«, schrie die Frau, und der Dackel bellte heiser dazu.

»Der hast du's aber gegeben«, lachte ich laut los.

»Es ist mein Ernst«, grinste Marlene. »Wir gehen jetzt in das besten und schönsten Puff von Wien, die Lusterkönigin. Ein schöneres Etablissement hast du noch nicht gesehen. Es ist ein Traum, und wir träumen mit.« Sie hängte sich wie eine Freundin bei mir ein und tanzte ein paar Schritte vor und wieder zurück.

»In einer Nacht im Mai, da kann so viel passieren, man kann sein Herz verlieren ...«, summte sie ganz verzückt. »Siehst du, der Peter hot's auch g'wusst!«

»Kann sein, aber ich war noch nie in einem Puff!«

»Was, ihr habt keinen Puff in eurem Dorf?«

Ich kniff Marlene freundschaftlich in die Seite.

»Ach, Liebe und Sex, es gibt nichts Besseres! Komm! Wir spielen ein bisschen *50 Shades of Luster.*«

»Die Bar ist grandios. Grandios. Großartig! Dein Mann würde grün vor Neid werden, wenn er das wüsste.« Uwe? »Erzähl ihm bloß nichts davon, sonst zuckt er aus.« Sie lachte so heiser, wie der Dackel gebellt hatte, und zupfte sich die Perücke zurecht. »Die Lusterkönigin ist ein Liebesnest, es wird dir gefallen. So was hast du in deinem Aprilkammer noch nicht gesehen.«

»Maikammer«, korrigierte ich sie und behielt für mich, dass sie so recht hatte wie vermutlich selten.

Kaum waren wir zwei Ecken weiter, plinkerte uns die Lusterkönigin auch schon frivol zu. Wie zu erwarten, schien rotes Licht aus den vielen Fenstern, und ich vernahm vergnügtes Lachen, obwohl der Eingang noch einige Schritte entfernt war. Auf dem Gehsteig flimmerten kleine neonrote Herzen, die in Richtung des Eingangs führten. Die Tür stand weit auf, war aber mit schwerem, altem Brokat verhängt, um ein zu forsches Eintreten zu erschweren. Rauch, lautes Reden, Lachen und Jazzmusik hüllten uns ein, kaum dass wir durch den schweren Stoff geschlüpft waren. Menschen drückten sich an uns vorbei. Männer in Frack und Zylinder, Frauen in eleganten Abendkleidern, golden, silbern und mit vielen Pailletten besetzt. Ich war völlig falsch gekleidet und nahm eher verärgert Marlenes Federboa an, die trotz der tanzenden Federn die Schlichtheit meines Sommerkleides nicht kaschieren konnte.

»Schau nicht so, Püppi. Du siehst mit der Boa sehr verwegen aus. Warte.« Sie kratzte sich ihren schwarzen Schönheitspunkt vom rechten Wangenknochen und klebte ihn mir an dieselbe Stelle. »Jetzt bist du nicht mehr so nackert. Schau nur!« Sie zog mich vor einen Spiegel. »Regelrecht verrucht macht dich der kleine Punkt.«

Schon jetzt japste ich nach Luft. Überall wurden dicke Zigarren geschwenkt, und der würzige Tabakqualm mischte sich mit den schweren Parfums der Frauen zu einer Wolke, die schwer zu beschreiben und vor allen Dingen schwer zu atmen war.

»Da drüben sind Aretha und Udo! Haaalloooo, ihr zwei!« Marlene winkte so aufgeregt, als hätten sie sich seit Wochen nicht gesehen. »Und schau, K&K macht heute die Musik!« Das war eine sehr schöne Musik, die er auflegte. Ganz samtig, weich, zärtlich, melancholisch.

»Wer singt da, Louis Armstrong?«, fragte ich interessiert und tat so, als hätte mich Marlene in einen harmlosen Jazzclub mitgenommen.

»Nein, Gregory Porter«, brüllte sie in mein Ohr. Die dunkle Stimme des Sängers, den ich nicht kannte, untermalte das Gemurmel der etwa hundert Gäste, die wie wir zu später Stunde gekommen waren, denn die Lusterkönigin, so las ich auf einem kleinen Schild, öffnete erst eine Minute nach Mitternacht die Tür. Jetzt erklang Pavarotti, die schönste Arie aus *Turandot*, ich kannte sie sehr gut.

»Da vorne ist Greta!«, rief Marlene und zog mich ungeduldig an der Hand hinter sich her, als hätte sie eine Eselin an der Leine. In dem kleinen Prunkraum, den wir nun betraten, standen an der hinteren Wand lauter rote Samtsesselchen, auf denen Damen in verschiedenfarbigen Katzenkostümen saßen. Sie plauderten kichernd mit den Gästen, lachten und wippten mit den Stühlchen keck nach vorne und zurück. Das Licht von mehreren alten Lustern ließ Reflexe die Wände entlangwandern. Männer und Frauen knutschten in Ecken und prosteten sich mit hohen Gläsern zu. War dies wirklich ein Bordell oder eher eine Bar?

»Das ist unsere Püppi«, krakeelte Marlene über die Menge hinweg und baute mich dann vor zwei jungen Frauen auf, deren Pfauenfedern im Haar bei jeder ihrer Bewegungen majestätisch auf und ab wippten. Beide hatten grellrote Lippen, und ihre künstlichen Wimpern ähnelten den Borstenkränzen, mit denen ich sonst die leeren Flaschen saubermachte. Ich fühlte mich unsicher, um nicht zu sagen völlig deplatziert.

»Nicht Püppi«, stotterte ich. Die Pfauenfedern lachten los.

»Geh hearst, Pupperl is doch fesch«, hörte ich die eine zu der anderen sagen.

»Nicht Püppi? Wie dann?«, fragte mich die andere freundlich.

»Ich heiße Anne«, stellte ich mich vor und reichte ihnen meine Hand. Die langen roten Fingernägel der Damen machten sich merkwürdig neben dem Ehering aus, den ich seit Jahrzehnten am Finger trug.

»Anne führt in Berlin einen ganz bekannten Salon. Die größten Künstler gehen bei ihr ein und aus.« Marlene zwickte mich in die Seite. Jetzt ging das schon wieder los! Ich rollte mit den Augen und schwieg. Noch ein bisschen, und ich gewöhnte mich an diese Salongeschichte.

»Was glaubt ihr, wer letzte Woche bei ihr zu Gast war?«

Die Pfauenfedern sahen sich aus ihren großen Kulleraugen ratlos an.

»Wenn ich es euch sage: Andy Warhol!«

»Nein, wirklich?«, fragten beide zur gleichen Zeit.

»Wirklich!«, nickte Marlene und schob mich weiter in den nächsten Raum.

»Du spinnst!« Ich schüttelte den Kopf. »Der lebt doch längst nicht mehr!«

»Und wenn schon, Schätzchen, die Menschen wollen das alles gar nicht so genau wissen. Schau nur«, sie fasste mich an den Schultern, drehte mich um, und wir betrachteten gemeinsam die beiden Damen, wie sie aufgeregt tuschelten und in unsere Richtung zeigten. Wie es schien, weihten sie gerade ein paar andere Gäste ein.

Marlene lachte. »Wir haben ein gutes Werk vollbracht. Sieh nur, wie die beiden Tschapperln sich freuen, dass sie jemanden kennen, der jemanden kennt, der Andy Warhol als Bekannten hat. Aber ich schwöre dir, aus Andy Warhol ist schon längstens Andy Borg geworden.«

»O nein, der kommt nicht in meinen schönen Salon«, wehrte ich mich lachend. Wir drückten uns gemeinsam durch die Menge, indem Marlene mich an der Hüfte vor sich herschob.

»Schön wackeln«, belehrte sie mich leise ins Ohr, nickte grinsend nach links und rechts und befahl mir wie eine strenge Gouvernanter: »Du musst lächeln, Schätzchen, oder willst du mich blamieren? Was war denn das für ein fades Nockerl, dasser da vor sich herg'schoben hat, werden sie sonst sagen. Also bitte: Nein, Hüfte links, Hüfte rechts, lächeln, lääächeln, und die Hand immer zu den Perlen!« Ich trug keine Perlen, aber Marlene machte mir vor, wie ich auch die imaginären zu schützen hatte.

Im nächsten Raum verwandelte sich der Jazz in eine leichte Soulmusik. »Püppilein! Puppschi!«, reckte Greta ihren Kopf über die Menge und begrüßte mich im feinsten Tenor. »Ist es nicht fantastisch hier? Schau dich um!« Sie ließ ihr Glas über die Köpfe wandern. »Da vorne, sieh! Das ist die Lusterkönigin«, nun wies das Glas zur Bar, und da stand sie, die leibhaftige Königin der Nacht. Außerhalb der Weihnachtsaufführung der Schauspielgruppe Neustadt hatte ich noch nie eine solche Frau gesehen. Sie war dunkel, erhaben, schlank. Das glitzernde Kleid war in verschiedenen Lilatönen gehalten, und der Kragen war so hoch, dass er die langen Ohrringe berührte. In die dunklen, hochgesteckten Haare waren Perlenketten eingeflochten, die auf der Stirn zu einem funkelnden Etwas zusammenflossen.

»Sie ist gigantisch«, flüsterte Marlene beeindruckt in mein Ohr. »Sie ist die wahre Königin von Wien!«

»Es lebe die Königin!«, rief es da auch schon aus der Menge. »Es lebe die Königin!«

Die Lusterkönigin reagierte majestätisch, indem sie ihrem Fußvolk nur einen Wimpernschlag zukommen ließ.

»Mit ihr eine Nacht zu verbringen ist unbezahlbar«, klärte mich Greta flüsternd auf. »Ich hab es mal versucht.« Sie sah mich an, als würden wir über Kaviar sprechen. »Unbezahlbar!«

»Aber du bist doch …«, stotterte ich.

»Ja, genau das bin ich. Cheers!«

Greta prostete mir zu. Mir wurde ganz schummerig von dem, was ich hörte, dachte und sah. Die Welt drehte sich, sie war anders, als man es mir in Maikammer beigebracht hatte. Sie war nicht so gerade und geordnet wie die Weinberge, in denen ich im Herbst gerne spazieren ging, sondern wild, verschlungen und unberechenbar. Alles konnte zu jeder Zeit anders sein, und alles war immer dann so, wie es war.

»Möchte die Dame einen Cocktail?«, hörte ich von der Seite. Ich drehte mich zu der Stimme um. Ein junger Ober stand vor mir. Er balancierte ein weißgoldenes Tablett über seinem Kopf. »Sie sehen so aus, als ob Sie etwas Leichtigkeit bräuchten.«

Ich schloss die Augen für den kurzen Augenblick einer noch kürzeren Sekunde. O Gott, dachte ich, steh mir bei, ich bin verloren! Vielleicht lag es an dem dunkelbraunen Hemd, das etwas golden flirrte, dass ich sofort in seine Augen sah. Die waren nämlich auch braun. Samtbraun. Ich kannte diese Formulierung eigentlich nur im Zusammenhang mit Frauen. Die wurden oft als samtweich und mit samtbraunen Haaren oder Haut beschrieben. Diese Augen und dieses Hemd, die Musik, das Glitzern, der Rauch, das Parfum, die Leute.

»Möchten Sie?«

Wie ein frisch aufgetanktes Damenfeuerzeug sprang ich an. »Ich möchte«, japste ich. Seine Augen waren ein Willkommen, eine offene Tür, und ich rannte mit meiner Seele in diese offene Tür hinein. Atemlos, aufgeregt und klopfenden Herzens. Die Augen, die Locken, das Lächeln.

»Felix«, stellte er sich vor.

Greta drückte mich zur Seite, weil sie mit einem anderen Herrn sprach, der mit Zylinder vor ihr stand. Und er, Felix, war einfach so jung und frisch, als käme er gerade von einem Baseballspiel mit anschließender Dusche unter einem Wasserfall. Leuchtende Augen, durchblutete Wangen, Dreitagebart, weiße Zähne. »Darf's ein paar Gramm mehr sein?«, würde es jetzt an der Wursttheke heißen, und ich antwortete im Stillen: »Nein danke, ich schau lieber noch ein bisschen.«

Greta entging der Zauber nicht. Belustigt wanderten ihre Augen zwischen Felix und mir hin und her, gerade so, als wollte sie auf keinen Fall etwas verpassen. Aus den Lautsprechern tönte der alte Lehár-Gassenhauer *Freeeuuunnndeeee, das Leben ist leeeeebenswert*.

Felix sah mich weiter an. Nur die, die wissen, wie sie schauen, haben einen so tiefen und selbstsicheren Blick. Zum Glück riefen mehrere Menschen und hielten durstig die Gläser in die Luft. »Sex on the Beach?«, motivierte er mich zu einem Drink, und ich stotterte »Ja« und ging davon aus, dass er das Getränk meinte.

»Das Leben ist schööööön! So schöööön!«, stimmte nun auch Marlene bei Lehár ein, um sich im nächsten Moment brüllend bei den Katzen zu informieren: »Hey, weiß jemand, ob auch Felix zu buchen ist? Ich würde ihn gern Püppi schenken!«

Ich warf ihr einen erbosten Blick zu, den sie achselzuckend und mit deutlichem Unverständnis quittierte. Wie konnte Marlene nur so beiläufig tun, gerade so, als würde sie sich erkundigen, ob noch ein Kürbiskernbrot zu haben sei? Als wäre es völlig normal, dass man sich einen Mann oder eine Frau bestellte.

»Bitte, einmal Sex on the Beach«, reichte mir Felix meinen Drink. Hatte er das Gefeilsche überhört? Seine Augen blieben wieder in meinen hängen. »Sie riechen sehr gut«, beugte er sich zu mir.

»A-a-aber ich trage kein Parfum«, stammelte ich verlegen.

»Genau deswegen«, hauchte er mir ins Ohr. Etwas, das lange still gewesen war, zwickte zwischen meinen Beinen.

»Mmhmmmmh«, druckste ich und versuchte, meine Aufgeregtheit zu überspielen. Ich fühlte mich taumelig, stellte mein Glas ab und hielt mich am Tresen fest. Immer mehr Menschen drängten in die Bar, aber ich konnte mich nicht umschauen, denn ich war ganz mit mir und meinem rasenden Puls beschäftigt. Es war mir, als würde mich eine sanfte Brise wecken, als hätte ich nach einem zu langen Winter das Fenster in den Garten wieder geöffnet. Die frische, junge Luft strömt in die Räume, verjagt den alten Mief und, schau mal, da draußen, da sind ja schon Schneeglöckchen, und der Apfelbaum zeigt die ersten Knospen. Frühlingsgefühle. So samtbraune Augen, dachte ich. Ich war nicht samtweich und auch nicht samtbraun. Aber ich roch gut, das hatte er gesagt.

»Du könntest dir den wirklich gönnen«, lachte Greta und stieß mich kumpelhaft in die Seite. »Frag doch mal.«

»Ich bin verheiratet!«

»Ogottogott«, gesellte sich Marlene dazu und kitzelte mich mit einer Feder unter der Nase. »Püppilein ... Nannerl ... Du bist hier im roten Wien. Lass deinen langweiligen Mann dort, wo er hingehört, in der Vergangenheit, und gib der Salonlöwin aus Berlin bittschön eine Chance.«

Etwas in mir war mit einem Mal sehr unruhig, und ich lief irgendwie falsch, blieb stehen oder rannte voraus. Felix sah zu mir. Ist der Cocktail gut, fragten mich seine Augen. Zwölf, zehn, acht, sechs Jahre, versuchte ich den Unterschied unserer Lebensalter zu begrenzen.

»Sie ist ihm richtig nachgerannt! Vermutlich war sie ihm sexuell total hörig«, hörte ich die Fürstin zischen. »Verblüht, verblüht, und weiß sie es, verblüht, verblüht«, das Hagebuttenmännchen wurde zu einem Tinnitus in meinem Ohr. Unsere Nachbarin, Frau Tischler, war vor Unzeiten mit einem der älteren Messdiener durchgebrannt.

Damals musste ich um die acht gewesen sein. Ich kniff die Augen zu und hielt mir die Hände innerlich vor die Ohren. Nein, nein, nein! Heute nicht, einmal nicht, wollte ich mir selbst eine Möglichkeit zerreden. Hastig kippte ich den Cocktail in mich hinein und bestellte gleich den nächsten.

»Na bitte, Herzilein«, feuerte mich Greta an und befreite mich von dem leeren Glas in meiner Hand. Die Kristallornamente der vielen Luster begannen regenbogenfarben über mir zu leuchten. Über die Köpfe reichte mir jemand einen neuen Drink.

»Ist es nicht unglaublich hier?« Marlene küsste mich auf die Wange. »This is a Vienna Love Song.«

Mir wurde sehr, sehr heiß, aber ich wusste genau, diesmal war es keine Wallung.

»Wir ziehen in einer halben Stunde weiter«, unterbrach Greta meine Gedanken und schob sich mit je einer Naschkatze im Arm an uns vorbei. »Ihr findet uns im Séparée, in der Mausefalle.«

»Bitte?« Schon kletterten drei Katzen auf den Tresen und ließen im Takt Rock und Beine tanzen. »Jui, jui, jui!«, klatschte das Publikum dazu, und einem Mann fiel die Zigarre dabei aus dem Mund. Er lachte laut auf und klopfte einem anderen auf die Schulter.

»Heißt es nicht, die Wiener seien morbid?«, brüllte ich Marlene zu.

»San ma auch, sonst wär ma ja net so lustig!«

Was dann kam, ging so schnell, als hätte ein Filmemacher an der falschen Stelle einen Schnitt gemacht. Durch die Menge schmiss sich ein Mann, der einen roten Frack und dazu eine schwarze Augenmaske trug. Er warf sich förmlich auf Marlene, zog sie an der Bluse und am Haar, und das war das Letzte, was ich von Marlene sah. Ein Kreis von Menschen drängte sich sofort um die beiden, die offensichtlich rauften und miteinander schrien.

»Du Scheißkerl!«, hörte ich die dunkle Stimme schreien. »Wann bekomme ich mein Geld?«

»Aber du kriegst es ja ... die Tage«, keifte Marlene auf ihren Gegner ein.

»Ich dreh dir den Hals um, du Singschwuchtel, wenn du nicht zahlst.«

»Hilfe!«, rief Marlene immer wieder, aber es klang gar nicht ängstlich, sondern eher so, als wäre die Szene nichts anderes als ein Teil eines großen volkstümlichen Dramas.

»Die regen sich schon wieder ab«, hörte ich da auch schon einen Gast zu einem anderen Gast sagen. Sie prosteten sich amüsiert dabei zu. »Zwei Rampensäue im Lokal!«

Während Marlene japsend nach Luft schnappte, sah ich den Türsteher über den Tresen springen und die beiden Kampfhähne auseinanderhalten.

»Diese Gefühle!« Felix stand auf einmal neben mir. »Dass die sich denen nicht anders stellen können.«

»Wieso Gefühle?«, fragte ich. »Hier ging es doch ums Geld!«

Er lachte leise. »Ich bin mir sicher, dass die mal was miteinander hatten.«

»Na, hör mal!«, verteidigte ich Marlene. »Die ist mit Greta fest zusammen.«

»Aufpassen!«, schob mich von hinten ein Mann zur Seite. »Oder soll ich das als Kontaktversuch verstehen?«

Oje, meine Federboa hing mit dem einen Ende in dem Glas Wein, das er gerade erhalten hatte.

»Wenigstens haben Sie sich weißen bestellt!« Ich erschrak beinahe selbst über meine Worte.

Obwohl Felix weiter bediente, spürte ich doch seinen Blick, der mich suchte und manchmal, ganz kurz, einen Bruchteil von Sekunden in meinem Blick verharrte. Nimm das mit, solange du es hast. Bevor es banal wird und sich auflöst. Aus dem Augenwinkel beobachtete ich Marlene, wie sie sich das Haar richtete, und sah, wie der Mann mit der Augenmaske sich durch die Menge verzog. Ich schaute in alle Richtungen, aber Greta fand ich nicht.

»Marlene!«, rief ich über die Köpfe. Sie drehte sich um und zwinkerte mir zu. Blut lief von ihrer Stirn. »Marlene?«, rief ich besorgt.

»Is doch eh schon wieder alles gut«, winkte mir jemand beruhigend zu, ein Mensch, den ich gar nicht kannte. Die Lusterkönigin stand hinter dem Tresen und wählte neue Musik. Sie wirkte auf mich völlig unbeeindruckt und kam mir so vor, als wären ihr Szenen

wie die eben ziemlich geläufig. »Solang s' nix zerdeppern«, wieder ein Kommentar, irgendwo aus dem Getümmel. Aus den Lautsprechern ertönte *I'm crazy for you*.

»Das ist der alte Willie Nelson«, hörte ich jemanden erklären. Mit einem Mal wurde es mir richtig ungut, in Bauch und Kopf. Das ganze Gedränge, die Schlägerei, diese Lusterkönigin, die so tat, als wäre das ein großer Kindergarten und zwei Buben hätten mal eben nur gerauft ... Ich bekam keine Luft mehr, mir wurde schwindelig, und ich fühlte eine ganz ungute Beklemmung, die mich aus der Bar und ins Freie trieb. Nix wie raus, dachte ich.

»Willst du schon gehen?« Felix!

»Ja, ja!« Ich streckte ihm meine Hand entgegen, obwohl das gar nicht passte.

Ein Rosenverkäufer drückte sich in das Getümmel, und ich konnte beim Hinausgehen sehen, wie die Männer weg- und die Frauen sehnsuchtsvoll zu den Rosen hinschauten.

»Püppi ...«, rief mir Marlene zerzaust nach. »Alles klar mit dir?«

»Ja«, rief ich zurück. »Aber ich glaube, ich geh schon mal nach Hause.«

»Ich fahr dich heim.« Felix kam aus dem Seitenausgang. Noch bevor ich dankend ablehnen konnte, zeigte er mit dem Kopf zu einem Wagen hin, der unweit des Eingangs parkte.

»Ich kann mir auch ein Taxi nehmen.«

Felix grinste und zündete sich eine Zigarette an. Das Streichholz flammte auf, und in dem kurzen Licht sah ich das Riesenrad, wie es sich hinter ihm erhob. Das Herz schlug mir bis zum Hals. Felix ließ sich hinter das Steuer des Mercedes fallen.

»Hinten einsteigen«, erklärte er mir trocken, als ich mich zu ihm nach vorne setzen wollte. »Haben Sie Wien schon bei Nacht gesehen?«, fragte er und sah mich durch den Rückspiegel an.

Ich schüttelte den Kopf. »Ich bin durcheinander, was war das eben?«, versuchte ich mich zu sortieren.

»Es war das, was immer ist, wenn zu viele Künstler mit zu wenig Geld aufeinanderhocken und zwei davon sich einmal liebten. Erst wird g'soffen, dann g'stritten, dann geküsst und am End hauen alle ab und vergessen zu zahlen. Kein Drama.« Wieder dieser Blick. »Marlene hält was aus. Zumindest bis zur nächsten Eifersuchtsattacke.«

Er ließ den Motor an. »Ich zeig dir was ...« Das Auto summte los. Felix bog rechts ab, weit vor uns sahen wir den Stephansdom. Der Nachthimmel war von einem fetten gelben Mond geziert. Restaurants und Hotels warfen ihre Lichter in die Donau. Auf einem Amüsierdampfer standen die Menschen an der Reling, und die aufglühenden Spitzen von vielen Zigaretten tanzten wie Glühwürmchen in dem dunklen Blau. Es war ein perfekter Moment, und er brannte sich glitzernd in mein Herz. Wenn ich wieder daheim war, in Maikammer, würde ich lange davon zehren können.

»Es sieht einfach gigantisch aus.« Ich zeigte auf das Rathaus, das in der Nacht einem Spukschloss glich. Gegenüber das berühmte Kaffeehaus Landtmann.

»Da, im Volksgarten, kann man in der Nacht schön sitzen. Da gibt es eine Gartenbar, die Tische haben eine romantische Beleuchtung. Sehr süß!«

Seine Augen suchten mich im Spiegel.

»Und wie heißt diese Kirche?«, versuchte ich abzulenken. Ich konnte das nicht, ich war noch nicht so weit. »Ich bin Mutter«, wollte ich am liebsten sagen. »Mein Sohn, der ist so alt wie du, und wenn der mit einer Freundin von mir flirten würde, dann gäbe es einen großen Krach. Findest du denn kein Mädchen in deinem Alter? Spielst du mit mir? Denkst du, ich sei eine Figur aus dem *Rosenkavalier*?«

Ich sagte jedoch nichts, sondern atmete in die Boa hinein, bis die Federn meine Nase zu sehr kitzelten. Noch ein paar Tage, dann würde ich wieder daheim sein.

»Da sind wir!«

Felix stieg aus, ging um den Wagen herum und öffnete mir die Tür. Mein nicht vorhandenes Abendkleid rüschte sich hinaus, und ich fühlte mich mit einem Mal sehr besonders und sehr edel. Unsicher griff ich nach meiner Handtasche. Ob ich Felix noch nach oben bitten sollte?

»Wir sehen uns wieder«, lächelte Felix und reichte mir die Hand.

KAPITEL 12

Da ist Feuer unterm Eis

Ulla Meinecke, Rio Reiser

Suchend rannte ich die Landstraße rauf und runter. Eine Oper im 3. Bezirk? Wo sollte die sein? Zu dumm auch, dass ich mir die Hausnummer nicht notiert hatte. Von weitem sah ich eine Frau in einem dunklen Barockkleid, sie trug einen schwarzen Hut mit Feder.

»Püüüpppi!«, schallte es durch die ganze Gasse. »Püüüpppi!!!«

Alle Augen richteten sich auf mich. Das war Marlene! Sie winkte mit ausgestreckten Armen und bedeutete mir »Hierher! Hier!«. Ja, ich war gemeint, ich musste grinsen. Püppi.

»Ja wo bleibst denn?«

»Das soll eine Oper sein?«

»Also bitte!« Marlene fasste mich an der Hand und zog mich vorbei an einer kleinen schimpfenden Schlange Menschen im Foyer in das Innere der Hausoper. Das war kein Wiener Slang für Veranstaltungshaus oder Eventtempel gewesen. »Püppi steht auf der Gästekarte«, raunzte Marlene dem jungen Mann zu, der an der Kasse stand und sehr langsam und mit Bedacht die fünfzig Karten verkaufte, die es hier, wie ich gleich sah, zu verkaufen gab.

»Das ist ja winzig«, registrierte ich den Bühnenraum. Marlene zog mich in eine Nische.

»Pscht! 's wird eh gleich Ärger geben, wenn der Direktor mitbekommt, dass ich mit dem Kostüm draußen war. Der reißt mir den Kopf ab. Wenn er dann noch hört, dass du die Oper winzig findest, schmeißt er uns direkt raus.« Marlene machte ein grimmiges Gesicht. »Mitsamt den Hutfedern.«

Der Raum war dunkel, an den Wänden schwere Vorhänge, darunter verbargen sich vermutlich Löcher.

»Wenn du ein Schmalzbrot und einen Wein willst, dann musst du noch mal vor und links gehen. Da ist das Büfett.«

Ich versuchte mir erst gar nicht vorzustellen, was ich mit *Büfett* erwarten durfte.

»Beeil dich aber, es geht gleich los«, damit verschwand Marlene und ließ mich im Saal zurück.

Die Wände des Theatersaals waren mit alten Zeitungen tapeziert, das Licht kam von Kerzen und barocken Lampen. Dass die Zuschauer auf wackeligen Küchenstühlen saßen, fand ich ziemlich munter. Das Licht ging aus. Schnell suchte ich den Küchenstuhl auf, den mir Marlene zugwiesen hatte. Und dann ging es auch schon los. Oskar Pirzak, der Operndirektor, verriet dem Publikum, was in welchen Szenen zu erwarten war. »Aber jetzt: Bühne frei für Greta und Marlene, mit ihren Geschichten über die bösen Frauen von Wien!«

Das Publikum schien außer Rand und Band zu sein, ich entdeckte unglaublich viele Männer in den Reihen. Ob das wohl alles Männer waren, die sonst auf Marlenes und Gretas Internetanzeigen reagierten? Zu einem langen Nachdenken kam ich nicht, denn durch ein leises »Rutsch a Stückel« wurde ich von der Seite unterbrochen und erschrak. Felix stand neben mir und beugte sich zu mir herunter. Er hatte einen Stuhl dabei.

»Schieb deinen Stuhl nur ein bissel weiter, dann pass ich neben dich.«

»Was machst du denn hier?«, erkundigte ich mich erfreut und verblüfft.

»Na, was wohl?« Felix sah gebannt zur Bühne. »Dich sehen!«

»*Die* sehen«, hat er gesagt, beruhigte ich mein klopfendes Herz. Und ich wunderte mich, dass ich mich nicht wunderte, als er nach meiner Hand griff und sie einfach zwischen seine Hände legte.

»Das geht nicht«, stotterte ich und erntete sofort von allen Seiten böses Geraune und lautes Gemotze.

»Nicht so laut«, flüsterte er mir zu. »Ist doch nichts dabei. Meine Hand hat sich nur selbständig gemacht, das hat alles nichts zu bedeuten.«

»An dieser Stelle müsst ihr jetzt sehnsuchtsvoll laut seufzen«, wurde das Publikum von der Bühne aus aufgefordert, das entspannte für mich den Moment ein bisschen. Ich seufzte so laut und so echt, wie mir zumute war. Das sehnsuchtsvolle Stöhnen tat mir gut, und ich war erleichtert, dass die Aufführung ein derartiges Tohuwabohu darstellte und ich zumindest für die Bruchteile von Sekunden vergessen konnte, dass Felix neben mir saß. Dann, kurz vor Ende, schlich er sich mit einem Mal davon, so wie er im Dunkeln gekommen war.

»Muss weg«, erklärte er nur knapp, kniete sich flüchtig vor mich hin und küsste mir die Hand.

»Das war zu viel«, gestand ich Greta und Marlene, als sie mich nach Felix fragten.

»Typisch Felix«, schüttelte Marlene den Kopf. »Später kommen, früher gehen. Hat er mich wenigstens als Berta Zuckerkandl noch gesehen?«

Ich wusste es nicht, da ich mich selbst an kein Lied, keine Berta mehr erinnern konnte, sondern nur an Felix, seinen Geruch, seine Hand, den Kuss auf der meinen.

»Tja«, hob Greta ihr Sektglas und drehte es bedächtig im Lusterschein. »Das war wohl abzusehen …«

Natürlich war es das, dachte ich im Stillen, aber ich fürchtete mich davor.

Guten Morgen, meine liebste Freundin, mailte ich am nächsten Vormittag. Ich hatte nicht schlafen können und mich dann angezogen und aus dem Haus geschlichen. Es war das erste Mal, dass ich Wien in diesen frühen Morgenstunden sah. Die ersten Supermärkte und Bäckereien öffneten gerade, viele Menschen, die zur Arbeit gingen, und sehr wenige Touristen waren unterwegs. Müllautos lärmten in den Seitenstraßen, aber ich hörte sie gar nicht. Nicht das Geschimpfe von denen, die schon jetzt zu spät waren, nicht die Mülleimer, die von den Männern in die Hauseingänge regelrecht zurückgeschleudert wurden, und keine der vielen Straßenbahnen, die die Werktätigen quer durch die Stadt zu den U-Bahn- und Busstationen oder anderen Knotenpunkten brachten. Meine Augen erfassten die ganze Morgentrubeligkeit, aber ich spürte Felix, sah noch immer seinen Blick und fühlte eine Art von Trotz in mir, der dem Leben nicht mehr widerstehen wollte.

Ich bin keine dicke alte Frau mit Topfhaarschnitt, dachte ich und zauberte aus irgendeiner Ecke meiner Seele ein sehr genussvolles, offenes Lachen hervor, das lustvoll und verschwörerisch war. Verschwörerisch mit mir. Mich hatte jemand gesehen, ein junger Mann, ein schöner Mann. »Er war gerade achtzehn Jahr, fast noch ein Kind ...«, hatten Manu und ich mit Anfang zwanzig gesungen, wenn uns ein Typ gefiel, der achtzehn oder neunzehn Jahre alt war, also *wesentlich* jünger, als wir es waren. Jetzt war die Uhr weitergerutscht, aber das Merkwürdige war, dass ich mich gerade gar nicht so fühlte.

Meine Großmutter hatte angeblich mit achtzig Jahren noch einen jüngeren Geliebten gehabt, und später, mit dreiundneunzig Jahren, war im Altersheim noch einmal ein Herr an ihre Seite gerutscht. Auch von Fanny Osbourne, der Frau von Louis Stevenson, dem Autor der *Schatzinsel*, wurde erzählt, dass sie noch im hohen Alter junge Geliebte gehabt hatte. Schon Stevenson war erheblich jünger als sie gewesen.

Selbst in der »Rose« bei meiner Mutter hatte ich genau beobachten können, wie ein alter Herr, ein sehr alter Herr, den Rollator einer älteren, sehr viel älteren Dame, zur Seite geschoben hatte, damit diese neben ihm Platz nehmen konnte.

»Ich will lieben!«, entfuhr es mir. Lieben durfte man immer, selbst dann, wenn die Liebe nicht erwidert wurde. Meine war erwidert worden. Felix hatte mein Herzklopfen sogar geweckt. Er hatte mich zuerst angesehen, und er hatte mich gewollt. Aber ich würde lieber Abstand halten.

Frech setzte ich mich zum Schreiben in die Halle des Hilton-Hotels, weil hier Computer für die Gäste standen.

Sei nicht sauer, dass ich nicht schreibe, fing ich die Mail an Manu an. *Es passiert gerade so viel, dass ich kaum nachkomme. Offen gestanden muss ich mich selbst immer wieder zwicken, dass ich nun schon seit Tagen hier bin. »Ich will frei sein«, hatte ich damals dem Mixtape anvertraut. Erinnerst Du Dich? Die Kassette? Ich bin frei, Manu. Ich bin es! Aber niemand hat mich befreien müssen, nicht mal ich mich selbst, denn ich habe erkannt, dass ich schon immer frei war. Etwas in mir drin hat sich gemeldet, und das musste ich nicht finden. Es war da! Ich hatte es nur ignoriert, übersehen. Komisch, dass das passieren konnte. Da setze ich mich in mein Auto, fahre los, finde eine Heimat, die ich schon in mir trage, und sehe nun Menschen, Manu, Menschen, die so anders sind und mir doch so vertraut scheinen. Werde ich zurückkommen? Kann ich das überhaupt? Oder ist das von nun an unmöglich, da ich meine dunkle Brille abgenommen habe und sehe, dass es all das Glitzern und Leuchten gibt, das wir uns als junge Mädchen so ersehnt haben. Es ist wahr! Es ist da! Manu, ich lebe!*

Entschuldige. Du verstehst sicher nicht. Wie auch? Ich kann es Dir jetzt nur schreiben und nicht im Gespräch erklären. Ich habe noch immer kein Handy, und das Telefon in der Wohnung geht nur manchmal. Anrufen kannst Du mich aber immer, wenn keine da ist, begrüßt Dich Hella von Sinnen. Jetzt sitze ich in einem feinen Hotel. Und das Sacher wartet auch noch auf mich. Bitte, lies weiter, auch wenn Du denkst, ich drehe hier durch. Alles hier ist ein bisschen verdreht, ganz anders als daheim. Tagsüber bin ich Touristin, nachts ist bei uns Rummel. Greta und Marlene stellen mich unentwegt ihren Freunden als Berliner Salonlöwin vor. Es gibt hier so wunderbare Lokale, Kaffeehäuser und Bars. Du musst unbedingt mal herkommen. Gestern Nacht waren … nein, ich will nicht lang beschreiben, sondern gleich auf den Punkt kommen. Ich glaube, ich habe mich verliebt. Er ist jung, schön, hat braune Augen. Da ist Feuer unterm Eis. Ich will das Feuer nicht löschen, das zwischen uns brennt, aber zum Fallen hab ich kein Talent. Ging so nicht der Text? Das erste Mal traf ich ihn in einem Lokal, gestern kam er in das Stück, in dem Greta und Marlene gerade auftreten. Wir haben danach die Nacht zum Tage gemacht, getanzt und gesungen, leider war ER nicht mehr mit dabei. Aber ich sehe ihn wieder, das weiß ich ganz sicher.

Alles, was ich mir gewünscht habe, scheint sich zu erfüllen. Ich bin mit einem Mal mitten in dem Leben gelandet, von dem ich dachte, dass es so etwas nur im Film gibt. Wieso habe ich so viel Zeit in Maikammer vergeudet? Nimm es mir nicht übel, aber im Moment bist Du der einzige Mensch, nach dem ich mich zurücksehne.

Ich schickte die Mail schon mal ab, machte eine Pause und betrachtete die Menschen, die einzeln oder zu zweit in der Hotellobby saßen. Sie warteten auf den Fahrer, den Guide, den Tee. Ich wartete auf nichts, denn für mich hatte sich so vieles erfüllt. Dennoch dachte ich an Maikammer, die alte Welt.

Wie geht es daheim? Ich will nicht viel wissen, erspar mir die Details, aber nur so viel: Alle gesund und irgendwie auch munter?

Irgendwie auch munter ... Es machte pling, und schon war Manus Antwort da.

Ich fall vom Hocker! Du flirtest? Ich glaub es nicht! Noch ein paar Beschreibungen mehr, und ich mache den Laden dicht und setze mich in den Zug! Okay, Spaß beiseite und ganz schnell. (Ich bekomme gleich Besuch. Ist zwar keine Bar, aber ein Glas Wein – halt Dich fest, er hat mich eingeladen.)

Er war ein Wanderveranstalter aus Mannheim, der sich in die Gegend verliebt hatte und sich bei Manu im Laden die besten Tipps für Wanderausflüge holte. Hatte ich mir ja gleich gedacht, dass der nicht nur wandern wollte. Es machte mich selig, fast dankbar, dass auch Manu ein bisschen was erlebte.

Also: Fürstin ganz okay, aber es wäre jetzt doch an der Zeit, dass Du Dich mal meldest. Ruf sie wenigstens kurz an, damit sie Deine Stimme hört. Ach ja, noch was Nettes am Rande: Uwe hat sich bei einem Wutanfall den Zeh gebrochen, deswegen müssen Michael und Klaus nun doch einspringen, aber die machen das nur, wenn er nicht nur ihre Steuer, sondern auch die Buchhaltung macht. Schließlich, haben sie ihm gesagt, müsse er ja ohnehin im Sessel sitzen, um den bandagierten Fuß zu schonen, na, und da könne er auch Belege kleben. Er kocht! Herrlich!

Jetzt kommt Gerhard, uijuijuijui, bin schon gespannt und erzähle später. Halt mich bloß weiter auf dem Laufenden, sonst verweigere ich hier den Dienst!

Das würde Manu nicht tun, das wusste ich. Nie würden wir einander verraten. Schnell schickte ich ihr eine Mail, in der ich ihr gaaanz viel Capri-Sonnen- und Erdbeersektgefühle beim Riesling wünschte.

Uwe mit Bandage! Es war davon auszugehen, dass er jetzt noch nörgeliger war als sonst, denn er hasste es, wenn ihn etwas einschränkte. Golf war dann auch nicht drin, und das, wo doch die Vereinsgebühr so hoch war. Und dann hatte auch noch seine Mutter

Geburtstag. Welch wunderbare Gelegenheit für ihn, mal eine Torte zu backen. Backen konnte er auch mit gebrochenem Zeh.

Verplapper Dich bloß nicht, schickte ich Manu noch schnell eine Bitte. *Wenn Uwe erfährt, wo ich bin, dann ist alles vorbei.*

Nein, Manu würde sich nicht verplappern, da konnte ich ganz beruhigt sein. Ich atmete befreit durch, und alles zog mich nach draußen, in die Sonne, in den Park. Aber ich konnte es mir nicht verkneifen, auch noch in die Familienmailbox zu schauen.

Als hätte ich es geahnt, sofort sprangen mir Uwes und auch Ronnys Namen ins Auge. Hoffentlich war bei Ronny alles klar, es geschahen so viele schreckliche Dinge auf der Welt. Und hoffentlich versuchte Uwe nicht, einen Keil zwischen uns zu treiben. Ich kannte ihn und wusste, dass er sich gerne einen Bundesgenossen suchte, wenn es familiäre Anspannungen gab. Ronny hatten wir in der Vergangenheit aus unseren Streitigkeiten rausgehalten. Wenigstens eine Sache, bei der wir uns einig waren. Wie es Ronny damit ging, dass seine Mutter abgehauen war? Ob er sich nach mir sehnte?

Hi Mam,

ich atmete sofort auf, die Begrüßung klang locker und entspannt, *super – Du bist durchgebrannt! Und? Was geht in Wien? Coole Stadt, hab ich gehört. Ich fliege morgen nach Hawaii, bleibe dort ein paar Wochen und melde mich danach. Yep ;-) Mach ein paar Fotos, ich schick Dir auch welche. Bis denne, Ronny*

Bis denne. Hastig tippte ich eine Antwort, die fast nur aus Fragen bestand: Wieso Hawaii? Was ist mit dem Studium? Wie kann ich dich erreichen? Bis ich am Datum sah, dass meine Fragen unsinnig waren. Seine Mail war bereits zwei Tage alt, und Ronny lag vermutlich längst an irgendeinem Strand. Shit! Hätte ich früher reagieren müssen? Seine Mail klang nicht danach, als würde er auf ein paar Zeilen von mir warten. Ronny war mit seinem eigenen Leben voll und ganz beschäftigt. Eine Mutter in Wien war da nichts anderes als eine kleine Episode. Er zog los, um die Welt zu erobern, und es war für ihn offenbar in Ordnung, dass ich das auf meine Weise auch versuchte. Komisch fühlte es sich dennoch an. Das alte Muttertier in mir erwachte, aber ich zeigte es ihm nicht.

Viel Spaß! Wir sprechen!, schrieb ich lässiger, als ich mich fühlte, aber es machte nichts. Mutig öffnete ich nun Uwes Mail. Meine Augen überflogen fahrig den Betreff und ein paar Zeilen. Nein, keine Beschimpfungen, und es hing auch keine Excel-Liste dran.

Liebe Anne,

Du kennst mich, viele Worte sind nicht mein Ding.

O ja, und wie ich das wusste, kommentierte ich sogleich im Kopf.

Da Du auf meine Anrufe nicht reagierst, nun eben eine Mail. Ich hatte einen Unfall und habe dabei meinen Fuß schwer verletzt. Selbst das Schlafen ist eingeschränkt, und Dr. Kleiber, das war unser Hausarzt, der auch ein Kunde von Uwe war, *wägt noch ab, ob eine Morphiumpumpe nötig ist.*

Oder eine Heimunterbringung, überlegte ich.

Die Krankenkasse will mir eine Pflegerin schicken, da ich ja fast gänzlich lahmgelegt bin.

Öha!

Das wird Dich jetzt nicht groß interessieren, denn Du hast mich ja sitzen- bzw. liegen lassen. Frauen in Deinem Alter reagieren gelegentlich überhitzt, ich habe davon gehört, aber nie hätte ich gedacht, dass auch Du so unberechenbar sein könntest. Zumindest nicht gegenüber Deiner Familie, wir haben das einfach nicht verdient. Ronny ist verzweifelt. Ein Lebenszeichen wäre halt doch sehr nett, zumal ich auch Deine Mutter trösten muss, die allein und verlassen in ihrem Zimmer sitzt. Meine Mutter hat bald Geburtstag, was soll ich ihr sagen? Und natürlich, das versteht sich von selbst, würde ich gerne wissen, was mit Dir los ist, wieso Du so überzogen reagierst. Habe ich Dir zu selten gesagt, dass ich Dich liebe? Das hat Frau Paul gemutmaßt.

Frau Paul war Uwes Sekretärin. Worüber er mit der alles sprach. Aber: Danke, Frau Paul. Gut gebrüllt!

Nur um das klarzustellen: Ich liebe Dich. Und ich bin auch – fast – nicht böse, nur wahnsinnig besorgt und enttäuscht.

Also doch sauer.

Viele Grüße, wo immer Du auch bist. Ich vermute Dich in Wien. Du hast hier so einen Karton liegenlassen, in dem Briefe von einem kleinen Jungen sind und so anderes Wiener Material (gepresstes Mozartkugelpapier und alte Eintrittskarten verschiedener Museen). Du wolltest ja immer dorthin. Nun hast Du es vermutlich geschafft.

Bitte melde Dich, damit ich Dich dort treffen kann. Und schick mir ein paar Belege (bitte auch vom Benzin), dann könnte ich jetzt schon die Reisekosten erstellen und dann absetzen – sicher ist das auch in Deinem Sinne.

Also, ich warte auf Antwort.

Dein Mann

Uwe

Meine Güte, Uwe war ja komplett durcheinander, aber Kompliment, auf Wien war er doch sehr schnell gekommen. Die alte Spürnase! Fast musste ich ihn dafür mögen, denn es zeigte, dass er mich doch ein bisschen kannte. Uwe hatte mir schon sehr lange nicht mehr geschrieben. Ich las die Mail noch einmal und fühlte fast so etwas wie vertraute Zuneigung für ihn. Dieser Mann! Wie linkisch er versuchte, mir Vorwürfe zu machen und mir zu drohen. So ungeübt und kindisch stellte er sich dabei an, dass ich es fast rührend finden musste. Uwe, wie er leibt und lebt. Fast war ich versucht, ihm zu antworten, aber dann drängelte ein Mann hinter mir, der auch an den Computer wollte, und ich nahm das als einen Wink des Himmels.

Nicht nur Uwe kannte mich, auch ich kannte ihn recht gut. Es konnte durchaus sein, dass er sich länger gedulden musste, aber vielleicht schrieb ich ihm auch schon bald. Je nachdem, wie meine Laune war. Die war die Einzige, um die es ging. Daran musste er sich gewöhnen. Nicht nur an den gebrochenen Zeh. Tief im Inneren wusste ich, dass mein Schweigen nicht nur aufmüpfig war, sondern auch ein Liebesdienst an mir selbst. Obwohl ich mich jetzt so stark fühlte, konnte ein Gespräch mit Uwe auch bewirken, dass ich in einer Art vorauseilendem Gehorsam schnell wieder etwas zugab oder versprach, das ich weder zugeben noch versprechen wollte. Ich hatte immer gespurt, war für ihn immer berechenbar gewesen, weil ich fand, dass das zu einer Partnerschaft gehörte. Felix hatte die Frau in mir berührt. Nicht die Ehefrau, sondern die Frau, die sich hinter der Ehefrau versteckte. Allein der Blick von Felix hatte mich an etwas erinnert, dass ich nicht nur vergessen, sondern auch verdrängt hatte. Tatsächlich, ich war eine Frau. Ich hatte Sehnsüchte, Gefühle und einen kleinen Schmetterling in meinem Herzen, der sich so nach Berührung und Zärtlichkeit sehnte. Auch ich wollte einen Roman leben, wie die Frau im Altenheim. Und ich wollte, dass man mir das zugestand. Dass SIE mir das zugestand. Komischerweise war es mir mit einem Mal wichtiger, dass Mutter mich verstand. Wichtiger als Uwe. Sie hatte mich geboren. Sie kannte mich von der ersten Sekunde meines Lebens an. Und: Sie war eine Frau!

»Kann ich bei Ihnen telefonieren?«, fragte ich den Concierge, und er deutete in Richtung einer großzügigen Kabine, die hinter der großen Halle lag. Ein eleganter Traum in Rot mit einem Barhocker, auf dem man beim Plaudern gemütlich sitzen konnte.

Und da saß ich dann auch erst einmal. Ich hatte mir spontan vorgenommen, es jetzt zu tun. Also hier und heute Mutter anzurufen, in dieser wunderbaren Laune, auf die Gefahr hin, dass sie mir alles zusammenschlug. Schon kam die alte Maikammer-Anne wieder durch, und ich konnte fast körperlich spüren, wie sich das Grau unter meinen schönen maronibraunen Locken regte. Es hatte nicht viel gebraucht, um eine andere zu werden. Es konnte sein, dass es ebenso wenig brauchte, dass mein neues Ich zerplatzte. Sie würde mich zurückbeordern. Mir Vorhaltungen machen. Ich musste mich darauf einstellen, dass sie weinen, mir drohen oder gar nicht mit mir sprechen würde. Vielleicht würde sie schnippisch werden, mich lächerlich machen oder Dinge aus der Vergangenheit zitieren, die längst vorbei waren, mich aber immer noch schwächen konnten. Allen voran dachte ich da an Vater, der mich gerne mit »von Launen geprägt« beschrieb. Aber, versuchte ich mich selbst zu stärken, musste das denn stimmen, nur weil er es gesagt hatte? Und ja, Mutter konnte bitten und wünschen, aber hieß das denn auch, dass ich alles erfüllen musste?

»Sich was zu wünschen ist ja nicht verkehrt«, hatte Marlene mir an unserem Einkaufstag erklärt. »Das ist wie mit der Liebe. Eine Garantie dafür, dass die Wünsche in Erfüllung gehen, gibt es nicht. Aber wünschen selbst, wieso denn nicht?«

Ich war zur Erfüllerin meiner eigenen Wünsche geworden, und es konnte gut sein, dass ich irgendwann auch wieder Platz für die Wünsche anderer hatte, besonders der Menschen, die auch mich und meine Wünsche sahen. Und nur weil jemand mein Vater, meine Mutter, mein Bruder, mein Mann oder mein Sohn war, hieß das noch lange nicht, dass ich ihnen untertan war und das zu erledigen hatte, was sie mir aufgaben. Wobei Ronny in der Beziehung pflegeleicht gewesen war. Er verlangte nicht viel von mir, Hauptsache, ich ließ ihn in Ruhe.

»Es ist gut, wenn ich das jetzt hinter mich bringe«, fasste ich meine Gedanken abschließend zusammen und nahm den schweren Hörer ab. Vor Uwe konnte ich mich drücken, vor ihr nicht. Ich musste eine Fürstin sein, die sich einer Fürstin auf Augenhöhe gegenüberstellte. Ich wählte die Nummer und freute mich, dass ich an diesem alten Telefon mit Wählscheibe so bewusst und körperlich spürbar Ziffer für Ziffer wählen konnte.

»Mutter?«, meldete ich mich vorsichtig.

»Ja bitte?« Es ging schon los. Ihre Frage war keine Frage, sondern eher ein empörtes Ausrufezeichen, das nach »Wer erlaubt sich, mich zu stören?« klang.

»Mutter, ich bin es …«

»Anne?«

Anne, wer war Anne?

»Anne!«

Sie klang überrascht, so als hätte sie mit mir gar nicht mehr gerechnet und wäre dabei, zu vergessen, dass es da einmal eine Tochter gab.

»Ich wollte mich mal melden und dir sagen, dass ich in Wien bin.«

»Ach, das sind ja mal schöne Neuigkeiten«, reagierte sie bissig. In meiner kindlichen Seele hatte ich gehofft, sie würde sich freuen, meine Stimme zu hören, obwohl ich es ja besser wusste. Vielleicht hatte ich sogar gehofft, sie würde sagen: »Auch ich habe dir sehr viel zugemutet«, doch von alldem kein Wort. Stattdessen vermittelte mir ihre Stimme sofort das Gefühl, schlecht, böse und verantwortungslos zu sein.

»Ich habe nur beschlossen, ein paar Tage Urlaub zu machen. Wien ist wunderbar.«

»Was sagst du?« Sie hatte mich nicht verstanden, weil der Fernseher im Hintergrund so laut brüllte. »Ich muss leiser machen.«

Durch das Telefon hindurch sah ich ihre Hände nach der Fernbedienung suchen. Ich hörte ihr angestrengtes Stöhnen, verfolgte am Hörer, wie sie sich streckte, und ich hörte ihre Finger zwischen all den Zetteln und Papieren krabbeln, die vor ihr auf dem Couchtisch lagen und unter denen sie die Fernbedienung vermutete. Ich wusste auswendig, was sie gerade machte. Dann hatte sie erst die Fernbedienung und gleich darauf den Ausstellknopf gefunden. Es folgte eine Stille, im Raum und am Telefon, die mir fast unerträglich war.

Leg auf, befahl ich mir in das Schweigen hinein, das bringt doch alles nichts. Sie wird dich kleinmachen, und bis du wieder aufgebaut bist, gehen Tage ins Land.

»Wie hast du dir das eigentlich alles gedacht? Papa hat ja schon immer gesagt, dass du einfach zu launisch bist.«

Aha.

»Du kannst doch deinen Mann nicht einfach sitzen lassen! Schon gar nicht jetzt, wo er so viel zu tun hat und auch ich Hilfe brauche.«

Es klang danach, als hätte Uwe in Mutter eine neue Busenfreundin gefunden. Wenn das so war, dann musste er aber wirklich nervös sein.

»Ich verlasse ihn doch nicht …«

»Anne!« Ein empörtes Schnaufen erklang. »Du sprichst ja nicht mal mit ihm!«

»Aber ich habe ihm geschrieben.«

»Uwe hat dich viele Male angerufen. Dein Anrufbeantworter muss voll von seinen Nachrichten sein.«

»Dann ruf du ihn doch zurück. Mein Handy liegt bei dir.«

»Was?«

»Das kleine schwarze Ding in der roten Lederhülle.«

»Das soll ein Telefon sein? Es sieht aus wie ein Taschenspiegel.«

»Uwe hat sein Büro, seine Weine und massenweise nette Klientinnen, die sicher auch bereit sind, mit ihm zu sprechen und ihm die

Tiefkühlnahrung aufzuwärmen, die in unserem Gefrierschrank liegt und für mindestens hundert Jahre reicht. Es ist wunderbar, dass er sich so an mich gewöhnt hat und ihm auffällt, dass ich gerade nicht neben ihm vor der Glotze sitze. Aber ich vermisse ihn nicht, das Haus nicht, meine Arbeit nicht, nicht mal an Ronny denke ich viel.«

»Und an mich?«

Nein, dachte ich, so nicht. So nie, nie, nie mehr. Ich war nicht mehr das Kind, das sich duckte. Ich war eine Frau von fünfzig Jahren, die sich gerade erst komplett neu kennenlernte. Die wusste, dass man anders sein darf und dass andere Leben möglich sind. Die zu sich stehen durfte und die dafür keine Erlaubnis brauchte. Nicht die von ihrem Mann. Nicht die von ihrer Mutter. Und doch, ich blieb ganz ruhig und sprach sehr deutlich und langsam den nächsten Satz, so dass sie ihn akustisch verstehen musste und mir nicht mit einem »Wie bitte?« ausweichen konnte.

»Ich denke an *mich*. Das habe ich viele Jahre lang nicht mehr getan, und ich wünsche mir sehr, dass du das verstehst.«

Die Fürstin wäre ihrer Ehe auch gerne einmal entflohen, das hatte ich bei den verschiedenen Altweiberfasnachten gemerkt, in denen sie wild kostümiert in unserem Pfarrsaal über Tische und Bänke ging. Aber sie hatte es nie gewagt, hatte es sich nie zugestanden. Sie hatte ausgehalten, bis sie endlich Witwe geworden war. Das war nun zehn Jahre her, aber anstatt zu reisen und sinnbildlich über Tische und Bänke zu gehen, ging sie jeden zweiten Tag Vaters Grab gießen. Damit hatte sie einen neuen Grund gefunden, der es ihr unmöglich machte, sich den eigenen Wünschen zu stellen. Mutter hätte bei Greta und Marlene einziehen sollen. Die verrückte Umgebung hätte ihr gutgetan, zumal sich Greta und Marlene bestimmt nicht erziehen ließen. Jetzt war es zu spät, die Fürstin kam nicht mehr aus ihrer Haut und den verkrusteten Regeln und ihrem Rosenzimmerchen heraus. Sie war wie ein im Kokon alt gewordener Schmetterling, der vergessen hatte, dass es seine Aufgabe ist, zu schlüpfen und zu fliegen. Nur zugeben konnte sie das nicht.

»Versuch einfach, mir mein Leben zu lassen.« Ich versuchte so versöhnlich wie möglich zu klingen. »Es geht mir gut, und ich gehe sorgsam mit mir und meinem Leben um.«

In letzter Sekunde hatte ich mir verkniffen, »Ehe« zu sagen. Für Mutter aber war »Leben« das Synonym von »Ehe«.

»Nein, so geht das nicht«, holte sie aus. »Lässt mich hier hocken, und dein armer Mann muss sich für die Geschäftsreisen die Koffer selber packen. Über eine Woche bist du nun schon weg! Wie lange soll das noch so gehen?«

»Ich dachte, du interessierst dich ausnahmsweise mal dafür, wie es mir geht.«

»War ich nicht immer für dich da?«

Ein Wort noch, und ich würde platzen.

»Anne?«

»Ja?«

»War ich nicht immer für dich da?«

»Doch, das warst du«, quetschte ich heraus. Gab es denn keine Möglichkeit, den alten Drachen zu zähmen? Mussten die Gespräche immer gleich ablaufen, wie in einem Hörspieldrehbuch für uns skizziert?

»Wir waren beide füreinander da, und als ich ein Kind war, habe ich es sehr genossen, dass du dich mit mir beschäftigt hast und ich dir manches anvertrauen konnte. Nun bin ich selbst eine Frau und Mutter. Und ein Mensch, der seinen eigenen Weg finden muss.«

»Ich verstehe dich sehr schlecht.«

»Was hast du verstanden?«

»Dass du deinen Weg suchst.« Sie schluckte. Das war neu. »Ich mache mir solche Sorgen um dich!«

Öha. Diese neue Wendung, die ich mir doch so gewünscht hatte, traf mich völlig unerwartet.

»Mama«, weinte ich nun. »Es war nicht geplant. Ich hatte Ärger mit Uwe, einen bösen Streit. Am Tag, an dem ich wegfuhr, erkannte ich, dass ich mich wie verloren fühlte. Ich bin nach Wien gefahren, und Wien hat mich zu Hause gemacht! Endlich ahne ich wieder, wer ich bin und dass ich nicht mehr so weiterleben will wie bisher.«

»...?«

Ich spürte, wie sie mit sich rang. Zwei Wölfe kämpften in ihrer Brust. Der eine verstand mich, der andere hasste mich dafür. Welchem Wolf würde sie Futter geben?

»Ich hätte das auch machen sollen«, gab sie mit einem Mal sehr leise zu.

»Bitte?«, fragte ich nach, aber ich hatte sie schon richtig verstanden.

»Abhauen. Weißt du.« Ihre Stimme war ganz ruhig und gar nicht mehr so klagend oder zeternd wie in den letzten Wochen. Etwas verwandelte sich in diesem Augenblick. Eine Fee ging durch den Raum, ein Engel oder das, was man schlicht und ergreifend Ehrlichkeit zwischen zwei Menschen nennt.

»Na ja, vielleicht magst du das nicht glauben, aber auch ich hatte immer mal wieder die Nase voll. Aber da wart ihr, der Garten.«

Seltsam, dass sie uns Kinder mit dem Garten auf eine Stufe stellte. Und Vater?

»Euer Vater, der war manchmal so streng. Nicht nur mit euch, auch mit mir. Und wir waren so jung, und ich hatte Träume.« Ihre Stimme wurde warm, wie warme Schokolade oder heißer Pudding ohne Haut. Die Mutter, die da sprach, war mir fremd. Dann straffte sie sich, wieder konnte ich es durch das Telefon verfolgen. »So gerne wäre ich einmal alleine verreist, wie das die großen Frauen der Welterkundung taten. Ich wollte nach Ägypten, Nepal, Afrika. Aber das ging nicht. Dein Vater und meine Eltern hätten mir das niemals erlaubt. Und da wart ja auch ihr und das Haus, der Garten.«

Wieder der Garten ...

»Bis heute bereue ich, dass ich nicht auch einfach mal losgezogen bin.«

Ich hörte, wie sie weinte, und sie tat mir auf eine tiefe Weise menschlich leid, und schon überlegte ich, welche Seniorenreisen Ägypten, Nepal und Afrika anboten, da mir viel daran lag, nicht nur meine Träume, sondern auch ihre Träume zu erfüllen.

»Jetzt ist es zu spät«, entschied sie trocken. »Aber es stimmt, was du sagst. Das Leben fragt irgendwann: Was hast du aus mir gemacht? Die Frage kommt bei jedem, irgendwann. Es ist gut, dass du deine Antworten darauf jetzt finden willst. Wenn du erst wie ich in einem Rosenstift lebst, ist es dafür zu spät.«

Es gibt Menschen, die sehen jahrelang aneinander vorbei, und dann, auf einmal, kommt der Moment, in dem sie sich einfach in den Arm nehmen, so als wäre nie etwas gewesen. Ähnlich erging es mir. Ich hielt das Telefon in der Hand, hörte meine Mutter sprechen, weinte, erklärte, bat um Verzeihung, war völlig irritiert, dass sie das ebenfalls tat, und fasste all meinen Mut, um ihr mehr davon zu erzählen, wie es um mich und Uwe wirklich stand und wie verlassen ich mich mit dem Haus, dem Ausräumen, den Erinnerungen und der Verantwortung gefühlt hatte.

»Ich komm zurück, versprochen!«, beendete ich das, was ich hatte sagen wollen, aber sie griff nicht nach diesem kleinen Finger, den ich ihr bot, forderte nicht nach der ganzen Hand.

»Ach, lass mal, Ännchen«, sprach sie mich sehr zärtlich an. »Es geht mir doch gut hier. Michael und Klaus kommen oft. Sie wechseln sich ab und bekommen meine kleinen Listen. Natürlich sind sie sauer auf dich, aber ich werde nichts verraten.« Sie kicherte wie eine kleine Hexe. »Das Leben wird schöner, Anne. Dein Mut gefällt mir.« Ich glaubte sie durchs Telefon lächeln zu hören. »Und Wien ist so eine schöne Stadt! Bring mir eine hübsche Bluse aus Wien mit, damit ich ein bisschen damit angeben kann. Den Damen am Tisch habe ich übrigens gesagt, du würdest dich auf einer Expedition befinden.« Sie lachte laut. »Stimmt doch auch, oder?«

Fast konnte ich mich nicht verabschieden, so ergriff mich dieses langersehnte Mitgefühl. Es zerriss die Kette, die sich um mein Herz gelegt hatte. Die Fürstin hatte mir nicht die Schuld genommen, weil es keine Schuld auf meiner Seite gab. Das hatte ich verstanden. Aber sie hatte mir etwas viel Größeres geschenkt. Sie hatte mir ihren Segen gegeben. Und dieser Zuspruch machte mich glücklich und auch frei.

»Danke«, sagte ich, und zum ersten Mal seit vielen Jahrzehnten fügte ich hinzu: »Ich liebe ich!«

»Meldest du dich wieder?«, bat sie mich zaghaft, und ich versprach es und auch, dass sie Manu jederzeit nach mir fragen durfte. Dann beendeten wir das Gespräch.

In der Hotelhalle zahlte ich und schrieb Manu noch eine kurze Mail, mit der Betreffzeile *Die Wandlung*. Ich hielt mich kurz, weihte sie aber in alles ein. *Nur von Felix hab ich nichts gesagt*, informierte ich sie über das Geheimnis, das ich für mich bewahren wollte. Manu würde die Botschaft sicher verstehen. Dann verließ ich das Hotel.

Heute ist ein besonderer Tag, tanzte ich fast hinaus in die Sonne. Ein Tag, um Heldinnen zu zeugen! Ich legte meinen Kopf weit in den Nacken, blickte hoch hinaus und sog das Blau des Himmels tief in mich ein, ein Blau, so prächtig und strahlend wie nirgendwo sonst in der Welt.

»Ja!«, sagte ich und fühlte mich zum ersten Mal seit Jahren nach einem Gespräch mit der Fürstin nicht gehetzt und fremdbestimmt, sondern wirklich frei und offen für Neues.

»Na, umarmen S' grad die Welt?«, raunzte mich eine alte Wienerin an, der ich den Weg versperrte, und ich antwortete lachend: »Ja!«

Dann schlenderte ich die Landstraße hoch. Auf dem Markt kaufte ich mir eine Blume und steckte sie mir ins Haar. Vor dem Café Zuckergoscherl saßen die Menschen, die sich an den Marktständen mit Leckereien eingedeckt hatten, und ich suchte mich im Spiegel des Fensters, weil ich mich schon lange nicht mehr mit Blumen im Haar gesehen hatte. Du siehst wie ein junges Mädchen aus, dachte ich und lächelte mich an. Ein junges Mädchen mit Heulrändern unter den Augen. Aber es machte nichts, dass ich mich so hübsch und schrecklich zugleich fand, denn im Guten steckte immer auch das Miese und im Miesen immer auch das Gute. Es kam nur drauf an, was man damit machte.

»Kennen Sie hier einen guten Friseur?«, fragte ich die junge Bedienung, die in ihrem rosa gefärbten Haar apfelgrüne Schleifchen trug.

»Bist mutig?«, duzte sie mich, und ich nahm das als ein gutes Zeichen.

»Ja, ich möchte mir das Haar aufhellen lassen.«

Mit wenigen Worten wies sie mir den Weg zu einem Friseur und empfahl mir auch gleich noch ein paar außergewöhnliche Klamottenläden, wo es »urgutes G'wand« zu finden gab.

Ich war zu allem bereit und ließ mich willig durch den Tag treiben, an dem alles möglich war, besonders aber die Veränderung, die ich nun auch außen zeigen wollte. Bis spät in die Nacht wanderte ich von einem Bezirk in den anderen. Mein Haar bekam helle Strähnen, und ich kaufte mir ein Tuch fürs Haar, obwohl ich es nie auf diese Weise getragen hatte. Im ersten Bezirk fand ich ein wunderbares Seidenkleid, das eng anlag, mit einem Ausschnitt, wie ihn sonst nur Dolly Buster wagte. Ich zog es an und warf mein altes, nichtssagendes Kleid in einen Altkleidercontainer. Auf der Mariahilferstraße erstand ich eine mit Strasssternchen besetzte Kette. Im 7. Bezirk kaufte ich feine Sandälchen und ließ meine Sneakers im Laden zurück. Wieder im 1. Bezirk, erinnerte ich mich an eine kleine Parfümerie, die selbstkreierte Düfte verkaufte. Dann setzte ich mich in die U-Bahn, um mich meiner Bedienung im Café Zuckergoscherl zu präsentieren, aber ihre Schicht war schon lang vorbei. Egal, die Frau, die ich nun im Schaufenster sah, war mir genug. Niemand wusste besser als ich, welche Verwandlung heute mit mir geschehen war.

»Könnte ich bitte einen Piccolo haben?«, bestellte ich beim Ober. »Wenn möglich, sollte es Champagner sein!«

Und dann setzte ich mich hin, um in den Abend hinein zu entscheiden, dass ich nicht mehr zurück in die Wohnung gehen würde, sondern gleich ins Kino oder in ein Konzert, um dann, ganz allein, nach Mitternacht in der Lusterkönigin aufzuschlagen.

»Möchten Sie sich unterhalten?«, baggerte mich ein älterer Herr an, der mir nicht gefiel.

»Das tue ich doch schon«, wies ich ihn freundlich ab. »Sehen Sie denn nicht? Ich sitze hier mit mir!«

KAPITEL 13

Sexual healing

Marvin Gaye

»Heute allein?«, erkundigte sich die Lusterköngin hochnäsig und schob mir einen dunkelgoldenen Cocktail zu, in dem eine rote Kirsche schimmerte. »Passend zum Kleid«, nickte sie mir zu, und ich las in ihrem Blick, dass ich ihr gefiel.

»Helene!«, rief sie eine der Katzen zu uns. »Nimm dieses Püppi mit nach hinten und lackiere ihr die Nägel.«

Helene kam und begrüßte mich mit Zurückhaltung.

»Rot! Hast gehört?«, bestimmte die Lusterkönigin, und ich konnte das königliche Charisma deutlich fühlen. »Das hast noch vergessen«, erklärte sie mir, während sie mich erneut vom Kopf bis zu den Schuhen musterte. »Ansonsten bist perfekt. A echte Lady! Woll'mer mal schau'n, was dir der Abend bringt.«

Sie holte einen Packen Tarotkarten aus einer Schublade hervor, mischte sie und ließ mich eine ziehen.

»Der Stern! Nicht schlecht!« Ich betrachtete die Karte mit der nackten Frau, die aus einem Füllhorn schöpfte und von einem großen Stern beschützt – oder sogar begünstigt – wurde.

»Da sind wir doch mal gespannt, was sich ergeben wird«, kommentierte die Lusterkönigin die Karte. Dann rauschte sie im wahrsten Sinne des Wortes ab.

»Sieht so aus, als würde sich bei dir was tun«, sinnierte auch Helene. Sie beugte sich über den Tresen und zog eine kleine Flasche Orangenlikör hervor. In einem unbeobachteten Moment nahm sie einen Schluck.

»Das kann sie nicht leiden«, wies Helene mit dem Kopf zur Lusterkönigin, die im Nebenraum zu hören war. »Also komm«, forderte sie mich auf, »pack mers mit der Maniküre. Jetzt ist noch nicht viel los. Wenn nachher die Stammgäste kommen, hab ich für so was keine Zeit!«

Sie zog mich in ein kleines Hinterzimmer mit rundem Tisch, an dem sonst die Pokerspieler saßen.

»Das ist unsere Kantine«, grinste sie und winkte zwei anderen Mädchen zu, die sich gerade die Katzenohren aufsetzten. »Da, setz dich her!«

Sie holte einen dreibeinigen Hocker unter dem Pokertisch hervor und wies mich an, Platz zu nehmen. Den Nagellack nahm sie aus einem kleinen Kühlschrank, in dem das Personal offenbar sein Pausenmahlzeiten aufbewahrte. Das war ja fast so wie in der Zahnarztpraxis! Auch bei uns gab es so einen Aufenthaltsraum mit einem kleinen Kühlschrank, der ständig zumüllte, weil alle ihre Sachen wochenlang darin vergaßen. Helene legte meine Hand auf ihrem Knie zurecht und begann, meine Nägel sorgfältig mit rotem Lack zu bestreichen.

»Arbeitest du schon lange hier?«, hörte ich mich fragen. Ich war so perplex über alles, dass es mir gar nicht in den Sinn kam, die Maniküre abzulehnen. Wie den ganzen Tag schon, ließ ich mich auf das Leben einfach ein. Waren nun rote Fingernägel an der Reihe, so sollten es eben rote Fingernägel sein.

»I g'hör hier zum Inventar«, antwortete Helene, ohne auf meine Frage einzugehen. »Aber es ist eh gut hier. Die Lu'kö ist anständig, a feine Frau. Nur die Tage sind immer so kurz. Die Sonne fehlt.«

»Hast du Kinder?«, erkundigte ich mich nun schon wieder ganz im Stile einer Landpomeranze.

»Keine Ahnung!«, antwortete Helene lapidar, und erst jetzt – und auch nur ganz vage und nach und nach – erkannte ich, dass auch Helene nicht das war, was man in Maikammer als »echte« Frau bezeichnen würde.

»Schau!« Lachend hielt sie mir meine Hände vors Gesicht. »Fesch bist! Find'st nicht auch?« Dann wurde sie gerufen, weil im Stadion ein Fußballspiel zu Ende gegangen war und die ersten Gewinner hereinstolzierten, um den Sieg mit fremden Frauen zu feiern.

Ich blieb noch einen Moment lang auf meinem Hocker sitzen, lauschte hinaus in die Bar, auf das Gelächter und auf drei Frauen, die in verschiedenen Stimmlagen ein barockes *Agnus Dei* sangen. Durch den Vorhang drang das flackernde Licht des Lusters, der soeben entzündet worden war.

»Anne, du hier hinten?«

Felix war wie aus dem Nichts gekommen. Ich begrüßte ihn mit einem Lächeln und fühlte sofort die Spannung zwischen uns.

»Nicht nur das. Ich betrüge auch zum ersten Mal meinen Mann«, antwortete ich ganz ruhig, und diesmal war ich es, die seinen Blick festhielt.

»Na dann«, sagte er und lächelte mir zwinkernd zu. »Glück auf!«

»Ja, Glück auf«, lachte ich und fühlte mich schrecklich unwohl dabei.

»Und dürfte ich dir dabei vielleicht ein wenig behilflich sein?«

Sagen konnte ich nichts, ich legte nur fragend den Kopf ein wenig schief.

Helene kam herein, um nach mir zu schauen, entdeckte mich und Felix. Sie sah, wie ich die Beine übereinandergeschlagen hatte, die von hier bis nach Paris zu reichen schienen, und wie Felix, mir vertraulich zugewandt, lässig am Pokertisch lehnte.

»Verstehe«, hörte ich Helene sagen, aber als ich mich in ihre Richtung drehte, war sie bereits wieder draußen an der Bar.

»Wir sollten hier weggehen.« Felix reichte mir zum Aufstehen die Hand. »Es ist ungemütlich hier.«

Tatsächlich, schon kam ein weiterer Ober, der laut fluchend nach frischen Poliertüchern für die Gläser suchte. An Felix' Hand surrte ich hinaus aus dem Hinterzimmer, durch die Räume, die sich nun gefüllt hatten, und über eine Treppe nach oben.

»Musst du nicht arbeiten?«, fragte ich ihn, aber zum Glück hatte er meine Frage nicht gehört. Was ging es mich an, wie er das regelte? Jetzt galt nur der Zauber, der Stern, dem ich aufgeregt und gleichzeitig sehr besonnen folgte.

»Bitte einzutreten«, er öffnete die Tür zu einem der Séparées, und mein Fuß zauderte kurz, als ich über die Schwelle treten wollte.

Dann tat ich es doch und setzte mich auf die rote Polsterbank, die sich an der Wand entlang durch das ganze Zimmer räkelte und die aussah, als müsste sie die Geschichten hinausstöhnen, die sie hier schon erlebt hatte. An der Wand hingen gemalte Bilder von nackten Frauen mit offenem Haar.

»Es gibt im Arbeitszimmer von Kaiser Franz Joseph ein ganz berühmtes Sisi-Porträt«, erklärte mir Felix, als er die Tür hinter uns schloss. »Sie trägt darauf ihr Haar offen, und das führte in der damaligen Gesellschaft zu einiger Empörung.«

»Das allein genügte?«

»Das nicht allein.«

»Was noch?«

»Sie war im Negligé!«

»Ist das eine Aufforderung?«

»Unbedingt!«

Er drehte sich zu mir um, und ich wusste, was er meinte. Ich habe ein Recht zu lieben, das hatte ich mir selbst gesagt.

»Anne, ich komme jetzt zu dir.«

Und ich sagte leise: »Ja!«

Ich spürte seinen Atem in meinem Nacken. Seine Härchen und meine Härchen rieben sich zart aneinander.

»Anne«, hörte ich ihn nah an meinem Ohr. Ich ließ die Hände wieder sinken und drehte mich um. Seine Augen waren verschwommen, oder sah ich nur nicht so gut? Unsere Gesichter waren ganz nah. Es war ganz natürlich, dass wir uns küssten. Es ging nicht anders. Ich schmiegte meine Lippen an seinen zarten Mund, und als unsere Zungen sich berührten, da war auch das ganz zart und schön und unheimlich erotisch. Der Kuss war für mich wie eine Erlösung, als könnte ich jetzt alles fallen lassen. Nicht nur meine Kleider, sondern auch meine Vorbehalte, meine Ängste, alles, was ich in den letzten Wochen durchdacht und durchlitten hatte.

»Wenn es sein soll, dann soll es sein. Da kannste nichts dagegen machen«, sagte Manu immer, wenn wir bei Mädelsstammtischen von Geschichten wie diesen hörten. Und nun wunderte ich mich, wie einfach es ging, und der Gedanke blitzte durch meinen Kopf, dass all das, was ich mir vorher vorgestellt hatte, umsonst gewesen war. Wir waren wie zwei kleine Holzschiffchen aufeinander zugeschwommen. In keinem der Schiffchen gab es einen Kapitän. Wir hatten uns getroffen. Genau so, wie es der Gott der Liebe von Anfang an vorgesehen hatte. Endlich wuschelten meine Hände in seinem Haar, und endlich konnte ich meine Nase ganz dicht an seine Haut anschmiegen. Felix roch so unglaublich gut. Ich musste an ein ganz frisches Brötchen denken. So lecker und knusprig und so wunderbar belegt. Meine Hände spazierten auf ihm entlang. Sein Körper fühlte sich anders an als der von Uwe. Er war fester, hatte noch nicht die Weichheit, die die Jahre mit sich bringen. Ich glitt mit den Händen an ihm entlang. Die Arme trainiert, die Rippen waren zu spüren, die Taille schmal. Ich dachte an meinen Körper, der fraulich und weich war und von einem Duft umhüllt wurde, wie er schwerer nicht sein konnte, so wie es zu einer Nacht wie dieser passte. Felix küsste mein Gesicht.

»Anne«, sagte er. »Anne, Anne, Anne.«

Das ist ein Traum, dachte ich. Ein Fiebertraum.

»Ich hatte solche Angst, dass ich dich niemals küssen würde.« Felix sah mir in die Augen. »Du hast dich so gesperrt, und gleichzeitig hab ich doch gefühlt, dass auch du mich küssen willst. Willst du doch, oder?«

Ich nickte und lächelte. Ab jetzt denke ich nicht mehr, dachte ich und ärgerte mich, dass ich dennoch das Geschehen in meinem Kopf immer weiter kommentierte. Dass ich nicht losließ, wie es immer so schön hieß. Wie sollte ich auch? Ich, Felix, das Rot und das Funkeln um uns herum, die Stimmen, die gedämpft von unten zu hören waren, alles war da. Seine Hände streichelten über meine Wangen, und ich spürte, dass wir beide richtig glücklich waren. In diesem einen, wunderbaren Moment. Ich habe etwas gewagt, dachte ich ganz stolz. Ich habe nicht gekniffen, sondern ich habe mir etwas genommen. Bin meiner Lust und meinen Gefühlen nachgegangen.

»Und was soll das nun werden?«, fragte ich Felix.

»Das, was es bereits ist«, antwortete er und zog mir langsam, sehr langsam mein Kleid über den Kopf.

Ein paar Zimmer weiter pfiff jemand falsch ein Lied.

Kaum hatte ich mich und Felix unterdrückt aufstöhnen hören, tönte eine Stimme aus Richtung Bar.

»Felix?«

Es war Helene, die nach ihm rief.

Felix bedeutete mir zu schweigen. Er lächelte mich verträumt an und rollte dann genervt mit den Augen. Zu blöd, dass Helene ausgerechnet jetzt rufen musste. Wie absichtlich kam mir das vor.

»Hallo? Felix? Bist du da oben?«

»Ja, komme!«, rief er ihr zu. Wir hörten sie entrüstet schimpfen.

»Sie kann es nicht leiden, wenn Menschen sich vergnügen, kein Wunder ...«, wieder rollte er die Augen.

»Wie, kein Wunder?«, fragte ich, weil ich mich nun doch etwas deplatziert auf diesem roten Samt fühlte mit einem jungen Mann vor mir, der sich die Hosen hochzog und das Hemd hineinstopfte. Als wäre die Situation völlig normal und fast belanglos, schlüpfte auch ich wieder in mein Kleid und richtete mir das Haarband neu.

»Wieder gerade?«, zwinkerte Felix mir aus dem Spiegel zu, drehte sich um und ließ mich den Sitz seiner Fliege überprüfen.

»Alles korrekt«, flüsterte ich und fühlte mich wie eine Schülerin, die Mathe schwänzte und mit dem Sonnyboy der Abiturklasse im Fahrradkeller knutschte.

»Bleib noch einen Moment hier«, empfahl mir Felix. Er warf mir eine Kusshand zu, schlich aus dem Séparée und schloss die Tür von außen. Ich zog mein Kleid glatt und war völlig beeindruckt von dem, was in den letzten zehn Minuten passiert war. Länger war es leider nicht gewesen.

Ich hatte gevögelt! Ich altes Mädchen hatte tatsächlich in einem Séparée gevögelt. Das würde Manu mir nie glauben! Zum ersten Mal seit vielen Tagen bereute ich es sehr, dass ich kein Handy mit Selfie-Funktion hatte. Da ich Felix nicht gleich folgen wollte, blieb ich auf dem roten Polster noch eine ganze Weile sitzen und entdeckte sogar eine kleine Champagnerflasche, die kühl in einem Kübel stand. Nur mit mir hier und den Annes, die mir die Spiegel im Raum entgegenwarfen, beschloss ich, dass nicht meine Flucht aus Maikammer, sondern dies hier mein neuer Anfang war. Ich hatte etwas Unerhörtes getan. Ich hatte mit einem sehr viel jüngeren Mann in einem Etablissement Liebe gemacht. Unglaublich! Ich war berauscht von mir und dem, was geschehen war.

»Wow! Das hat mal gutgetan«, entschied ich, trank ein weiteres Glas, schlich die Treppe hinunter und ging, mit den Sandalen in der Hand, durch die Nacht zu uns nach Hause.

KAPITEL 14

I still haven't found what I'm looking for

U2

»Zum Teufel, was ist das eigentlich, auf dem ich sitze?«, hörte ich Greta laut schimpfen, als ich die Haustür aufschloss. Nach der Auferstehung meiner Weiblichkeit war ich nicht gleich nach Hause gegangen, sondern noch ein wenig durch die Stadt gestreift und hatte im Volksgarten, mitten in den Rosen, den Morgen begrüßt. Langsam und verträumt war ich in den Tag geglitten, berauscht von dem Duft, den Hunderte von Rosenstöcken verströmten.

Nun wollte ich eigentlich nur schlafen. Doch mein Eintreten wurde sofort bemerkt, denn Marlene und Greta hatten die Nacht am Küchentisch verbracht. Vor den beiden lagen Glückskarten, die dunklen in der Überzahl. Von Greta geweckt, richtete Marlene sich auf und gähnte mir entgegen.

»Püüüüppi? Wo warst du, und wie schaust du aus?«

»Was ist das?« Greta ignorierte mich völlig, weil sie mit Zerren und Ziehen beschäftigt war. Sie zerrte etwas unter ihrem Stuhlkissen hervor, ein Packen von Post, längliche Kuverts, das konnte ich erkennen. »Mein Hintern fühlt sich an, als hätte ich die halbe Nacht auf einem Brikett gesessen«, schimpfte sie verkatert.

Hier stimmt was nicht, dachte ich. Ich setzte mich kurz zu den beiden und versuchte sie von sich abzulenken.

»Ich hatte eine wunderbare Nacht ...«

Sie nahmen mich aber gar nicht wahr.

Greta starrte auf ein Kuvert, und Marlene sprang deswegen fast über den Tisch.

»Gib her!«

Ihre Augen blitzten, die Perücke saß völlig schief auf ihrem Kopf.

»Was ist das?«

»Na Post, oder kannst du nicht sehen?«

»Und warum war die unter dem Kissen?«

Die Kuckucksuhr meldete sieben Uhr.

Marlene warf sich erneut aufgeregt über den Tisch. »Gib endlich meine Post her!«, schrie sie völlig aufgebracht. Von dem Geschrei wurden nun auch Mitzi und K&K geweckt, die mit fragenden Mienen aus der Nebenkammer krochen.

»Streitets ihr? Aber nein, das duds ihr doch need«, schnurrte Mitzi schläfrig.

»Hast du etwa die Miete nicht bezahlt?« Greta wurde nun ziemlich laut. »Das ist doch eine Mahnung!«

»Und wenn schon«, trotzte Marlene, »ich wollte mich heute sowieso darum kümmern.«

K&K lehnte im Türrahmen und ordnete sich das Haar. »Geh bitte ...«

Doch Greta war schon dabei, den nächsten Umschlag aufzureißen. »Was hast du auf die Mahnung geantwortet?« Greta stierte fassungslos auf das Papier. »Gelesen und gelacht?«

Gleich würde sie Marlene an den Kragen gehen, das konnte ich schon sehen. Vorsorglich straffte ich die Muskeln, ähnlich wie in der Praxis, wenn sich ein Patient gegen eine Bohrung zu sehr wehrte und es meine Aufgabe war, ihn mit mütterlich fester Hand auf dem Stuhl zu halten.

»Was stellst du dich so an? Die ist doch nur vom Zahnarzt!«, schrie Marlene nun völlig aufgebracht.

»Was soll das heißen? Hier steht, er hat dir eine Goldfüllung gemacht. Wo soll die denn bitte sein? Die habe ich noch nie gesehen!«

Schläfrig öffnete Marlene ihren Mund und sperrte ihn in meine Richtung weit auf. »Schau mal, Püppi, gaaanz hübsch. Du kennst dich damit ja aus.«

Ihr Atem wehte mir faulig ins Gesicht. Ich roch die Getränkekarte der ganzen Nacht.

»Ja und?« Greta war fassungslos. »Meinst du, er spendiert dir das Gold im Maul?«

»Er wird sie mir schon nicht wieder rausreißen. Das darf er nicht, wegen dem hypokra … dingsbums-Eid. Püppi, erklär ihr das, du kennst dich damit doch aus.«

Papiere raschelten auf dem Tisch, weitere Kuverts fielen auf den Boden, immer weitere Rechnungen tauchten auf. Ich rechnete schnell zusammen, was Marlene dem Zahnarzt schuldete. Mit dem Anteil, den die Krankenkasse übernahm, war das zwar ein Brocken, jedoch zu schaffen. Vielleicht ließ der Zahnarzt mit sich reden, und Marlene konnte die Rechnung in Naturalien begleichen, indem sie für ihn sang.

»Du hättest dich allerdings auch für Porzellan entscheiden können …«, warf ich ein. Marlene überhörte geflissentlich meinen praktischen Kommentar.

»Oder für Ratenzahlung«, wurde ich jetzt deutlicher.

»Jö, Porzellan!«, mischte sich nun K&K ein. »Gold ist doch viel schöner. Beeindruckender ist das. Nein, mein Marlene-Pupschi, das hast du ganz richtig entschieden.«

»Was ist das? Eine Antiquitätenrechnung? Für was?« Wütend sah Greta zu Marlene hinüber, die jetzt gar nichts mehr sagte, alles über sich ergehen zu lassen schien und wie ein müder Clown apathisch aus dem Fenster blickte. »Ein Medaillon? Sag mal, ist das die Geschichte mit dem Obers?«

Gleich ist es so weit, dachte ich, die Bassgeige dreht durch, und die Ukulele wischt sich die Tränen ab.

»Es handelt sich dabei um ein orientalisches Glücksamulett. Vermutlich aus dem Nachlass von Falco.«

»Jö, der Hans …«, erinnerte sich K&K an Falco und begann sofort, stotternd *Oh, oh, oh, Amadeus* zu singen.

»Von Falco!«, jaulte Greta theatralisch auf. »Weil es dem so viel Glück gebracht hat oder was?«

Alle schwiegen einen Moment, denn wo Greta recht hatte, hatte sie recht. Viel Glück konnte das Medaillon Falco wirklich nicht gebracht haben, zumindest nicht zu Lebzeiten. Wenn es überhaupt von Falco war. Ich hatte das *Vermutlich* ziemlich genau gehört.

»Wie viel hat das Ding gekostet?« Greta schnappte sich meine

Lesebrille. Beim Lesen der gesamten Summe bekam sie Schnappatmung. »Ja … bist du größenwahnsinnig geworden, nicht mal die Steuer hat er dir erlassen!«

»Dann hätte ich ja bar zahlen müssen.«

»Ja, hast du dem Obers überweisen wollen? Der legt doch sonst keinen Wert darauf!«

»Es hat mir halt gefallen, mit seinen Ornamenten und dem Brief.«

»Der Obers heißt eigentlich Herr Sahne«, flüsterte mir K&K erklärend zu. »Du verstehst? Obers? Sahne?«

Na klar verstand ich.

»Und wenn man bei ihm nicht pariert, dann wird aus ihm der Schlagobers. Verstehst dös auch?«

Na klar verstand ich.

»Und wenn schon!«, tobte Marlene jetzt wie ein Hexenbesen durch die Küche. Sie schlug mit der flachen Hand gegen die Schranktüren und trat mit dem Fuß gegen den Mülleimer. »Ich kann mir doch was kaufen, wenn es mir gefällt.«

»Nicht bei solchen Summen, und nicht, wenn wir nichts zu fressen haben.«

»Haben wir doch!«

Wie ein in die Enge getriebenes Tier sah sie aus, das nicht wusste, ob es aus der Falle jemals wieder lebend rauskommt. Dann sah Marlene meinen Blick, und ihr Gesicht wurde sofort weich.

»Ein Perlhuhn haben wir noch zu essen. Püppilein, das ist doch was.«

Um mich irgendwie zu beteiligen, nahm ich die Rechnung zur Hand, ein Wisch, der aussah wie ein Papier, in dem Käsekrainer eingewickelt gewesen waren. *2000 Euro* las ich, dahinter standen kindische drei Ausrufezeichen. Das war keine Rechnung, das war ein Witz.

»Manches im Leben erklärt sich schnell, da schon längstens bekannt«, bemühte K&K jetzt noch eine Binsenweisheit und verteilte die Brillantine in seinem Haar.

Ich saß da und sagte nichts. Das Leben, dachte ich, ist wirklich verschiedene Filme, die nebeneinander laufen. Eigentlich interessiert mich das hier jetzt nicht die Bohne, weil ich nämlich gerade eben, nach einer Dürreperiode von unzähligen Jahren, mal wieder gevögelt habe. Und ich dachte sehr lieb an Felix und fragte mich, wie wohl seine Wohnung aussah und das Bett, in dem er jetzt lag. Aus mir war eine Prinzessin geworden. Ich hatte den Schuh verloren, wiedergefunden und war hineingeschlüpft. Schon sehr bald wollte ich *das* wieder haben. Ich konnte es nicht erwarten, Felix wiederzusehen und noch einmal in seinen Haaren zu wühlen. Aber anstatt davon wenigstens träumen zu können, fand ich mich hier bei Kreditgesprächen wieder.

»Du siehst verändert aus, Püppi!«, erkannte Marlene plötzlich.

»Host a Pantscherl, host brennt und bist g'löscht wor'n?« Das kam von K&K.

»Hot s' g'pudert?«, kicherte Mitzi vor sich hin. Pantscherl, pudern, löschen, ich wusste das schon, waren die laxen Beschreibungen, wenn es um Flirts und Liebesspiele ging.

»Mit wem?«, fuhr Greta auf.

»Ja, das hab ich, und es war verrucht«, entgegnete ich lässig. »Aber was tut das hier zur Sache?«

Ganz sicher war ich nicht nach Wien gekommen, um mein Sexleben zur Diskussion zu stellen, und schon gar nicht, um mir fremde Probleme ans Bein zu binden. Wenn ich etwas gelernt hatte, dann dass ich nicht für alles verantwortlich war und dass ich Geheimnisse haben durfte. Und offen gestanden wusste ich nicht mal, ob ich über die Haushaltsführung von Greta und Marlene erschrocken oder amüsiert sein sollte. Die würden das schon regeln, da war ich mir sehr sicher. Viel zu lange hatten mich die Erwartungen und Bedürfnisse anderer Menschen in Beschlag genommen.

»Ich muss mal«, sagte ich und ließ die anderen einfach in der Küche sitzen. Was ich »musste«, sagte ich nicht. Auf jeden Fall nicht Probleme lösen. Habe die Ehre euch allen, dachte ich gelassen, warf mich nackt auf mein Bett, räkelte mich sinnlich, drehte mich zur Seite und schlief auf der Stelle ein.

Dann hustete jemand, und gleich danach hörte ich es in unmittelbarer Nähe poltern. Schnell warf ich mir den von Greta geliehenen Bademantel über, ein knallrotes Veloursding mit künstlichem Zobel, der beim Waschen abzunehmen war.

»Was ist los?«

Es war Marlene. Sie kroch auf allen vieren rund um mein Bett herum. »Sie sagt, ich soll das Amulett zurückbringen, aber das wird Unglück bringen, das denkst du doch auch, Püppi, oder? Sag ihr das!«

Sie hatte den weidwunden Blick einer Kuh, die nur wenige Hufe von der Schlachtbank entfernt steht.

»Wo ist es überhaupt?« Suchend schob sie die Sachen, die auf dem Nachttisch standen, umher. Ich hatte das Medaillon doch schon mal gesehen. Aber es lag nicht mehr an seinem Platz.

»Hast du es denn bei dir?«, fragte ich. »Am ersten Tag hatte ich das Medaillon eine Minute in der Hand. Wenn ich gewusst hätte, dass es einst Falco gehörte!«

»Vermutlich«, vervollständigte Marlene.

Aber egal, ob es nun aus Falcos Westentasche stammte oder nicht, es lag nicht auf seinem Platz. Nervös hob Marlene Kissen und Decken hoch und fand in der Matratzenlücke aber nur einen alten, ziemlich ausgeleierten Netzstrumpf.

»Das hat mir noch gefehlt«, stöhnte sie.

Ich kroch schläfrig aus dem Bett, wir schoben Bett und Schränke auseinander, aber das Schmuckstück war nicht da. Durch die verschlossene Tür hörte ich Mitzi und K&K »Baba« rufen, was dem deutschen »Tschüs« gleichzusetzen ist, und nach Hause gehen, nach St. Pölten, wo immer das auch war.

Marlene stand mitten im Raum, kratzte sich die Perücke und murmelte in einem fort: »Ich kann das einfach nicht begreifen. Es war doch hier. Ich hatte es doch erst unlängst in der Hand!«

Da ich keine Idee und keine Lust zu suchen hatte, verzog ich mich ins Bad und putzte mir die Zähne. Den Geruch von Felix ließ ich auf meiner Haut. Ich betrachtete mich im Spiegel. O ja, ich sah ganz anders aus. Es stand mir gut, dieses Leben. Mitten im Gesicht.

Als ich das Bad wieder verließ, war die Küche verwaist. Ich hörte, wie sich Marlene und Greta in ihrem Zimmer stritten.

»Dann wird die Versöhnung umso schöner«, entschied ich gähnend, schlüpfte leise wieder in meinen Raum und legte mich nun endlich, total müde und absolut glücklich, in mein Bett. Am Ende ging doch immer alles gut aus. Das Medaillon würde sich schon wiederfinden. Ich kuschelte mich in die Kissen, um noch einmal ganz von vorne die vergangenen vierundzwanzig Stunden zu träumen. »Wie egoistisch«, schimpfte ich mit mir. »In dieser angespannten Situation einfach zu schlafen.«

»Genau!«, antwortete ich mir selbst.

KAPITEL 15

Stumblin' in

Chris Norman & Suzie Quatro

Felix machte sich dick und fett in meinem Herzen breit. Ich hatte nicht damit gerechnet, nein, ich hatte nicht darüber nachgedacht, weil ich gar nicht geglaubt hatte, dass auch ein Quickie emotionale Spuren hinterlässt. Oder ich hatte mich nicht erinnert. Seit unserem kurzen Techtelmechtel befand ich mich zwischen Baum und Borke, wie es so schön hieß.

»Was willst du, er war umsonst«, beruhigte mich Greta später, weil ich dann doch nicht die Klappe halten konnte. »No, was wirst du gespart haben. Vielleicht dreihundert für den Fick, und dann noch das Séparée …«

»Hör auf, Greta!« Ich wurde sehr böse, weil ich diese Begegnung nicht als Dienstleistung betrachtet haben wollte. Ich hatte nichts bestellt, Felix war von sich aus gekommen. Ach nein, der Satz war auch blöd, ich behielt ihn für mich.

»Püüüppi, im Séparée, du kleines Luder!« Marlene rieb sich die Hände. »Das gefällt mir! Wir müssen darauf anstoßen!«

»Hineinstoßen …«, wollte Greta sich weiter schmutzig amüsieren, aber nun gebot ihr Marlene, den Mund zu halten.

»Ooh, ich wusste, dass dir die Lusterkönigin gefallen würde. Sie ist grandios. G-r-a-n-d-i-o-s!«

Mir war nicht halb so lustig oder verrucht zumute, wie sie mich sahen. Ich fühlte mich eher etwas kopfüber, als wäre ich eine Figur in einer Schneekugel, die zu heftig geschüttelt worden war. Und ich fühlte mich wie eine Ehebrecherin. Ich hatte Uwe hintergangen. Egal, wie kurz es gewesen war, es war passiert, ich hatte ihn betrogen. Das hatte ich noch nie gemacht, und es fühlte sich gut und schlecht zugleich an. Das Gute im Miesen, das Miese im Guten. Wenn Uwe davon erfuhr, dann würde er mich noch mehr beschimpfen, als er es auf dem Anrufbeantworter bereits getan hatte.

Lieber Uwe,

ich begann den Brief seit vielen Stunden in meinen Gedanken immer wieder neu und kam über die Anrede nicht hinweg. Zu durcheinander, konstatierte ich. Die Zeit nach dem Séparée hatte ich wie im Taumel verbracht, und dass ich kein Handy hatte, machte die Sache nicht leichter. Ich hungerte nach einer Nachricht, einer SMS von Felix, aber er konnte mich ja nicht erreichen. Natürlich konnte er mich finden, wenn er das wollte. Das war mir klar. In den vergangenen 48 Stunden hätte er viele Möglichkeiten dafür gehabt.

»Wenn ein Mann auf eine Frau steht, dann findet er einen Weg. Garantiert«, atmete Marlene bereits genervt durch, wenn ich sie nach Felix ausfragen wollte. »Das ist ein junger Platzhirsch. Sehr beschäftigt.«

Aber, aber, aber, hatte ich jammern wollen, er hat doch gesagt, dass er mich schön findet und interessant.

»Und?«, hatte auch Greta zu dem Thema mit den Achseln gezuckt. »Das meinte er sicher auch so. Aber muss er dich denn deswegen gleich wiedertreffen? Also bitte, wenn ich alle wiedertreffen wollte, die ich …«

»Halt die Pappen!«, hatte sich Marlene wieder schützend vor mich gestellt und mir mütterlich über den Kopf gestreichelt. »Kleines, liebes Püppilein, vergiss den Felix, der ist es doch nicht wert!«

Aber ich wollte nicht vergessen, das war das Problem. Und jetzt, da ich an Uwe schrieb, sehnte ich mich gleichzeitig nach einem satten Blackout. *Wie? Ich? Séparée? Junger Mann? Ich kann mich an nichts erinnern …*

Marlenes gutgemeinte Ratschläge bewirkten nicht viel. Ich hatte auch all die Worte gehört, die Greta mir gesagt hatte. Felix hatte sich mit mir vergnügt, so musste ich das wohl sehen. Oder ich mich mit ihm. Es war nicht viel passiert, es hatte nur einfach dingdong gemacht.

»Erst hast du geglüht, dann gebrannt, und dann wurdest du von ihm gelöscht! Im doppelten Sinn«, hatte Greta die Liebesgeschichte auf einen Dreimissklang reduziert.

Dabei hatte ich richtig Appetit bekommen und wollte nachglühen, so oft es nur ging. All das musste Uwe eigentlich wissen. Aber sollte ich es ihm wirklich beichten? Weil das Laufen durch die Stadt meine Gedanken enorm ordnete, war ich viele Male im 1. Bezirk die Gassen abgerannt und hatte nur eine Pause in meinem Rosengarten eingelegt. Unruhig war ich, weil ich etwas schreiben musste, für das ich keine Worte fand.

Würde es ein Trennungsbrief werden? War es zwischen mir und Uwe nun endgültig vorbei? Fing zwischen Felix und mir vielleicht doch etwas kleines Feines an? Ich versuchte, nicht zu viel reinzuinterpretieren und zu fantasieren, aber für durchdachte Entscheidungen begehrte mein Herz viel zu lärmend auf. Ich überließ den Touristengruppen die vielen Rosen und entdeckte im Gewimmel tatsächlich mein Japanerpaar, wie sie sich inniglich lächelnd vor einem blühenden Rosenstock von einem anderen Touristen fotografieren ließen. Das wühlte mich noch mehr auf. Ich rannte fast durch die Hofburg durch, schlängelte mich durch die vielen Fiaker, schickte ein Stoßgebet zur Michaelerkirche und beschloss dann, ins Café Central zu gehen, weil dies eines meiner liebsten Kaffeehäuser geworden war. Im Vorübereilen blieb ich am Schaufenster des kleinen Vienna Concept Store hängen, der all das führte, was die anspruchsvolle Touristin und Schreiberin für eine glückliche Wien-Zeit brauchte. Ich kaufte mir einen Keksausstecher »Riesenrad« in Rot, erstand eine metallene Wiener Vesperbox, weil die mir als ein sinnvolles Utensil für meine Wiener Tagesausflüge erschien, und blieb dann an den Schreibwaren hängen. Es musste sein. Ich musste Uwe schreiben, und zwar nicht nur in meinem Kopf.

»Kann ich helfen?«, fragte mich die Dame, die hier bediente, während sie weitere Keksausstecher auf Augenhöhe ordnete. Ich verneinte freundlich und blätterte mich durch Postkarten und Briefpapier durch. Ein Block, versehen mit einem kleinen roten Riesenrad, stach mir sofort in die Augen. *Vienna waits for you*. Der Satz war mir inzwischen sehr vertraut. Ich wollte Uwe nicht auffordern, und ich wollte auch nicht beichten. Dass es Felix gab, brauchte Uwe nicht zu stören, denn Felix nahm ihm im Grunde ja nichts weg, weil Uwe und ich nur noch wenig Intimität austauschten. Und Felix wiederum war Uwe sehr egal. Wenn ich aber nun Uwe einen Brief mit der Aufforderung *Vienna waits for you* schrieb, dann konnte er das sehr schnell missverstehen. Ich wollte ihn nicht einladen, sondern ihn eher teilhaben lassen.

»Der gute Billy Joel«, stellte sich die Verkäuferin nun doch neben mich und zeigte mir eine Postkarte mit der berühmten Sisi im Outfit einer Conchita Wurst. Wir lachten beide los.

»Sicherlich sind die beiden seelenverwandt«, schmunzelte sie mir zu. Die Verkäuferin war etwa in meinem Alter. Geschäftig richtete sie im nächsten Gang die Kladden, Bleistifte und Souvenirs neu, die mit der Einladung oder Aufforderung bedruckt waren.

»Mit dem Satz hat sich für mich mal was entschieden. Ich bin hier in Wien, nach einem Urlaub, hängengeblieben«, erzählte sie mir. Warum weihte sie mich ein? Es war ein merkwürdiger Zufall, der mich sofort aufhorchen ließ.

»Ich kenne den Satz«, verriet ich ihr und versuchte mir meine Aufregung nicht anmerken zu lassen. »Er steht auf einer Mauer, vor den Toren von Wien. Direkt an der Autobahn.«

»Ach ja«, nickte sie und packte mir das Schreibpapier und einen Stift in eine kleine Papiertüte ein, »das ist schon wirklich eine magische Stadt. Hier kann so viel passieren. Möchten Sie eine Melange? Ich will mir grad eben eine zubereiten.«

Obwohl es in dem Laden sehr eng war, nickte ich und nahm das Angebot gerne an. Ich hatte noch nie eine so winzige Kaffeemaschine gesehen.

»Ist eigentlich ein Gerät für Reisen«, schraubte sie Deckel und Kanne flink zusammen, »aber mehr geht hier nicht, in diesem Zwergerlhut.«

Ich sah ihr zu, während sie den Kaffee in dem kleinen Automaten zubereitete.

»Wien tut so harmlos mit seinen historischen Bauten, Museen, den Fiakern. In Wirklichkeit ist Wien eine Falle.« Sie reichte mir den Kaffee, und ich beschäftigte mich einen Moment damit, Zucker darin zu verrühren, obwohl ich Kaffee eigentlich lieber ohne Zucker mochte. »Sie sind doch auch Deutsche?«, erkundigte sie sich und erkannte damit leider, dass ich keine Einheimische war. »Ich auch. Ich komme aus Hessen. Kleines Kaff im Vogelsberg. Irgendwann kam ich nach Wien, verliebte mich …«, sie drehte sich zu mir um, »… und wurde sesshaft. Noch einen Kaffee?«

»Nein danke, ich wollte eh noch ins Central«, lehnte ich höflich ab und blieb dennoch bei ihr stehen. Ihre Geschichte hatte mich sehr neugierig gemacht. »Sind Sie mit dem Mann noch zusammen?«

»Welcher Mann?« Aus einer Dose fischte sie eine kleine Manner-Schnitte. »Ach so«, sie blickte auf, »verstehe, wegen dem Verlieben. Nein, nein, das war kein Mann, erst einmal verliebte ich mich in Wien. Ich war von der Stadt verzaubert, es war wie ein Rausch, und ich wusste bald, ich will hier nicht mehr weg. Zum Glück hat es sich dann ja auch so gefügt. Wie bei Ihnen.«

Es war mir schleierhaft, wie sie darauf kam.

»Mir genügt es, glaube ich, gelegentlich hier Ferien zu machen«, stotterte ich verlegen.

»Warten wir es ab«, sie nahm einen Schluck aus ihrer Tasse. »Sie sehen nicht so aus, als würden Sie die Stadt so schnell wieder verlassen.«

Dann kam neue Kundschaft, ich bezahlte meine Schreibutensilien und winkte ihr zum Abschied zu. Nicht mal nach dem Namen hatte ich gefragt, aber, ich sah mich um, in diesen Laden würde ich ganz sicher zurückkommen. Ich lächelte ihr zu, machte mich auf den Weg ins Central, roch die Pferde, hörte ihre Hufe und die Rufe, die die Kutscher in den Sommer schnalzten. Wien ist so schön, dachte ich und schlenderte die paar Schritte weiter in das Café, das sich vor mir in seiner ganzen imperialen Eleganz erhob. Dies war ein guter Ort, um schreibend nachzudenken und eventuell auch von etwas, aber nicht von allem Neuen zu berichten.

Ich hatte Glück und bekam an einem der großen Fenster einen Tisch. Das Klackern der Hufe vor der Tür vermischte sich mit der

Musik, die im Café von einem Trio gespielt wurde, und dem Geplapper einer Gruppe von Touristen, die gerade vor dem Eingang eine Schlange bildeten. Japaner, Engländer, Italiener, Amerikaner und Chinesen, die einen durch das Glas der Scheiben fixierten und mit den Augen bedrängten, bitte ganz schnell seine Melange zu trinken. Ich ignorierte die Blicke und sah hochnäsig über die Köpfe hinweg. Das war *mein* Wien, und es würde dauern, bis dieser Tisch wieder zu haben war.

Heute muss es sein, bestätigte ich mir ein weiteres Mal, heute muss ich Uwe schreiben. Und ich entschied, von Felix nichts zu sagen. Es gab genug andere Themen, die wir zu klären hatten. Aber wie sollte ich meine Gedanken formulieren? Egal, ob ich mir mein Leben in Wien oder Maikammer vorstellte, es fühlte sich nicht richtig an und hatte immer diesen Touch, als würde etwas Wesentliches fehlen. Dass Uwe mich bei dieser Entscheidung unterstützen würde, davon war erst einmal nicht auszugehen. Es hing von mir ab. Ich musste wissen, was ich wollte.

Lieber Uwe,

begann ich zu schreiben, und meine Augen hefteten sich an den beiden Worten fest. Worte suchend rutschte ich auf dem Polster hin und her. War er wirklich mein *lieber Uwe*, oder sollte ich nicht lieber *Hallo Uwe* schreiben? Schon wollte ich mir ein neues Blatt aus der Papiertüte ziehen, da entschied ich mich, dass die Ansprache genau stimmte. Uwe war lieb. Zumindest in der Tiefe seines Herzens. Er war mein Mann, Wegbegleiter, Kumpel, Vater unseres Kindes. Was er nicht mehr war, war mein Geliebter. Es war mir nicht mehr möglich, sehnsuchtsvoll an ihn zu denken. Ich konnte nicht lachen, wenn ich mir sein Gesicht vorstellte. Es fielen mir keine heiteren Momente ein, kein freundlicher Humor, der uns verband, sondern eher scharfe Ironie oder wie wir uns gegenseitig und süffisant über die Macken des anderen lustig machten.

»Ach ja, typisch Mann! War doch klar, dass du Migräne bekommst, sobald ich dich mal bitte, mir im Haushalt zu helfen. Lass mal bleiben, ich schaff das auch allein.«

»Ach herrjeh du bist zu schwach, um die Flasche zu öffnen? Du, dafür gibt es Wochenendkurse im Verein hilfloser Mädchen.«

»Oh, dein Zeh ist gestaucht? Pass auf, dass daraus keine Fußamputation wird. Bei Männern kann das schnell passieren!«

Ja, wir hatten uns gefoppt, gewitzelt und gelacht, aber oft genug war unser Humor bitter gewesen und nicht so ansteckend wie das Lachen, nach dem ich mich sehnte. Auf eine im Grunde sehr ungute Weise hatten wir einander mitgeteilt, was wir an uns nicht mochten. Wir hatten uns nicht liebevoll geneckt, sondern eher übereinander lustig gemacht. Das war keine verbindende Energie.

Lieber Uwe, nahm ich einen neuen Anlauf, *erst einmal will ich Dir dafür danken, dass Du versucht hast ...*

Schon wieder wurde ich bissig. Ich strich das »versucht«, und weil das Blatt nun verschmiert aussah, zog ich doch ein neues aus der Verpackung.

Lieber Uwe, ich kann mir vorstellen, dass meine kleine Flucht für Dich unverständlich ist.

Na bitte, ging doch. Kleine Flucht, wieder dachte ich an das Séparée.

Aber es blieb mir leider keine andere Wahl. Mit den Jahren wurde ich in unserer Ehe immer mehr zum Aschenputtel mit Frontalhirnschaden. Ich lass das nicht mehr mit mir ...

»Gnä' Frau, noch äine Melange?« Der Ober stand vor mir.

»Ja«, stotterte ich. »Und haben Sie dazu auch Gebäck?«

»Salzstangerl, Kaisersemmel?«

Ungeduldig wartete er und wippte auf den Füßen vor und zurück.

»Nein, ich meine Mehlspeise.«

»Aber sicher, schaun S' doch, da vorne im Servierwagen, oder wünschen Frau Magister, dass ich den vorbeibringe?«

»Ach, empfehlen Sie mir bitte was.«

»Sacherdorten?«

»Nein, keine Sachertorte!«

»Erdbeerstanitzel?«

»Bitte.«

»Bitte.«

Der Ober war wieder weg, und ich hatte den Faden verloren. Die Kaffeehausmusik, bestehend aus Klavier, Geige und Klarinette, setzte wieder ein und spielte *Ich kenn ein kleines Wegerl im Helenental*.

Meine Augen überflogen die Zeilen. Der Anfang meines Briefes war nicht eben versöhnlich, eher eine beginnende Ansammlung von Vorwürfen. Ich zerknüllte das Blatt und nahm mir noch einmal ein neues.

Lieber Uwe, ich bin also in Wien, und ich kann mir denken, dass Du deswegen sauer bist.

Hoppla, der Kellner. Die Melange war über das Blatt geschwappt.

»Na bitte, wie deppert, entschuldigen S'!« Er wischte und machte, und ich raffte derweil meine Sachen auf dem Kaffeehaustisch zusammen.

»Ja so ein Ärger, bitte um Entschuldigung. Sie bekommen sofort eine neue Melange. Das Stanitzel hat zum Glück nichts abbekommen. Wünsche gut zu speisen.«

»Danke!«, schnaufte ich jetzt genervt, zerknüllte das mit Kaffee besudelte Blatt und fing von vorne an.

Lieber Uwe, begann ich tapfer. *Vielen Dank für Deine Mail, die mich erreichte. Ich finde, wir haben uns ganz schön verloren. Nicht nur ich bin anstrengend, Du bist es auch.*

»Äine Melange, bitte sehr, die Dame, und bitte nochmal vielmals um Entschuldigung.«

»Jaaaa«, ich lächelte gequält. Den Brief nahm ich schützend auf meinen Schoß.

»Grüß Sie, Herr Professor, habe die Ehre, alles bestens?« Die Stimme des Obers warf mich fast aus dem Sessel. Noch immer war er nicht weitergegangen, sondern beobachtete launig, wie sich offenbar ein Lieblingsgast von ihm setzte und dabei Stühle und auch den Kaffeehaustisch verschob.

»Ah, grüß Gott, grüß Gott, Ferdinand! Danke, wunderbar! Alles bestens! Bitte, san S' doch so gut und bringen S' mir einen Pfiff Bier und ein Paar Sacherwürstel. Könnt ich ein Schnittlauchbrot dazu ha'm?«

»Aber gerne, bitte sehr, bitte gleich, Herr Professor.« Wedel, wedel, weg war er.

Ich legte den Brief zurück auf den Tisch, rückte den Stuhl etwas näher heran und verschaffte mir innerlich und äußerlich wieder meinen Platz.

Mein Uwe, also das war ja ganz bescheuert und pathetisch.

»Sind Sie Schriftstellerin?«, der Professor reckte seinen Hals, und es war ihm völlig wurscht, dass er damit meine Intimsphäre verletzte.

»Nein, nein.«

»Na, hier kann man auch nicht schreiben. Ich will Ihnen mal was sagen ... Verzeih'n S' die Störung und dass ich mich aufdränge ...« Er stand auf und lüpfte den imaginären Hut. »Wagner, Polizeisprecher Wagner a. D. Was schreiben S' denn?«

»Einen Brief.«

»Einen Brief, jö schau, wie herzig, wohl einen Liebesbrief, wie mir scheint. Ja die Liebe, die Liebe ... aber wissen S', nein, also ich könnt hier nicht schreiben. Die Leut reden einem dauernd rein, und dann kommt der Ober ... na, da isser schon, mit den Würsteln ... brav, Ferdinand, sein S' so gut und bringen S' mir noch eine Extraportion Kren?« Er blickte über den Tisch zu mir. »Meerrettich sagt man wohl bei Ihnen?«

Ich nickte und versuchte mich wieder auf den Brief zu konzentrieren.

Was hatte ich Uwe sagen wollen, was war es gewesen? Am Nachbartisch knackte das Würstel im Mund. Ich zückte erneut meinen neuen Stift.

»Enorm, wie Sie das können.«

Kleine Brocken Sacherwürstel mit Kren flogen auf mein Blatt. Ich wischte sie etwas angeekelt mit dem Handrücken weg.

»Wenn ich etwas schreibe, benötige ich Muße. Besonders seit ich in Pension bin. Früher die Berichte, jo kloar, die gingen zack, zack! Richtiggehend deutsch, wenn S' wissen, was i mein …«

Grrrmpfff, ich verstand, wenn ich mir Mühe gab.

»Aber heuer muss ich mich ganz auf den Brief einlassen, denn man schreibt so schnell Worte, die man später bereut. Wie bei diesen *Mehls*. Na, das war gottlob nach meiner Zeit. Aber auch bei Briefen, da muss man sehr aufpassen, damit man den Faden nicht verliert. Und die Gäste im Café, die werden immer lauter. Sie natürlich nicht! 'tschuldig'n S'!« Er deutete eine Verbeugung mir gegenüber an. »Und dann die Wiener, die mischen sich ja auch sehr gern ein«, er beugte sich verschwörerisch ein Stückchen näher. »Und das oft ungefragt. Es besteht ein großer Bedarf an Unterhaltung, und die Menschen holen es sich, wo sie nur können, ohne wahrzunehmen, ob der andere sich auch unterhalten will. Schaun S' nur raus, die ganzen Touristen. Die wollen alle reden! Ich habe einmal einem aufdringlichen Gast, ich glaube, es war im Hotel König von Ungarn, richtiggehend die Meinung gegeigt. Erlauben Sie mal, habe ich laut gerufen, wie kommen Sie mir vor, ich muss doch bitten …«

»Herr Ober, zahlen bitte!« Das war ich. Gehetzt zählte ich das Geld ab, sammelte meine Papierknäuel zusammen und packte meine sieben Zwetschgen ein, wie Marlene zu sagen pflegte.

»Hoffentlich hab ich Sie nicht gestört«, diesmal sprühte nur Kren aus seinem Mund. »Ich meine, so ein Brief in der heutigen Zeit, das ist doch selten, das muss wichtig sein.«

Erschöpft nickte ich und warf mir meinen kleinen Rucksack über.

»Wiedersehen, Wiedersehen«, winkte er mir nach. »Kommen S'

amal wieder, mit Ihnen erzählt's sich schön. Und schreiben S' was Nettes, Liebesbriefe müssen überdacht sein!«

Puh. Damit war ich endlich vor der Tür, taumelte und ließ mich auf einen der Stühle im Freien fallen. Den Brief hatte ich noch in der Hand.

Lieber Uwe, las ich den Anfang, den ich noch geschafft hatte, *offen gestanden stehe ich ratlos vor dem, was gerade mit mir, mit uns passiert. Ich weiß nur so viel, dass sich etwas bewegt, besonders in meiner Seele. Ich würde Dich gerne mitnehmen, in diese neue Schatzkammer, die ich zuvor nicht kannte. Und ich möchte gerne von Dir wissen …*

Ich stockte. Eigentlich war alles gesagt. Mehr musste ich doch gar nicht schreiben, und was sollten die Zuschreibungen, Vorwürfe und mein wohlformulierter Ärger. Niemandem würde der was nützen, und klären würde es auch nichts. Ich lass das so, entschied ich mich und vervollständigte nur noch den letzten Satz mit: *wie es Dir geht. Nicht gleich. Aber irgendwann.*

Liebe Grüße von Anne

So war es gut. Es stand alles drin, was ich sagen wollte. Dann beschriftete ich den Umschlag, klebte ihn zu, und da vorne war auch schon die Post. Die Briefmarke würde Uwe verraten, dass ich tatsächlich in Wien war. Das machte nichts. Im Grunde hatte mich der aufdringliche Gast davor verschont, seitenlange Vorwürfe und Mutmaßungen zu schreiben. Grinsend ging ich zurück und stellte mich vor den Herrn, der seine Würstel gegessen hatte und nun in einer Wiener Zeitung lesend entspannte. Ich beugte mich zu ihm.

»Ich wollte noch mal danke sagen.«

»Aber bitte gerne«, erklärte er verdutzt. »Kommen S' nur recht bald wieder, wenn S' was brauchen.« Dann hob er die Zeitung hoch und vertiefte sich in sein Blatt.

Wieder auf der Straße, musste ich über diese unwirkliche Begegnung lächeln. Ich ging einem Fiaker aus dem Weg und bog in Richtung der italienischen Kirche ein, um dort eine Kerze zu entzünden.

»Sorry.« Ein junger Mann verstellte mir den Weg. Es war Felix. Mein Herz schlug sofort bis zum Hals. Das war kein Zufall, das war

Fügung. Er trug einen Anzug, und ein Businessrucksack hing lässig über seiner Schulter.

»Ich möchte Sie nicht belästigen«, tat er so, als würde er mich nicht kennen. »Aber ich habe meine Gruppe verloren. Gibt es in der Nähe einen Platz, auf dem eine alte Kirche steht?«

»Einen? Tausende! Wie wäre es gleich mit diesem hier?«, reagierte ich souverän und gab mich heiter und entspannt, als hätte es zwischen uns nie ein amouröses Abenteuer gegeben. Es klappte gut. Wenn ich über meinen Lächelkrampf hinwegsah.

»Wie siehst du aus, wo kommst du her?«, unterbrach ich unser kleines Spiel.

»Von der Uni«, erklärte Felix mir stolz.

»Ich hab gar nicht gewusst, dass du studierst!«

Jetzt, bei Tag, sah Felix ganz anders aus und war nicht mehr so anziehend, wie er das bei Kerzenschein in der Bar war. Das Tageslicht gab ihm die Jugend zurück, die er hatte, aber das war nicht nur gut. Aus dem eleganten Verführer machte die Sonne einen Schulbuben mit Tasche, der noch Hausaufgaben zu erledigen hatte. Felix wies auf die leere Bank vor der Kirche, und wir setzten uns. Es gab vieles, das ich ansprechen wollte, aber meine Kehle war wie zugeschnürt. Ich wollte diesen Studenten nicht fragen, warum er mich seit der letzten Begegnung mied. Und ich schaffte es auch nicht, würdevoll zu sagen: »Du Idiot, wer hat dir erlaubt, mit mir auf diese Weise umzugehen!« Anstatt ihn verbal zu ohrfeigen, blieb ich weiter dämlich fein.

»Ach, das ist ja lobenswert, dass du neben deiner Arbeit noch studierst. Darf ich fragen, was?« Ich hasste mich für diese Sätze!

»Ja, es ist anstrengend«, gab er zu. »Noch ein bisschen, dann arbeite ich als Jurist. Das wichtigste Netzwerk habe ich dann ja schon! Lauter zwielichtige Gestalten, Hehler und Kriminelle.«

Er lachte laut, und obwohl ich sehr irritiert von mir selbst war, ließ ich mich dann doch auf das Gespräch ein und auch darauf, dass er wieder meine Hand nahm, so wie bei meinem ersten Besuch in der Hausoper. Der Zauber war noch da, allerdings schwächer. Es kam mir so vor, als würde eine Fee hauchdünne Vorhänge zwischen uns zuziehen, noch einen und noch einen, bis ich Felix kaum mehr sah, zumindest nicht den zauberhaften Romantiker, den ich in der Lusterkönigin kennengelernt hatte. Vor mir saß ein cleverer, smarter Typ, der es verstand, mit älteren Damen umzugehen.

»Wenn du magst, dann kann ich dich nachher heimbringen.«

Ich wunderte mich, dass er diesen Satz sagte, und fühlte dabei nichts. Ich war plötzlich aufgewacht. Es ging ihm nicht um Liebe. Felix suchte einen neuen Kick bei mir. Er machte mir ein Angebot, ich hatte es kapiert, und ich ging nicht darauf ein. Ja, er hatte mir sehr gut gefallen, aber nun war ich verständig genug, um auf diesen unverbindlichen Beischlafkontakt besser zu verzichten. Weil ich das nicht zu direkt sagen wollte, drehte ich das Gespräch in eine andere Richtung.

»Wie gut kennst du den Schlagobers?«

Felix bekam den Stimmungswechsel sofort mit und reagierte unwillig.

»Na ja. Marlene hat grad mit ihm Stress, wenn ich die Geschichte richtig zusammenbringe.«

»War sie denn mal mit dem Schlagobers zusammen?«

»Wer war in Wien nicht mit wem zusammen?«

Er zündete sich gelangweilt eine Zigarette an, ohne mir eine anzubieten. Ein Bettler stellte sich vor uns auf und bat ihn um eine Tschick.

»Schleich di«, reagierte Felix barsch, und anstelle des Bettlers zuckte ich zusammen.

»Wie ist es nun?«, wendete er sich wieder mir zu und tat dabei so anbiedernd, dass mir das Blut in den Adern gefror. »Hast du deinen Mann verlassen?«

Ich erschrak, weil ich das so nicht ausgesprochen haben wollte. Schon gar nicht von ihm.

»Wieso?« Ich tat so, als würde ich ihn nicht verstehen. »Es stimmt, wir haben grad ein wenig Pause, weil ich viel Sorge mit meiner Mutter habe. Klar, da bleibt für die Ehe nicht genug Zeit.« Wie ich plappere, zügelte ich mich selbst. »Es sind die Umstände«, wiederholte ich mich überflüssigerweise.

»Es sind immer die Umstände«, reagierte Felix wortkarg und schnippte seine Zigarette weg. Er sah zur Kirchturmuhr hinauf. »Na gut«, fasste er zusammen und zog das »gut« wie einen Kaugummi so lang. »Dann eben ein andermal!«

Er sprang auf und tat so, als hätte er eine Vorlesung vergessen.

»Zu blöd auch«, verabschiedete er sich von mir und eilte auf den U-Bahn-Eingang zu. »Ich ruf dich an!«, drehte er sich auf halber Treppe noch einmal mir zu. »Oder noch besser, ich komm dich besuchen. Abends, wenn Greta und Marlene in der Oper sind.«

Dann verschwand er in der Tiefe der U3, aus der ich nur noch sein kalkuliertes »Bussi, baba!« schallen hörte.

KAPITEL 16

Er war gerade 18 Jahr

Dalida

»Was erwartest du von diesem Greenhorn?«, schimpfte Marlene, als ich ihr von der Begegnung mit Felix erzählte. Sie saß in der Küche und nahm gerade ihre Gabeljause ein, ein Ei mit Hering in Gelee. »Wo ist deine Grandezza, Salonlöwin, die du doch bist!«

»Meinst du, er wollte nur mit mir vögeln?«

»Was heißt hier nur?«, polterte Greta. »Ich kann zwei Hände voll Namen runterbeten von Frauen, die sich liebend gern von Felix pudern lassen würden. Also, Signora, stell dich bitte nicht so an!«

Sie ließ einen kleinen silbernen Dekoluster an ihrem Zeigefinger baumeln, den sie mir als Symbol und Metapher schenken wollte. »Grand Glamour!«, baute sie sich vor mir auf. »Vergiss nie, dass du a Lady bist!«

Marlene lehnte sich in ihrem Sessel zurück und betrachtete wehmütig den kleinen silbernen Anhänger, der mit den kleinen Kerzen und Perlen wie eine Zwergenversion des großen Lusters war, den ich in der Bar bewundert hatte.

»Ach«, sie ließ die Augen genussvoll nach oben rollen. »Ich glaube, mich wollte er auch einmal haben.«

»Vergiss ihn«, sprach Greta über sie hinweg. »Felix lebt, seit ich ihn kenne, mit einer Fahrkarte in der Hand. Er ist ein Filou. Er versteht sich auf Frauen und auf den Flirt. Nicht umsonst arbeitet er in der Lusterkönigin.«

»Vielleicht hätte sie ihn doch bezahlen sollen?«, überlegte Marlene. »Für ihre Würde wäre das sicher besser.«

Schon wollte ich aufbegehren, da bekam ich gleich die nächste Lektion erteilt.

»Du brauchst kein Zuckerbaby«, erklärte Marlene. »Entweder er will dich wirklich, oder du zahlst. Das ist eine klare Sache. Ich finde, ihr Frauen zahlt viel zu selten und müsst dann dafür büßen, dass ihr Liebe und Sex verwechselt. Ich steh da mehr auf Transparenz.«

»Transparenz«, äffte Greta sie sofort nach. »Geben wir heute die Madame?«

Schon bekamen sie sich wieder in die Wolle, und geholfen war mir nicht. Kaum waren die beiden in die Oper aufgebrochen, rief ich Manu an und heulte mich bei ihr aus.

»Ich fühle mich so schmutzig, ich bekomme die Bilder nicht aus meinem Kopf. Kannst du mich verstehen?«

Offensichtlich war Manu nicht nach Mitleid, sondern nach einer eher trockenen Antwort. »Vielmehr ist es so«, weihte sie mich ein, »dass ich mehr damit beschäftigt bin, dich nicht zu sehr zu beneiden.«

»Beneiden?«

»Also bitte, du reist nach Wien, landest in einer WG wie in einem Bühnenstück, erlebst Partys, gehst in Bars, dein Mann schmachtet dir nach, und dein Liebhaber ist ein Flegel. Was für eine Story ist das denn? Und ich sitze hier, darf mir alles vorstellen und falte dabei Wandersocken.«

»Es ist schön«, gab ich zu. »Aber es ist nicht ganz so schön, wie du denkst. Und Uwe?«

»Und Uwe?« Sie schnaubte ins Telefon. »Der dreht mir hier langsam durch, weil du dich so spärlich meldest, und er glaubt, dass wir eine geheime Leitung haben.«

Ob ich Uwe einfach mal anrufen sollte? Noch hatte er meinen Brief nicht bekommen. Besser, ich wartete noch ein bisschen ab.

»Das einzig Abenteuerliche hier sind Gerhard und unsere Weinabende. Ich will auch eine Bar mit Cocktails und Séparée!«

»Das geht nicht so schnell, das ist eine Art Prozess«, versuchte ich ihr zu erklären und war dankbar, dass ich mich auf diese besondere Lebensschule eingelassen hatte. Es hätte auch anders kommen können, und es konnte schnell zerbrechen. Deswegen kniff ich, wollte sich die Vergangenheit streng in meine Gedanken drücken.

Zwei Tage später war es so weit. Ich wollte es wagen und prüfen, wie standhaft die neue Anne gegenüber ihrem alten Leben war. Mit einem Aperitif in der Hand versuchte ich, mich auf ein Gespräch mit Uwe vorzubereiten. Ich wollte nicht gleich von ihm überrollt werden. Auch nicht von seinen sehnsuchtsvollen Gefühlen. Als Greta und Marlene endlich die Wohnung verlassen hatten, überlegte ich weiter. Sollte ich Uwe anrufen oder besser nicht? Langsam ging ich an der Bücherwand entlang und ließ meine Hand über die Rücken streichen.

»Ich rufe an, ich rufe nicht an, ich rufe an, ich rufe nicht an …«, dann erreichte ich den Schluss der Reihe. »Ich rufe an.«

Okay, dachte ich. Das Schicksal will es so. Und ich wählte unsere Nummer.

»Kennst du dich eigentlich selbst noch?« Uwe reagierte unfreundlich und distanziert. Der erste Satz war eine unterkühlte Zweisilbenbegrüßung gewesen, die da lautete: »Hal-lo!«

Na prima, jetzt hatte ich den Salat. Ich hatte genau den Mann am Telefon, vor dem ich nach Wien geflohen war.

»Wenn du so fragst, lerne ich mich gerade langsam kennen. Es ist eine schöne Entdeckungsreise.«

»Wie soll ich das verstehen? Soll das heißen, du bleibst noch länger in Wien?«

In einem Anfall von geistiger Umnachtung blieb ich ehrlich und erklärte ihm, dass ich mich in Wien zu Hause fühlte. Ich erzählte sogar etwas von dem Mixtape und dass mich die Lieder darauf, wie der uralte Reinhard-Mey-Song *Für mein Mädchen*, aufgewühlt und auf eine gewisse Weise hierhergebracht hatten.

»Uwe, das Lied hast du mir früher immer vorgesungen! Bei den Felsen. Erinnerst du dich noch?«

Meine Offenheit und die Erinnerungen verbanden Uwe und mich aber nicht mehr, sondern sie verstörten ihn restlos.

»Lass mich doch mit den alten Kamellen in Ruhe. Wir leben doch im Hier und Jetzt!«

Uwe wollte nichts ändern, stattdessen erwartete er von mir, dass ich endlich wieder normal wurde und die *Affäre Wien* bald ein für alle Mal vergessen war.

»Bald drei Wochen bist du schon fort, und ich bekomme einen Hexenschuss nach dem anderen, weil euer dummes Haus nicht leer werden will, egal, wie viele Kisten ich auch schleppe. Darüber hinaus habe ich auch noch einen Beruf!«

Aha, es waren noch nicht alle Rechnungen beglichen. Da gab es Vorwürfe, die er ins neue Haushaltsjahr hinüberbuchen wollte. Während ich auf einem unbequemen Hocker vor dem Telefon kauerte, beobachtete ich die Spatzen auf dem Fensterbrett.

»Ich hatte dir doch geschrieben!«

»Ja, das hast du. Aber das war kein Brief, sondern eine romantisch verklärte Notiz. Schatzkammer und so weiter. Die gibt es vielleicht in Wien, aber nicht hier in Maikammer.«

Ja, mein Brief war kurz gewesen, aber wenn man wollte, konnte man viel zwischen den Zeilen lesen. Es war eine Hand gewesen, die ich Uwe reichen wollte. Eine Hand reichen hieß aber nicht, dass ich mich in mein altes Leben zurückziehen lassen wollte.

»Ach so … Ich hör dir zu, du hast ja viel auf der Seele liegen, wie es scheint!«

»Auf der Seele liegen, höhöhö«, er lachte künstlich. »Schön wär's, wenn du dafür ein Interesse hättest! Aber in deinem Leben gibt es ja nur noch dich!«

Vom Klang seiner Stimme konnte ich auf den Grad seiner Resignation schließen.

»Hast du mich nur angerufen, um mir die Wasserstandsmeldungen deiner Selbstfindung durchzugeben? Herzlichen Dank. Pass mal auf, ich gebe dir eine zurück: Deine Mutter ist außer sich. Ich kann ihr nicht mehr erklären, warum du einfach nicht heimkommst.«

Wie gut, dass ich mit Mutter gesprochen hatte.

»Weißt du was?« Ich wurde energisch. »Die Vorwürfe kannst du dir in Zukunft sparen. Ich hör dir nicht mehr zu und konzentriere mich lieber auf die Lockenwickler, die ich auf dem Kopf habe.«

Schweigen. Bums. Das hatte gesessen. Zum Glück konnte Uwe nicht sehen, dass ich nicht nur Lockenwickler, sondern auch lackierte Finger- und Fußnägel hatte.

»Also Anne … du bist mir wirklich fremd!«

»Reisen verändert eben«, pampte ich zurück. »Keiner kehrt von einer großen Reise so zurück, wie er losgezogen ist.«

»Pfft«, reagierte Uwe im Ton eines Wasserkessels, der gleich in die Luft geht. »Große Reise, mach dich mal nicht so dicke! Du bist in Wien und nicht in Nepal oder irgendwo in Afrika.«

Nein, dachte ich, diesmal kriegst du mich nicht klein, du Klugscheißer.

»Schön bequem hast du es dir gemacht. Fein abgehauen mit dem Auto, und ich kann sehen, wie ich mit allem zurechtkomme.«

»Was meinst du denn genau?«

»Zum Beispiel die Rollläden. Wenn ich unterwegs bin, dann müssen doch abends die Rollläden runtergelassen werden und morgens wieder hochgezogen. Ich habe keine Lust, dass hier jemand einsteigt, nur weil du nicht da bist.«

Hatte ich wirklich gehofft, auch Uwe hätte sich bereits ein kleines Stück verändert? Gerade zeigte er sich in seiner ganzen alten Pracht. Gespannt wartete ich die nächsten absehbaren Vorhaltungen ab.

»Nächste Woche muss ich nach Stuttgart, weil ich Weiterbildung habe und weil das Haus noch immer nicht ausgeräumt ist, gehen mir die Hemden aus. Ich kann nicht auch noch bügeln! Und deine Mutter, die geht mir auch auf die Nerven. Ständig will sie mir etwas erzählen.«

»Dann hör es dir halt an.«

»Vielleicht ist das deine Mutter und nicht meine!«

»Genau, es war meine Mutter, die dich sehr großzügig unterstützt hat, als du dein Büro besonders elegant einrichten wolltest. Ich finde, das ist ein paar Gespräche wert.«

»Du lebst schließlich auch davon.«

»Ich lebe von meiner Arbeit als Zahnarzthelferin und Haushaltsfee.«

»Haushaltsfee? Was meinst du damit nun schon wieder?«

»Rollläden hoch, Rollläden runter, Hemden waschen, bügeln …«

»Auf dem Niveau spreche ich nicht weiter.«

»Es ist *dein* Niveau.«

»A-n-n-e!«

Ich atmete tief durch und machte mir klar, was gerade geschah.

Punkt eins: Uwe kam mit Gefühlen nicht zurecht und wurde grantig, wenn er zu viele Gefühle in sich spürte.

Punkt zwei: Er kam mit Gefühlen nicht zurecht.

Punkt drei: Um nicht darüber sprechen zu müssen, ging er lieber dagegen an als in sich.

Punkt vier: An dieser Stelle steige ich immer mit demselben Ton ein.

Punkt fünf: Dieser Umgang miteinander hatte uns dauerhaft nichts gebracht.

Punkt sechs: Es macht keinen Spaß, ist aber zu überleben.

Wir stritten immer so.

Nie hatten wir uns mehr in den Haaren als auf unserer Hochzeitsreise. Uwe schaffte es nur ganz bedingt, das zu sagen, was ihn im Herzen beschäftigte. Ich war nicht die Mutter Teresa der Beziehungskommunikation. Es war nicht meine Aufgabe, dafür zu sorgen, dass die glatt lief. Ich war für genau meinen Teil davon, fünfzig Prozent, verantwortlich. Nicht mehr und nicht weniger. Also besser nichts sagen, sondern nachvollziehen und fragen, dachte ich. Wer fragt, führt, hieß es doch immer so schön.

»Ich verstehe, dass meine Reise mit allem Drum und Dran für dich schwierig ist. Das wäre es im umgekehrten Fall auch für mich. Aber ich habe noch nicht ganz verstanden, was du dir wünschst? Willst du mit mir in das Leben zurück, das wir führten?«

»Ich bin keine Romanfigur, die du in ein neues Leben hineindichten kannst.«

»Was willst du mir sagen?« Meine Stimme blieb ganz ruhig, und ich ermahnte mich, nicht nur interessiert zu fragen, sondern interessiert zu sein.

»Du fehlst mir …«

Was war das? Hatte ich mich verhört?

»Ich finde, wir sind ein gutes Team, und du fehlst mir als Player.«

Verhört.

»Du weißt schon, was ich meine!«

»Ja, ich weiß es, und es kotzt mich an! Ein Player hatte ich niemals für dich werden wollen. Schon gar nicht *einer*. Schließlich bin ich eine Frau!«

»Versteh mich doch richtig. Du bist mir eine gute Partnerin, von mir aus eine, eine … Komplizin im Leben, mein bester Freund – jeden Tag wird mir das klarer.«

»Nein, nein, nein!«, schrie ich voll Wut ins Telefon. So laut, dass meine Lockenwickler bebten. »Ich bin nicht dein bester Freund! Willst du das nicht endlich kapieren. Ich bin eine Frau! Ich bin Anne!«

Nun hatte ich es geschafft. Uwe schwieg. Kein Wehren, kein Zurückschießen, kein »Schrei mich nicht an!«, sondern einfaches, banales Schweigen. In einer Zeitschrift hatte ich einmal gelesen, dass ein Schweigen am Telefon mächtiger ist als jedes Wort. Nun durfte ich es spüren.

»Wir kommen so nicht weiter«, gab er nach. Ich konnte die Kapitulation in seiner Stimme hören. Sie hatte einen Klang, den ich, wenn ich fünfundzwanzig Jahre Kenntnis seiner Person in mir wachrief, als ansatzweise offen und versöhnlich bezeichnen konnte. »Was hältst du davon: Ich besuche dich in Wien, und dann reden wir in Ruhe über alles. Es ist so …«, er stockte. »Ich hatte ja auch Zeit, über manches nachzudenken und, ach, nein, wir sehen uns in Wien, damit wir über alles reden können. Es geht mir nicht gut. Insgesamt. Wir müssen sprechen.«

»Ich komme erst dann wieder nach Hause, wenn ich es will. Diese Auszeit steht mir zu. Ich habe sie ganz dringend gebraucht. Wäre ich nicht nach Wien gefahren, dann säße ich jetzt mit einem Burnout in der Psychiatrie.«

»Frauen bekommen kein Burnout. Frauen sind nur einfach schwach oder überfordert.«

»Siehst du – siehst du!«, fauchte ich ihn an. »Du hörst einfach nicht auf! Du nimmst mich nicht ernst!«

»ANNE!«

Pause.

»Anne, ich NEHME dich ernst. Ich habe dich nie ernster genommen, deswegen will ich ja zu dir kommen. Bitte sei so gut und sag ja zu der Idee. Anne?«

»Weiß nicht …«

»Wie, weiß nicht?«

Pause.

»Wo wohnst du überhaupt?«

»In Wien.«

»Himmelherrschaftszeiten!«

Ich konnte mir nicht vorstellen, Uwe meine Wiener Welt zu zeigen. Aus dem Koffer winkte meine Walkwoman mir zu.

»Ich muss darüber nachdenken.«

»Wie lange?«

»Solange ich dafür brauche.«

Schnaufen.

»Du spielst mit mir, oder?«

»Ich wollte, wir würden mal wieder spielen.«

»Anne?«

»Ja?«

»Ich habe furchtbar Angst, dass ich dich, wir uns verlieren, und ich fürchte, wir sind ganz knapp davor.«

»In Ordnung«, willigte ich ein. »Mail mir, wann du kommen magst.«

Es ist nicht gesagt, dass es besser wird, wenn es anders wird. Wenn es aber besser werden soll, muss es anders werden, soll der Philosoph Georg Christoph Lichtenberg gesagt haben. Gab es ein *Anders* zwischen Uwe und mir? Und was wäre, wenn ich nicht mehr zurückginge? Zahnärzte gab es auch hier, und die Zwischenräume von Zahnreihen waren in Wien nicht anders als in der Pfalz. Hatte ich Heimatgefühle? Nicht direkt. Heimweh? Gar nicht. Nein, es gab nichts, was mir hier fehlte. *Haben Sie Maikammer schon bei Nacht gesehen*? Das war kein Liebeslied, sondern ein Trauermarsch.

»Was soll ich tun?«, fragte ich die Schneekugel. Er hatte gesagt, dass ich ihm fehlte. Was hatte es ihn wohl gekostet, diese Sehnsucht auszusprechen? Vielleicht war es ja einen Versuch wert, dass Uwe kam und mich hier besuchte? Wenn wir uns beide bemühten, dann konnte ein neuer Anfang möglich sein. Ich wäre dann sogar bereit, ihm meine Wiener Lieblingsecken zu zeigen, den Botanischen Garten, das Kunsthistorische Museum, den Platz im Museumsquartier, wo die Menschen sich trafen, um im Sommer eine Pause zu genießen. Den Prater. Die Donauinsel. Alles konnte geschehen – aber nicht zu jedem Preis. Ich war inzwischen stark genug, um zu wissen, dass ich Uwe auf eine vertraute Weise mochte, es aber mit dem alten Leben nicht weiterging, nicht weitergehen konnte. Wir könnten tanzen, stellte ich mir vor und war mir sicher, dass sich unter meinen Lieblingssongs auch einige Lieder befanden, die zu einem Stehblues passten.

»Hast du das Gefühl, in einem Umbruch zu sein?«, forschte Manu leise. Ich wollte mit ihr meine Entscheidung besprechen und hatte sie nach dem Telefonat mit Uwe angerufen.

Ja, sicherlich. Ich war schon jetzt nicht mehr mit der Frau zu vergleichen, die erst vor kurzer Zeit aus Maikammer losgezogen war. Mutters Beispiel hatte mich daran erinnert, dass man sich sein Leben nehmen muss und nicht warten darf, bis es zu spät ist. Doch dieses Leben benötigte Zeit und gute Wanderkameraden. Ich hatte großes Glück gehabt. Greta und Marlene hatte ich an der Seite, das wusste ich, und ich wollte auf ihre Begleitung auf keinen Fall verzichten. »Ich bin auf einem guten Weg«, antwortete ich Manu ehrlich. »Das Laufen durch Wien bringt mich mir selbst näher. Es ordnet sich was in mir. Ich war immer eine Mitläuferin, stand so oft im Schatten. Nun möchte ich ganz vorne auf der Bühne stehen und spüren und sehen, was ich damit mache. Ob ich sie ausfüllen kann. Alles andere wird sich dann zeigen, oder?«

»Wirst du Uwe treffen?«

»Ja. Und wie läuft's bei dir?«

Ich konnte Manus breites Grinsen förmlich durchs Telefon hören.

KAPITEL 17

Goodbye stranger

Supertramp

Wien war eine wunderbare Stadt, und endlich konnte ich mich wieder mit Kunst sättigen. Ich hatte mich als Kind immer für die Malerei und Musik interessiert, hatte wissen wollen, wie Ölbilder und Aquarelle entstehen und warum ein Lied oder ein Bild mich tief in der Seele berühren konnte. Nun trieb ich mich tagelang in Museen umher, und das Angebot war so groß, dass ich mich wie in einem riesigen Kunstladen bewegte. Als ich von einem sehr langen Besuch bei den Klimt-Bildern im Museum des Oberen Belvedere nach Hause kam, fühlte ich mich von der Schönheit des Schlosses und den Bildern noch ganz beschwingt. Doch gleich beim Öffnen der Tür spürte ich, dass irgendetwas nicht stimmte. Alle Räume waren hell erleuchtet, überall herrschte Unordnung, ein unglaubliches Durcheinander. Kisten lagen umgestürzt da. Bücher waren aus dem Regal gerissen, und der erste Blick in mein Zimmer zeigte mir, dass hier jemand aggressiv gewütet hatte. Auch im Schlafzimmer von Greta und Marlene war das reinste Chaos. Es sah so aus, als hätte jemand eingebrochen.

»Was ist passiert?«, schrie ich entsetzt durch den Flur. »Marlene? Greta? Seid ihr da?«

Alarmiert hetzte ich durch die Wohnung. Wo ich auch hinblickte, aufgezogene Schubladen, Kleidung, einzelne Schuhe, die auf dem Boden lagen.

»Marlene! Greta!« Je näher ich der Küche kam, desto unheimlicher wurde mir.

»Anne?« Das war Marlene! Aber sie hatte mich noch nie mit meinem wirklichen Namen gerufen. Der Klang ihrer Stimme war zögerlich, aber gefasst. Als ich die Tür zur Küche aufstieß, nicht ohne mich zur Sicherheit mit einem metallenen Kleiderbügel zu bewaffnen, fand ich sie und Greta am Küchentisch, vor sich eine fast leere Flasche Gin. Marlene hatte traurige Harlekinaugen, und um Gretas Mund lag ein sehr bitterer Zug. Vor dem Stuhl, der an der Seite des Tisches stand, wartete bereits ein Glas auf mich.

»Na, Schätzchen«, begrüßte Marlene mich leise. Ich hatte sie noch nie so bedrückt gesehen.

»Hallo.« Ich sah mich furchtsam um.

»Wir hatten Besuch!« Marlene atmete schwer durch.

»Schöne Bescherung, findest du nicht auch?« Greta machte eine ausladende Bewegung. »Ganz so, wie man es sich wünscht, wenn man von einem Spaziergang nach Hause kommt. Hast du Hunger? Es kam heute jede Menge Lachs.«

»Aber ohne Beilage«, ergänzte Marlene.

»Seid ihr verrückt?«, entgegnete ich aufgebracht. »Was wollt ihr jetzt mit Lachs? Sagt mir lieber, was passiert ist ...«

»Dieses Bühnenbild hier«, Greta stand auf und zeigte in alle Richtungen, »ist nicht etwa ein Hausputz, sondern der Schlagobers war mit seinen Leuten zu Besuch.«

Marlene stierte geradeaus und sprach in Gedanken vor sich hin: »Dieses dämliche Medaillon.«

»Na ja«, Greta lachte bitter. »Falco war halt sehr beliebt. Es ist ein Schatz für manche Leute, auch wenn der Obers nicht zu diesen Menschen zählt.«

»Dann sag ihm doch endlich, dass du es suchst«, forderte ich Marlene auf.

»Ich hab's ihm ja gesagt, aber er gibt keine Ruhe. Als wir auf der Sprechprobe waren, haben die unsere Wohnung auseinandergenommen. Du siehst ja die Bescherung.«

»Auweia«, stöhnte ich, »das ist ja wie in einem ganz schlechten Kinofilm.«

»Völlig egal«, brauste Greta auf, »ob schlecht oder nicht. Der Obers will das Medaillon zurück oder eine ziemliche Stange Geld. Wir haben weder das eine noch das andere. Er hat uns einen weiteren Besuch angekündigt. Und nun bleibt uns keine andere Wahl: Wir müssen weg.«

»Wie, weg?«

»Nun ja, wir können hier in dieser Wohnung nicht länger bleiben. Du siehst ja selbst, was geschehen ist. Marlene hat gute Freunde gebeten, die Wohnung zu bewohnen. Es handelt sich um ein paar Jungs aus dem 2. Bezirk, der Obers kennt sie und wird die Wohnung meiden. Und wir hauen ab. Gleich nachher. Die Lusterkönigin hat was arrangiert.«

»*Weißes Rössl* auf einer Freilichtbühne im Waldviertel.« Verzweifelt ließ Marlene ihren Kopf zwischen Glas und Flasche sinken.

»Wir sind den Rest des Sommers unterwegs«, erklärte Greta. »Vielleicht verzieht sich ja über die Zeit der Ärger.«

»Und was geschieht mit mir?«, fragte ich völlig fassungslos. Die beiden konnten mich doch nicht allein lassen! Nicht jetzt, wo Uwe kam und der Schlagobers durchdrehte.

»Nun ja, du kannst auf keinen Fall in der Wohnung bleiben. Die Jungs, die hier einziehen, sind eine stadtbekannte Truppe. Lauter hartgesottene Typen. Ich glaube nicht, das der Obers es wagt, sich mit ihnen anzulegen. Für dich ist es hier trotzdem zu gefährlich. Aber lass mal, das fließt alles auch noch die Donau runter. Auch wenn der Grund für diese Katastrophe meiner Meinung nach tiefer liegt. Ein wenig sehr tiefer.« Sie zeigte in Richtung ihres Hosenschlitzes.

Das brachte Marlene auf. Mit einem Ruck saß sie kerzengerade, ihr Kopf wurde so rot wie der einer Pute, die kurz vor ihrer Schlachtung stand.

»Hör endlich auf!«, schrie sie Greta an. »Hör endlich auf, dich über mein Liebesleben lustig zu machen. Ich hatte mit dem Obers nichts. Höchstens mal eine Nacht oder vielleicht auch zwei. Es gibt keinen Grund, dass du immer wieder damit anfängst.«

»Ach ja?«, schrie Greta umso lauter zurück. »Warum hast du denn dann so geweint, wenn das nur ein Spielchen war?«

»Halt die Pappen«, erboste sich Marlene laut.

»Geht mich wohl was an, es handelt sich nämlich hier um unser Leben!«

Sie gingen aufeinander los, und ich versuchte trotz all der Panik in mir, sie voneinander zu trennen.

»Kann ich denn nichts tun?«, weinte ich laut los, und ich war ganz durcheinander, weil ich selbst nicht auseinanderhalten konnte, ob ich aus Verzweiflung oder Angst weinte oder aus Enttäuschung, weil das Leben fies war und mir meine Wiener Zeit zerstören wollte. Es war für mich nahezu undenkbar, ohne die beiden in Wien zu sein.

»Aber Püppilein«, versuchte Marlene mich zu trösten, »wir sind doch nicht aus der Welt. Wir sehen uns doch wieder!«

»Das stimmt nicht«, weinte ich laut wie ein Kind. »Wenn ihr wiederkommt, dann bin ich schon längst wieder daheim.«

»Ach Pupperscherl, nun sorge dich doch nicht, ich bin mir sicher, am Ende wird alles gut. Und wenn es dann noch nicht gut ist, dann ist es nicht das Ende – heißt es nicht so?«

»Und wenn ich mit euch mitkomme?«

Sie schüttelten die Köpfe. »Zu gefährlich«, sagte Greta. »Wir haben für dich schon eine Bleibe, keine Angst. Nur die Miete, die du uns schon gegeben hast, können wir dir nicht zurückzahlen. Zumindest nicht jetzt. Du weißt ja«, sie zog die Innenseiten ihrer Hosentaschen nach außen. Ach Geld, was war schon Geld!

»Aber sie kann die drei Kisten Marillen mitnehmen und den Lachs«, sprach Marlene mehr in Gretas als in meine Richtung.

»Nein«, brauste ich auf. »Ohne euch bedeutet mir Wien nichts. Was soll ich noch hier? Ich gehe auch!«

»Sei nicht narrisch«, ärgerte sich Greta laut. »Erstens ist es Blödsinn, und zweitens machst du uns damit Stress, wir haben nämlich schon eine Bleibe für dich organisiert. Ich kann der Professorin nicht absagen. Was soll sie denn mit den Katzen machen? Sie geht doch auch auf Konzertreise. Und du wolltest hier doch noch was erleben, war es nicht so?«

»Nicht so«, stritt ich weiter.

»Auch mal ein bissel allein zu leben ist für dich vielleicht gar nicht schlecht«, meinte Marlene und schminkte sich den Mund nach. »Ich würde gerne mit dir tauschen.« Sie besah sich kritisch im Handspiegel und fuhr sich mit den Händen durch das Haar. Als wäre nichts gewesen, zupfte sie sich einzelne Perückensträhnen hoch, eine davon legte sie sich neckisch in die Stirn. »Meinst du, ich werde eine gute Rösslwirtin?«, fragte sie nachdenklich, und ich wusste nicht, ob sie die Frage mir, sich selbst oder ihrem Spiegelbild gestellt hatte.

Die Professorin, bei der ich wohnen sollte, erklärte mir Greta zwischen hektischem Kofferpacken und Kostümeverstauen, war eine angesehene Wiener Klavierlehrerin, die ebenfalls in der Hausoper auftrat. »Sie wohnt im 7. Bezirk und dreht fast durch, weil ihr Dienstmädel«, – sie meinte wirklich Dienstmädchen – »sich einfach in die Karenz gemeldet hat.« Und damit, ich kapierte, wurde nicht nur die fehlende Dienstleistung, sondern auch die Pflege der *kloanen Katzerln* der Professorin zum Problem.

»Sie kann die Tiere schließlich nicht zu den Stimmgabeln packen und mitnehmen. Folglich wirst du dort wohnen und musst nichts zahlen, weil du ihre Katzen versorgst. Ich finde, das ist ein sehr gutes G'schäft. Für dich.«

Offen gestanden hätte ich lieber etwas gezahlt, weil ich keineswegs das war, was man eine Katzennärrin nannte.

»Aber jetzt geh packen. Wir werden in zwei Stunden abgeholt, dann musst auch du los. Vergiss nicht, deine Schlüssel auf den Tisch zu legen.«

O Gott, ich bekam schier keine Luft mehr. Zittrig schlich ich in mein Zimmer, setzte mich auf mein Bett und betrachtete den Raum mit all den Merkwürdigkeiten, die ich in den letzten Wochen so liebgewonnen hatte. Da waren die Putten, das Engel-Mobile, der nackte Matrose, der Spiegel, die schräge Lampe, die Bücher, die Hummelfiguren und die Kondome, die ich gefunden hatte und die in ihren Päckchen wie bunte Luftballons aussahen. Da war all das, von dem ich mich noch erinnerte, wie besorgt und ängstlich ich in der ersten Nacht daraufgesehen hatte. Und nun stellte ich fest, dass ich mich ganz und gar daran gewöhnt hatte, an ein völlig neues Leben, und ich fand das alles richtig und gut.

»Zu blöd aber auch«, hörte ich Marlene aus der Küche schimpfen. »Dabei war der Sommer in Wien grad so schön.«

»Madame Hysterika, *du* hast uns den Ärger eingebrockt!«, meldete Greta, schon wieder ziemlich aufgebracht, zurück.

Wir polterten, räumten, wuchteten im Flur. Eine echte Flucht, mit allem dazugehörigen Durcheinander. Obwohl ich nur wenig Gepäck hatte, rannte ich völlig aufgelöst durch alle Räume und suchte meine Habseligkeiten fieberhaft zusammen. Da war die Sporttasche mit dem erbärmlichen Bärchenanzug. Seit meiner Ankunft hatte ich sie nicht mehr angerührt. Die Bücher, die ich gekauft und nie gelesen hatte. Am besten, sie blieben hier. Meine Leinenhose, mein Kleid, die schönen Sandalen, T-Shirts, die bunten Röcke.

»Ich habe unser Bettzeug mitgenommen, wer weiß, was die im Wald für Decken haben«, hörte ich Greta aus dem Schlafzimmer zetern. »Vermutlich gibt es da nur schwere Bettwürste, verfeinert mit Motten, Milben und Mäusekot! Allein daran zu denken macht mir Pickel und Ödeme. Bist du so weit, Püppi?«

In Windeseile raffte ich alles zusammen und schluchzte dazwischen immer wieder, dass es ein richtiger Jammer war.

»Ob Püppi dort Besuch empfangen darf?«, versuchte Greta einen Witz zu machen. »Den Felix wird's wohl interessieren und den Uwe sicher auch.

Hierher hast du ja keinen Männerbesuch mitgebracht, zumindest habe ich nichts davon bemerkt«, zwinkerte mir Greta zu. »Aber wer weiß, vielleicht kommst du gar nicht aus Maikammer, sondern aus dem vergessenen Herbststadt.«

Ich verstand nicht auf Anhieb, was sie meinte, und es war mir auch egal.

»Pass bloß auf die Katzen auf, sonst bekommen wir den nächsten Ärger«, steckte Marlene ihren Kopf zur Tür herein. »Was die Katzen angeht, hat die Navratil einen Vogel.«

Zwei meiner Praxiskolleginnen hatten auch Katzen. Die Katze der einen Kollegin musste dauernd zur Tierhomöopathin, weil sie eine Hausstauballergie hatte, was blöd war, weil es sich um eine Wohnungskatze handelte. Und die der anderen Kollegin vertrug nur ökologische Streu, die aus dem Ausland eingeflogen werden musste, weil sie andernfalls neben den Kasten machte.

»Handle ich mir da gerade zwei Problemfälle ein?«, erkundigte ich mich dringlich.

»Aber geh!«, wehrte Marlene lauthals ab. »Da gibt's nicht viel zu machen. Du gibst ihnen was zu fressen, und wenn sie zu viel kacken, dann hörst du mit dem Füttern einfach wieder auf. Katzenpflege ist so einfach.«

»Das wird a Hetz, Püppi«, lachte Greta, und ich versuchte herauszuhören, was sie in diesem Fall darunter verstand. »Lustig wird's. Du und Katzen und Wien.«

»Und wenn wir uns wiedersehen, dann gibt es einiges zu erzählen. Ich freu mich schon jetzt auf den Moment. Servus, Wien!, werden wir dann rufen und ein Fest feiern.«

»Sagt mal«, meldete sich die Abschiedskröte in meinem Herzen. »Erinnert ihr euch noch an unseren ersten Augenblick? Damals auf der Treppe, als wir uns kennenlernten?«

»O ja!« Greta wedelte bühnenreif mit ihrem Fächer. »Ich spüre jetzt noch deinen Atem zwischen meinen Brüsten! Eine abgestandene, müde Luft war das, die nach einer schlimmen Gegend und noch schlimmeren Verhältnissen roch. Wie ein Komposthaufen …«

»Und dann dieser Traum von einem Bärchenschlafanzug«, wurde auch Marlenes Erinnerung hellwach.

»Marlene!« Ich zog meinen Schuh aus und schleuderte ihn nach ihr.

»Es ist aber wahr!«, protestierte sie laut lachend. »Püppi, du warst schon durch und durch verfault! Wir haben Glitzer und Glamour in dein Leben gebracht!«

»Was wird eigentlich mit euren Auftritten in der Hausoper? Müsst ihr da nicht einen Ersatz finden? Ihr probt doch gerade ein neues Stück.«

»Das fehlt mir noch«, schüttelte Greta aus dem Hausflur alle Bedenken ab, »dass ich jetzt auch noch an die Hausoper denke. Ich habe mit unserem Chaos gerade genug zu tun!«

»Und die schnelle Abreise, müsst ihr Oskar Pirzak die nicht erklären?«

»Ach, das werden wir. Da draußen liegt schon der Zettel für ihn, aber Pirzak weiß, dass das Leben eine Abfolge von Veränderungen und kleinen Abschieden ist.« Greta wuchtete ihren Kosmetikkoffer aus dem Bad. Er war so groß wie die Transportbox für einen Berner Sennenhund.

»Er wird es überstehen! Soll das auch noch mit?«, japste sie Marlene zu und schaute vorwurfsvoll auf die drei Schuhkoffer, die für die Abreise bereitstanden. »Was hast du vor? Willst du dich im Waldviertel dauerhaft niederlassen?«

Mir war schlecht von all dem, was über mich hereingebrochen war. Eben hatte ich Manu noch die Ohren von den beiden vollgeschwärmt, nun war alles wie ein Luftballon geplatzt. Der Schlagobers hatte hineingestochen und damit auch mein Leben in große Bedrängnis gebracht.

Ich schleppte mich in den Salon, um mit den beiden noch etwas von dem Mozartlikör zu trinken, der sich seit viel zu vielen Tagen hielt. Dass ich weiter darüber nachdachte, schnell und spontan, so wie bei meiner Anreise, jetzt wieder nach Hause zu fahren, behielt ich allerdings für mich. Ob Uwe kam oder ich fuhr, was machte das schon für einen Unterschied?

»Zieh die Vorhänge zu«, folgte mir Greta schnellen Schrittes. »Besser, es bemerkt niemand, was hier los ist.«

»Ich wollte, alles wäre schon wieder gut, das Medaillon gefunden und wir wieder beisammen.«

»Ach, das dauert doch alles nur ein Momenterl«, versuchte mich Greta zu beruhigen. »Hast bis jetzt so viel Glück gehabt, es wird schon weiter so bleiben.«

Sie hatte recht. Ich hatte ein grandioses Glück gehabt. G-r-a-n-d-i-o-s. Vieles von dem, was ich mir als Jugendliche gewünscht hatte, war hier in Erfüllung gegangen. Ich hatte zwar nicht ganz viele, aber immerhin einige Küsse nach einer kurzen Liebesnacht bekommen, die nach *Moonshadow* schmeckten. Eine Dancing Queen war ich geworden, und das Flirten hatte ich wiederentdeckt. Mehrere Nächte hatte ich an einem zwar nicht geheimen, aber sehr besonderen Ort verbracht. Offen war ich geworden, und das Glück, ja, es war mir hold gewesen.

»Eine Frau bin ich geworden«, erkannte ich leise. »Die Frau, die ich verloren hatte.«

Gefunden hatte ich mich in dieser museumsartigen Wohnung, mit der Unterstützung von zwei Menschen, die alles andere als Spießer waren. Sie hatten mich in ihr fremdes, buntes Leben mitgenommen, mir die Türen zu einer neuen Art von Beschwingtheit geöffnet. Wenn das nicht Capri-Sonne war! Es hatte Erdbeerchampagner gegeben, ich hatte geliebt und mich geliebt gefühlt, ich hatte getanzt!

»Und es ist noch nicht zu Ende, mein Püppilein«, erklärte Greta und schwenkte einen Brief vor meiner Nase. »Es gibt noch viel zu erleben und viel zu sehen. Aber bevor du ganz übermütig wirst, tu uns den Gefallen und bring diesen Zettel in die Hausoper. Dir wird der Pirzak nicht den Kopf abreißen. Uns bringt er vermutlich um. Sag ihm, er soll uns trotz allem weiter recht liebhaben und bitte im Engagement behalten. Sonst haben wir bald ein neues Problem, mit dem wir uns beschäftigen müssen. Du bist süß, und er soll es dir zuliebe tun. Aber kündige dich besser vorher an.«

»Oh, dieses furchtbare Wien«, jaulte Marlene laut auf. »Im Sommer ist wirklich kein Mensch hier, der uns in der Hausoper vertreten könnte. Kein Mensch! Alle sind im Waldviertel, im Weinviertel, Mostviertel, in Kärnten oder in Tirol.«

»Das macht nichts. Ich bin doch nicht nur Anne, sondern auch eine Salonlöwin aus Berlin, habt ihr das vergessen? Mir fällt schon etwas ein. Aber mit euch wäre halt alles viel, viel schöner!«

»Nimm deinen Brief und das alte Handy hier«, warf mir Marlene ein handtaschengroßes Mobilteil zu. »Telefoniere damit besser nicht, angerufen werden geht, und Nachrichten kannst du versuchen zu verschicken. Du kannst es behalten, bis sie merken, dass ich total im Minus bin. Dann wirf es in die Donau. Irgendwann. Bis dahin hab damit Spaß und schreib mir unbedingt eine Mail, wenn du bei Oskar warst! Ach, eigentlich wäre ich sehr gern dabei, wenn du ihn um den Finger wickelst.«

»Oder Oskar unsere Püppi«, kicherte Marlene, und der Schönheitsfleck auf ihrem Busen wippte im Takt, als beide die ersten Hits vom *Weißen Rössl* sangen. Ich stimmte mit ein, obwohl ich nie eine unbeschwerte Sängerin gewesen war.

KAPITEL 18

Sag zum Abschied leise Servus

Peter Alexander

Wir winkten uns noch lange nach. Ich vom Auto aus und Marlene und Greta vom Fenster, aus dem sie mit halbem Oberkörper hingen. Es war mir schwergefallen, die Wohnung allein und so zügig zu verlassen und nicht wenigstens gemeinsam mit ihnen die Haustür hinter mir zuzuziehen.

Mit einem »Bitte geh zua, die Navratil, die alte Gurkn, is sicher schon panisch« hatte mich Greta rausgedrängt. So schnell, wie alles gekommen war, so paralysiert saß ich nun in meinem Wagen, in dem noch die Aufregung meiner Ankunft steckte. Die ausgetrunkene Wasserflasche und das im Fußraum verstreute Bonbonpapier, die hatten noch eine ganz andere Anne erlebt. Wie lange mir das her schien, es war ein Wunder, dass ich den Wagen als meinen erkannte.

Wir winkten so lange, bis Greta Marlene vom offenen Fenster in die Wohnung zog und wir uns allerletzte Kusshände zugeworfen hatten. Ich winkte so, als sähen wir uns in diesem Leben das letzte Mal, und stand mit dem Auto quer auf der Straße, bis die Straßenbahn kam und mich wütend von der Stelle klingelte.

»Vergesst mich nicht!«, rief ich zu ihnen hoch, denn das war meine größte Angst, dass sie mich vergessen könnten, wo es doch in Marlenes und Gretas Leben so viele bunte, interessante Menschen gab.

»Eine Frau wie dich vergisst man nicht!«, zeigte sich Marlene noch mal am Fenster. Dann wurde sie von Greta wieder hineingezogen, eine barocke Locke mit Schleife wehte ihr noch nach, und ich riss mich los und gab schnell Gas, weil der Trambahnfahrer bereits dabei war, sein Kabäuschen zu verlassen.

»Trampl«, schimpfte er mir nach und schlug wütend mit der flachen Hand gegen das Metall der Bahn. Ich machte, dass ich wegkam.

Wieder war ich auf der Flucht. Offenbar war das ein Bestandteil meines neuen Lebens. Den Zettel mit der Adresse von Frau Professorin Navratil legte ich mir auf dem Beifahrersitz zurecht, obwohl ich den Weg in den 7. Bezirk gut kannte. Mit dem Wagen waren es dorthin nur wenige Minuten, aber ich wollte ein paar Augenblicke nachdenken können. Erst heute früh war ich noch durch die Stadt gebummelt und hatte in meinem Lieblingscafé geschlemmt. Vorhin hatte ich so lapidar gedacht, dass die Abreise aus Gretas und Marlenes Wohnung mich zum Heimreisen motivierte. Es hieß doch, dass man die Feste dann verlassen sollte, wenn sie am schönsten waren. Meinem zufälligen Wohnerlebnis mit den beiden, diesem großartigen Geschenk, konnte nichts Besseres folgen, also vielleicht doch abreisen? Damit würde ich mir unter Umständen auch ein ausgelutschtes Liebesverhältnis mit Felix und eine angestrengte Wien-Begegnung mit Uwe ersparen.

Felix. Wenn ich nun wirklich nach Hause zurückkehren würde, wie würde er davon erfahren, und würde er mich dann vermissen? Selbst wenn nicht, meine Erinnerung an uns bliebe für immer gut. Ich musste auch keinen endgültigen Schlussstrich unter Wien ziehen, und ich konnte immer wieder zu Besuch herkommen. Natürlich wäre es dann anders. Ich überlegte hin und her und wog ab, welche die bessere Entscheidung war: Heimfahren oder fremde Katzen hüten? Die Professorin mit ihren über achtzig Jahren würde für ihre Lieblinge schon eine andere Pflegerin finden. Wien war voll von Menschen, die auf Katzen standen. Den Brief an Oskar Pirzak würde ich ihm mit der Post zusenden. Von Maikammer aus würde das ganz einfach gehen.

Nach einem langen Hin und Her, parkend an einer Häuserecke, entschied ich mich dafür, die Heimreise einfach zu erproben. Ich würde losfahren und austesten, wie es mir dabei ging. Wie war es, mit gepacktem Auto aus der Stadt hinauszufahren? Tapfer steuerte ich den Wagen über den Ring, immer den Autobahnschildern nach.

Vorbei am Karlsplatz, der Secession mit ihrer goldenen Kuppel, vorbei am Theater an der Wien, dem Naschmarkt und dem Flohmarkt, der gerade stattfand, immer weiter, bis auf die Höhe von Schönbrunn. Dort blieb ich einen Moment lang stehen, um zu entscheiden, ob ich hinaus aus der Stadt oder wieder in Richtung Zentrum wollte.

Wollte ich nach Hause? Tumb, gefühllos und fast erschrocken darüber, dass sich in mir rein gar nichts regte, starrte ich weiter geradeaus. Da war kein »Juchuu!«, kein »Die werden sich freuen!«, kein »Uwe wird verblüfft sein«. Nicht einmal Manu oder meine Mutter kamen mir in den Sinn. Wie würde es sein, versuchte ich eine Entscheidung zu erspüren, wäre ich in neun Stunden wieder daheim? Sosehr ich mich auch bemühte, es wollten mich keine Bilder locken, keine schönen Gefühle wallten in mir auf. Nichts passierte bei mir in Gedanken. In mir breitete sich die Stimmung aus, die ich von trüben Novembertagen kannte.

Ich ließ den Wagen wieder an und wendete, um nun die andere Richtung zu überprüfen. Wie fühlte es sich an, wenn ich wieder in die Stadt hineinfuhr? Besser? Oder neutral? Doch bereits nach wenigen Metern spürte ich sehr deutlich, wie meiner Seele Flügel wuchsen. Ein Lächeln flog über mein Gesicht. Ein wildes Pochen meldete sich in mir, das sich anfühlte, als wäre ich dem Teufel gerade noch mal entkommen. Ich quietschte vor Ausgelassenheit. Jede Zelle meines Körpers pulsierte blanke Freude, als ich wieder den blinkenden Stern im Erker und die Karlskirche passierte.

Um der Sache auf den Grund zu gehen, nahm ich mir vor, den Wien-Test gewissenhaft ein weiteres Mal durchzuführen. Wieder um den Kreis herum, die Secession im Blick, vorbei am Theater an der Wien, entlang dem Naschmarkt auf der linken Seite, geradewegs hinaus aus der Stadt, die Wiener Berge schon fest im Blick. Wieder wurde es, je weiter ich die Stadt verließ, immer trüber in mir. Mit jedem Meter wurde ich mehr zu der perspektivlosen Frau, die einst aus Maikammer losgefahren war. Nein, da gab es nichts, was hinter den Wiener Waldbergen auf mich wartete. Keine Vision, kein Glanz, keine Freude und seltsamerweise nicht einmal einen Schrecken.

Abgestumpft fühle ich mich, auf diesem Weg hinaus, wie ein silbernes Gefäß, das zu lange nicht geputzt worden war.

Kurz vor der Auffahrt zur Autobahn hielt ich an und zog Bilanz. Ich hatte alles im Wagen, was ich derzeit besaß. Meine Sporttasche, die mich hierherbegleitet hatte. Die Bücher, die ich inzwischen gekauft hatte. Die neuen Klamotten, den Koffer von Greta, glitzernde Sandälchen und im Herzen ein Funkeln von neuem Leben, neuem Sein. Ich zählte mir noch mal all die Gründe auf, die dafür sprachen, jetzt zu fahren: Wien wird sonst vielleicht nie ein Ende nehmen. Du musst doch irgendwann nach Hause fahren. Wenn du erst zu Hause bist, dann wirst du deine Veränderung schon spüren. Mit Manu bekommst du alles hin. Es ist besser, die Beziehung mit Uwe zu Hause zu klären.

»Ich kann aber nicht!«, gab ich gequält auf, setzte den Blinker und steuerte meine neue Bleibe an. Wieder kam Schönbrunn, nur diesmal auf der stadteinwärtigen Seite. Und wieder dieses Herzhüpfen, das mit jedem Meter deutlicher wurde. Voller Freude ließ ich die Seitenscheibe herunter, fühlte den Wiener Wind, und es platzte aus mir heraus: »Liebes Wien, ich bleibe da!«

Wien, Wien nur du allein … flog in diesem Moment ein Flugzeug mit Transparent über die Stadt hinweg.

»Määtschig«, lächelte ich leise. Nein, ich war noch nicht satt von dieser Stadt und vor allen Dingen noch nicht satt von mir. Irgendetwas wartete hier noch auf mich.

Ich schickte Uwe eine SMS: »Viele Grüße, Du kannst mich ab jetzt mobil erreichen, manchmal schalte ich das Handy ein.« Nun, da ich von Marlene das alte Handy hatte, war ich wieder erreichbar für die Welt. Mehr aus Neugier denn aus Sehnsucht sendete ich auch Felix eine SMS. Bereits wenige Sekunden danach meldete er sich mit einem erstaunten Gruß zurück und schrieb, dass er ziemlich busy sei, obwohl ich gar nicht nach einem Treffen gefragt hatte.

Ich beschloss, die wirkliche Botschaft zu ignorieren, konzentrierte meinen Blick auf den Bezirk, der mir eine neue Heimat werden sollte, und suchte mir einen hübschen Platz zum Parken. Tapfer stieg ich aus meinem Wagen und ging meine neue Rolle an, die da lautete: Katzennärrin und deswegen Untermieterin bei Frau Professor Navratil, die ihre beiden Schätzchen in Pflege geben muss, weil sie sich, obwohl Pensionistin, noch einmal auf Konzertreise begibt.

Marlene und Greta hatten mir das vorgelebt. Ich erinnerte mich wehmütig an unsere Nachmittage auf der Couch, wenn ich in irgendeiner Zeitung blätterte und Marlene mit ihrem Kopf in meinem Schoß ruhte, den Tratsch verfolgte, den ich ihr vorlas, und dazu lässig ihre Nägel feilte. Wie sie mich beide mit ihrem »anders sein« inspiriert hatten! In meinem Leben war noch viel Zeit und Raum für neue Menschen und besondere Erfahrungen, das wusste ich jetzt. Da waren viele bunte Kleider, die ich noch tragen konnte, und viel Unerlebtes, das sich darauf freute, von mir gefunden zu werden. Nein, ich war noch nicht am Verblühen, sondern blühte gerade erst auf. Bei Gelegenheit würde ich es allen Hagebuttenmännchen dieser Welt auf einem Banner entgegenhalten. Marlene und Greta, sie würden bei mir sein, auch wenn wir jetzt nicht beieinander waren!

»Wenn wir wieder zusammen sind, dann werde ich euch viel erzählen können. Versprochen«, schwor ich in Richtung Waldviertel und schritt beherzt auf das Haus zu, das die nächste Station meiner wundersamen Wien- und Anne-Erkundung war.

»Heiliger Bimbam«, flüsterte ich ergeben und staunte über die Fassaden, die sich in diesem Viertel aneinanderreihten. Wo ich hinsah, prächtiger Stuck, verziert mit Steinfiguren, die sich über die Etagen nach oben zogen.

»Okay«, nickte ich und schob mir die Sonnenbrille ins Haar, die mir Greta aus ihrem Sortiment abgetreten hatte. Es war ein wuchtiges Ding, das auf die Nase einer Frau Onassis passte. Frau Navratil wohnte also in einer sehr kultivierten Gegend.

»Vergiss nicht«, hatte Greta mir den nächsten Blödsinn eingeschärft, »du bist nicht Anne, sondern ich habe dich als Vivienne bei ihr eingeführt, weil die Navratil auf alles Französische steht. Inklusive Französinnen«, fügte sie hinzu und ließ ihr Sonnenschirmchen tanzen. »Der Name ähnelt dem einer ihrer Liebschaften. Ich hab ihr gesagt: Minka, wenn das kein gutes Zeichen ist! Und überhaupt, Vivienne ist schon ganz verrückt nach deinen beiden Kleinen.

Minka Navratil«, hatte Greta spöttisch ihre Nase gerümpft. »Wie das klingt! Als ob sie selbst eine graue alte Katze ist.«

»Lass sie doch«, hatte Marlene sie beschwichtigt. »Vivienne wird mit der verstaubten Tastenakrobatin schon klarkommen.« Und dann zu mir: »Am besten lässt du sie einfach reden. Da sie hinter ihrem Klavier nie was sagen darf, hat sie ein unglaubliches Organ entwickelt und schwätzt die Menschen tot, sobald auch nur ein Ohrläppchen in der Nähe ist. Aber sie wird bald abzischen, halte also ihre Einführung aus. Es wird unerträglich sein, ich prophezeie es dir schon jetzt, aber tief drinnen ist sie ein feiner Kerl.«

Wir hatten alle drei laut und übermütig losgelacht, Anekdoten über Konzerte, die Katzen und Paris waren hin und her geflogen, und wir hatten dabei so getan, als wäre gar nichts passiert und ich würde am Abend, nach meinem Besuch bei Frau Navratil, wieder nach Hause kommen.

»Püppilein«, hatten beide mir beteuert, »da draußen wartet das Abenteuer, du weißt das doch selbst. Nur wer weggeht, kann auch wieder nach Hause kommen. Auch für dich geht die Geschichte weiter. Wie hieß das eine Lied, das du so magst?«

Wonderful life – mit diesem Song hatte Black mich 1987 ganz tief berührt. Zur Unterstützung hatte ich das Lied auch auf der Fahrt hierher gehört. Immer weitergehen. Sich nicht anbinden, festhalten. Fast zärtlich spürte ich jetzt an meinen Füßen die glitzernden Sandalen, die ich mir gekauft hatte, an dem Tag meiner eigenen Verwandlung. Aber ab jetzt als Vivienne aufzutreten, das musste ich erst noch üben.

»Was für eine Wiedergeburt«, hatte Marlene geschwärmt. »Die Karten mischen sich jetzt noch mal komplett neu, denn als Vivienne lebst du ein völlig anderes Konzept. Vielleicht wirst du sogar ein Katzenfan. Wer weiß? Namen sind Programm! Wäre ich ein Manfred oder Otto geblieben ... pffft ... undenkbar, was aus mir geworden wäre!«

Wie würde ich als Vivienne sein? Luxuriös? Würden mich andere

Menschen, andere Männer reizen als die, die mich bislang beeindruckt hatten? Bevorzugte ich Feigen- oder Orangensenf, oder würde ich bei der Tube bleiben, die in meinem ehelichen Kühlschrank lagerte?

Mein neues Domizil lag im dritten Stock, Hinterhaus, eines der bekannten Wiener Mietshäuser. Wie mich wohl die Professorin empfangen würde? Klassisch-ernst oder walzerbeschwingt? Viel Zeit blieb uns nicht, denn in einer knappen Stunde sollte bereits das Taxi kommen, das Frau Navratil zum Bahnhof bringen würde. Eine überbrückbare Zeit für mich, um den närrischen Katzenfan zu mimen. Interessiert studierte ich die vielen Namensschilder neben der schweren grünen Tür. Ein Mann pfiff mir zu und gab mir eindeutige Zeichen. Ein anderer lachte dreckig aus dem Fenster. Vielleicht ist es die rote Tasche, dachte ich und überlegte, ob ich etwa ein geheimes Hurenzeichen an mir trug. Noch war Zeit, wieder umzukehren, aber ich blieb und klingelte bei Navratil. Wien ist so, wusste ich inzwischen. Alles geschieht gleichzeitig, nebeneinanderher. Es gab hier so was wie reine, kultivierte Ecken, aber die waren still und fad und damit so gar nichts mehr für mich. Schon begrüßte mich aus dem verbeulten Lautsprecher eine krächzende, alte Stimme. »Bitte??«

»Ich bin es«, antwortete ich in das verrostete Ding hinein. »Vivienne. Ich komme, um Ihre Samtpfötchen zu hüten.«

Die Tür öffnete sich summend, und ich betrat einen langen gekachelten Flur, der in weitere Höfe mündete. Ein Schild mit einem Schornsteinfeger kündigte die nächste Kaminreinigung an. Der Hausbesorger hatte einen Zettel an ein schwarzes Bord geklemmt, dass er jemanden zur Unterstützung suchte und *ein junger Mann für die Reinigung der Innenhöfe freundlich aufgenommen* würde. Eine antike Art-déco-Lampe mit langem Kabel baumelte von der Decke. So wie der Schirm aussah, hing sie da schon seit mehreren Jahrzehnten. Ich ging in den nächsten Hof, in dem Rosensträucher blühten und eine Birke stand, die fast bis zu den oberen Wohnungen reichte. Meine Schritte hallten durch den Hof und weiter in den nächsten Flur. Links ging die Stiege in die oberen Etagen hoch. Aha. Auch hier musste ich auf den Aufzug wohl verzichten.

»Weiter, weiter, kommen S' nur«, winkte mir Frau Navratil von oben zu. Sie war eine sehr dünne, drahtige Person, das erkannte ich schon von unten. Damit hatte sie nichts von der gemütlichen Klavierlehrerin, die ich in der fünften Klasse mal kurz hatte genießen dürfen. »Es gibt keinen Aufzug, aber das werden Sie schon schaffen«, schrillte ihre Stimme mir entgegen.

Ja klar, dachte ich. Mein Koffer trägt mich hoch, aber ich vermisse die wedelnde Federboa und den tiefen Ausschnitt, die mich bei meiner letzten Ankunft so stürmisch begrüßt haben.

»Schnell, kommen S'«, hieß mich Frau Navratil willkommen und hielt mit ihrem Knie den Kater davon ab, die Gelegenheit für ein Ausbüxen zu nutzen.

»Wenn der Moser abhaut, dann scheißt er den Nachbarn vor die Tür, und Sie haben dann den Ärger.«

Ich?

»No ja no, ich bin ja gleich weg«, kicherte sie schelmisch, als könnte sie Gedanken lesen. Hinter ihrer Wade fauchte der blöde Kater mir zur Begrüßung zu. »Ach, der liebe, gute Hans Moser, der grantelt vielleicht mal wieder. Na, kommen S' nur rein, lassen S' sich von dem nicht beeindrucken.«

»Grüß Gott, grüß Gott«, parlierte ich im besten Wienerisch. »Greta und Marlene haben mich bei Ihnen avisiert.«

Die Luft, die mir aus dem Inneren entgegenschlug, war ein Gemisch aus schlecht gelüfteten Räumen und schon länger nicht gespülter Knoblauchpresse. Frau Navratil schloss hinter uns sofort die Tür, damit nicht etwa frischer Sommerwind in ihre geräumige Wohnung zog. Ich hielt die Luft an und nahm mir vor, sobald sie weg war, als Erstes Türen und Fenster aufzureißen.

»Die Tür muss immer fest geschlossen bleiben«, reagierte sie sofort auf meine Gedanken, »sonst hau'n Ihnen die Viecherln ab. Das gilt auch für die Fenster.«

Ich folgte der dürren Professorin, deren Wohnung wie eine Mischung aus *Harry Potter* und *Augsburger Puppenkiste* aussah. Jemand musste ihr einst auch eine Videokassette von *Urmel aus dem Eis* geschenkt haben, denn im Wohnzimmer erkannte ich die Stube von

Professor Tibatong und seiner, öff, öff, Haushälterin Frau Wutz wieder. Die Spinnweben in den Ecken waren hingegen wohl eine Hommage an die Schlösser englischer Gruselromane. Mein Blick wanderte durch die Räume, während Frau Navratil, beidseitig gefolgt von ihren Katzen, mir Bad und Küche zeigte und dabei vergnüglich plapperte und schnatterte, dass mir schon jetzt das Blut aus den Ohren lief.

»Da schau'n Sie nur, das ist noch ein Foto meiner Eltern.«

Ich bemühte mich, hinter dem verkrusteten Glas etwas zu erkennen. Waren das Menschen oder Bäume? Es ohne Licht und Brille zu erkennen war ein aussichtsloses Unterfangen, denn Decken und Wände waren komplett mit dunklem Holz vertäfelt und machten die Wohnung noch finsterer, als sie schon war.

»Früher war es in der Wohnung heller«, bestätigte Frau Professorin nickend, »aber mein Vater hat ein Leben lang geraucht.«

»So.« Ich versuchte zu verstehen.

»Zigarre!«

Sollte das heißen, dass diese mindestens achtzig Jahre alte Dame hier schon seit ihrer Kindheit lebte?

»Manchmal riecht es auch ein wenig streng, aber meine Eltern haben nicht gern gelüftet, und seit ihrem Tod habe ich noch keine Zeit gefunden, alles heller zu gestalten. Die Jahre vergehen so schnell.« Ihre Augen wurden traurig. »Dreißig Jahre sind sie jetzt schon tot. Erst die Mutter, und drei Tage später ist der Vater ihr dann nachgegangen.«

»Hier?«, erkundigte ich mich entsetzt, doch Frau Navratil hörte mir bereits nicht mehr zu. Sie war mit einer Liste von Aufgaben beschäftigt, die für mich auf dem Küchentisch lag. Neben Katzen füttern und Katzenklo entzifferte ich Worte wie Mistkübel leeren, Kasten lüften und Teppiche schonen. Wie vorausschauend, dass mich meine Großmutter noch Sütterlin als zweite Schriftform gelehrt hatte. Kasten hieß in Wien der Kleiderschrank, das hatte ich bereits gelernt.

»Auf jeden Fall wird es Ihnen hier sehr gefallen. Schau'n Sie sich nur um.« Sie drückte mir den Zettel in die Hand. Dann goss sie etwas Tee in zwei hübsche kleine Tassen, die einen Rand, so schwarz wie Ebenholz aufwiesen. »Teetassen und Kannen darf man nicht reinigen, wussten Sie das? Spülmittel verdirbt das Aroma!«

»Ich habe davon gehört«, bestätigte ich Frau Navratil und freute mich jetzt schon auf den Moment, in dem ich die Tassen schrubben würde. Marlene und Gretas Künstlerwohnung war zwar ein buntes Durcheinander, jedoch appetitlich rein. Dies hier war eine verstaubte Altjungfernwohnung mit Möbeln, die noch nie verrückt oder richtig gereinigt worden waren. Vermutlich ebenfalls aus Aromaschutzgründen.

»Ach, ich bin so froh, dass Greta und Marlene Sie mir empfohlen haben. Es ist doch schrecklich, wenn man kurz vor der Abreise so sitzengelassen wird. Mein Dienstmädel ist ansonsten wirklich verlässlich, sie macht mir die Wäsche und schaut auf die lieben Kleinen, aber jetzt ... na, bitte, ich versteh sie nicht. Haut einfach mit einem Küchenvertreter ab. Brennt durch, wie eine Wäschemagd in einem Schwarzweißfilm. Bitte! Was sag'n S' dazua?«

Nichts, denn ich hatte in meinem Leben noch kein Dienstmädchen getroffen, und Küchenvertreter kamen nach Maikammer eher selten.

»Wenigstens hat sie mir die Wohnung immer reingehalten. Es verschiebt sich ja manchmal was, aber die Möbel haben alle ihren Platz. Sehen Sie ...«, sie rückte einen Tisch etwas beiseite, worauf sich auf dem Teppich tiefe, fast durchgewetzte Stellen zeigten. »Man sieht sofort, wenn ein Möbel nicht richtig steht.«

Die schweren Häkelgardinen an den Fenstern wiesen tellergroße Löcher auf. »Ach, der Hans Moser«, zeigte Frau Navratil darauf, »der muss sich immer an die Gardinen hängen.« Herr Moser linste von links unten zu mir hoch und knurrte.

»Die Kleine hier«, Frau Professor Navratil deutete unter den schweren Esszimmertisch, »das ist Gräfin Mariza. Sie tanzt sehr gern mitten im Zimmer. Na komm, Gräfin, komm, zeig der jungen Dame, wie du tanzen kannst.« Frau Professor wendete sich mir wieder zu. »Sie nimmt dann ihre Schwanzspitze ins Maul und dreht sich um sich selbst. Zauberhaft, sag ich Ihnen.«

»G-r-a-n-d-i-o-s«, bestätigte ich, und wieder spürte ich, wie es mir fast das Herz zerriss. »G-r-a-n-d-i-o-s!« Es fühlte sich an, als wäre Marlene für mich verloren.

»Ich schlafe auf dem Sofa«, wies Frau Navratil in das Häkelgardinenzimmer. »Wenn Sie möchten, können Sie auch gern dort schlafen. Wie Sie mögen. Wenn man das Sofa auszieht, dann liegt man sehr bequem. Ich ziehe es nicht aus, mir reicht die kleine Couch. Wenn ich nicht aufpasse, dann falle ich eh schon in die Ritzen.«

In der Mitte des Zimmers prunkte ein schwarzer Flügel, dessen Deckel mit einem blauen Tuch verhangen war. Mit seinen schwarzen Beinen, die darunter hervorragten, wirkte er wie ein riesiger Käfer aus einer anderen Dimension. Rechts und links vom Flügel, vom Boden bis zur Decke, waren die Wände mit Büchern und Schallplatten zugebaut. In einer Ecke stand eine Hi-Fi-Anlage mit zwei Boxen, die so hoch und breit wie ausgewachsene Möbelpacker waren. Die CD schien hier noch keinen Einzug gehalten zu haben. Vor dem Fenster ein Ohrensessel mit abgewetzten Lehnen.

»Einmal ist mir Herr Moser beim Fensterkraxeln abg'stürzt«, berichtete Frau Navratil völlig ergriffen. »Gott sei Dank, kumm her zur Mami, Mosilein, hat er sich nichts g'macht, nur erschrocken is das Bubschi doch sehr.« Schon kam Herr Moser zu seiner Herrin und ließ sich von ihr zwischen den Ohren kraulen. Dann entdeckte er mich und knurrte los.

»Wenn er aufgeregt ist, dann kotzt er immer, aber gell, Mosilein, du bist nicht aufgeregt, nein, das bist du doch nicht. Die ist doch liab, die Tante, die bleibt bei dir und dem Marizerl, und da werdet ihr euch wohl fühlen und eine Hetz miteinander haben.«

Wie auf Geheiß knurrte Moser weiter, und die Professorin sah mich an. »Spielen Sie Klavier? Meine Kleinen *lieben* Klaviermusik, das geht auch von Platte. Sie werden dann ganz zahm, legen sich hin und schnurren. Bach wirkt am besten, aber nicht das Weihnachtsoratorium, da sind zu viele Rezitative drin.«

Ich hatte nicht vor, mitten im Sommer das Weihnachtsoratorium anzuhören.

»Mozart geht auch.« Sie schnappte sich die Gräfin und klemmte sich die Katze unter den Arm. »Aber bitte nicht die *Träumerei* von Schubert, die können die beiden nicht mehr hören. Sie sind klavierschülergeschädigt.«

Umsonst suchten meine Augen die Tür, die zu dem Raum führte, in dem ich die nächsten zwei Wochen wohnen sollte. So war es vereinbart, dann würde man weitersehen.

»Marlene hat mir verraten, Sie führen einen künstlerisch bedeutenden Salon?« Die Augen von Frau Navratil funkelten aufgeregt, und ihre Finger bewegten sich, als würde sie bereits vor meinen Gästen spielen. »Wissen Sie, mein Engagement in der Hausoper ist ja eher Ehrensache. Es macht sehr viel Freude, die Sänger zu begleiten. Aber in Wirklichkeit bin ich natürlich ein anderes Publikum gewohnt. Kennen S' das Künstlerhaus?«

Ich nickte und erkannte den Stolz in ihren Augen.

»Wenn ich wiederkomme, dann spiele ich Ihnen etwas vor oder wir legen eine Platte auf. Beethoven, Brahms oder eine Symphonie von Gustav Mahler, die sind so herrlich schwer, dass man ganz viel Sherry dazu trinken muss. Gell, mein Mosilein, du magst den Mahler aber schon. Das ist der mit der Alma. Mamilein hat dir davon erzählt. Ach, ihr lieben Katzilein, das Mamili kommt bald wieder«, flötete sie wie eine Zuckerbäckerin, »und derweil spielt die Viola ...«

»Vivienne«, berichtigte ich sie. »Wie Vivienne Westwood.«

»Ach«, erwachte Frau Professor Navratil aus ihrer Zuckerwolke. »Ist das nicht der Laden beim Goldenen Quartier?«

So genau konnte ich das gar nicht sagen. Ich hatte nicht viel Zeit gehabt, mich mit meiner Namensgeberin zu beschäftigen. Nicht mal mit ihrer Mode war ich vertraut, aber ich nahm mir eine baldige Boutique-Recherche vor. Frau Navratil kannte sich zwar auch nicht aus, war aber ganz klar gegen das Konzept.

»Ach herrje, das ist ja auch so ein Laden mit grässlich überteuertem G'wand. Nur wenn man sich im 1. Socken kaufen will, findet man in der Stadt nichts mehr. Furchtbar ist das. Ganz furchtbar. Aber«, sie richtete sich das glänzende Goldührchen an ihrem Gelenk, »ich muss mich beeilen, mein Nachbar kommt gleich. Paul, ein sehr netter Mensch. Viel zu gut für diese Welt. Also schnell, habe ich alles gezeigt? Herrje, das Wichtigste …«, sie öffnete eine Tür, die vom Esszimmer wegging. »Das Zimmerl! Sehr gemütlich. Gefällt es Ihnen? Na, ich hoffe … das Dienstmäderl wohnte darin!«

Ich wusste aus langjähriger Erfahrung, dass man aus gutem Grund mit Misstrauen reagiert, wenn unerwartet das Wort »gemütlich« fällt. Rund um Maikammer hatten die hässlichsten Neubaugegenden die gemütlichsten Straßennamen wie Hinter den Hollergärten, Amselnest, Im Weinwieseltal oder Täubchenhöhle. Auch bei den angeblichen Industrie*parks*, die ich kannte, handelte es sich nicht um blühendes Barock. Entsprechend enttäuschend entpuppte sich die Kammer.

»Wirklich kuschelig«, knirschte ich. Das Bett, das in diesem Raum stand, war sicher ein Superschnäppchen in irgendeinem Caritaslager gewesen. Es knackte und krachte schon, wenn man es nur ansah, und die Zudecke, die sie mir gerichtet hatte, steckte in einem rotkarierten Überzug, als wäre ich auf einem Tiroler Bauernhof gelandet.

»Ich habe Ihnen ein Betthupferl aufs Kopfkissen gelegt«, verriet sie mir. Wie süß, Betthupferl, es war Jahrzehnte her, dass mich jemand mit etwas Süßem am Bett verwöhnt hatte. Und jahrzehntealt schien dieses Wiener Zuckerl auch zu sein, ein vergilbtes Marzipanschweinchen, dessen ausgebleichtes Rosa sich unter verstaubtem Zellophan versteckte. Das aus den Fugen geratene Bett, in dem vermutlich schon mehrere Ahnen der Frau Navratil gestorben waren, dominierte fast gänzlich die schuhschachtelgroße Kammer.

Vor dem Kasten stand ein Katzenkletterbaum. »Wenn Herr Moser oder die kleine Mariza Sie mal besuchen wollen.«

Wollen werden sie schon, aber dürfen werden sie nicht, dachte ich entschieden.

Das Fenster war, wie die anderen in der Wohnung auch, von einer Häkeldecke zugehangen, der Staub nur so aus den Maschen flog.

»Wunderbar, finden Sie nicht auch?«, genoss Frau Navratil verklärt den Ausblick in den Hof. »Und wie herrlich die Linde nach oben duftet!«

Ich roch nichts, nur den Moder aus mindestens acht Jahrzehnten.

»Da drüben«, Frau Navratil zeigte auf die Fenster, die direkt gegenüberlagen, »wohnt der Herr Paul. Wenn Sie mal gefahren werden wollen oder ausgehlustig sind, dann brauchen Sie nur rufen. Wär ich nur fünf Jahre jünger, ich würde mit Paul schnappen.«

Schon öffnete sie das Fenster und beugte sich hinaus. »Hallo, lieber Paul, ich wäre dann so weit.«

Das Fenster wieder zu schließen war allerdings ein Kraftakt, denn es klemmte und war ziemlich verzogen.

»Jessas«, jammerte Frau Professor los. »Da lässt man neue Fenster machen und nix funktioniert.« Sie zeigte auf einen Aufkleber, auf dem *Doppelglasfenster* stand und die Jahreszahl *1983*.

»Komme, Frau Professor!«, schallte es aus dem anderen Fenster zu uns rüber. Nett, dachte ich, und dann erkannte ich – Felix! Das war er doch, der da drüben gerade das Fenster schloss.

»Aber das ist ja …«, stotterte ich sogleich los.

»Paul. Kennen Sie ihn?« Frau Professor sah erstaunt zu mir auf. »Haben Sie ihn bei Greta und Marlene kennengelernt?«

»Ja, äh, nein …«, stotterte ich und wusste nicht, wie ich die Verwechslung erklären sollte.

»Ach nein, die beiden können Paul ja gar nicht kennen.«

»Ist Paul auch Künstler?«

»Ach was …«, winkte sie ab.

Ich war sehr gespannt, als ich die Schritte näher kommen hörte und eine große Gestalt vor dem Fenster des Eingangs sichtbar wurde. Mit einem »Servus, lieber Herr Paul« öffnete Frau Navratil die Tür und ja, Felix war es nicht, aber die Ähnlichkeit war schon sehr verblüffend. Oder hatte ich ihn doch irgendwo schon mal gesehen?

»Darf ich vorstellen, das ist die liebe Vivienne. Versprechen Sie mir, dass Sie fesch sind und sich um sie kümmern!«

»Es wird mir eine Ehre sein, Frau Professor«, antwortete Paul, winkte mir kurz zu und griff nach den Taschen und Koffern, die Frau Navratil gerichtet hatte.

»Paul?«, fragte ich irritiert, er sah hoch, kein Erkennen zuckte in seinen Augen, sondern er antwortete nur förmlich-freundlich: »Ja?«

Das war unglaublich. Ich erkannte Felix sofort in Pauls Gesicht.

Nur war Paul älter, und seine Augen waren blau. Auch reifer wirkte er, was natürlich am Alter liegen konnte, das ich aber nicht wirklich schätzen konnte. Mitte vierzig, das konnte passen.

»Vielleicht kennts ihr euch doch?«, brachte sich Frau Navratil wieder ins Gespräch, aber da war nichts, kein Wiedererkennen in seinen Augen.

Nein, wir hatten uns noch nie gesehen. Es war die Ähnlichkeit mit Felix, die mir Paul so bekannt vorkommen ließ.

»Grüß Gott, auf gute Nachbarschaft, wenn S' was brauchen, dann können S' mich ja rufen.«

»Danke!«

»So, dann geh'n wir jetzt amal.«

Die Professorin packte ihre Sachen zusammen. Sie waren fast schon im Treppenhaus, da kam ihr doch noch in den Sinn, dass sie etwas vergessen hatte, nämlich mir Katzenfutter und Katzenstreu zu zeigen.

»So was aber auch«, lachte sie und führte mir etwa fünfzehn verschiedene Dosen, Pasten und Trockenfuttervariationen vor, die abwechselnd den Katzen aufzutischen waren. »Können Sie sich das merken?«

Ich nickte brav und erinnerte mich schon jetzt an nichts. Da ich aber einst ein Kind großgezogen hatte, traute ich es mir instinktiv zu, auch zwei Katzen durchzufüttern.

»Ach so, Telefon und Internet können Sie freilich benutzen, das Kennwort lautet Wiener Blut.«

Dann waren sie endlich weg.

»Uff«, pustete ich aus und nahm mir vor anzukommen, indem ich mich mit der Wohnung per Hausputz vertraut machte.

Kaum war unten das große Hoftor zugefallen, hatte ich den Putzeimer schon in der Hand. In ein bis zwei Stunden, schätzte ich, würde hier alles – zumindest oberflächlich – rein sein. Ich krempelte mir energisch die Blusenärmel hoch, dann legte ich Verdi als Hintergrundmusik auf, wedelte hüftschwingend im Tangoschritt den Staub von den Bildern, putzte arienschmetternd die Becken blank, wischte den Kasten für meine Kleider aus, zog das frisch bezogene Bett wieder ab und stopfte die frische Bettwäsche noch mal in die Maschine.

Als die Möbel im Wohnzimmer frisch verrückt waren und ich auf die Idee gekommen war, die Dellen auf dem Fußboden als Wiener Muster anzusehen, wählte ich in einer ruhigen Minute Felix' Nummer.

»Ich weiß, du bist beschäftigt, aber ich habe eben deinen älteren Doppelgänger gesehen«, versuchte ich mit ihm zu flirten. Warum konnte ich diesen Anruf nur nicht lassen? Ich hasste mich dafür! Felix reagierte freundlich, blieb aber spürbar distanziert.

»Das kann in Wien passieren«, reagierte er unbeeindruckt.

»Willst du wissen, wo ich jetzt wohne?«

»Warum nicht ...«

Grrr. Ich gab ihm meine neue Adresse, er machte sich keine Notizen, ich registrierte es enttäuscht.

»7. Bezirk, ganz hübsch.«

»Wenn du wieder Zeit hast, dann könnten wir uns ja noch mal treffen.« Ich hasste mich dafür. »Vielleicht in der Lusterkönigin ...«

»Wenn es sich ausgeht ...«

Damit erstarb das Gespräch komplett. Wenn es sich ausgeht. Die sozialverträgliche Wien-Version des deutschen klaren Neins.

»Also, ich werde mir deinen Doppelgänger noch mal genau betrachten, und dann werde ich dir erzählen.«

»Ach so, ja, ja. Ist nicht so wichtig. In einer Millionenstadt wie Wien laufen vermutlich mehr Doppelgänger von mir herum, als mir lieb ist. Das kommt vor und ist normal.«

So maulfaul, wie er das ganze Gespräch über gewesen war, verabschiedete er sich nun von mir. Wie ein dummer Backfisch kam ich mir vor, naiv, ohne Selbstbewusstsein und Eleganz. Ich fingerte meine Schneekugel aus der Tasche und ließ den Schnee darin ein wenig tanzen. Schneekugel, Zauberkugel, dachte ich und legte meine Walkwoman auf das Tischchen neben meinem Bett.

»Was würde Vivienne jetzt an meiner Stelle tun?«, fragte ich mich, wenn ich nun schon nicht Marlene oder Greta zu Rate ziehen konnte und auch Manu nicht, die viele Hundert Kilometer entfernt in einem Weinkaff Schnürsenkel verkaufte. Vivienne, lautete meine Antwort, würde sich um ihre eigenen Dinge kümmern und sich ansonsten an die Wünsche und die Musik erinnern, die auf der Kassette waren. Ich hatte mich in den vergangenen Tagen so lachen hören, wie mein Lachen auf dem Mixtape klang. Es war möglich, die Zeit auch ohne Botox zurückzudrehen, und es waren nicht die Falten, die einen Menschen älter machten. Man konnte noch einmal neu anfangen, auch mit sich. Wenn man das Abenteuer wagte, das das Leben bereithielt. Für jeden. Auch wenn es auf dieser Reise Reinfälle wie den mit Felix gab. Vielleicht gehörten die dazu, damit ich mich wieder spürte.

»Was ist denn so schlimm daran, wenn man mal danebengreift, eine Geschichte ist es allemal«, versuchte ich, so gut es ging, zu grinsen und scheuchte den fauchenden Moser unter mein Bett.

Fröhlich machte ich mich auf, um aus dem Auto den Koffer zu holen, den mir Greta zum Abschied geschenkt hatte. Pure Lebenslust ist das, dachte ich, trotz solcher Erlebnisse wie dem mit Felix. Dann sprang ich nach unten. Ich zog und zerrte den Koffer an seinem Riemen hoch, und es war mir, als hätte er sich in meinem Auto in einen schwerfälligen Riesenschnauzer verwandelt. Zurück in meiner Kammer, fand ich Herrn Moser auf meinem Bett. Er thronte darauf wie eine Sphinx und äugte mich so verschlagen an, dass mir klar war, er würde sein Territorium niemals kampflos aufgeben.

»Du ahnst es schon«, funkelte ich zurück, »dass ich keine Katzen mag.«

Ein leises Knurren wehte von der Decke zu mir her.

»Kein Problem«, beantwortete ich seine Drohung. »Du musst mich auch nicht mögen. Das Einzige, was ich will, ist, dass du nicht kotzt und jetzt verschwindest!«

Ich wedelte so hektisch über Moser hinweg, dass er erschrocken aufsprang und aus dem Zimmer hetzte. Offenbar hatte er mich verstanden, denn ich hörte ihn im Wohnzimmer an der Auslegware wüten. Nur wenige Minuten später kotzte er voller Enthusiasmus in den Flur.

KAPITEL 19

Zauberformel

Ulla Meinecke

Die Einsamkeit in dieser Wohnung gefiel mir nicht. Im Grunde war ich sauer, dass Greta und Marlene mich hier hatten sitzenlassen. »Ich hätte doch mitfahren sollen«, erklärte ich Gräfin Mariza, die für jede Ansprache dankbar war und ein paar Takte schnurrte. Daheim, in Maikammer, war ich oft allein gewesen, schon deswegen, weil Uwe viel unterwegs war oder sich zurückzog, um zu lernen. Aber die Einsamkeit hier, die schmeckte anders. Ich war hier nicht daheim und würde es nie werden. Manu hatte ich mehrere Male versucht zu erreichen, aber es war immer nur der Anrufbeantworter angesprungen. Ich vermutete sie auf einer Gruppenwanderung, tief im Pfälzer Wald. Oder bei Gerhard. Es wäre mir wichtig gewesen, mit ihr zu sprechen, da Uwes Anreise immer näher rückte und ich ihre Einschätzung brauchte.

Während ich ihre Nummer zum wiederholten Male wählte, in der Hoffnung sie endlich auf einer Hütte mit WLAN zu erwischen, ließ ich meine Augen durch die gute Stube der Professorin wandern. Sie musste einen unglaublichen Sammeltrieb in ihrem Charakter-Portfolio haben. Allein diese ganzen Schachteln, Deckchen und Vasen, die auf jedem nur erdenklichen freien Platz standen und lagen. Kleine Altäre der fünfziger Jahre, mit Plastikblümchen, künstlichen Schmetterlingen, Wandvasen und kleinen Affen, Bären und Katzen aus Wiener Porzellan. Die Sammlung erinnerte mich ungut an das Bierglassammelsurium meines Vaters. Ob es das wohl noch gab? Vielleicht hatten ja Michael oder Klaus ihr Vergnügen dran gefunden und gingen damit nun meinen zuckersüßen Schwägerinnen auf den Geist. Nur eines stand für mich fest: In meinen Haushalt würden diese Gläser niemals wandern. Zum Glück war auf Uwe in Sachen Nostalgie und Geschmack Verlass. Er sammelte nur, was wirklich Wert und eine echte Geschichte für ihn hatte. Nippes gab es bei uns nicht. Bislang. Jetzt, nach Greta und Marlene, war ich mir bei mir da nicht mehr sicher.

Wieder sprang die Mailbox an, und endlich hinterließ ich einen Gruß: »Herzallerliebste, ich wollte dich persönlich sprechen, meldest du dich bitte mal? Hab wegen Uwe langsam die Hosen voll und brauche deinen Zuspruch. Bist du im Wald?«

Beim Auflegen und unter einem gelangweilten Durchatmen verfing sich mein Blick an dem kleinen, filigranen Dekoluster, den ich an die Wohnzimmerlampe gehängt hatte. Er baumelte an der Glasfassung der Lampe und diente mir als Erinnerung an das Licht, das ich in den vergangenen drei Wochen gesehen hatte. Nichts war mehr so, wie es einmal gewesen war. Ich am allerwenigsten. Uwe hatte das bemerkt, und es machte ihm gewaltig Angst.

Er mailte mir jetzt fast täglich. »Wie soll nur alles weitergehen?« »Gibt es etwas, das ich tun kann?« »Was brauchst Du, um wieder mit mir leben zu können?«

So langsam sickerte es bei ihm durch, dass meine kurze Unterhaltungsfahrt in Wirklichkeit eine Weltumseglung war. Damit hatte er nicht gerechnet. Ich auch nicht, und deswegen wusste ich auch auf seine vielen Fragen im Grunde nur ansatzweise eine Lösung.

»Es könnte weitergehen, aber anders als zuvor.« »Indem Du Dich ehrlich unserem ehelichen Trümmerhaufen stellst.« »Freiheit.«

Freiheit. Küss die Hand. Das war ein großes Wort. Aber inzwischen wusste ich genau, was ich damit verband. Ich wollte mich spüren und ausleben und nicht mehr jeden meiner Schritte diskutieren. Nicht nur Uwe, auch ich hatte das Recht, mich weiterzuentwickeln. Nicht nur Mutter, auch ich hatte das Recht, neue Lebensräume für mich zu erobern. Ich wusste, dass ich da viel verlangte und Uwe mir manches auch nicht geben konnte. Er war nicht mehr der Mann, den ich geheiratet hatte, und ich nicht mehr dieselbe Frau. Aber, ich gab es zu, mit unserem Trümmerhaufen hatte auch ich etwas zu tun, weil ich mir die Freiheit, nach der ich mich sehnte, nicht genommen hatte. Freiheit ist schön, aber ihre Auswirkungen waren manchmal bitter. Um besser nachdenken zu können, setzte ich mir die Hörer der Walkwoman auf und hörte ein wenig die alte Musik. Allem voran U2 mit ihrem *Still haven't found what I'm looking for* …

Ich rutschte ans offene Fenster und schaute über den Innenhof in den Himmel und zu den anderen Häusern hin. Die Fenster standen offen, ich blickte in Küchen und Wohnzimmer, beobachtete Menschen, sah, wie sie lachten. Auch Paul sah ich in seinem Wohnzimmer, wie er irgendetwas hin und her räumte. Ich fand es schön, hier zu sitzen und ihm einfach zuzusehen. Es hatte etwas sehr Intimes, weil er nicht wusste, dass ich ihn sah, und ich lächelte, weil es mir gefiel, wie er mit Ruhe und offensichtlicher Freude die Dinge aufräumte, die es zu räumen galt. Manchmal summte er dazu, die Töne wehten mit dem Abendwind zu mir herüber. Das mochte ich dann noch mehr.

Das Leben war doch wirklich etwas sehr Kurioses. Man kam auf die Welt, hetzte und machte, und fragte man nach, dann wollten eigentlich alle Menschen das Gleiche. Nicht Häuser bauen und Geld ansammeln, sondern am Schluss des Lebens sagen: »Es hat sich gelohnt. Ich habe mir vielleicht nicht alle Träume erfüllen können und nicht alles geschafft, was möglich gewesen wäre, aber ich habe es versucht.« Well done! Good job! Unter Applaus die Bühne des Lebens verlassen. Greta und Marlene würden das können. Manu sicher auch. Mutter, die konnte sich zumindest jetzt nehmen, was sie brauchte, und war damit eine gute Mentorin für mich geworden. Uwe? Ich wusste so gut wie nichts mehr davon, was er wollte. Felix? Hör mir auf mit dem! Paul? Zumindest sah er zufrieden aus. Frau Navratil? Nun, mir schien, dass sie zu sehr an all dem Trödel und Tand klebte, der leichtes Reisen nur erschwert. In Wien landeten diese Gebrauchsgegenstände später dann auf dem Flohmarkt und wurden Verlassenschaften genannt.

Alles, was du sammelst und hortest, verliert an Wert, wenn du die Erde verlässt, dachte ich mir, während sich Supertramp mit ihrem *Logical song* gegen meine aufkommende Melancholie stemm-

ten. Spuren hinterlassen und ein wenig Liebe finden, darauf kam es an. Ich lehnte mich zurück und betrachtete das Zimmer, den runden Tisch, an dem schon die Eltern der Professorin ihr Frühstücksei aufgeschlagen hatten.

»Du musst Verantwortung für das übernehmen, was Du tust«, hatte Uwe mir geschrieben und damit unser Leben gemeint.

»Genau«, würde ich ihm sagen, wenn wir uns sahen, »Du hast es auf den Punkt gebracht. Ich muss Verantwortung übernehmen, und zwar für mein Leben und das, was ich in diesem Leben erleben will.«

Und was war das, was ich erleben wollte? Eine weitere Romanze, oder wollte ich mich am Ende in mich selbst verlieben? Ja, ich mochte mich, zusehends, aber *mich lieben*? War das nicht eine Nummer zu groß? Selbstliebe, das klang so nach Om, Schweigemeditation und sämigem Bircher Müsli, das bereits drei Tage lang eingeweicht war. Nein, wenn schon Selbstliebe, dann sollte meine nach … ja nach was? Nach Torte schmecken?

»Schätzchen«, ich nahm die Kopfhörer ab. »Zu viel Denken macht müde. Denk nicht über Torte nach, iss sie!«

Und ich hörte einen lauten Applaus und Jubelrufe, die von irgendwo aus dem Waldviertel zu mir flogen, und weil es schon spät war und ich nicht nur Hunger im Magen fühlte, zog ich die feinen Sandalen an.

Ich schlenderte durch den 1. Bezirk, in den Stadtpark und von dort über die Brücke in meine frühere Heimat, den 3. Bezirk. Im Donaukanal spiegelten sich die Lichter der Parkbeleuchtung, und wenn ich mich umdrehte, konnte ich zwar nicht ganz den Stephansdom, aber zumindest seine Spitze sehen. Fahrradfiaker fuhren an mir vorbei, und die Konditorei Oberlaa war nur noch wenige Schritte von mir entfernt. Ich streifte durch den Park, in Richtung Café Prückel, um dort zu warten, bis es Mitternacht wurde und die Lusterkönigin in ihrem Glanz erstrahlen würde. Koste es, was es wolle, ich musste Felix noch einmal sehen und im besten Falle erneut mit ihm das Séparée besuchen. Erst wenn ich diesen Flirt für mich abgeschlossen hatte, war ich für Uwe und meine Geschichte wieder offen.

Im Café Prückel war es wie immer voll. Menschen, die alleine saßen oder zusammen, die lachten, erzählten oder versunken in Zeitschriften und Computer waren. Keine Musik, nur leise Plaudereien, Lachen, das Klappern von Tassen, Gläsern, Kuchengabeln.

»Bitte!« Ein Ober stieß mich unsanft zur Seite. »Jetzt bleib'n S' doch net hier stehen, dahinten«, er zeigte mit seinem Kinn in Richtung einer Nische, »da is noch ein Platz.«

Ich reagierte ein wenig peinlich berührt und schlängelte mich durch eine Reihe vollbesetzter Tische zu ebenjenem Nischenplatz, an dessen kleinem Tischchen bereits ein Herr hinter der Zeitung saß. Nein, heute hatte ich kein Interesse an einem Kontakt mit alten Herren.

»Raus, rein, rein, raus – können S' sich denn nicht entscheiden?«, schnaubte mich der Ober an und wuchtete sein Tablett an mir vorbei auf einen Tisch. »Leut gibt's!«, beschwerte er sich bei den Gästen. »Wann wir was hier net brauch'n, dann Gäst, die sich net entscheiden können.«

Ja, ja, resignierte ich und machte mich auf den Weg zur Lusterkönigin, auch wenn es dafür viel zu früh war. Ich sprang vor einem Fiaker zu Seite, der schimpfend und peitschenknallend in Richtung seines Stalls fuhr, und ließ mich dann weiter in Richtung des Rotlichtviertels treiben. Über mir schwebte eine fette Wolke, die aussah wie eine von unsichtbarer Hand gezogene Sahnehaube. Wie wäre es, dachte ich, während ich an der Donau entlangschlenderte, wenn auch ich mich so unbeirrbar und unaufhaltbar am Himmel über meine Welt hinwegbewegen würde? Gemütlich langsam und süß, in meinem Tempo und dorthin, wohin der Wind mich trieb. Ich genoss das Gefühl, und ich spürte, dass es mich aufpumpte und erfüllte, und jede meiner Poren rief nach Sex.

»Da hast du dir also den leckersten Knaben der Lusterkönigin geangelt«, lallte Helene zur Begrüßung und setzte sich neben mich. »Öha! Gratuliere!«

Ihr Katzenkostüm war verrutscht, und ein paar der künstlichen Schnurrhaare waren geknickt. »Das waren sicher die schönen roten Nägel, stimmt's? Hast ihm damit ordentlich den Rücken zerkratzt? Zeig her!«

Sie griff nach meiner Hand und riss sich meine Finger förmlich vor die Augen. Ich hatte den roten Lack entfernt und gegen einen leichten Braunton ersetzt, der aber auch schön, da edel war.

»Na, sieht doch alles bestens aus. Nix abg'brochen und verrutscht, nur a bissl a fade Farb.«

Als wäre meine Hand ein nasser Lappen, ließ sie die Finger wieder fallen. Sie beugte sich über ihren Cocktail und schlürfte ihn mit einem Halm laut aus. Ich beobachtete, wie die rote Flüssigkeit erst den Halm hochkroch und dann mit einem kurzen Gurgeln in Helenes Mund verschwand.

»Wo ist denn mein Männlein?«, fragte sie sich selbst mit wackelndem Kopf, tauchte hinter der Theke ab und mit einem Flachmann wieder auf. »Willst auch? Slibowitz.«

Ich nahm den Flachmann entgegen und setzte ihn an, in der Hoffnung, dass das Helene freundlicher stimmen würde. Es irritierte mich, dass sie um diese Uhrzeit schon betrunken war, und auch, wie sie mit mir sprach. In ihrem Auftreten erinnerte sie mich an die Schauspielerin Cleo Kretschmer, die in ihren Rollen auch immer so etwas Beleidigtes im Gesicht gehabt hatte, in Wirklichkeit aber sicher so ein Typ zum Pferdestehlen wie Manu war.

»Respekt, mein liebes Pupperl«, lachte Helene hämisch weiter. »Hast es schnell gelernt, das Nägellackieren und Slibowitztrinken.«

»Was ist denn los?«, erkundigte ich mich ganz direkt. Sie sprach von Felix und mir, die Untertöne hörte ich doch, aber letztendlich war ich nicht sicher, was Helene wusste.

»Das Herz wird er dir brechen.« Sie sah mich mit traurigen Augen an, die angesoffen hin und her kugelten. »Der Verbrecher!«

In meinem Kopf ratterte es hin und her. Hatte Felix mich als Trophäe benutzt?

»Er hat halt so schöne braune Augen.« Sie setzte sich schwerfällig auf den Barhocker neben mich, legte den Arm auf die Theke und bettete ihren Kopf drauf. Müde schloss sie die Augen für einen kleinen Sekundenschlaf. »Aber der liebe Felix ist im Grund ein Oarsch«, brummelte sie wie im Traum.

»Hey!«, rief jemand von hinten, und Helene richtete sich wie eine Marionette auf, an deren Fäden gezogen wurde. Als hätten wir nicht miteinander gesprochen, zündete sie sich eine Zigarette an und blies den Rauch in meine Richtung. Wie ausgestopft saß sie an der Bar, so steif und so bemüht, nicht auch noch von dem Stuhl zu kippen. In diesem Moment kam Felix aus dem Nebenraum, zwinkerte uns zu, postierte sich am anderen Ende des Tresens und begrüßte die ersten Gäste.

»Von mir aus kannstn haben«, schnurrte Helene mit so etwas wie Stolz in der Stimme, stand auf, ließ sich aber gleich darauf mit dem Hintern wieder auf den Hocker fallen. Als sich die Hinterzimmertür kurz öffnete, sah ich die Lusterkönigin im Pokerzimmer, wie sie mit einer Gruppe von Herren plauderte, die offenbar ein Spiel im Auge hatten. Sie wirkte vornehm und wie immer sehr erhaben. Sicherlich würde *sie* sich niemals von einem Felix-Schulbuben das Herz brechen lassen.

»Man muss ihn dennoch liebhaben«, stöhnte Helene, von sich selbst gelangweilt, und nuckelte an ihrem Männchen weiter. »Wenn man verliebt ist, ist alles und jeder schön. Wenn man verliebt ist, dann ist man ja verliebt. Dann ist der andere wunderschön, egal, wie alt er ist und ob er Falten hat oder keine.«

»Jetzt mach mal 'nen Punkt!«, versuchte ich es mit der deutschen Art, denn Helene ging mir mit ihren vielen Andeutungen ziemlich auf die Nerven. Helene dachte aber gar nicht daran, mit ihrer Predigt aufzuhören. Sie wies mit dem Kinn auf Felix. »Wast as eh: ältere Frau, junger Mann«, sprach sie in Geheimbuchstaben weiter. Als sie merkte, dass ich mich abwenden wollte, goss sie weiteres Öl ins Feuer. »Ich sag dir was«, wieder zog sie an ihrer Zigarette. »Ich war mal mit ihm z'sam.«

»Mit wem?«

Wieder wies ihr Kinn zu Felix hin.

»Mit ihm. Und waast wos? Er is a Sau!«

Ich erschrak bis in den großen Zeh. Helene und Felix! Aber Helene war doch eigentlich ein Mann oder doch eine Frau? Und Felix? Auf wen oder was stand der überhaupt? Getroffen blickte ich zu ihr und sah die Tränen in ihren Augen. Helene war nur ein wenig jünger als ich, schätzungsweise zwei, drei Jahre.

»Ach komm«, versuchte ich sie zu trösten und tätschelte verlogen ihre Hand. »Ich hab nichts mit Felix.«

Wenn er der Arsch war, den auch ich jetzt in ihm vermutete, dann hatte er sich bei Helene verhalten wie bei mir. Er hatte uns gesammelt, wie Rabattmarken, wir waren Gelegenheiten für ihn gewesen.

»Ich habe ihn so oft g'frogt«, lamentierte Helene vor sich hin, »aber er hot ma oafach nix erklärt. Wann na g'sagt hätt, es ist vorbei, dann hätt des weh tan, aber sicher hätt ich's verstanden. Aber so … jeden Tag seh ich ihn, und immer baggert er neue Tussis an.«

»Ich bin keine Tussi«, begehrte ich auf, aber Helene schnaubte nur und nahm noch einen und noch einen Schluck.

»Vielleicht hat er ja bald einen anderen Job«, probierte ich es mit einer Form von wiedergewonnener Sachlichkeit.

»Vielleicht«, heulte Helene weiter. »Aber dann werde ich ihn vermissen!«

»Was jetzt?«, fuhr ich sie an. »Willst du deine Würde bewahren oder dich wie eine alte Jungfer an den Hals von diesem Schnulli werfen? Mensch, Helene, du bist doch wer!«

Ich wusste zwar nicht wirklich, wer Helene war, aber das war auch egal, weil ich eigentlich zu mir gesprochen hatte.

»Es ist, was es ist«, zitierte ich Erich Fried, aber der war Helene fremd, ich las es in ihrem leeren Blick. Ich entdeckte mich im Spiegel, der hinter dem Tresen hing. Rechts von mir eine Whiskeyflasche und links von mir ein Magenbitter. Meine Augen sahen müde aus, ich wirkte abgeschlafft und unbelebt. Es war kein Wunder, dass Felix mich ebenfalls abgeschoben hatte. Aber diese Art wäre nicht notwendig gewesen. Wenn Liebe so war, dann wollte ich sie nicht. Dann war das nämlich gar keine Liebe, sondern nur ein gigantischer Hirnfurz.

»Helene?«

Sie schnarchte leise und reagierte nicht.

»Mix mir was!«, rief ich Felix im Befehlston zu. »Und sieh zu, dass der Cocktail nicht zu bitter schmeckt.«

Felix schickte mir ein kurzes Zwinkern zur Begrüßung und bediente langsam und sorgfältig erst einmal die anderen Gäste weiter. Ich verließ die Bar und versuchte mich zu sammeln. Das war übel, was ich da erlebt hatte. Es war Grund genug, Felix die Pest an den Hals zu wünschen. Dabei, ich konnte es nicht fassen, hatten wir uns doch geliebt! Zumindest körperlich. Es war gar nicht lange her, da hatte er mich heimgefahren. »Haben Sie Wien schon bei Nacht gesehen?« Und später, nach unserem Beisammensein, da war ich die Strecke barfuß, mit den Sandalen in der Hand, heimgeflogen. GEFLOGEN war ich. Und jetzt war alles anders. Felix sah über Helene und mich hinweg und machte uns beide damit zu alten Schachteln, die auf seinen jugendlichen Charme hereingefallen war. Das war nicht das Grandezza-Gefühl, mit dem ich Uwe entgegentreten wollte.

Ach Uwe ... Wollte ich denn überhaupt, dass er nach Wien kam?

Nein, ich wollte, dass Marlene und Greta zurückkamen, wo immer sie auch gerade waren. Ich wollte, ich wollte … auf keinen Fall nach Hause. Nicht in dieses Loch mit den bescheuerten Katzen. Was ich brauchte, war irgendeine Zuwendung und vor allen Dingen die Bestätigung, dass ich nicht die unattraktive, naive Pfälzer Kartoffel war, zu der mich Felix mit seinem Verhalten machte.

Ich verließ die Lusterkönigin und wanderte langsam und lange durch die nächtliche Stadt, zurück in den 7. Bezirk. Auf den Straßen war noch jede Menge los, und im Hof des Museumsquartiers saßen Menschen jeden Alters und jeder Herkunft und gaben sich einer Lounge-Musik hin, die ein Mann auf einer transportablen Anlage abspielte. Deprimiert holte ich mir einen Drink an einer der kleinen Bars und sah ein paar jungen Mädchen beim Tanzen zu. Sie fingen meinen Blick auf und luden mich mit Gesten ein mitzutanzen. Das war mir etwas unangenehm, da ich mich zu behäbig dafür fühlte. Doch dann wurden es immer mehr junge Menschen, die zu der Musik tanzten, irgendwelche Hip-Hop-Hits und deutsche Songs, die ich nicht kannte.

»Was ist das?«, fragte ich das Mädchen neben mir an der Bar.

»Peter Fox. *Alles neu*.«

Erst zaghaft, dann aber mit immer mehr Wut und Energie tanzte ich mir schließlich die Seele aus dem Leib. Es war mir egal, wie das aussah und ob jemand über mich lachte. Der Tanz befreite mich, und nach ein paar weiteren Songs erlaubte ich es mir, wieder die laue Sommernacht zu fühlen und einen Mond wahrzunehmen, wie er voller nicht mehr werden konnte. Wieso hatte ich nie Peter Fox gehört, überlegte ich. Würde ich heute noch einmal ein Mixtape aufnehmen, dann käme dieser Song von Peter Fox ganz weit vorn.

KAPITEL 20

Ring my bell

Anita Ward

Als ich, vom Tanzen beschwipst und von verschiedenen Getränken angeheitert, sehr spät nach Mitternacht das schwere Haustor aufdrückte, fand ich im Postkasten einen Brief an mich. Frau Navratil schien aus dem Waldviertel zu grüßen.

»Na servus!« Hatte sie am Ende weitere Katzenanweisungen vergessen? Ich setzte mich auf den Treppenabsatz, der zur Wohnung des Hausbesorgers führte, und riss den Umschlag auf. Es flogen mir aber keine Anweisungen, sondern ein Gutschein entgegen, darauf ein kleiner gelber Klebezettel. *... bitte ich, Paul abzugeben, denn ich weiß, er schaut so unregelmäßig nach der Post.*

Bei dem Gutschein handelte es sich um eine Einladung in ein Restaurant seiner Wahl. Ich beschloss, den Brief lieber gleich unter Pauls Tür hindurchzuschieben, damit ich es nicht über Nacht vergaß. Um nicht mit den Absätzen zu lärmen, wackelte ich barfuß die kühlen Stiegen hoch. Durch die hohen Gangfenster konnte ich meine eigenen Fenster sehen und entdeckte den Kater der Nachbarin, wie er über die Dachgiebel balancierte und sich über die Balkone zum offenen Fenster seiner Heimatwohnung schlich.

Leise, leise ging ich weiter. Ah ja, hier war sie ja schon, seine Wohnung. *Pauls Tür*, stand auf dem Schild, das er über den alten Klopfer gehängt hatte, der hier auf Augenhöhe befestigt war. Der Spalt unter der Tür würde reichen. Ein Gruß auf dem offenen Umschlag war vielleicht nicht schlecht. Ich suchte nach einem Stift in meiner kleinen Ausgehtasche, und die metallene Schulterkette schepperte dabei laut gegen die Tür. »Mist«, fluchte ich leise. Das Licht im Flur ging aus, und ich drückte auf den altmodischen Lichtknopf, der summend das milchige Licht wieder anwarf. Na endlich, in der Seitentasche steckte der Stift. Mühsam drückte ich die Mine heraus und hielt den Umschlag an die Tür.

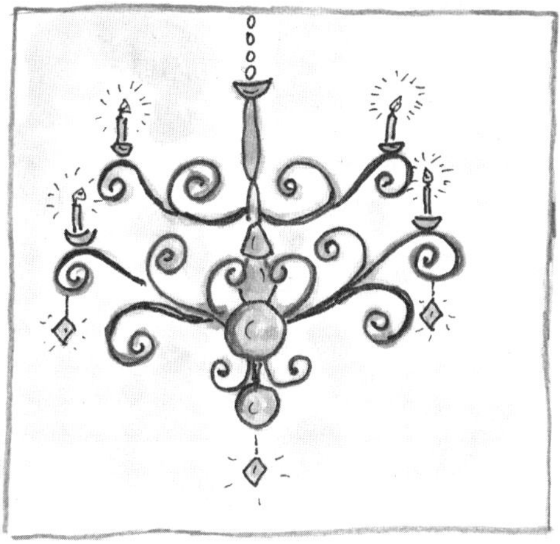

Die Kette klackerte übermütig gegen das Holz, und ich musste sogar etwas kichern, weil ich mich wie ein Teenager fühlte, der seinen Hausschlüssel vergessen hat. Mit beiden Händen stützte ich mich gegen die Tür und versuchte gleichzeitig, mit der rechten Hand einen Gruß zu formulieren. Witzig wollte ich dabei sein. Irgendetwas Keckes daraufschreiben, wie »Unter der Tür von Paul der Brief für Paul« oder »Sie haben gewonnen« oder »Für die gute Seele Paul«. Ich konnte mich nicht entscheiden, fand das eine doof und das andere lustig und amüsierte mich ausgesprochen gut darüber, bis die Tür mit schnellem Ruck geöffnet wurde und ich, wie ein narkotisiertes Flusspferd, Paul direkt vor die Füße fiel.

»Sie?«, platzte er erschrocken heraus. »Was in aller Welt ...«

»Der Gutschein ...«, erklärte ich stotternd und wedelte mit dem Umschlag in der Hand von unten hoch. »Au!« Ich hatte mich verletzt. Der Knöchel begann schon anzuschwellen. Man konnte direkt zuschauen, wie er immer dicker wurde. Paul ignorierte den Umschlag und bückte sich zu mir herunter.

»Meine Güte, 'tschuldige, ich dachte, bei mir bricht jemand ein. Im Moment gibt es da so eine Einbruchsserie im Bezirk. Ich konnte ja nicht ahnen ... Was hat denn da nur so laut gegen meine Tür geschlagen?«

»Handtasche, Kette«, winselte ich und hielt mir mit der Hand den wehen Fuß. »Auweia, tut das weh!« Vor meinen Augen tanzte bereits das Licht. »Mir wird schlecht«, stöhnte ich und ließ den Kopf zur Seite fallen. Nun würde zur Abwechslung mal nicht Herr Moser, sondern ich kotzen.

»Schnell, trink!« Paul war weggesprungen und hielt mir ein Glas mit frischem Wasser vor den Mund. Mit der anderen Hand stützte er meinen Kopf. Auch auf diese Weise kam man also zum vertrauten Du.

Nicht brechen, dachte ich, bitte nicht brechen! Dann wurde mir schwarz vor Augen. In meinem kurzen Narkosetraum tanzte ich mit Marlene über einen Platz, und wir sangen dazu laut die Arie der Königin der Nacht.

»Vivienne!«, hörte ich jemanden aus der Menge rufen und fühlte mich nicht angesprochen, weil ich doch die Anne war.

»Vivienne!« Der Mann hörte einfach nicht auf zu rufen. Jetzt zog und ruckelte etwas an mir.

»Aufhören ...«, stöhnte ich leise, weil mein Traum gerade so schön war und ich mich so wunderbar fühlte als Königin und so stolz war, dass ich die Arie fast perfekt sang.

»Vivienne!«

Als ich notgedrungen zu mir kam, lag ich in stabiler Seitenlage. Das eine Ohrgehänge drückte an meinem rechten Ohr, und, ich fühlte es, meine neue lilafarbene Wimperntusche hatte sich von ihrem Platz gelöst. Die Farbe brannte in meinen Augen, sie tränten, und aus meiner Nase schniefte es.

»Besser?«, hörte ich die Stimme näher und näher kommen. »Immerhin, du hast sehr schön gesungen.«

Ich öffnete die Augen. »Felix?«

Ein Brummen auf der anderen Seite. »Paul.«

»Sorry.«

»Meine Güte, du bist ja ganz lila im Gesicht!«

Er reichte mir ein Tuch, und ich wischte mir die Wimperntusche von der Wange.

»Warum schaust du auch nicht nach deiner Post?!« Erschöpft führte ich endlich meinen Auftrag aus.

Paul nahm das Kuvert, legte es beiseite und kümmerte sich um meinen Fuß.

»Ist nur verstaucht. Ich werde dir einen Umschlag mit essigsaurer Tonerde machen. Das ist ein altes Hausmittel und wirkt garantiert.«

Er half mir halb ziehend, halb stützend auf und reichte mir ein Kissen und eine Decke, damit ich es auf dem Boden bequemer hatte. Ich lehnte mich mit dem Rücken an die Wand und versuchte mich zu sammeln. In der Küche hörte ich es scheppern, Wasser lief, und Schubladen wurden aufgezogen.

»Tut mir leid, dass du jetzt so Umstände wegen mir hast«, rief ich in seine Richtung.

»Das macht nichts, das bin ich gewohnt. Ich werde öfter mal aus dem Bett geklingelt.«

Aha, dachte ich und schwieg. Noch so einer, der Frauen frisst. Sein Flur war voller Bilder, Fotos von verschiedenen Kindern konnte ich erkennen, die teils im Rollstuhl saßen oder schiefe Mützen trugen. Paul mit verschiedenen Frauen unterschiedlichen Alters. Kinderzeichnungen, Fähnchen, eine Girlande baumelte über einer Tür, *Happy Birthday*, konnte ich darauf lesen. An der Seite eine Kommode. Darauf ein Strauß aus Filzrosen. An der Kommode lehnte ein wie von Kinderhand gemaltes Bild, auf dem wieder eine Frau zu sehen war.

»Das ist meine Kollegin Ruth.« Paul war beim Zurückkommen meinem Blick gefolgt.

»Und die Fotos?«, fragte ich, während Paul sich bückte und meinen Fuß in ein nasses Tuch einwickelte. »Das sind die Kinder meiner Gruppe. Ich arbeite in einem Heim.«

»Ich denke, du bist Taxifahrer?«

»Nicht denken, fragen. Ich bin Sozialpädagoge.«

Das kühle Tuch tat meinem Fuß unglaublich gut. »Noch ein bisschen Arnika«, entschied Paul fachmännisch. »Dann kannst du wieder tanzen.«

»Du bist der erste Sozialarbeiter, der dafür sorgt.«

»Woher willst du das wissen?«

»Ich weiß nicht ...« Tatsächlich hatte ich noch nie einen Sozialpädagogen kennengelernt, schon gar nicht einen Mann, der mit Kindern arbeitete. Einige aus meiner Klasse waren Kindergärtnerinnen geworden, aber die Männer, die ich kannte, kümmerten sich um Zähne, Autos und Zahlen.

»Das muss jetzt ein bisserl wirken«, umwickelte er den Fuß mit einem Tuch. »Magst du in der Zwischenzeit ein Glasel Wein?«

»Besser nicht«, entschied ich schnell und nahm lieber noch von dem Wasser. »Aber du könntest mich ein bisschen unterhalten. Wenn ich einschlafe, dann schnarche ich nämlich manchmal laut, und das würde ich hier, so nahe am Treppenhaus, sehr gerne vermeiden.«

»Okay«, zwinkerte er mir zu und machte es sich mit einem weiteren Kissen neben mir bequem. »Das wäre für mich auch besser, die Nachbarn sind eh kritisch. Aber ich werde, mit Verlaub, ein Glaserl trinken.«

Paul goss sich aus einer Karaffe ein kleines Gläschen Rotwein ein. Es war puppenhaft klein und niedlich. Ein Nichts gegen die Weinkelche, die ich von Marlene und Greta kannte.

Und nun?, dachte ich. Jetzt saß ich hier als Teilversehrte, und irgendwie war es romantisch, aber irgendwie auch nicht. Es fühlte sich aber vertraut an, stellte ich fest, obwohl ich Paul doch gar nicht kannte. Immer wieder sah ich heimlich zu ihm hin, er merkte es nicht, weil er in seinem Handy etwas suchte. Ja, er sah Felix ähnlich, aber er wirkte reifer und auch ehrlicher und sympathischer. Vielleicht kam das durch seinen Beruf. Kein Mann, der mich anzog, aber einer, bei dem es schön war zu sitzen, weil er nichts von einem erwartete. So etwas wie Manu in männlich, entschied ich, aber, schränkte ich ein, nicht ganz so spontan, wie sie es war.

»Alles gut?«, wendete er sich mir wieder zu. Ich spürte, wie der kühle Wickel die Verstauchung aus dem Fußgelenk zog. »In einem halben Stündchen geht es dir schon wieder besser, kleines Nachtgespenst.«

»Ja, ich merke es schon. Danke.«

Paul nahm wieder sein Smartphone in die Hand und ließ daraus leise Musik spielen. Es war Rickie Lee Jones, ich kannte sie. Eine sehr ruhige, zärtliche Musik, die romantische Gefühle in mir weckte, und das, wo es doch gar nichts zu fühlen gab. Aber es war ein besonderer Moment, so verletzt und auch verletzlich neben Paul zu sitzen und dabei zu wissen, dass er auf mich aufpasste und mir nichts tat. Es gefiel mir, wie wir da saßen. Ich mit Verband, er im Schneidersitz, auf diesen alten Dielen, mit einem Kissen im Rücken, ich mit Wasser, er mit Wein. Und die Musik, die leise aus seinem Smartphone kam, war schön.

»Das ist fein, dass wir uns endlich kennenlernen«, erklärte er und sah noch einen kurzen Moment weiter aus dem Fenster. »Wenn auch auf eine etwas ungewöhnliche Weise. Hast du dich in der Wohnung schon eingelebt?«

Ich schüttelte den Kopf. Es war noch Nacht draußen, das konnte ich durch das Dachfenster sehen, das mitten in den Himmel zeigte. Der Mond stand noch immer rund und fett darüber.

»Es ist nicht die Wohnung, ich fühle mich nicht behaglich in mir drin.«

»Und jetzt?«

»Jetzt ist es schön.« Ich lächelte. »Wir sitzen hier wie ein altes Paar.«

»Oder ein junges.«

»Aber ich glaube, es wird kein Flirt …«, bremste ich schon mal ein wenig ab. Paul begann sehr leise zu zitieren:

»Gib mir einen Kuss zum Scheine,
Eine einz'ge Silbe sprich.
Lass mir deiner Blumen eine
Und den Wahn, du liebtest mich.

Kennst das?«

»Nein«, ich lächelte etwas ratlos, weil Paul mit einem Vierzeiler kam. »Klingt nach Goethe.«

»Peter Hacks. Mir kam diese Passage, du siehst nämlich ein bisserl wie eine zerzauste Prinzessin aus, und ich hatte gerade vorhin die Gedichte von ihm in der Hand.«

Wir hörten weiter Rickie Lee Jones zu, auf die Katie Melua folgte. Das war mindestens genauso schön und verträumt. Was für eine Nacht, dachte ich, und Helene und Felix verschwammen und verflüchtigten sich in den weiten Wiener Himmel, der nun von diesem Mond und ein paar Sternen dirigiert wurde.

»Ob sie wohl so zart ist, wie sie singt, was denkst du?«, wollte ich mich eigentlich auf Katie Melua beziehen, aber der Satz klang, ich hörte es selbst, als hätte ich auch mich mit in den Raum gestellt. Ja, es stimmte. Ich war so zart geworden, wie ich war. Und es war gut, neben Paul zu sitzen, der so viel Kraft hatte, das spürte ich, für diese Kinder, mich und meinen Fuß. Mein Kopf rutschte entspannt zu seiner Schulter hin.

»Ich denke, dass vieles anders ist, als man es annimmt oder es scheint.« Seine Stimme klang gedankenverloren.

»Mmmmh«, stimmte ich ihm zu.

Ich fühlte mich sehr müde und sehr wohl. Der Fuß war schon besser, aber ich blieb dennoch sitzen, weil es so ein romantischer Moment war, obwohl hier keine Verliebten saßen.

»Ich würde dich gerne näher kennenlernen, wenn ich darf.«

Nun rutschte Paul ein bisschen näher.

»Und ich würde dich sehr gerne küssen. Rein platonisch und geschwisterlich.«

Bitte? Ich wurde hellwach. In Maikammer küssten sich Geschwister nicht. Aber Paul war bereits sehr nah, beugte sich über mich, ergriff mein Gesicht mit beiden Händen und küsste mich, sehr zärtlich und mit so viel Gefühl, obwohl doch eigentlich gar kein Gefühl zwischen uns war. Es fühlte sich richtig gut an und richtig falsch. Wie zwei Magneten, die sich eigentlich anziehen sollten, sich aber mit den falschen Polen gegenüberstehen. Trotzdem machte ich mit, weil ich Küssen mochte. Mit einem Mal wurde die Nähe noch enger und mir zu viel. Ich rutschte von ihm weg.

»Noch ein bissel«, stöhnte Paul leise, und ich merkte, dass die Situation brenzlig wurde.

»Hör auf!«, drückte ich ihn von mir weg, und als er einfach nicht aufhörte, scheuerte ich ihm eine, stand auf und humpelte zur Tür hinaus.

»Vivienne!«, rief er mir nach, aber ich drehte mich nicht einmal mehr um.

KAPITEL 21

Zoom

Klaus Lage

»Ich glaub, ich krieg 'nen Knall«, haute es Manu am Telefon schier aus den Socken. »Noch mal gaaanz langsam für eine alte Frau in der Pfalz: Er küsst dich, und du klebst ihm eine? Aber warum, um Himmels willen, machst du denn so was? Stehen die Männer seit neuestem bei dir Schlange?«

Ich hatte Manu gleich am Morgen angerufen, mit wehem Fuß und irritiertem Herzen.

»Es wurde mir halt unangenehm!«

»Du musst sehr betrunken gewesen sein«, diagnostizierte Manu. »Oder hat er ein schiefes Gebiss?«

»Pfui!«, scheuchte ich Moser weg, der sich gerade etwas von dem Käse klauen wollte, der offen neben dem Kühlschrank lag.

»Nicht in diesem Ton!«, reagierte Manu, die meine Reaktion auf sich bezog. Moser fühlte sich hingegen nicht angesprochen.

»Uwe solltest du verdreschen, weil er dich nicht mehr küssen will«, fasste sie pragmatisch zusammen. »Oder hast du inzwischen eine Abneigung gegen den Austausch von Körpersäften?«

»Manu, jetzt isses aber gut!«

»Nein, gar nicht gut! Meinst du, der liebe Gott schenkt dir so was ab jetzt regelmäßig? Nur weil du in Wien bist? Wach auf! Irgendwann ist es zu spät, und dann kannst du nur noch wie Erna werden!«

Erna. Unser Synonym für Topfdeckelhut, Handtasche mit Schnappverschluss und Oma-Eusebia-Schuhe. Zu meinem fünfundvierzigsten Geburtstag hatten mir meine Kolleginnen eine Glückwunschkarte geschenkt, darauf war eine ältere Frau mit Topfdeckelhut abgebildet gewesen, die platt auf dem Bürgersteig lag und bewusstlos schien. Darunter in etwa die Worte: *Erna erhoffte sich auf diese Weise regelmäßig Mund-zu-Mund-Beatmung.*

»Ich hab das nicht nötig«, protestierte ich. »Ich verspüre da eher so eine platonische Zuneigung.«

»Männer und Frauen können keine Freunde sein, das weißt du doch seit *Harry und Sally.*«

Da war ich mir nicht mehr so sicher. Mit Marlene war ich sehr eng befreundet, obwohl sie ein Mann war – oder auch wieder nicht. Und wir waren uns auch körperlich gerne nahegekommen, hatten gekuschelt, auf der Couch zusammen gedöst, so weit das ihre Kostümierung zuließ.

»Wie sieht Paul eigentlich aus?«, ließ Manu nicht locker. »Ist er größer als du, wie alt?« Sie schien richtig heiß gelaufen, und ich war mir nicht sicher, ob sie mich verstand. Dass sie ausgerechnet jetzt diese alte Teenagerfrage stellte. Als Nächstes war dann die Frage nach dem Mofa oder der Gitarre dran.

»Weiß nicht«, antwortete ich unwillig. »Größer als ich war er auf jeden Fall.«

»Hat er noch Haare?«

Dunkle Haare hatte er, die etwas länger waren.

»Typisch Sozialpädagoge, schätze ich.« Dass er wunderbar sehnige Unterarme hatte und ähnlich gut wie Felix roch, behielt ich erst einmal für mich. Das war so erotisch. Viel erotischer, als es der Kuss gewesen war.

»Na, gut sieht er aus«, fasste ich also karg zusammen.

»Wie gut? Sei mal nicht so geizig und lass mich mit genießen.«

»Also, er ist groß, schmal …«

»Hast du dich vielleicht zu dick gefühlt und deswegen abgewehrt?«

Nein, ich hatte mich nicht zu dick gefühlt. Nicht direkt. »Wieso dick?«

»Na, Uwe meckert doch immer an deiner Figur herum.«

»Das hab ich schon fast vergessen …«

Ich war eher überrascht gewesen. Überrascht, dass es nicht passte. Paul hatte sich so fürsorglich um mich gekümmert, so um mich bemüht. Ich wusste gar nicht mehr, wie das war, wenn jemand einem ein Kissen brachte, den Fuß massierte und leise Musik einstellte. Wie schön es war, ohne den Fernseher nebeneinanderzusitzen und gemeinsam in den Mond zu träumen. Und dass es einen Mann interessierte, was man dachte, wie man lebte und wieso man sich für etwas entschieden hatte.

»Vor allen Dingen glaube ich aber, dass er klug ist.«

»Oooh nein, ihr habt diskutiert?«, jaulte Manu auf. »Das gehört doch in die Achtziger. Am Küchentisch diskutieren, trinken, rauchen und morgens um drei Uhr dann endlich übereinander herfallen«, plapperte sie weiter auf mich ein. »Meine Güte, das kann man doch heutzutage alles früher haben.«

Doch mich faszinierten nun mal kluge Männer, und das seit ersten Liebestagen. Auch Uwe war mal schlau gewesen, lebensklug, bevor ihm das deutsche Steuergesetzbuch alle Leidenschaft aus Hirn und Herz geblasen hatte. Wie ich die Zahlenwichserei hasste, die seit Jahren seinen Kopf bestimmte. Er wusste nichts zu erzählen, und ich wusste nichts zu fragen.

»Manu, mir geht grad ein Licht auf. Ich glaube, Uwe und ich haben einfach zu wenig Text. Er will nicht teilen, und er will sich nicht mitteilen.«

»Und weder zuhören noch selbst erzählen?« Sie schnaufte laut. »Glaub mir, ich sehe Uwe seit neuestem öfter, als mir lieb ist. Er bekommt den Mund kaum zu! Gestern wollte er bei mir einen *Wanderführer Wien* kaufen. Ich musste ihm sehr geduldig erklären, dass er einen Stadtführer meint. Klingelingeling. Kapierst du? Er ist auf dem Weg nach Wien, will ich damit nur sagen.«

»Wollte er eine Quittung, um das Buch von der Steuer abzusetzen?«

»Das ist es ja – nein!«

»O Gott! Dann meint er es offenbar wirklich ernst.«

Uwe hatte mir eine Liste von Hotels gemailt mit der Frage, welches Hotel am günstigsten läge, er wolle Pendelzeit zu mir vermeiden. Alle Hotels waren Häuser, die über der Kategorie lagen, die er sonst zu buchen pflegte.

»Mir wird ganz anders, wenn ich daran denke, dass wir uns sehen. Er passt nicht mehr in meine Welt.«

»Willst du damit sagen, du hast ihn überholt?«

»Ja, so fühlt es sich für mich an.«

Seit Jahren hatte ich mir einen Moment mit Uwe gewünscht, wie ich ihn mit Paul letzte Nacht erlebt hatte, auch wenn mich Pauls Liebkosung etwas zu aufdringlich überraschte.

»Und wie geht das jetzt weiter?« Manu gab keine Ruhe. »Du hast diesen Felix, dann Paul und dann noch einen Ehemann mit Hörnern auf dem Kopf.«

»Felix ist geplatzt.« Mit diesem Bild erklärte ich ihr, dass die Sache mit Felix für mich vorbei war. Keinen Fuß würde ich mehr in die Lusterkönigin setzen beziehungsweise die Bar erst dann wieder besuchen, wenn ich Greta und Marlene als Schutzengel zur Seite hatte. Wie schnell das gegangen war! Felix weg, Paul da, Uwe im Anrollen.

»Im Leben verstecken sich echt viele Überraschungsmomente«, stellte ich fest. »Ich hatte es schon fast vergessen.«

»Gute Idee, Paul dafür zu verkloppen«, konterte Manu gewohnt trocken.

Paul hatte mir gefallen, auch wenn ich weggelaufen war, aber ich wollte nicht von einer Geschichte in die nächste geraten, zumal ich nicht glaubte, dass Paul eine Geschichte war. Es war wie verhext, ich konnte ihn emotional gar nicht wirklich einordnen.

»Denkst du, ich sollte mich entschuldigen?«

»Bei Uwe?«

Ach, du liebe Zeit, daran hatte ich noch keinen Augenblick gedacht. »Nein, bei Paul.«

»Wenn du von ihm noch mal geküsst werden willst.«

»Und bei Uwe?«, griff ich die Idee auf. Manu zeigte sich salomonisch.

»Wenn du von ihm wieder geküsst werden willst …«

»Wie auch immer, erst mal muss ich Uwe durchstehen.«

»Du klingst, als wäre Uwe eine Menstruation.«

»Ist er auch. Regelmäßig blute ich danach.«

»Vivienne?«

Das war jetzt Paul, der nach mir rief. Mit dem Hörer am Ohr zog ich den Häkelvorhang so diskret zur Seite, dass er mich unmöglich sehen konnte.

»Was ist los?«, drängelte sich Manu dazwischen.

»Paul ruft nach mir!«

»Vivienne!«

»Vivienne?«

»So heiße ich gerade.«

»Okaaaay …«, reagierte sie erstaunt. »Gibt es sonst noch was, das ich wissen sollte?«

»Vivienne …«

»Was macht er?«

»Er steht am Fenster …«

»Antworte ihm doch!«

»Weiß nicht …«

»Anne, sei nicht blöd!«

»Hallo, Vivienne … verzeih mir!«

»Ach Gott, klingt der lieb!«

»Findest du?«

»Nun antworte ihm doch!«

»Weiß nicht … ich leg mal auf!«

»Du bist fies!«

»Bussi, ich halte dich auf dem Laufenden …«

»Anne …«

»Vivienne …!«

Gräfin Mariza erkannte Pauls Stimme und balancierte auf das Fensterbrett. Dabei zog sie den Häkelvorhang zur Seite.

»Mistvieh!«, schimpfte ich und zupfte den Vorhang schnell wieder vor. Durch die Maschen sah ich Paul, wie er am Küchenfenster stand. Er sah zu meinen Fenstern rüber.

»Vivi, bist du da? Ich sehe dich …«

Ich biss mir auf die Unterlippe und wollte gar nicht wissen, wie Vater Freud diese Reaktion interpretiert hätte.

»Vivienne!«, rief Paul. Er hielt ein Plakat aus dem Fenster, mit einem selbstgemalten Herzen, auf das er in fetten Buchstaben *Entschuldigung!* geschrieben hatte.

»Ja …?«, versuchte ich mich distanziert zu geben.

»Na endlich!« Er hob die Hände gen Himmel. »Du sprichst also noch mit mir?«

»Kommt drauf an, worüber«, antwortete ich bockig. Dabei hatte ich ihm längst vergeben, vor allem deswegen, weil es nichts zu vergeben gab. Paul war kein Hagebuttenmännchen. Er war ein wunderbarer Mensch, vermutlich mit einem viel zu guten Herzen, wie ihn auch schon Frau Navratil beschrieben hatte. Wieso ich auf seine Küsse so heftig reagiert hatte, war mir im Grunde schleierhaft, aber ich war zu stolz, um zuzugeben, dass meine Abfuhr etwas zu heftig ausgefallen war.

»Du hast mir doch den Brief von der Frau Professor gebracht?«, setzte Paul an.

»Ich erinnere mich nur dunkel.«

Er winkte ab. »In dem Umschlag war ein Gutschein drin.«

»Mach Sachen.«

»Tu nicht so deppert, ich würde dich gerne einladen. Zur Versöhnung. Nimmst du an?«

Aus dem Augenwinkel sah ich, wie die Gräfin von ihrer Lieblingsgardine auf den Teil des Buchregals sprang, der von mir zum Sperrgebiet für Katzen und Kater erklärt worden war. Auf dem Regal waren in diesem Teil nur wenige Bücher, dafür sehr viel Nippes, Vasen, Schälchen und Dosen aus Porzellan, in die man Zucker oder Pralinen füllen konnte. Schon wackelte eine Vase.

»Vielleicht«, zierte ich mich weiter.

Die Vase fiel.

»Na bitte, hobts ihr zwa es boild, oder derf i no mitgeh essen?« Das war der Mann, der über meiner Wohnung wohnte.

Paul ließ sich nicht beirren. »Also abgemacht. Hol mich am besten morgen von der Arbeit ab, und ich zeig dir dann einen der schönsten Plätze in Wien. Die Adresse von meinem Laden hänge ich dir an den Postkasten. Okay?«

»Also gut«, antwortete ich gnädig.

Und gnädig und voller Vorfreude tippte ich eine SMS: *Gehe mit Paul essen.*

Brav, meldete sich Manu sofort zurück. *Übrigens war Uwe gerade hier. Bleich wie der Tod. Und noch was: Er packt bereits den Wagen!!!*

KAPITEL 22

Überlandpartie

Hermann Leopoldi

Nervös und noch immer etwas fußlahm überquerte ich am Nachmittag die Landstraße und blieb vor dem Schaufenster der Hausoper stehen. Ich hatte Oskar Pirzak angerufen, und er hatte Zeit für mich. Heute. Und morgen würde sich Uwe auf den Weg machen, hatte er mir per SMS mitgeteilt. Ein paar Staus und Laster würden für mich noch etwas Zeit herausschinden. Fakt war, dass ich noch immer nicht wirklich glücklich mit meiner Entscheidung war, Uwe in Wien zu treffen. Doch was immer mir bevorstand, es ließ sich so oder so nicht aufhalten. Nicht einmal wirklich besprechen konnte ich mich, da niemand da war, Manu war heute Abend verabredet, und Paul, ach, an den wollte ich gar nicht denken, weil sein Kuss mein Leben noch verzwickter machte, als es eh schon war. So wie es aussah, würde ich seine Einladung nicht annehmen können. Erst mal nicht. Es sei denn, wir luden Uwe dazu ein.

Die Hausoper lag still in der mittäglichen Sonne. Kein Bienenschwarm von Künstlern, der ein und aus flog. Zu früh für all das Volk, das die Bretter liebt, die die Welt bedeuten. Ich klopfte mit dem Finger an die staubige Scheibe. Bald tauchte Oskar Pirzak auf, mit fragendem Blick, weil er mich doch nicht gleich erkannte.

»Hallo, Herr Pirzak, ich bin es, Viv…, äh, Anne …«, meldete ich mich, um Marlene und Greta den versprochenen Liebesdienst zu erweisen. Der Brief, den ich von den beiden überbringen sollte, informierte Pirzak, dass sie abgereist waren und damit bei der nächsten Premiere fehlen würden, die, das war das Ungute an der Situation, schon in wenigen Tagen stattfand. Es war zu befürchten, dass

Oskar Pirzak auszucken würde, wie es in Wien hieß, wenn jemand einen Tobsuchtsanfall bekam.

»Versuch ihm zu schmeicheln, zu erklären«, hatte Marlene mich auf die Briefübergabe eingestimmt. »Nicht dass er denkt, wir wollen bei ihm nicht mehr singen.«

»Haaallooo«, meldete ich mich noch mal und versuchte, durch die angestaubten Scheiben etwas zu erkennen. Als ich gerade genervt gehen wollte, sah ich Oskar Pirzak, wie er sich die barocke Perücke richtete, dann öffnete er die Tür.

»Grüß Gott! Grüß Gott!« Ich sah an seinem Gesicht, dass er mich nicht zuzuordnen wusste. Der Lack seiner schwarzen Schnallenschuhe glänzte in der Sonne. »Will Sie eine Karte kaufen? Premiere ist erst in fünf Tagen!«

Schnell stellte ich mich vor und übergab den Brief.

»Aha, da ist Sie also keine Zuschauerin, sondern eine kleine Postillionin?«

Ich nickte dämlich.

»Da danke ich Ihr sehr, dass Sie sich auf den Weg gemacht hat. Aber trete Sie doch ein und erfrische Sie sich. Ein Glas Wasser oder Wein kann ich Ihr sehr gern anbieten.«

Brav folgte ich ihm in den Kassenbereich der Oper, der früher wohl der Verkaufsraum einer Bäckerei gewesen war.

»Herein! Herein!«, tönte er und wies mir den Weg nach hinten, in Richtung Bühne. Sein Gehrock aus rotem Brokat, besetzt mit weißen Spitzen, wehte aufgeregt hinter ihm her. »Komm Sie nur her, kleine Madame. Also ein Lettre der Mesdames Greta und Marlene. Erlaube Sie mir ergebenst, dass ich die Zeilen lese.«

Okay, hier handelte es sich nicht nur um eine geliebte Rolle. Oskar Pirzak hatte einen ganz reellen Knall. Er suchte das Siegel, das es nicht gab.

»Und? Wie geht es Ihro selbst? Fühlt Sie sich wohl in Wien, der schönen Stadt?«

Ich nickte und machte dazu beinahe einen Knicks. Dann war es mit der guten Laune bald vorbei, denn Oskar Pirzak öffnete den Brief, las, stöhnte auf und wedelte sich mit seinem Schnupftuch

heftig Luft zu. Er taumelte, und ich sprang ihm zur Seite, er verlangte hechelnd nach dem Riechsalz, das ich weder kannte noch fand, dann ließ er sich ächzend auf einen der barocken Stühle fallen, die seitlich auf der Bühne standen.

»Mon Dieu!«, rief er laut, und dann schrie er nach dem heiligen Judas Thaddäus, der, das wusste ich bereits, in allen schweren Lebensmomenten für schnelle Hilfe sorgt.

»Oooooh, mon Dieu! Porca miseria! Jessas na, san die verruckt geword'n?« Allerlei Sprachen warf er durcheinander, um dann seine Empörung mit einem lauten Aufschrei abzurunden. Er blickte mich erschüttert an.

»San die noch g'scheit? Reisen ins Waldviertel und lassen mich hier im Stich?«

Wie von der Tarantel gestochen stand er auf, hetzte durch den Bühnenraum, weiter in den kleinen Gastraum, wo bei den Vorstellungen Wein und Schmalzbrote angeboten wurden. Gierig stürzte er ein Achtel Roten hinunter, der dort noch von der letzten Probe stand.

»Und Sie hat auch nichts unternommen!«, schimpfte er aufgebracht in meine Richtung. Wütend fuchtelte sein Zeigefinger. Ronny hätte langgezogen »Hä?« gefragt. Ich zuckte einfach mit den Achseln, weil diese Körpersprache in solchen Situationen immer passt.

»Ja, ja … ich mein Sie! Lässt meine Künstler ziehen, und jetzt redet Sie sich fein raus, indem Sie mir einfach den Lettre bringt, der meinen Untergang bedeutet. Eine Oper ohne Sänger, das ist ja keine Oper mehr. Das ist die Hölle! Ich bin ruiniert.«

»Oskar, das haben die beiden nicht gewollt«, versuchte ich zu intervenieren, »das weiß ich ganz genau.«

»Und jetzt nennt Sie mich auch noch Oskar, obwohl Sie das gar nicht darf!«

»Aber …«, setzte ich noch einmal zu einer Erklärung an, doch Oskar Pirzak wollte kein Wort hören.

»Ach was«, näselte er und wedelte mich mit seinem Schnupftuch weg. Ich versuchte dennoch, ein paar versöhnliche Sätze anzubringen.

»Schau'n Sie«, erklärte ich und bemühte mich, sehr engagiert zu wirken, »Marlene wurde bedroht. Die beiden mussten weg, und ich bitte einfach …«

»Was soll das? *Einfach* bitten, das empört mich noch mehr!«

»… untertänigst«, berichtigte ich mich selbst, »es den beiden nachzusehen, dass sie Sie nicht früher informieren konnten.«

Das schien zu wirken. »Ich merke, Sie versteht sich auf die gute Wiener Konversation«, zwinkerte er mir versöhnlich zu und lächelte sogar ein wenig. »Ich muss nachdenken. Nein«, kam ihm ein Geistesblitz, »ich muss telefonieren, sonst haut mir der Cherubin auch noch ab, aber den brauch ich jetzt für das Klavier. Setz Sie sich dahin und warte Sie«, befahl er mir.

Ich blieb verdattert stehen, während Oskar hinter dem kunstseidenen Bühnenvorhang verschwand. Sein Kopf tauchte noch einmal auf. »Hab ich Ihr nicht anempfohlen, sich zu setzen?«

Folgsam machte ich es mir auf einem der goldlackierten Küchenstühle bequem und wartete ab. Es dauerte nicht lange, da hörte ich ihn von hinten rascheln, suchen, wählen. Offenbar ging niemand ans Telefon. Wieder raschelte es von hinten, und ich hörte ihn leise vor sich hin fluchen.

Dieses Opernhaus, das war schon sehr speziell. Allein die ganzen Kerzenleuchter an den Wänden! In Deutschland mussten inzwischen schon Adventskerzen oder Räucherstäbchen von der Feuerwehr abgenommen werden, weil die Feuermelder hohl drehten, pustete man nicht schnell genug ein Streichholz aus. Von Wunderkerzen mal ganz zu schweigen. Ganz hinten gab es tatsächlich eine Loge, in der natürlich ebenfalls Küchenstühle standen. Alte Plakate an den Wänden zeugten von bedeutenden Aufführungen. Die *Lustige Witwe*, *Fidelio* und, ein ganz besonderes Schmankerl, die *Fledermaus*, gepfiffen von Oskar Pirzak höchstpersönlich. Also, wenn er für die Premiere keinen Ersatz fand, dann konnte er Gretas und Marlenes Arien ja pfeifen. Schließlich hatte das ja schon mal funktioniert. Meine Augen verfingen sich in einem sehr alten Spiegel, der viele Kristallperlen reflektierte, die als Ketten von den Decken hingen. Das hier war ein ganz besonderes Schmuckkästchen. Dieser Boden …! Ich grinste. Wie finanzierte sich so was nur?

»Grüß dich, mein Lieber«, hörte ich Pirzak jetzt aus dem Hintergrund, »host deine BIPA-Sackerln verstaut? Ich muss mit dir was reden.«

Aha, es ging auch anders. Dann erklärte er aufgebracht die Misere, in die er geraten war. »Na bitte, jö, äh, also«, hörte ich ihn schimpfen. »Na geh, sei net deppert, dann übernimmst du eben die Partitur.« Pause. »Der Knabe? Aber du kannst doch auch am Klavier den Knaben singen.« Pause. »Wie? No ja, da hast recht, das geht sich nicht aus, Piano und im Raum schweben. So a Gfrett!« Pause. »Jetzt lass dich halt nicht bitten und übernimm die Rolle in dem Korb … Ah geh, du bist doch net blad … Nein, du bist nicht dick, das hab ich nie behauptet! … Also, wenn du des net übernimmst, dann muss ich absagen, dann mache ich den Laden dicht … No jo, die kloane Freundin von den beiden, die war hier, die ham s' mer g'schickt … Bitte? Was meinen? Na, i waas net.« Seine Stimme ging verwundert hoch. »Ah sooo!« Pures Glück klang mit einem Mal aus seiner Kehle, und ich konnte seine freudig hochgezogenen Augenbrauen förmlich sehen. »Ja soooo meinst du das? Na ... biiist du g'scheit! So meinst du das? Grandiose Idee. No jo ... wer mer mal schau'n, was das Herzibinkerl dazu meint.« Pause. Jetzt wurde er richtig förmlich. »Aber ja doch ... das ist doch selbstverständlich. Ich halte dich auf dem Laufenden. Sehr wohl! Sehr gerne!« Zwei Hacken schlugen aneinander. »Auf Wiedersehen. Gerne! Servus, mein Lieber. Habe die Ehre, mein Lieber. Servus. Baba!« Pause. Dann drängelnd: »Aber ja doch, ich rufe doch schon nachher an und sag dir, wie's war. Servus. Baba!«

Diese Wiener, dachte ich und lächelte vergnügt in mich hinein, die Kurzschrift haben sie nicht gerade erfunden. Dann tauchte Oskar hinter dem Vorhang wieder auf. Er straffte sich die Weste, setzte sich die Perücke wieder grad und fingerte sich ein Monokel am rechten Auge zurecht.

»So, da sitzt Sie ja noch. Sehr brav!« Wieder wurde das Monokel gerichtet. »Hat Sie Gusto auf einen weiteren Wein?«

Ich verneinte und sendete Körpersignale, die ihm zeigen sollten, dass ich es eilig hatte. Oskar Pirzak hatte keine Antenne für Körpersprache dieser Art. Sehr verkrampft bückte er sich zu mir herunter. »Wissen S', kleine Madame, da hat er nämlich eine gute Idee gehabt, der Herr Franz-Josef, mit dem ich eben sprach!«

Dann setzte sich Oskar Pirzak neben mich auf einen der wackeligen Stühle und begann zu flöten.

»Schau'n S' her«, hörte ich ihn noch etwas stärker näseln als zuvor. »Bald haben wir Premiere. *Zauberflöte*. Sie kennt das Singspiel?«

Ich versuchte mich zu erinnern, brachte aber detailliert nur einzelne Szenen in meinem Kopf zusammen.

»Das ist ein formidables Stück«, half er mir auf die Sprünge, »das der werte Herr Kollege Mozart sich da ersonnen hat.«

Ich versuchte herauszuhören, was Oskar Pirzak mir eigentlich sagen wollte.

»Heitere Flöten«, gestikulierte er mit Einsatz von Augen, Armen und Händen. »Pamino und Pamina, die Königin der Nacht und drei kleine Büberln, die aus einem Korb singen.«

»Mmmh«, nickte ich geistesabwesend, da ich mein Handy in der Hosentasche spürte und Furcht vor einer neuen Uwe-Nachricht bekam.

»Gar nicht schwer«, hörte ich Pirzak wie aus der Ferne sprechen. »Sehr leicht, beschwingt, wenige Sekunden«, er dachte nach. »Na ja, vielleicht ein bisserl mehr. Allerdings«, richtete er sich wieder das Monokel, »braucht's scho eine Textsicherheit. Nun, wann hat Sie *Die Zauberflöte* das letzte Mal besucht?«

Zu meiner Schande musste ich gestehen, dass ich noch nie in Mozarts *Zauberflöte* gewesen war.

»Ja gibt es denn dort keine Oper wo Sie in Deutschland lebt?«

Ich schüttelte den Kopf.

»Nicht mal eine kleine?«

Wieder schüttelte ich den Kopf.

»Nicht mal so eine Schuhschachtel von Oper wie ich sie habe?«

»Nein.«

»Ja um Gottes willen, in welcher Wüste lebt Sie denn? Da will ich Ihr gleich die Oper erzählen, und Sie wird sich noch amal mehr freuen, dass Sie in Wien ist, und hier …«, er zögerte, »nicht nur in die Oper gehen kann, sondern sie, wie soll ich sagen, direkt, ganz fühlbar miterleben darf. Naaaa? Freut Sie sich auch mächtig?«

Offen gestanden wusste ich nicht, worüber ich mich freuen sollte, aber da es ihm gar so ein Anliegen war, ließ ich mir die wichtigsten Momente der *Zauberflöte*, angereichert mit ein paar falschen Tönen, erzählen, vorsingen und vorpfeifen.

»Die wichtigste Botschaft ist der Glaube an das Gute, das sich doch immer durchsetzt, lassen wir es zu.«

Und dann malte er mir die für ihn wohl wichtigste Szene wortgewaltig aus. Diese war davon dominiert, dass drei Knaben in einem Körbchen von der Bühnendecke heruntergelassen werden, um während eines kurzen Bühnenrundflugs verschiedene Empfehlungen zu singen.

»Na?« Oskar wackelte ausgelassen auf seinem Stühlchen hin und her. Übermütig schlug er sich aufs Knie. »Is des a Freud? Kumm ma ins G'schäft? Da ist Sie baff, ich habe es geahnt. Na ja, ihr Deutschen seids halt doch a bisserl, ich will net glei sagen unflexibel, aber langsam seids ihr schon!«

Im Nachhinein ist man ja oft schneller im Begreifen, als wenn man in der direkten Situation ist. Ich kannte das aus der Arztpraxis. Jemand frotzelt einen an oder ist sogar unverschämt, und erst am nächsten Morgen wacht man auf und schreit ins noch dunkle Schlafzimmer hinein: »Genauuuuu! Das hätte ich dem Idioten erwidern sollen!« Insofern hatte ich vielleicht wirklich langsam reagiert, aber bitte, wie sollte ich auch auf die abstruse Idee kommen, dass das geschwollene Gestotter nichts anderes bedeutete, als dass der Herr Operndirektor höchstpersönlich beabsichtigte, Mozarts Oper umzuschreiben, und zwar dergestalt, dass er aus Personalgründen die drei Knaben auf einen reduzieren wollte. Und dieser Knabe …

»… der ist Sie!«, frohlockte Oskar. »Da bekommt Sie ein hübsches Kleiderl an, das wird Sie freuen, und ein bisserl Myrte ins Haar, und wenn Sie unbedingt will, dann kleben wir auch noch ein paar Engerlflügerl an, wir haben da sehr viele schöne Exemplare in der Requisite, Gold und Silber …«

»Nein!«, schrie ich und erhob mich schnell – und damit sehr, sehr deutsch – von meinem Stuhl. Das Monokel rutschte von Oskar Pirzaks Auge, und aus seinem rotgeschminkten Mund wurde ein Zitronenschnütchen.

»Aber geh«, plauderte er auf mich ein, »Sie wird doch kein dummes Wäschemäderl sein und sich die Chance entgehen lassen! Wo Sie die schlechte Nachricht doch überbrungen hat und Sie Ihren Freunden endlich das Gute zurückgeben kann, was Sie von ihnen erhalten hat.«

»Bitte?«, versuchte ich Contenance zu bewahren.

Es nutzte nicht viel, er nahm mich in die Mangel. Ich solle mal an Marlene und Greta denken, die ihren Job hier verlieren würden, wenn es das Theater nicht mehr gäbe, und die anderen würden auch mittellos werden, weil sich die beiden davongemacht hätten ins Wein-, Most- und Waldviertel, und alles nur, »weil Sie sich nicht traut und nicht die Courage hat einzuspringen, damit Künstler, Kunst und Kultur weiterexistieren«.

Der Kreis, für den ich ab jetzt Verantwortung trug, wuchs wie der Ölfilm auf dem Meer, wenn ein Tanker kippt. Schon hörte ich die ersten Möwen mit verkrusteten Flügeln schreien, und Pinguine fielen im Sand um, weil ihre Flossen von Teer und Altöl verpestet waren. Es war schrecklich! Und ich war schuld! Auch daran, dass es in Afrika zu wenig und hier zu viel regnete. Wenn ich Oskar Pirzak ins Gesicht sah, dann fühlte ich mich wie eine fleischgewordene Klimakatastrophe. Ich war der Orkan, der dieses Theater in Schutt und Asche riss!

»Aber, aber, aber«, stemmte ich mich jammernd gegen ihn, »ich kann doch gar nicht singen!«

Doch ich erfuhr, dass das nichts ausmache, weil es nämlich nicht stimme, da »jeder Mensch singen kann, auch Sie kann es!«. Und er erklärte sich bereit, mir die Strophen beizubringen, was er nicht bei jedem tat: »Was denkt Sie denn? Ich kann doch nicht mit jedem Hanswurst Arien und Melodien üben. Aber bei Ihr«, er legte den Kopf freundlich schief, »da will ich eine Ausnahme machen, wo Sie doch so freundlich ist und auch so fesch. Jetzt muss Sie aber gehen. Ich ruf Sie an, zur Probe.«

Er sprach nun schon fast wieder mit sich. »Ach ja, der Franz-Josef, ich hatt ihm ja zugesagt, ihn anzurufen.« Dann blieb er stehen. »No jö, schau, I koon doch net jed's Sepperl auf dem Laufenden halten. Man muss sich schon selbst bemühen, will ma wos wissen ...«

Mit diesen Worten war er weg, und ich wusste nichts. Nichts über die genaue Melodie, den Text, das Kostüm, die Szene und darüber, für welches Körpergewicht der Korb geeignet war. Nur dass demnächst Probe war, ich zwischen verschiedenfarbigen Engelsflügeln wählen konnte und dass ich aus der Nummer nicht mehr rauskam, das hatte ich ebenfalls kapiert.

Hilfe!, schrieb ich an Greta eine SMS, bekam aber nur als Antwort, dass der Account gelöscht war.

KAPITEL 23

Da Da Da (Ich lieb dich nicht, du liebst mich nicht)

Trio

Der Magen hing mir auf halb zwölf, als ich mich auf den Weg ins Sacher machte. Uwe war da, er hatte eine SMS geschickt, und ich hatte die Wohnung fluchtartig verlassen. In der U-Bahn, zwischen müden Wienern und aufgekratzten Touristen, überlegte ich, ob es sinnvoll war, sofort auf Uwes Ankommen zu reagieren. Er war sicher müde von der Fahrt. Das war nicht die beste Voraussetzung. Damals, als wir noch unser Leben geteilt hatten, da war ich ihm in diesen Momenten lieber ausgewichen. Ich konnte es in seinem Gesicht lesen und wusste, dass er streng und unerbittlich war, oft voller Vorwürfe und gefühlter Kränkungen, wenn er müde war oder sich nicht mit sich im Reinen fühlte. Nichts in mir freute sich auf ihn. Alles, was ich spürte, war Beklemmung und Besorgnis. Wenn Uwe es drauf anlegte, dann konnte er mir selbst mein Wien zur Hölle machen.

Bei all diesen Überlegungen verpasste ich sogar meine Haltestelle und stieg erst bei der nächsten Möglichkeit, am Stephansplatz, aus. Um mich herum Tausende von vergnügten Ehepaaren. Doch ja, man konnte sich gegenseitig inspirieren und beglücken, wieso schafften Uwe und ich das einfach nicht?

Ich schlenderte die Kärntnerstraße zurück zum Sacher, fühlte den Dom stärkend in meinem Rücken und bereitete mich darauf vor, dass Uwe viele unangenehme Fragen stellen würde. Vielleicht sogar nach anderen Männern. Was würde ich dann sagen? Hatte ich ihn betrogen? Ich fand: nein.

»Möchten Sie nicht einen Duft kaufen?«, sprach mich eine Parfümerieverkäuferin in der Fußgängerzone an. Sie sprühte etwas in meine Richtung. »Rosen! Der Duft steht Ihnen ausgezeichnet und ist gerade im Angebot.«

Nein, ich hatte von Sonderangeboten, Outlets und B-Ware längst genug. Das galt auch für Beziehungen.

Es waren nur noch wenige Schritte bis zum Sacher. Noch einmal versuchte ich, die wesentlichen Antworten in mir zu finden. Nein, ich wollte nicht zurück in den alten Trott. Es war mir wichtig, mich zu spüren, mich zu erleben. Ich wollte mit Menschen leben, die lebendig waren und sich für mich interessierten. Und ja, ich erwartete all das von ihm.

»Wenn man in ein feines Hotel geht, in ein Traditionshaus, dann gebietet es die Ehre, dass man elegant gekleidet ist«, hatte mir Marlene damals eingeschärft, als sie mich ins Sacher schickte, um eine neue Frau zu werden. »Die Luft im Sacher wird dich aufrichten. Wenn du im roten Salon sitzt, dann weißt du, was es heißt, eine imposante Persönlichkeit zu sein, und das geht nie mehr verloren. Hast du es einmal, hast du es immer.«

Ich hoffte sehr, dass diese Wirkung auch jetzt hielt, betrat das Hotel und meldete mich am Empfang.

Dann stand er vor mir. Er war größer, als ich ihn in Erinnerung hatte, sein Gesicht war bleich und grau.

»Du duftest gut«, sagte er als Erstes und blieb vorsichtig ein paar Schritte vor mir stehen.

»Ja, das Parfum ist neu, es heißt Süßherz«, tat ich launig.

»Was soll das bedeuten, Süßherz?« Uwes Stimme klang schon jetzt gereizt.

»Na, Sweetheart«, übersetzte ich und tat so, als fände ich mich spaßig. »Das ist doch hübsch.« Es kostete mich alles, ihm gegenüber so unbeschwert zu tun.

Uwe schnaubte durch die Nase. »Süßherz«, wiederholte er. »Warum nicht gleich Zuckerherz, wenn's zuckrig klingen soll?«

Das Fluchttier in mir machte sich bereit. Am liebsten hätte ich ihn jetzt mit seinen eigenen Worten begrüßt: »Hau doch einfach ab, wenn's dir nicht gefällt.« Stattdessen biss ich die Zähne zusammen und hielt aus. Wir gingen auf die Straße, nebeneinander, stumm. Aus einem geöffneten Fenster der Oper sah ich zwei Herzluftballone wehen, hinter dem Fenster probte ein Tenor ein Lied, das nicht nach Mozart klang.

»Wir müssen reden«, sagte Uwe, und seine Stimme hatte nicht die Sanftheit und Reue, die ich erwartet hatte. »Lass uns was essen gehen. Ich bin hungrig von der Fahrt.«

Groteskerweise lag die Schmankeria in allernächster Nähe, und ich hätte mich erinnern sollen, dass dies nicht der beste Ort für Begegnungen war. Wir fanden sofort einen Platz, und ich hielt Ausschau, ob auch kein Hagebuttenmännchen am Salatbüfett sein Unwesen trieb. Uwe überlegte lange, was er trinken sollte. Normalerweise ging das schneller, denn für ihn gab es nur eines: Wasser oder Tee.

»Ich nehme einen Spanischen«, überraschte er mich. »Du auch?«

»Jjjjaa«, stimmte ich mehr verblüfft als geneigt zu. Es war noch helllichter Tag, und daheim konsumierten wir konsequent erst nach Sonnenuntergang alkoholische Getränke.

Die Bedienung kam, er bestellte den Wein und zweimal Büfett, damit wir unsere Ruhe hatten. Ich hatte aber gar keinen Hunger. Mir war der Magen wie zugeschnürt, Begriffe wie »Henkersmahlzeit« und »letztes Abendmahl« kamen mir in den Sinn. Ich fühlte mich furchtbar unwohl an diesem Tisch und wollte am liebsten sagen: »Nun lass es endlich raus!«, denn ich sah, dass er sich etwas zurechtgelegt hatte und über etwas Bestimmtes sprechen wollte. Würde er am Ende nur wissen wollen, wann ich wieder heimkam und ob ich dann gegebenenfalls als Urlaubsvertretung seiner Sekretärin die Buchhaltung übernahm? Uwe wirkte sehr, sehr angespannt, und etwas sehr Ungutes, das ich nicht zuordnen konnte, lag zwischen uns in der Luft.

»Ich geh mir dann mal was holen. Kommst du mit?«

Wir standen beide auf und begutachteten das Büfett. Ich pickte mir aus all den Schüsseln ein bisschen Rotkrautsalat und eine Frikadelle und ging damit wieder zurück an unseren Tisch. Ich hatte überhaupt keinen Hunger, die Frikadelle ekelte mich geradezu an. Meine Gabel wanderte lustlos von einem Rotkrautfaden zum nächsten. Uwe hatte sich den Teller vollgepackt. Er setzte sich und nahm einen Schluck aus seinem Glas.

Was dann kam, brannte sich sofort als eine Art akustische Zeitlupe in mein Gedächtnis. Noch ehe er das Glas wieder neben seinem Teller abgestellt hatte, zwischen Trinken, Absetzen und Hinstellen, sagte er ganz nebenbei und mit gesenktem Blick:

»Ich habe eine Tochter, sie heißt Olivia.«

»Wie?«, erkundigte ich mich lapidar, weil ich mir sicher war, falsch gehört zu haben. Er sah mich an, und sein Gesichtsausdruck erschien mir bereits entspannter, als würde die Beichte allein genügen.

»Ich habe eine Tochter.«

In meinem Gehirn explodierten tausend Möglichkeiten und Sätze. Er hatte das jetzt erfahren, denn eine Frau von dreißig Jahren oder älter hatte sich bei ihm gemeldet. Eine Tochter, die er als junger Mann gezeugt hatte und von deren Existenz er bislang nichts wusste. Besser als eine schlimme Krankheitsdiagnose, dachte ich, die hätte ja auch kommen können.

»Was denn für eine Tochter?«, hakte ich dennoch ungläubig nach.

Uwe ließ seine Gabel ruhen. »Sie heißt Olivia und ist zwei Jahre alt.«

Sie hieß Olivia und war zwei Jahre alt? Ich lehnte mich zurück und sah Uwe nur an. Im Grunde hatten mir diese acht Worte schon alles verraten. Es ist verblüffend, wie knapp sich Sachverhalte vermitteln lassen. Erstaunlicherweise war ich sogar erleichtert, dass es nicht um mich ging, sondern um ihn. Das verlieh mir wieder eine gewisse Größe. Uwe hatte eine Tochter, die hieß Olivia und war zwei. Ich bückte mich, griff nach meiner Tasche.

»Die Rechnung hier übernimmst in diesem Fall wohl du« war das Einzige, was ich sagen konnte.

Er dagegen entblödete sich nicht, mir den Allerweltssatz nachzurufen, den Satz, der nur in ganz schlechten Filmdrehbüchern steht:

»Anne, es ist alles ganz anders, als du denkst!« Dazu fuchtelte er mit seinen Händen herum, gestikulieren konnte man das nicht nennen.

»Und vergiss nicht, dir einen Bewirtungsbeleg ausstellen zu lassen«, fügte ich mit einem Lächeln hinzu, das schmal und scharf wie ein Fallbeil war.

Mein Aufbruch war eher eine körperliche, weniger eine mentale Reaktion auf das, was gerade geschehen war. Ich stand unter Schock. Es war nicht zu fassen. Ich hatte es mit einem Mann zu tun, der ein Doppelleben führte. So ein Leben, von dem man immer nur in den Gazetten liest. Seit wir wieder Kontakt hatten, hatte ich befürchtet, dass sich das Gespräch um mich und meine Reise drehen würde. Dass ich Gründe offenbaren und Entscheidungen würde fällen müssen.

Nun war alles ganz anders gekommen, denn Uwe stand mit einem Mal im Zentrum der Geschichte. Damit hatte ich nicht gerechnet, und ich spürte, wie kalte Wut sich in mir zusammenbraute. Er hatte mich betrogen, er hatte ein Kind, aber damit hatte er mir auch die Show gestohlen. Ein Mal hatte *ich* im Mittelpunkt gestanden. Uwe hatte mich, bildlich gesprochen, rechts überholt, ohne dass ich ihn hatte anfahren sehen. Ich hatte gedacht, er wollte sich hier mit mir über meine Beweggründe, meine Sehnsüchte, meine Enttäuschungen und Hoffnungen unterhalten. Aber er war wegen *sich* gekommen, mit einer fetten Story im Handgepäck. Eine Lebenswende, die meine Flucht banal, ja fast kümmerlich klein machte. Was war das denn schon, sechs Wochen Wien gegen zwei Jahre Olivia? Nein danke, ich brauchte keine weiteren Informationen.

Vor einem Schaufenster mit Schuhen blieb ich erst mal stehen und versuchte mich zu sortieren. Dieses Gespräch war wirklich kurz gewesen. Es hatte gute Chancen, einen oberen Platz auf der Hitliste der kürzesten Beziehungsgespräche zu erlangen. Mein Leben mit Uwe hatte innerhalb von einer Stunde einen Riss bekommen. Wie ein Blatt Papier, ein Foto, das man grob in der Mitte durchtrennt. Auf der einen Seite ich, auf der anderen zwei andere Damen. Mir wurde schlecht. Um mich herum flanierten weiter die gutgelaunten Paare, und ich war mit einem Mann verheiratet, der mit anderen Frauen schlief und nun wie ein Schulbub schniefte, als stünden nicht ein Kind und seine mangelnde Aufrichtigkeit im Mittelpunkt, sondern eine Sechs und Sitzenbleiben.

Als ich drei Ecken weiter war, atmete ich tief durch und spürte gleichzeitig, dass mein Körper in allen Zellen zitterte. Dass ich gegangen war, hatte nichts mit Stolz zu tun, sondern mit purem Selbstschutz. Wieso hatte ich von alldem nichts gemerkt? Er hatte mir erklärend nachgerufen, dass er nichts davon gewusst habe. Möglicherweise tat ich ihm unrecht, wenn ich ihm nun eine Lüge mit der zeitlichen Spannweite von zwei, nein drei Jahren unterstellte. Aber, das stand fest, vor knapp drei Jahren hatte Uwe mich betrogen. Ich versuchte mich zu erinnern. Hatten wir damals eine Krise gehabt? Nein, nicht mehr und nicht weniger als eine der Krisen, die wir ständig hatten. Erschöpft setzte ich mich auf eine Bank vor einer kleinen Grünanlage. Ich musste dringend mit jemandem sprechen. Manu? Mit zitternden Fingern suchte ich das Handy aus meiner Tasche, um ihr eine SMS zu schicken.

»Geh, jetzt machen S' Ihna doch net so breit«, maulte mich eine runde Frau an, die sich mit Tüten und Taschen bepackt zu mir auf die Bank quetschte. Sie kontrollierte nervös die Zeit auf ihrer Uhr und blickte dann schnaubend in Richtung Straße.

»Jetzt, wo bleibt er denn? Männer …!« Sie sah mich an. »Haben Sie auch so ein Exemplar wie ich? Zu nix zu g'brauchen, aber immer ganz der feine Herr mit Stock und Hut!«

Ich nickte zustimmend, obwohl ich Uwe nie mit Stock und Hut gesehen hatte.

»Schrecklich!« Sie atmete hörbar durch und tupfte sich mit einem geblümten Stofftaschentuch den Schweiß von der Stirn. »A Droddl!« Ich zuckte zusammen.

»San S' aus Wien?«, erkundigte sich die Dame weiter. Nicken, einfach nur nicken, dachte ich.

»Heuer sind so viele Touristen da, es is a Pest.« Sie registrierte einen Wagen. »Na, da isser ja!«

Ein Wagen hielt, ein älterer Mann stieg aus, und ich musste zum Glück nicht erklären, dass ich keine herkömmliche Touristin war.

»No wos is? Wülst du, dass i do Wurzeln schlag?«, schimpfte ihm die Frau auch schon entgegen.

»Schatzilein, ich hülf dir scho!«, sprang der Mann von seinem Sitz, um seiner aufgebrachten Frau zu helfen. Die drehte sich aber um, zwinkerte mir zu und sagte: »Ich seh schon, Sie ham a so a nichtsnutziges Exemplar. Die meisten Männer san halt a Fehlinvestition. Verbrecher. Aber liab sans halt doch.«

Sie lachte laut, und während ihr Mann die Einkäufe im Wagen verstaute, flüsterte sie mir halblaut zu: »Ich hab ja auch meine Marotten. Und Sie auch, oder? Müss mer uns z'samraufen. 's Leben ist zu kurz. Grüßen S' Ihren Mann und die Kinder auch!«

Dann stieg sie zu ihrem Mann und hielt ihm vor, wie deppert er die Sachen in den Kofferraum verstaut hatte. Zwanzig Sekunden später fuhr sie mit ihm weg, nicht ohne mir aus dem Seitenfenster noch einmal augenzwinkernd zuzuwinken.

Was war das gewesen? Wiener Gemütlichkeit ganz sicher nicht. Also gut, wenn es so war, dass die Antworten auf der Straße lagen oder einem auf Parkbänken mitgeteilt wurden, dann war das zwar jetzt eine bittere Pille, aber sie war nicht ungenießbar.

Uwe hatte eine Tochter. Damit war ich – tatsächlich – auch noch mal zu einem Kind gekommen. Es zerfraß mich fast, dass er mich betrogen hatte, obwohl ich keinen Deut besser war als er. Er hatte sich etwas gegönnt. Ich hatte mir etwas gegönnt. Wir waren quitt, nur dass ich ihn mit einem Kind verschonte. Uwes geliebter BMW kam mir in den Sinn. Der Lack des Wagens immer glänzend. Innen drin immer alles picobello. Das würde sich ändern, wenn erst einmal ein verkrümelter Kindersitz die Rückbank schmückte. Ich konnte schon jetzt die vergammelten Bananenschalen und müffelnden Apfelschnitten riechen. Praktisch verpackt in einer Plastikbox, die ihren Dampf freipuffte, öffnete man sie mit einem Klick. Da konnte Uwe jetzt noch mal üben. Immerhin, bei Ronny hatte er das ganz gut gemacht. Ich sah das Kind, das ich nicht kannte, und überraschenderweise, ich konnte es kaum fassen, beneidete ich ihn auch um dieses Kind, das er in sein Auto setzen würde, um mit ihm Ausflüge in die Welt zu machen. Olivias Mutter, da brauchte ich nicht viel zu rechnen, war ja jünger. Gut möglich, dass Uwe vorhatte, zu seiner jungen Familie zu ziehen.

»Dann bleib ich in Wien«, entschied ich trotzig. Ich drehte mich um und ging zurück in die Schmankeria, ratlos, denn ich hatte mich auf das Treffen eingestimmt, und nun war alles anders, regelrecht verdreht. Wie sollte ich den Anfang wiederfinden? Ich hatte mich siegessicher gefühlt, und nun hatte Uwe sich als trojanisches Pferd entpuppt. Die Geschichte in seinem Bauch war viel bedrohlicher, als es mein Kurzschluss gewesen war. Wann genau hatte er mich betrogen und vor allen Dingen: Wer war die Mutter dieses Kindes?

Uwe saß noch immer an unserem Tisch. Die Rotweingläser standen noch da, mein Teller mit der Frikadelle und dem Rotkraut war verschwunden. Es rührte mich fast, wie er da saß, die beiden bauchigen Gläser vor sich aufgebaut, so dass es aussah, als hätte er zwei Rotweinbrüstchen.

»Ich will das jetzt genau wissen«, forderte ich ihn auf, während ich mich setzte. »Aber schmück es nicht aus und fasse dich kurz.«

Er spürte, dass mit mir nicht mehr zu spaßen war, und schrumpfte in sich zusammen, als wäre ich die heilige Inquisition. In langsamen Sätzen blickte er zurück, und nach und nach ergaben die Fragmente Stuttgart, Weiterbildung, Konzert, Rotwein und nachts das, aus dem später Olivia wurde.

»Ich habe eine Tochter in Stuttgart«, murmelte er fast vor sich hin, »aber ich habe keine Familie.«

Während um uns herum Geschirr gebracht und wieder abgeräumt wurde und ich jemanden sagen hörte, dass ein echtes Wiener Schnitzel aus zwei Stück Fleisch besteht, reagierte ich, ohne Uwe aus den Augen zu lassen, mit dem Klassiker von betrogenen Frauen, den ich mir gern erspart hätte: »Warum hast du es mir nicht gesagt?«

»Weil ich nichts von Olivia wusste«, antwortete Uwe und leerte das eine Glas in einem Zug.

»Und der Beischlaf vor drei Jahren? Das Fremdgehen? Der Betrug?«

Darauf sagte er nichts.

»Tja«, fasste ich zusammen, zuckte mit den Achseln und deutete an zu gehen. Nun wurde Uwe wach und merkte, dass ich nicht mehr die Frau war, die alles schluckte und in der Art reagierte, wie das in seinem Regieplan stand. Ich brauchte dazu keine Worte. Es war meine neue Art von Präsenz, oder besser, meine Wirkung, die ihm ganz klar verdeutlichte, dass ich nicht mehr abhängig war von uns und dem Konstrukt, das wir uns erschaffen hatten. Es tat gut, das genau in diesem Moment zu merken, obwohl ich erschüttert war über das, was ich gerade erzählt bekommen hatte.

Olivia. Es war unfassbar! Und sollte ich ihm das glauben, er habe von dem Kind nichts gewusst? Hatte er auch nicht mehr gewusst, wie man Kinder macht? In der Tiefe meines Herzens platzte ich vor Wut.

»Anne«, Uwe beugte sich zu mir herüber, und ich spürte seine Rotweinfahne auf meinem Gesicht. »Ich habe es mir nicht leichtgemacht. Bitte glaub mir das. Als du wegfuhrst, da habe ich es noch nicht gewusst. Dann kam das Schreiben, ich bin dann mal hingefahren, habe die Kleine auch schon gesehen und, na ja, was soll ich sagen ...« Jetzt lächelte er verträumt. Es war eine ehrliche Reaktion, er dachte an sie und konnte das Vaterglück nicht unterdrücken. »Sie ist süß. Aber es ist natürlich ein Drama!« Sein Gesicht verfinsterte sich wieder. »Ich schwöre dir, du musst mir glauben ...«

Ausgerechnet das Glauben fiel mir augenblicklich unglaublich schwer.

»... dass ich dich und mich nie in Frage gestellt habe. Auch wenn das alles jetzt sehr unglaubwürdig klingt. Auf keinen Fall wollte ich mit dir am Telefon oder per Mail darüber sprechen. Na ja, und nun bin ich hier.«

Meine Beine zitterten, obwohl ich saß. Wie oft man doch das Wort »glauben« in verschiedenen Zusammenhängen in den Mund nehmen oder denken kann, dachte ich. Ich glaubte oder »unglaubte« gerade mal gar nichts mehr. Wenn überhaupt jemand oder etwas glaubwürdig war, dann war es gerade ich, an diesem Tisch, mit der Klarheit und gleichzeitig der Wut in mir.

»Soll ich das jetzt als eine sympathische Note empfinden, dass du gekommen bist, um mir das zu sagen? Hattest du deine Geschichte während der Fahrt in deinem Kopf und hast dir zurechtgelegt, was du sagen wirst und wie ich darauf wohl reagieren könnte?«

Uwe nickte brav. Es war unfassbar.

»Weißt du, Uwe«, ich beugte mich drohend zu ihm hinüber, »ich dachte eigentlich, es ginge mal um mich.«

Das war der eigentliche Punkt. Ich war wirklich davon ausgegangen, dass Uwe meinetwegen gekommen war. Es war der Wunsch nach Absolution, der ihn zu mir getrieben hatte, und das machte mich fast rasend. Sollte ich wieder bescheiden sein und hinter der großen Geschichte der anderen zurückstecken? Ich dachte nicht daran!

»Natürlich geht es um dich. Äh, uns!!! Jennifer kam damit doch erst vor ein paar Tagen!«

Auch noch eine Jennifer, dachte ich gequält. Kann es denn noch schlimmer kommen?

Ich sah, dass er Tränen in den Augen hatte. »Am liebsten würde ich mit euch beiden glücklich werden.« Er fingerte nach einem Taschentuch. Es war, wie alle seine Taschentücher, aus rot-weiß kariertem Stoff, und wie immer trug er es in der rechten Hosentasche. »Aber ich weiß, dass das nicht geht. Ich kann dir das nicht zumuten, und mit Jennifer habe ich noch nicht gesprochen.«

»Wie? Du willst mit uns beiden leben?«

»Ich meine, glücklich werden, und ich meine Olivia und dich. Vielleicht ist das ja möglich. Ich kann doch das Kind nicht weiter ohne Vater lassen.«

»Soll ich jetzt Mitleid mit dir haben?«, fragte ich, nahm mein Rotweinglas und trank es aus.

»Darf's noch was sein?«

Die Bedienung baute sich vor uns auf, weil sie den Tisch neu belegen wollte. Ich gab ihr keine Antwort, und Uwe bedeutete ihr, auf der Stelle zu verduften.

»Ich … ich … ich«, stotterte er schon wieder los.

»Ja«, unterbrach ich ihn, »du, du, du. Immer wieder du. Der große Klugscheißer. Der Mann, der immer alles besser weiß und der zu doof ist, ein Kondom zu benutzen.«

»Ich weiß ja«, faltete er sich fast zusammen. »Bitte«, er sah mich flehentlich an, »BITTE verlass mich nicht, gib mir eine Chance, es zu regeln.« Uwe ging auf meine Provokation nicht ein. Es musste ihm wirklich mies gehen, dass er den Kondomvorwurf nicht zu einer Gegenattacke nutzte.

»Wer ist denn *es*?«, machte ich stocksauer weiter. »Es Olivia? Ich verrat dir jetzt mal was, und ich werde versuchen, nicht kleines Arschloch zu dir zu sagen«, giftete ich ihn an. »Ich habe einen Geliebten oder sogar zwei. Zwar ist keiner von beiden von mir schwanger, aber du sollst wissen, du Dreckskerl, dass es Männer gibt, die auf mich stehen.«

Uwe blieb der Mund offen stehen, und er schnappte nach Luft wie die Karpfen im Mannheimer Luisenpark. Ihm fehlten tatsächlich mal die Worte! Dass ich das noch erleben durfte.

»Was soll das heißen?«, fing er sich und plapperte alarmiert los. »Wie, Männer?«

Aha, er hatte sich gefasst.

»Ja, du hast richtig gehört. Nicht Mann, sondern Männer!« Triumphierend zog ich die Augenbrauen hoch. »Ich liebe, und ich werde geliebt.«

Jetzt eine kurze Pause einlegen, wies ich mich selbst an, die braucht es, damit ein Dialog an Fahrt gewinnt. Das hatte ich bereits von Oskar Pirzak gelernt. Abwarten und schließlich dem Ganzen die Krone aufsetzen.

»Und damit du es genau weißt«, ich beugte mich wieder vor und wurde leiser, »und dir auch schön ausmalen kannst: Ich wurde begehrt und musste mich nicht einmal darum bemühen.«

Uwe zeigte sich gefasst. Er drehte sein Weinglas am Stiel, schluckte und machte eine schiefe Schnute, als die bittere Medizin endlich in seinem Inneren gelandet war.

»Warum solltest du nicht begehrt werden?«

Oje, das sagte der Mann, der so gut wie nicht mehr mit mir schlief!

»Weil beide jünger sind als ich und du dir das vielleicht gar nicht vorstellen kannst.«

Jetzt runzelte Uwe die Stirn. Fehlte bloß noch, dass er seine Brille hochschob und mich wie ein Blatt vor seine Nase hielt, damit er mich besser lesen konnte. Und dann kam der Satz, der das Fass zum Überlaufen brachte:

»Jünger als Jennifer?«

»Ich muss zur Probe«, erklärte ich und ließ Uwe nun endgültig in der Schmankeria sitzen. Sollte er sich Wien anschauen, er hatte ja ein Hotel. Ich brauchte Luft, um zu verstehen, wie es in der Geschichte weiterging und was die Geschichte mit mir machte. Entschlossen griff ich nach meiner Strickjacke und der Handtasche, die neben meinem Stuhl lag.

»Fahr nach Hause oder zu Jennifer. Ich will dich nicht mehr sehen und schon gar nicht hier in Wien. Mach, dass du wegkommst!«, schäumte ich. »Ich warte nicht mehr drauf, dass zwischen uns irgendwas geschieht!«

Mit diesen Worten sprang ich auf und warf dabei meinen Stuhl nach hinten um. Es polterte und krachte, die Gäste drehten ihre Köpfe zu uns.

»Entschuldigung!«, verbeugte ich mich vor dem ungewollten Publikum. »Nichts passiert. Ich habe nur eben gerade erfahren, dass ich Stiefmutter geworden bin. Es geht nicht um Oliven! Olivia!«

»Anne! Bitte benimm dich doch!«, hörte ich Uwe und sah, wie er beschämt zu Boden blickte.

»Wie bitte? Benehmen? Sag mal, hast du eigentlich einen Knall?«, zeterte ich und wurde dann gefährlich ruhig. »Hinaus aus meiner Stadt!«, drohte ich ihm, und dann verließ ich zum zweiten Mal das Lokal.

»Sehen wir uns heute noch?«, hörte ich Uwe verzweifelt fragen, als ich schon fast draußen war, aber ich verneinte, ohne mich nach ihm umzudrehen. Dann verließ ich mein Schicksalslokal und war froh, dass ich die verwinkelte Innenstadt von Wien so gut kannte, so dass ich schon bald mehrere Ecken weiter war.

Mein Schritt war eilig, und ich fühlte mich sehr gestresst. Ohne mich umzusehen, lief ich eine Straße hoch und die nächste wieder runter. Längst war Probenzeit, aber ich hatte nicht vor, in die Hausoper zu gehen. Undenkbar, jetzt auch noch die dicke Putte im Korb zu geben. Nein, nicht nur meine Theaterrollen und meine Ehe, alles musste ich überdenken. Ganz zuvorderst mich. Ich hatte früher immer sehr genau gewusst, was ich *nicht* wollte. Keinen Ärger, keinen Streit, keine Zurückweisung, keine, keine, keine. Was aber *wollte* ich?

Nur wenige Minuten später fand ich mich vor dem Riesenrad wieder. Wie in Trance war ich hierhergekommen. Ich ließ mich durch den Jahrmarkt treiben und landete vor der kleinen Hochschaubahn, die noch älter war als ich. Während ich mir den Mund von einer grellbunten Zuckerwatte verkleben ließ, beobachtete ich, innerlich wie taub, die kleinen Kinder mit ihren Eltern, wie sie in den Waggons durch die kleine Gebirgslandschaft ruckelten. Ich betrachtete die fröhlichen Gesichter und erinnerte mich sentimental, wie wir uns als Familie hier vergnügt hatten. Vater, Klaus und Michael vorne in die kleinen Waggons gepresst, Mutter und ich saßen hinten, und dann zog uns die dampfende Lok bergauf und bergab, vorbei an Zwergen, durch Tunnel hindurch und vorbei an Minibergen, die Namen wie Großglockner hatten.

Ich sollte Uwe und Olivia eine Fahrt spendieren, dachte ich verstört und entdeckte ein Mädchen, das mir winkte. Es kostete mich alles, ihm zurückzuwinken und dabei zu lächeln. Wer weiß, dachte ich, vielleicht wird auch sie sich später noch an diesen Moment erinnern, an den Schwung der Bahn und an die Frau im rosa Kleid, die auf einer Bank saß, winkte und grüne Zuckerwatte aß. Menschen spazierten an mir vorbei, Hunde beschnupperten das Holzgeländer hinter meinem Rücken, Kinder bettelten um eine Fahrt. Ich hatte mir immer mehr Liebe in meinem Leben gewünscht. Mehr Begegnung, mehr Spannung, mehr Charme. Am besten würde ich nachher meinen Seelenkater mit einer echten Kalorienbombe killen. Backhendl vielleicht oder ein Fiakergulasch oder noch besser eine Stelze im Schweizerhaus, Buchteln mit Zwetschgenröster, eine Topfengolatsche oder Powidltatschkerl in der Praterfee oder Mohnschupfnudeln im Café Zuckergoscherl. Einer der vielen fetten Schmäuse, die es in Wien zu essen gab und die man am besten mit einem Liebsten verspeiste. Ich hatte nicht gerade das leichte Pratergefühl, das ich mir wünschte. »Paaszd scho«, munterte sich Greta in diesen Momenten auf. Es passte bei ihnen immer alles, weil sie es für ihr

Leben passend machten. Und vielleicht war das einer der wichtigsten Sätze und Gedanken, die ich von den beiden mitgenommen hatte, nicht mehr darauf zu warten, dass die Welt sich veränderte, die Umgebung, sondern es selbst zu tun. Selbst das eigene Leben in die Hand zu nehmen. Und zwar mit Vergnügen und nicht mit dieser unendlichen Reue oder Trauer, wie es mir die Eltern mitgegeben hatten. Dieses Opferdasein, Opfer der Bedingungen.

»Wir sind der Kaiser, der Kaiser sind wir«, hatte K&K in unserer Küche laut gesungen. Ja, so war es vielleicht. Wenn wir es wollten, dann konnten wir alle Kaiser und Kaiserinnen, Könige und Königinnen, Schnecken, Drachen oder kluge Eulen sein. Wir waren Schlangen, Ritter und Prinzessinnen. Liebesperlen, Blumen, Froschkönig, verwunschenes Reh oder das Däumelinchen in einer Blüte. Wir machten Fehler, Liebe, Kinder, besuchten Séparées, ließen uns platonisch küssen. Alles war ganz einzigartig und lief synchron ab, unbemerkt und nebenher. Irgendwann würde auch Olivia eine alte Frau sein und das alles wissen. Alles, was passierte, war im Grunde ja nur Leben, und so wie es jetzt war, so bunt hatte ich es doch gewollt. Auf dem Mixtape hatte ich mir doch so sehr gewünscht, niemals eine Spießerin zu werden. Nun war ich auf dem besten Weg, mir ein Hippieleben aufzubauen, mit verschiedenen Lebensräumen, Liebhabern und Kindern, die nicht meine waren. Sie war nicht sexy, diese Vorstellung, aber sie half mir, die Uwe-Olivia-Story erst einmal stehen zu lassen, wo sie war.

KAPITEL 24

Etwas Wärme suchen

Herman van Veen

Ich schleppte mich nur mühsam durch die Tage und konnte mich zu nichts mehr wirklich aufraffen. Uwe war tatsächlich sofort nach unserer Auseinandersetzung abgereist.

»Falls ich von dir bis morgen früh nichts höre, fahre ich zurück«, hatte er mich per SMS in Kenntnis gesetzt, und ich hatte es nicht unterlassen können, ihm am Morgen meine Sporttasche samt Bärchenanzug durch den Concierge des Hotel Sacher zukommen zu lassen.

»Gute Fahrt«, hatte ich ihm auf einem Schmierzettel gewünscht und »Diese alte Raupenhaut kannst du mitnehmen!« hinzugefügt. »Der Schmetterling ist geschlüpft.«

Ob er das verstanden hatte, wusste ich nicht. Uwe war in Biologie nie besonders gut gewesen, und ob er in mir einen geschlüpften Schmetterling sah, war auch nicht hundertprozentig sicher. Wobei ich mir ja selbst auch nicht besonders schillernd vorkam. Ich fühlte mich eher wie eine Stubenmotte, die das Licht scheut und verängstigt wegflattert, kommt ihr ein Mensch zu nahe. Das, was passiert war, setzte mir zu.

Ich ging zu den Proben, weil ich hingehen musste, hielt die Zeit aber so kurz, wie es nur eben ging. Zwei Tage lang verkroch ich mich in meiner Wohnung, und Paul sagte ich das gemeinsame Essen ab. Smalltalk war mir gerade nicht möglich, und für tiefere Gespräche hatte ich keine Kraft. Wie sollte ich Paul begegnen? Vielleicht mit den Worten »Jetzt hat es die Prinzessin komplett zerrupft!«? Nein, das hatte keinen Wert, also vertröstete ich ihn auf irgendwann, und vielleicht würde der Tag auch nie kommen. Ich hatte keinen Appetit, ich hatte keine Freude, sondern wälzte in mir herum, dass Uwe eine Tochter hatte und damit mein Leben neu gemischt war und inhaltlich auf dem Kopf stand.

Wenn ich mir jetzt meine Songs auf dem Mixtape anhörte, klang mir mein jugendliches Lachen schrill in den Ohren, und meine Wünsche schmeckten bitter. Es war jetzt nicht mehr Freude, sondern Hohn, was ich beim Hören empfand. Verkrampft lag ich im Bett, blickte tumb durch die Gardinen, und der Nebel und die Ungewissheit, wie es mit mir nun weitergehen sollte, lähmten mich so sehr, dass ich zu keiner Lösung kam. Natürlich konnte ich hier in Wien bleiben. Denn es gab nun nichts und niemanden mehr, das oder der mich in Maikammer hielt.

Außer Mutter. Ausgerechnet sie. Ein paarmal wählte ich ihre Nummer und legte sofort wieder auf. Ich konnte mir nicht vorstellen, mit ihr über diese schreckliche Wendung in meinem Leben zu sprechen. Niemanden rief ich an. Einzig Manu bekam eine kurze Mail mit dem Inhalt dessen, was vorgefallen war. Dann lümmelte ich wieder in meinem Bett herum oder schleppte mich auf die Couch im Wohnzimmer, um mich wenigstens ein paar Schritte zu bewegen. Die Katzen ignorierte ich und meinen knurrenden Magen auch. Wie kann man weiterleben, wenn so etwas passiert? Ich wusste von vielen prominenten Menschen, denen noch einmal Kinder geschenkt wurden und die damit offenbar gut klarkamen. Egal, ob das jetzt die eigenen waren oder die Kinder ihrer Partner. Ich fühlte mich nicht souverän genug, um mir vorstellen zu können, mit dieser Olivia zu leben. Vaterwochenenden kamen für mich nicht in Frage. Auf keinen Fall würde ich die Stiefmutter geben, die im Verhältnis zur Mutter eher eine Omi war. Wenn ich mir das nur vorstellte, dann schämte ich mich fast so heftig, als hätte ich selbst das Kind gemacht. Ich, das Opfer, spürte mich dann, als wäre ich der Täter. Es war ganz beklemmend, es machte mich depressiv. Ich trank zu viel, und das Rauchen hatte ich auch wieder angefangen.

»Was soll ich machen?«, schrieb ich auf ein großes Blatt Papier und pinnte es an eine Wand. »Warten können!«, antwortete ich mir selbst auf einem anderen Blatt und hängte es über mein Bett. So hatte ich es in dem Film *Das zweite Erwachen der Christa Klages* gesehen. Wie ein zweites Erwachen kam mir jetzt auch der Zustand meines Daseins vor. Zum ersten Mal war ich erwacht, als ich das Mixtape gefunden hatte. Daraufhin hatte ich mich aufgemacht, um mir meine Träume zu erfüllen. Nun hatte der Wecker wieder geklingelt. Aber diesmal nur, um mich vorzuführen. Das Schicksal grinste mir jetzt nicht lockend, sondern hämisch zu. Es keckerte wie das ausgestopfte Eichhörnchen an der Wohnzimmerwand im Hause meiner Eltern.

Irgendwann, das wusste ich, würde ich nicht mehr drum herumkommen, alles zu klären, und würde dann auch mit Uwe oder mit einem Anwalt über Uwe reden müssen. Ich fürchtete mich davor. Eben noch hatte ich erhobenen Hauptes meine Ehe verlassen, um jetzt zu begreifen, dass, selbst wenn ich mich trennte, *ich* die Verlassene war. Eine Verlassene, die selbst in einem Séparée die Ehe gebrochen hatte.

»Schluss!«, zischte ich mich selbst an. »Hör auf mit dem Scheiß! Das ist Uwe, das bist nicht du!«

Ich zündete mir eine neue Zigarette an. In meinem Leben hatten diese Worte nichts mehr verloren. Jetzt war ich wirklich frei. Keine Sorge, ich würde auch als Single überleben. Aber dann kamen mir doch die Tränen.

»Ich will nicht so einsam und verknittert werden wie … wie … wie Frau Navratil!«, schluchzte ich vor mich hin. Nein, ich wollte nicht so verschroben und allein alt werden wie meine Wirtin und hinter verstaubten Häkelgardinen, nur mit zwei Katzen auf dem Sofa ein trostloses, einsames Leben fristen. Es machte mich panisch, mir vorzustellen, dass ich in einer hübschen Dreizimmerwohnung allein, mit einem Gummibaum als einziger Gesellschaft leben und von Tag zu Tag seltsamer werden würde. Eine Frau, über die man hinter ihrem Rücken lachte. Frau Navratil hatte niemanden, nur ihre Tiere und ein paar Leute mit Helfersyndrom, die ihr die Koffer trugen, wenn sie von ihrem verstaubten Zuhause in ein noch staubigeres fuhr. Der Gedanke, wie Frau Navratil zu enden und auf eine solche Tristesse dann zurückzuschauen, ängstigte mich mehr als Olivia. Das war kein Roman. Das war eine Stephen-King-Geschichte.

»Hey!«, schrie ich erschrocken auf, weil in diesem Moment ein satter Stapel alter Klaviernoten und Programmhefte vom Bücherregal auf mich herunterfiel. Gräfin Mariza sprang kreischend über den Flügel in den Flur und von dort direkt unter eine Kommode.

»Du blödes Vieh!«, keifte ich ihr hinterher, weil sie wieder im Buchregal herumbalanciert war, obwohl sie das nicht durfte. Warum hatte die alte Navratil auch Katzen? »Ein Hund würde besser passen«, schimpfte ich vor mich hin, »den kann man wenigstens erziehen!«

Verzweifelt sortierte ich die vielen Blätter zu meinen Füßen. Von *Zigeunerbaron* bis Chopin, alles war dabei. Gab es beim Ordnen eine Reihenfolge zu beachten? Auch schon egal! Ich packte alle Noten grob übereinander und band den Stapel mit einem Wollfaden zusammen, den ich in dem Strickkorb in der Ecke fand. Dann stieg ich auf den Sessel, um den Packen etwa an der Stelle zu positionieren, von der ihn Mariza heruntergestoßen hatte. Meine Hände tasteten sich die Buchrücken entlang und suchten einen Platz zwischen den Atlanten. Hier, ja, das konnte passen. Hier klemmte alles gut fest und würde nicht bei nächster Gelegenheit wieder herunterfallen. Aber dort, wo die Noten hinsollten, steckte bereits ein anderes großes Papierkuvert. Ich zog es hervor. Es war dunkelrot, verstaubt, und in sehr feiner Schrift stand an einer Seite, fast an den Rand notiert *Von der Liebe meines Lebens* darauf. Was war das? Vorsichtig tauschte ich die Noten gegen diesen vergilbten Umschlag aus.

»Das ist, glaube ich, ziemlich privat«, entfuhr es mir, aber ich konnte es nicht lassen, behielt das Päckchen in den Händen, kletterte von dem Sessel herunter und setzte mich wieder auf die Couch. Hier tat ich das, was man nicht machen darf: Ich öffnete verbotenerweise einen Brief und vergriff mich damit an einem Geheimnis.

Eine Fliege surrte, und Hans Moser sprang ihr nach. Die Pendeluhr in der Diele tickte lauter, als sie es sonst tat. Mariza kroch unter der Kommode wieder hervor. In der Wohnung im Erdgeschoss übte der Nachbar Cello. Gleichzeitig war es ganz still, nahezu gespenstig leise. Ich hielt den geöffneten Umschlag noch eine Weile auf meinem Schoß, bis ich mir einen Ruck gab und mich entschloss, den Inhalt tatsächlich zu betrachten. Die Fliege um mich surrte weiter. Die Pendeluhr schlug weiter ihre Minuten an. Mariza klapperte in der Küche, weil sie Fressen wollte. Ich saß wie gebannt da und hatte das tiefe Gefühl in mir, dass ich, obwohl ich etwas Verbotenes tat, es doch gar nichts Verbotenes war, sondern alles, was gerade geschah, wie vorbestimmt in diesen Augenblick gehörte. Als hätten die Noten fallen müssen, damit ich, genau heute und jetzt, zu diesem Umschlag komme. Er hatte mich gerufen, und nun war ich gespannt, was er mir zu sagen hatte. *Von der Liebe meines Lebens*. Nicht: *an die* Liebe, sondern *von*.

Etwas befangen und doch gezielt öffnete ich den Umschlag ganz. Im Inneren fand ich ein kleines Büchlein, Zettel und ein paar Briefe. Dazwischen alte Fotos, die mir entgegenfielen. Frau Navratil, etwa in meinem Alter, wenn ich das richtig erkennen konnte, in den Armen einer schönen Frau, die mir etwas jünger schien. War das die Französin, von der Greta gesprochen hatte? Unschlüssig sah ich mich im Zimmer um. Sollte ich den Umschlag nicht doch besser wieder schließen? Meine Augen waren dafür zu neugierig. Sie wanderten auch über die anderen Bilder. Frau Navratil mit der anderen Frau an einem Flügel. In einer Bar. Am Donaustrand. Kichernd, flirtend, lachend … aber immer nur zu zweit.

»Ihr Leben war doch ein Roman«, flüsterte ich gebannt. Dann schlug ich das Büchlein auf. Nein, ich würde es nicht lesen. Nur ein paar kurze Zeilen, ich konnte einfach nicht widerstehen.

Ich weiß nicht mehr, was richtig und falsch ist. Alles dreht sich um mich, und gleichzeitig fühle ich mich von ihr erkannt. V. hat mich gestern Nacht besucht. Sie kam nur kurz, nach dem Konzert, dann musste sie wieder heim. Sie brachte mir einen Strauß kleiner Veilchen aus Satin.

Die Veilchen! Diese vergilbten, alten Dinger, die ich in einem Väschen auf der Kommode hatte stehen sehen. Ach Gott, die waren die Erinnerung an eine Nacht?

Will sie mich oder nicht? Darf sie mich lieben, obwohl sie einen Mann und Kinder hat? V. sagt, dass beides ginge, dass alles möglich ist, wenn man liebt, und dass ihre Kinder immer auch die meinen sein werden. Ich möchte das so gerne glauben. Alles glaube ich, wenn sie mich nur niemals wieder verlässt.

Die Zeilen ergriffen mich. Sie platzten mitten in mein Leben. Zitternd las ich weiter.

Sie ist mein Leben, und sie ist geblieben, obwohl wir getrennt sind. Aber sie schickt mir Briefe, Karten, immer ein Wort, und Wort für Wort wird daraus eine Geschichte, und jedes Wort bindet mich an sie und soll mich binden. Es ist gut so. Sie darf mich lieben, hat sie gesagt, weil sie bestimmt, wen und wie viele Menschen sie lieben kann, und ihr Herz sei groß. Das hat mich erst traurig gemacht, aber V. hat mich geküsst und geküsst und geküsst, und wenn es mir schwer ums Herz ist, dann denke ich an diese Lippen und ihr Parfum. Sie ist eine wunderbare Frau. Das Schönste, was der Himmel mir hat schenken können, und ich werde niemals, niemals wieder allein sein, weil es unsere Küsse, unsere Musik und diese Worte gibt.

Hatte dies die Navratil geschrieben, deren Leben ich eben noch als trist, einsam und öde angesehen hatte? Die ich bemitleidet hatte, weil ich nur den Staub und die Katzen sah? Ja, offenbar lebte sie allein, aber einsam war Frau Navratil nicht. Sie hatte eine Geschichte. Und Worte. Ich besah mir die einzelnen Kärtchen, auf denen immer nur ein Wort zu lesen stand:

Liebe, Begehren, Veilchen, Kuss, Küsse, deine Haut, meine Haut, unsere Zeit, für immer, meine Prinzessin, unsere Lust, unsere Nacht

Sollte jedes Kärtchen einzeln an das gemeinsame Glück erinnern? Ich legte die Karten weg. Zu intim erschien es mir, weiter in ihnen zu blättern. Es genügte, was ich gelesen hatte, und es klang bitter in mir nach. Die Botschaft war angekommen. Ich hatte mein Leben mit Menschen verbracht, aber eine Geschichte hatte ich nicht. Ich hatte keinen Umschlag und keine bunten Zettelchen, mit Buntstiftfarben verziert. Herzen, Blümchen, Monde, Sonnenstrahlen. Mein Zärtelchen, las ich und erkannte das Liebeslied von Herman van Veen, das auch auf meiner Kassette war.

O mein liebes kleines Schätzelchen,
Mein süßes, süßes kleines Spätzelchen,
Du meine Herzallerliebste du,
Mein Au-claire-de-la-lune.

Mein schöner Kieselstein,
Ich will ganz zärtlich zärtlich sein.
Mein zartes Zärtelchen, dann wirst auch du
Ganz zärtlich sein,
Mein Lieb, mein Süß, mein Klein.

Aus der Küche holte ich Besen und Kehrschaufel und beseitigte die Scherben, die die Gräfin hinterlassen hatte. In mir wurde jedoch langsam alles heil, und als meine Augen auf die Sätze fielen, die ich mir an die Wand gepinnt hatte, da merkte ich mit einem Mal, dass ich bereits lange genug gewartet hatte. Das Schicksal hatte mich nicht nur verhöhnt, sondern es hatte es auch gut mit mir gemeint. Es hatte mir die Briefe von Frau Navratil geschickt.

Eine ganze Weile lief ich in der Wohnung herum, setzte mich mal auf einen Stuhl, dann wieder auf die Couch, und zwischendurch legte ich mich auch kurz ins Bett. Alles hier hatte mit einem Mal ein anderes Gesicht, da eine Geschichte bekommen. Es rührte mich nun, wenn ich die kleinen angegrauten Souvenirs sah, weil ich vermutete, dass auch sie ein Geheimnis bargen. So war das also mit der Liebe. Ich war nicht die Erste, die alte Bahnen, gesellschaftliche Vorgaben, Traditionen und Erwartungen neu zu ordnen hatte.

Es ist sicher nicht einfach, aber vielleicht entdecken wir ja unseren Mut, erinnerte ich einen Satz, den ich in dem Büchlein gelesen hatte. Welchen Mut hatte ich zu entdecken? Ich fiel in einen kurzen, tiefen, aber traumlosen Schlaf und wachte auf, als die Uhr die volle Stunde schlug. Es war Nachmittag, ich sah es am Stand der Sonne vor dem Fenster. Eine gute Zeit, um verschiedene Dinge anzugehen. Ich kochte mir einen Kaffee, hörte dazu Herman van Veen noch einmal neu, und dann wählte ich Manus Nummer, weil sie auf meinen Anruf wartete und ich die nächsten Schritte mit ihr besprechen wollte.

Und ich hatte Glück, sie war in ihrem Laden, und sie war sogar allein.

»Es ist schrecklich«, versuchte sie mich gleich zu trösten. »Es ist fürchterlich, und du tust mir so unermesslich leid. Kann ich irgendwas für dich tun? Dass er so ein Schwein ist, das hätte ich niemals gedacht.«

Ja, so war sie, meine liebe Freundin, eine Ritterin in meinem Sinn.

»Es geht schon«, versuchte ich Manu zu beruhigen. »Damit gerechnet hätte ich auch nie. Wie denn, wo er immer nur sein Steuergesetzbuch sah.«

»Und du glaubst wirklich, er hat davon nichts gewusst? Das gibt es doch gar nicht. Da geht es doch auch um Unterhaltszahlungen.«

»Manu, ich weiß es ja auch nicht.« Stimmt, an das Unterhaltsding hatte ich noch gar nicht gedacht. »Egal, wie schwer mir das fällt, aber ich denke, ich muss mich mit Uwe noch mal über die ganze Sache unterhalten. Und damit meine ich nicht nur das Kind.«

Und dann erzählte ich ihr von dem Umschlag, dem Büchlein, den Fotos und den Zetteln und dass es mir war, als müsste ich all das, was mir geschehen war, noch einmal neu und mit milderem Blick betrachten. Als wäre mir mit der kleinen Olivia nur Leben und nichts als Leben begegnet. »Ich weiß noch nicht genau, was mir der Umschlag alles sagen will, aber ich glaube, dass sich da etwas verknüpft. Nicht umsonst ist mir das alte Van-Veen-Liebeslied begegnet. Das kann kein Zufall sein!«

»Uwe hat dir das immer vorgesungen, ich weiß.« Auch Manu war sehr nachdenklich geworden. »Er sieht wie ein Zombie aus«, fügte sie hinzu. »Ich hab ihn von weitem gesehen. In den Laden traut er sich nicht mehr. Was wirst du tun? Willst du ihn anrufen, um mit ihm über alles zu sprechen?«

Nein, das hatte ich nicht vor. Bei der Wurst, um die es jetzt ging, musste ich das Würstchen direkt vor mir sitzen haben. Uwe hatte zu kommen. Das würde meine Bedingung sein. Es war mir egal, dass er gerade erst zurück nach Maikammer gefahren war, wie es ihm mit meiner Forderung erging und ob sein Zeh die Strecke auch durchhielt. Ich würde nicht darauf warten, bis er den nächsten Schritt vorschlug, und auch nicht, bis wir vor dem Scheidungsrichter standen. Damit ich selbst wieder meine Ruhe fand, musste ich mit ihm die Auswirkungen durchsprechen, die sein Kind und meine Wien-Reise auf uns beide hatten. Wobei ich wenig gewillt war, mich zu sehr mit seiner Befindlichkeit zu beschäftigen. Im Augenblick stand mir nur ein Mensch wirklich nahe, und dieser Mensch war ich. Ich würde bestimmen, wann und wo wir uns trafen, sofern er das überhaupt wollte. Vielleicht hatte er ja auf der Rückfahrt bei Jennifer Station gemacht. Jennifer, die Marilyn Monroe aus dem Großraum Stuttgart. Es tat mir nicht gut, zu intensiv daran zu denken. Um zu verhindern, dass die Bilder in meinem Kopf Macht über mich bekamen, ging ich couragiert den nächsten Schritt nach vorn. Ja, auch ich hatte Mut, und ich würde ihn weiter in mir entdecken.

Zuerst wählte ich Uwes Nummer im Büro. »Er fehlt schon seit drei Tagen«, erklärte mir Frau Paul. Loyal und diskret, wie echte Sekretärinnen sind, hatte sie keine Idee, wo Uwe war, und erkundigte sich auch nicht nach mir, obwohl sie wusste, dass ich *abgehauen* war, wie das in Maikammer so schön hieß. Unser Telefon daheim läutete lang, dann nahm ein müder Uwe ab. An der Art, wie er seinen Namen nannte, erkannte ich, dass er wirklich ganz am Boden war. Seine Stimme war völlig ohne Spannung, farblos, einsam.

»Ich bin's, Anne«, sagte ich, aber seine Stimme veränderte sich nicht. Fast wollte ich schon wieder auflegen. Wenn er so gar nicht bereute und so gar keine Spur von Erleichterung erkennen ließ, dass ich mich per Telefon zu ihm bemühte, dann konnte er mir auch gleich gestohlen bleiben. Der Umschlag von Frau Navratil hatte mich weichgemacht, aber nicht weichgeklopft. Es gab da noch genügend Härte, die ich in mir spürte. Aber es war nicht kühle Berechnung, dass Uwe so lasch reagierte, sondern er hatte offensichtlich innerlich seinen Nullpunkt erreicht. Alles stand auf dem Spiel. Er hatte es kapiert, und deswegen hängte ich nicht einfach ein.

»Tut mir leid, dass ich nicht lebhafter reagiere«, gab er unumwunden zu. »Es geht mir beschissen, und es gibt so viel, das ich überdenken muss.«

Ich erklärte ihm kurz und knapp, dass ich bereit war, mit ihm zu sprechen. »Aber nicht jetzt und hier und auch in der Zukunft nicht am Telefon. Wenn überhaupt, dann nur in Wien.«

Doch entgegen meiner Annahme beschwerte sich Uwe nicht, sondern nahm die Bedingung an.

»Hast du meinen Brief gelesen?«, hakte er sehr kleinlaut nach, aber nein, meine Mails hatte ich in den letzten Stunden nicht mehr gecheckt. »Ich werde aber so oder so kommen«, hechelte er dieser Frage sofort nach. Ich hörte daraus, dass er Angst hatte, ich könnte meine Meinung ändern und seinen Besuch absagen.

»Melde dich, wenn du da bist«, befahl ich ihm knapp. »Wenn ich das Telefon höre, dann gehe ich auch dran.«

War doch mir egal, wenn er warten müsste. Neben dem Telefon hatte ich mein Leben lang genug gesessen. Allein die Erinnerung, als ich ihn damals vom Golfspiel zu mir nach Hause locken wollte. »Brunner und ich gehen essen ...« Wie hatte ich da gewartet und gehofft! An Warten starb man nicht, auch Uwe würde das erfahren.

Trotz einiger Widerstände wollte ich dennoch gleich seinen Brief lesen. Die Mail bestand im Grunde nur aus zwei Handvoll Sätzen. Uwe fasste die Geschichte mit Jennifer noch mal kurz zusammen und ersparte mir ein Babyfoto der kleinen Olivia. Er wiederholte sich, indem er unterstrich, dass Olivia zwar seine Tochter, Jennifer aber nicht seine Geliebte sei. Er bat mich um Entschuldigung und schrieb mir, dass er mich liebte. Er redete von einem Neuanfang und bat mich inständig, mit ihm noch einmal darüber zu sprechen. Na gut, den Wunsch hatte ich ihm ja schon erfüllt. Dummerweise. Lieber wäre es mir jetzt andersherum gewesen, erst die Mail und dann die Gnade.

Ich weiß, was ich Dir zumute, hatte er zum Schluss geschrieben, *und ich kann es Dir nicht verübeln, wenn Du nicht mehr mit mir sprichst. Aber ich bitte Dich, angesichts unserer Geschichte, mir die Chance zu geben. Und ich respektiere, dass auch Du Dich verändert hast. Lass uns treffen, an einem neutralen Ort, und uns dann in die Augen schauen und entscheiden.*

Mit Erstaunen nahm ich zur Kenntnis, dass er nicht in seine alte Buchhaltersprache verfallen war, mir nicht vorrechnete, was die Fahrt nach Wien kosten würde und welche Belege und Beweise nötig waren, um noch eine zweite Fahrt nach Österreich abzusetzen. Für seine Verhältnisse kam er mir sehr weit entgegen. Manchmal geschehen Zeichen und Wunder, registrierte ich dies verwundert und war sehr gespannt, wie Uwe mir begegnen und welche Lösungsvorschläge er für unsere Ehe haben würde.

Als Mariza mir empört zumaunzte, dass sie jetzt aber wirklich totalen Hunger hatte, kam ich da an, wo ich hingehörte, wieder in meinem Leben hier in Wien. Und ich befand, dass es an der Zeit war, mich mit Paul zu treffen.

»Ich hole dich morgen nach der Probe ab«, rief ich ihm zu, als ich ihn am Fenster sah. Er winkte zurück, und ich spürte, dass ich sehr konzentriert und sehr bereit war, mein Leben mit allen Facetten anzunehmen.

KAPITEL 25

Moviestar

Harpo

»Ruhe!« Oskar Pirzak riss sich seinen Dreispitz vom Kopf und warf ihn vor sich auf die Dielen. Ich konnte das papierne Geräusch bis hinter den Vorhang hören. Seine Kopfbedeckung war streng nach der Vorgabe eines Malerhutes aus einem alten Tapetenmusterbuch gefaltet worden. »Ruhe! Ich kann so nicht arbeiten!«

»Ach, dieser Pirzak«, stöhnte Josefine und malte sich die Augen ägyptisch schräg. »In seinem früheren Leben muss er Napoleon gewesen sein.«

Ich lächelte verhalten und schlüpfte aus meinen Jeans. »Konzentration! Wo bleiben Sie denn, Madame Josefine?«, rief Oskar bereits gereizt von vorn.

»Ja doch!«, motzte Josefine zurück. »Ich komm ja schon!« Dann wandte sie sich mir zu. »Er tut immer so grauenvoll geschwollen.«

»Auftritt!«

»Ja doch!«, plärrte Josefine, und ich konzentrierte mich, um die Probe nicht zu verhauen. Leider hatte ich nun schon ein paar Proben verpasst und wusste nicht, wie das im Körbchen alles vor sich gehen sollte. Mein Text war nicht lang, irgendwie würde ich die Strophen schon schaffen. Es war ja auch lustig, obwohl Oskar Pirzak seine Rolle als Theaterdirektor nicht humorvoll, sondern bierernst sah. Egal, wie klein die Hausoper auch war und mit wie wenig Publikum man rechnen musste, »selbst wenn nur ein einziger Gast in den Reihen sitzt, ist es doch unsere Pflicht, die erhabenste Oper zu singen, die in unseren Kehlen liegt«. Das war die Vorgabe, und Oskar Pirzak wich keinen Millimeter davon ab.

Schon spielte das Klavier, und der Chor versammelte sich hinter der Wolke aus Pappmaché, die für den Auftritt von Josefine, der Königin der Nacht, angefertigt worden war. Josefine war schon sehr lange Sängerin an der Hausoper und hatte den Spitznamen »Prima Donner«. Sie hatte viele Fans, regelmäßig wurden ihr auf der Bühne rote Rosen zugeworfen.

»Lauter«, zeterte Oskar Pirzak aber jetzt und befahl Josefine in sein Büro, um ihr mittels fassgereiftem Cognac die Stimmbänder zu ölen. »Rausbrechen muss der Gesang aus dir!« Er erklärte Josefine, wie seiner Meinung nach die Arie zu singen war.

»Reizend!« Trudi malte mir rote Bäckchen auf die Wangen. »Die beiden bechern, und wir haben wieder eine ungewollte Pause.«

Aus Pirzaks Büro hörten wir Josefine Tonleitern singen. Nach jeder kurzen Unterbrechung sang sie ein bissel lauter.

»Sehr gut! Bravissima, Signora!«, war Oskar Pirzaks Stimme erfreut zu vernehmen.

Trudi prustete leise los. Sie war, hatte mir Josefine erzählt, seit einem Jahr bei der Hausoper engagiert. Angeblich war sie nach einer Hippiereise in die Schweiz hier in Wien gelandet, wo sie dann ein Praktikum bei Pirzak machte. Sie kam aus Deutschland, sogar aus meiner Gegend, hatte Oskar mir erzählt, wobei er davon ausging, dass uns das auf der Stelle verschwestern würde.

»Da darf Sie sich mal an Ihrer Freundin aus Deutschland orientieren, die sich was wagt und immer fröhlich ist«, hatte er mich auf die Bühne gezerrt und mir meinen Singkorb gezeigt, in dem selbst ein Huhn Platzangst bekommen würde. Ich fühlte aber Zurückhaltung gegenüber dieser robusten Frau, die sich um nichts scherte, laut lachte, mit der Zigarette im Mundwinkel hinter der Bühne die Kostüme richtete und in einer Ecke mit den Kollegen, die gerade eine Auftrittspause hatten, Karten spielte.

Trudi war in der Hausoper Mädchen für alles und ein Bühnenliebling obendrein.

»In Deutschland«, erzählte sie mir ungefragt, »war ich nichts anderes als eine kleine Betriebswirtin. Aber hier«, strahlte sie über das ganze Gesicht, »hier bin ich all das, was ich mir einst erträumt habe zu sein. Komm her, ich pass dir die Perücke an.«

Widerwillig ließ ich mich jetzt von ihr frisieren, während Oskar und Josefine das Ölen endlich beendet hatten. In meinem Glitzerrüschenkleid und mit den Locken auf dem Kopf sah ich aus wie die Cousine von Cindy aus Marzahn.

»Das wird schon«, ermutigte mich Trudi. »Wenn du erst mal im Korb unter der Decke hängst, dann wirst du schon sehen, wie alles passt!«

Nichts passt mehr in meinem Leben, dachte ich und schwieg, weil ich nicht erzählen wollte, was mir widerfahren war. Bald würde Uwe wieder da sein, und ich fragte mich mit zunehmender Nervosität, wie wir uns diesmal begegnen und wieder auseinandergehen würden.

»Was ist«, stupste mich Oskar Pirzak in die Seite, »träumt Sie schon wieder? Immer träumt Sie sich weg. Wie wäre es, Sie wäre einmal im Hier und Jetzt? Ich habe Sie gebeten, die Tonleiter noch einmal zu singen, und Sie schweigt beharrlich. Was ist los? Sing Sie endlich, aber nehme Sie dabei nicht immer so viel Luft, damit das Kostüm nicht aus den Nähten platzt!«

Gerade setzte ich an, den Mund zu öffnen, da wurde Josefine von einem seelisch-moralischen Durchhänger erfasst, den der Cognac in ihr ausgelöst hatte.

»Es ist unmöglich, ich habe keine Stimme«, heulte sie plötzlich los, und Oskar Pirzak schwirrte aufgelöst zu ihr hin und beteuerte wortreich, dass es niemals, »nicht auf dieser Bühne, nicht in der Oper Wien und niemals auf einer Musicalbühne«, eine talentiertere Königin der Nacht gegeben hatte, »als Sie, meine hochverehrte Prima Donner, es an dieser Bühne sind«.

Uff. Damit ging es wieder zurück ins Büro, und schon sah man Leopold, den g'schamsten Diener von Oskar Pirzak, wie er hinaus auf die Gasse sprang, um im nächsten Supermarkt eine neue Flasche Cognac einzukaufen.

»Okay, verstanden, Pause!«, klatschte Trudi in die Hände. Sie setzte sich zu mir auf den roten Teppich, der auf der Bühne lag.

»Und?« Sie sah mich von der Seite an. »Wie gefällt dir Wien?«

Wie und warum mir Wien gefiel, darüber hatte ich noch gar nicht so intensiv nachgedacht. Es tat mir einfach gut, weil hier so viele bunte Menschen lebten. Es schien mir, als wäre es hier einfacher, sich seinen Traum zu erfüllen, weil niemand Wien mit diesen Attributen in Verbindung brachte. In New York schaffte man es, in Paris wurden Träume war, Barcelona war der richtige Ort, um den kreativen Süden zu erleben, Sylt das Schickimicki-Paradies. Aber Wien? Da kamen doch nur Nachfragen nach den Adressen der besten Kaffeehäuser und danach, ob es auch Kutschen gebe, die von Lipizzanern gezogen würden.

»Wien ist für mich die wunderbarste Stadt der Welt«, antwortete ich endlich, obwohl Trudi, halb abgelenkt, schon wieder nach Josefine und Oskar sah. »Es ist jung und wild, aber das Wichtigste ist, dass Wien mich aufgenommen hat, wie ich war. Mit meiner Tasche in der Hand, in der sich ein Bärchenjogginganzug befand.«

»Mmmh«, bestätigte Trudi diese Erfahrung. »Wenn man Wien liebt, dann liebt es einen auch zurück.«

»Es ist mehr«, versuchte ich mich weiter zu erklären. »Wien hat mich dazu gebracht, mich selbst wieder zu lieben. Verstehst du, was ich meine?«

Aber Trudi war schon aufgesprungen, klatschte in die Hände und rief: »Weiter geht's!«, und nach einem Tuscheln mit Oskar Pirzak: »Bitte alle aufstellen, Arie der Königin der Nacht!«

Gerhard und ich fahren übers Wochenende fort!, meldete sich Manu per SMS, und ich freute mich riesig, dass Manu auf dem besten Wege war, sich zu verlieben. Erleichtert, dass ich nicht nur die brave Anne, sondern auch die aufregende Vivienne in mir trug, schlich ich mich aus der Hausoper, schwänzte den Rest der Probe und erlaubte mir, an Manu zu denken und an Wien, das mir geholfen hatte, in der Stadt und in mir anzukommen. Bei Demel kaufte ich mir ein Stück Torte, dann steuerte ich den Laden von Vivienne Westwood an. Es war Zeit, mir dort ein teures Designerband für mein neues Leben und mein schönes Haar zu kaufen.

KAPITEL 26

Es lebe der Zentralfriedhof

Wolfgang Ambros

Der Laden, in dem Paul arbeitete, lag in der Nähe des Augartens, des Parks, der ein Platz für eingeweihte Wiener war. Am Rand des Gartens lagen eine alte Porzellanmanufaktur und das Domizil der Wiener Sängerknaben. Ich war etwas zu früh da und nahm mir die Zeit, den Park und seine Besucher zu betrachten. Da waren Liebespärchen, die auf bunten Decken entspannten, Menschen, die miteinander Federball spielten, ein Mann döste in einer Hängematte, es wurde gegrillt, Kinder spielten auf dem Rasen. Als Kind hatte ich es nie gemocht, wenn ich unter den nackten Fußsohlen die sommertrockene, knubbelige Erde spürte, jetzt fand ich das Gefühl beglückend schön.

»Es ist nie zu spät, eine glückliche Kindheit zu haben«, hatte ich auf einem Poster in Pauls Wohnung gelesen. Vielleicht war es dann auch noch nicht zu spät, eine erwachsene Leichtigkeit für sich zu gewinnen. Auf der Wegbeschreibung, die Paul mir unter der Tür durchgeschoben hatte, waren die Adresse und die beste Straßenbahnverbindung zu seinem Job notiert. Ich war gelaufen, weil der Tag so schön und der Himmel so weit war. Nun musste ich schon ganz in seiner Nähe sein. Die Straße war ... ich sah mich um, ja, sie war hier, gleich hinter dem Park, so wie Paul es mir beschrieben hatte. Schon von der Straße aus sah ich ihn, wie er in einer Art großem Speisesaal mit einer Gruppe junger Menschen diskutierte. Ich sah Rollstühle und ein Mädchen, das gebückt an Krücken ging. *Kunterbuntes Miteinander* stand auf dem Schild, das seitlich neben dem Eingang des Hauses hing.

»Hallo, Vivienne«, winkte er mich über die Veranda ins Haus hinein. Etwas zögerlich betrat ich den Raum. Ich hatte keine Berührungsängste mit behinderten Menschen, da ich mit ihnen nicht in Berührung kam. Und jetzt? Am besten ganz normal sein, hörte man doch immer wieder die Empfehlung.

»Setz dich, ich bin gleich so weit.« Paul richtete mir einen Stuhl, aber ich setzte mich nur kurz und stand in der nächsten Minute schon wieder auf, weil ich mich sitzend noch unsicherer fühlte als im Stehen.

»Hallo!«, nickte ich in die Runde und tat so, als würde ich die Rollstühle gar nicht bemerken.

»Von wo sind Sie?«, fragte mich eine der Bewohnerinnen am Tisch. Sie war in Ronnys Alter und saß in einem Rollstuhl, der bunte Schleifen an den Speichen hatte.

»Aus Deutschland«, grüßte ich zurück. Paul war in der Wohnküche verschwunden.

»Möchten Sie ein Glas Wasser?«

»Gerne!«

»Einen Euro.«

Dankbar, etwas tun zu dürfen, kramte ich meine Geldbörse aus der Tasche. Ich fühlte mich unbeholfen und hoffte, dass Paul schnell wieder zurückkam.

»Quatsch!«, lachte die junge Frau. »Ist doch umsonst, kriegen Sie geschenkt, war nur ein Spaß.«

»Aber das Glas abspülen!«, rief einer der jungen Männer, die mit ihren Rollstühlen in der Küche vor der Spülmaschine waren.

»Olli hat Küchendienst«, kicherte die Frau, »und drückt sich gerne. Er ist Musiker, und ich schreibe Gedichte.«

»Ah ja.«

»Möchten Sie was lesen, bis Paul kommt?«

»Gern.«

Sie zog aus der Tasche ihres Rollstuhls einen Stapel Bildkarten, auf denen Verse zu lesen waren.

Spazieren gegangen im Feuer mit dir
Heiß und brennend – das Glück so nah
Die Tiefe der Flamme auf der Haut
Gefunden das Glück im Feuer

»Die Zeichnungen macht eine Freundin von mir, ich kann nicht so gut malen!« Demonstrativ hob sie ihre Hände, die mir etwas verkrampft erschienen. »Da, schenk ich Ihnen!« Sie schob mir eine Karte hin.

»Bin so weit!«, kam in diesem Moment Paul aus der Küche. Er hielt eine Jeansjacke in der Hand und warf sie sich über die Schulter.

»Und wohin geht ihr essen?«, mischte sich das Mädchen ein.

»Prinzessin Sopherl Naseweis, wir gehen ins Schloss Concordia, Sie kennen es ja gut.« Er pufte sie zärtlich in den Oberarm. »Sandra kommt gleich, macht keinen Blödsinn bis dahin.«

»Mach du keinen Blödsinn.«

»Oder doch«, lachte der junge Mann, der nun doch mein Wasserglas abspülen musste.

»Für ein Schloss bin ich nicht richtig angezogen.« Ich blickte an mir hinunter. Sommerhosen, Sneakers und eine leichte Leinenbluse, das schien mir nicht passend für ein Schloss.

»Goldrichtig«, beruhigte mich Paul.

Wir nahmen die Straßenbahn und fuhren sehr weit aus der Stadt. So weit außerhalb des Zentrums war ich noch nie gewesen. Einkaufspassagen, U-Bahn-Stationen, Imbissbuden mit schrägen Namen wie Würstelkongress und Hühnerparadies, Spielhöllen, alte Autowerkstätten und ein Steinmetz nach dem anderen.

»Ist hier ein Friedhof in der Nähe?«

Paul nickte und plauderte von seiner Arbeit und wie er dazu gekommen war. »Bei uns daheim herrschte immer eine solche Oberflächlichkeit. Meine Eltern scheuen Konflikte aller Art, und mein Bruder ist wie sie geworden. Ich wollte mit Menschen zu tun haben, mit denen ich mich wirklich austauschen kann.«

»Und kannst du das mit deiner Familie nicht klären?«, versuchte ich es auf die Art einer Küchenpsychologin.

»Besser nicht«, Paul machte eine abweisende Bewegung mit der Hand. »Ich bin denen einfach zu gründelnd und zu still.«

»Das bist du. Gründelnd und still. Mit Zertifikat!« Ich lachte laut los und runzelte dabei gespielt die Stirn.

»Bist du mir noch böse?« Paul sah mich von der Seite an und zeigte auf die Straßenbahn. »Da, erst die, und dann müssen wir die 71 nehmen.«

»Ach nein. Sieh es mal so, die Ohrfeige war der Reflex einer Dame in den besten Jahren.«

»Du meinst also, ich sollte es noch mal versuchen?«

Das ist blöd, dachte ich. Ich kann doch da jetzt nicht mitspielen. Olivia lag wie Blei in meinem Gemüt, und Uwe würde in ein paar Tagen kommen. Je nachdem, wann die Inspektion seines Wagens fertig war. So viel Vorsorge musste sein. Typisch Uwe, er trug da was in sich, das konnte er nicht lassen.

»Was ist das?«, lenkte ich Paul von mir ab, stieg mit ihm ein und setzte mich ans Fenster. Wir waren schon eine Strecke hinter dem schönen Belvedere.

»Der St. Marxer Friedhof. Hier soll Mozart beerdigt worden sein, aber man weiß es nicht genau.«

Obwohl wir bereits eine ganze Weile unterwegs waren, reihte sich noch immer ein Häuserblock an den anderen. Flach wurde das Land hier, so als hätten wir die Wiener Berge wirklich ganz weit hinter uns gelassen. Ich gab mich weiterhin an der Umgebung interessiert, um die nähere Begegnung zu vermeiden. Jeder Blick schien mir verfänglich. Da war etwas, das Paul an sich hatte, das mir unglaublich gefiel. Seine Selbstverständlichkeit, das Unkomplizierte, das natürlich anziehend war. Ein Mensch, der authentisch war, der sich nicht verstellte. Sein Geruch erinnerte mich an Felix, aber ein Anschmiegen ging mir dann doch zu weit.

»Kennst du einen Felix?«, hatte ich beim Umsteigen gefragt, nur um etwas zu sagen. »Er arbeitet in einer Bar.«

Paul verstummte und ging, wie es mir schien, vor dem inneren Auge verschiedene Gesichter durch.

»Nein«, antwortete er endlich. »Ich kenne keinen, der so heißt.« Dann berührte er mich am Arm, als Signal, dass wir nun aussteigen würden. *Zentralfriedhof 1. Tor.*

»Ist das nun also der berühmte Friedhof, wo auch Falco beerdigt ist?«

»Rrrrock me Amadeus«, zappelte er auf der Stelle los. Es tat gut, einfach loszulachen. Dass Paul auch witzig sein konnte, damit hatte ich nicht gerechnet. Es gefiel mir, obwohl es sich eher brüderlich anfühlte. Meine Augen entdeckten eine mindestens zehn Meter hohe Jesusstatue, die in einem verwilderten Gastgarten auf der anderen Straßenseite stand. Dahinter eine alte Villa. *Schloss Concordia*, las ich auf einem Schild.

»Wow!«, freute ich mich und stürmte auf den Jesus zu.

Paul hielt mich am Arm fest. »Nein, nein, Prinzessin, nicht so schnell und vor allen Dingen: Pass auf deine Füße auf! Erst gehen wir spazieren, aber nicht zu Falco, sondern ich zeige dir jetzt meinen Lieblingsort.«

»Du willst mit mir nicht wirklich über den Friedhof gehen?«, fragte ich zögerlich zurück. War das eine neue Wiener Masche?

»Das ist kein Friedhof. Das ist schon ein Stück vom Paradies!«

»Verstehe. Der Tod ist ein Wiener, heißt es nicht so?«

Wir durchquerten das große Tor, und sofort nahm mich die Umgebung für sich ein.

»Das ist der jüdische Teil vom Zentralfriedhof. Hier gibt es Wege und Winkel, die sind so verschwiegen, so einsam und unberührt, es ist das reinste Naturschutzgebiet.«

»Wenn da bloß nicht so viel Tote rumliegen würden«, entgegnete ich etwas befangen.

»Aber Falco kannst du doch leiden?«

»Na ja, ein Medaillon von ihm hat in meinem Leben einmal eine Rolle gespielt.«

»Von Falco?« Nun hatte ich Paul aber wirklich überrascht. Wir spazierten über eine große Wiese, an deren Seiten lauter schiefe und krumme Grabsteine standen.

»Das ist hier der alte jüdische Teil. Du hast doch keine Angst?«

Angst hatte ich natürlich nicht, denn die Auseinandersetzung mit dem Tod blieb in meinem Alter ja nicht aus. Aber gerade in den letzten Wochen war mir das Leben so kostbar geworden, dass mir der Gedanke fremd war, freiwillig durch Reihen von Grabsteinen zu streifen.

»Ist das der Concierge?«, zeigte ich auf das kleine Pförtnerhäuschen, das gleich hinter dem großen Tor zu sehen war. Der Pförtner entdeckte uns nun auch, nickte uns knapp zu und setzte sich vor der Tür auf eine Bank.

»Er hütet die Ruhe«, lächelte Paul, und ich wusste nicht, ob er das so meinte oder eher philosophisch sah. Kaum waren wir weiter in den parkähnlichen Friedhof eingetaucht, verstand ich, was Paul mir hatte erklären wollen. Der zu Ende gehende Tag hüllte die riesigen Bäume in ein sanftes Licht. Eichhörnchen sprangen herum und, ich meinte meinen Augen kaum zu trauen, in der Ferne sah ich tatsächlich ein Reh. Kleine Trampelpfade führten zwischen den Grabsteinen hindurch. Die breiteren Wege schienen wie verlassen. Zwischen den Grabsteinen, auf denen man von den Berufen der Verstorbenen und von vergangenen Zeiten lesen konnte, hohes Gras. Umgefallen das, was einmal die Einkleidung des Grabes gewesen war. Mausoleen und gruftähnliche Schlösschen reihten sich aneinander. Ich hatte noch niemals einen so schönen Friedhof gesehen, und ich verstand, dass Paul diesen Ort zu seinen Lieblingsplätzen zählte.

»Es ist zauberhaft hier«, flüsterte ich ihm leise zu.

»Mein Schutzraum«, beschrieb Paul den Friedhof mit seinen Worten.

»Wovor willst du dich denn schützen?«, erkundigte ich mich zaghaft, weil ich ihm nicht zu nahe treten wollte. Meine Augen blieben dabei an einem Grabstein hängen, auf dem die zärtlichen Worte standen: »Sie hatten sich lieb und ließen einander los, um sich dann wiederzufinden.« Das mussten besondere Menschen gewesen sein, die sich vor über hundert Jahren hier in Wien gefunden hatten und einander so sehr liebten, dass sie über den Tod hinaus solch liebe Worte füreinander hatten. In diesem Moment wünschte ich mir auch so eine Liebe. Eine, die das Leben überlebt, die keine Zuschauer braucht, sondern die sich selbst genügt.

»Nicht alle können eine harmonische Familie haben«, brummte Paul. »Und nicht alle finden die große Liebe.«

»Ich hatte gedacht, sie gefunden zu haben, vor vielen Jahren«, fing ich mit meinem Geständnis an.

Obwohl ich ganz sicher nicht vorgehabt hatte, gerade Paul in meine Situation einzuweihen, platzte nun doch alles aus mir heraus, und ich erzählte ihm die ganze Geschichte. Schließlich begann ich zu weinen, so heftig, wie ich nicht einmal mit mir allein geweint hatte.

»Ich schäme mich, dass ausgerechnet mir so was passiert!«

»Na, dir ist es ja nicht passiert«, grinste Paul und legte den Arm um mich. Ich spürte die Wärme seiner Jacke, die er angezogen hatte. In die zarte Wolle konnte ich mein Gesicht schmiegen und einen Moment lang vor mir selbst zugeben, dass ich nicht nur stolz war, sondern auch verletzt und voller Angst. Ich erzählte Paul von Jennifer und Olivia und dass ich mir gar nicht vorstellen konnte, wie Uwe und ich jemals wieder einen Anfang finden sollten.

»So, so«, reagierte Paul erstaunlich ruhig und kickte einen Kiesel vor sich her. »Da hat die Menschenfamilie nun also eine Olivia mehr.«

»Ich weiß nicht, was ich tun soll!«, gestand ich Paul und schluchzte vor lauter Verzweiflung wieder los. »Er führt mich damit vor. Mit Fingern werden sie auf mich zeigen und mich hinter meinem Rücken auslachen. Nicht auszudenken, was die Leute reden werden!«

Von meinen Verlustängsten sprach ich nicht. Seit es Olivia in meinem Leben gab, nahmen die langsam, aber stetig zu. Inzwischen kam ich nicht mehr umhin, vor mir selbst zuzugeben, dass unser Haus, Maikammer und Ronny mir entsetzlich egal waren, weil alles und alle auch ohne Uwe und mich als Paar existieren würden. Aber ein Leben ohne Uwe, den alten Uwe, konnte und wollte ich mir nicht vorstellen.

»Er will jetzt noch mal nach Wien kommen. Irgendwann die nächsten Tage. Aber ich bin hin- und hergerissen, weil ich ihn hasse und liebe zugleich. Entschuldigung«, ich ging einen Schritt von Pauls Seite weg. »Das sollte ich vielleicht alles nicht erzählen. Es ist dir vielleicht unangenehm oder sogar lästig.«

»Keine Sorge«, beruhigte mich Paul. Er schien über eine Antwort nachzudenken. »Es ist doch so«, versuchte er es, nachdem wir wieder den Pfad gewechselt hatten, »es gibt weit mehr Farben als

Schwarz und Weiß. Mehr Meinungen, mehr Ansichten, mehr Möglichkeiten, als es auf den ersten Blick scheint. Ich kann dich liebhaben als Frau, als Schwester, als Kumpel oder als die verlassene Frau, als die du dich gerade fühlst. Mal ist meine Liebe platonisch, mal hab ich Lust auf ein bissel Eros mit dir«, er sah mich breit grinsend an, »und dann gibt es auch so was wie Mitgefühl oder ein besonderes Bedürfnis, dich zu schützen. Ich fühle alles und mache mir da nichts vor, denn ich muss mich nicht entscheiden. Das ist alles in mir.«

Und jetzt, dachte ich? Was soll ich denn nun damit anfangen? Da ich keine Idee hatte, ließ ich Paul einfach mal weiterreden.

»Nicht nur ich fühle so, alle Menschen sind mehr als eins. Wir tun nur immer so, als gäbe es eine einzige Persönlichkeit in uns. Wir sind aber tatsächlich viele.«

»... wir sind Kaiser, Kaiserinnen, Könige und Königinnen. Schnecken, Drachen oder kluge Eulen. Schlangen, Ritter und Prinzessinnen. Liebesperlen, Blumen, Froschkönig, verwunschenes Reh oder das Däumelinchen in einer Blüte«, zitierte ich K&K. Ich war mit einem Mal berührt, ergriffen und verwundert. »Ein guter Freund hat das mal gesagt, und gerade eben scheine ich den Satz erst richtig verstanden zu haben.«

»Genau!« Paul strahlte mich an. »Das hat dein Freund sehr gut ausgedrückt. Und auch du bist so vielfältig, hast so viele Facetten und Seiten in dir drin. Aber jetzt, da es auf die gesamte Erfahrung ankommt, eben weil du in einer echt verzwickten Lage steckst, willst du die Sache mit einer, ich glaube, ihr Deutschen nennt das Milchmädchenrechnung lösen.«

»Dann wäre es ja einfach«, korrigierte ich. »Aber das Schicksal verlangt von mir, dass ich mich mit einer Situation aussöhne, mit der ich mich nicht aussöhnen kann. Ich bin über fünfzig Jahre alt, und er kommt jetzt noch mal mit einem Kind. Mag es putzig sein und süß, für ihn als Vater ist das kein Problem, aber wie soll ich damit umgehen? Mir fällt da nur die Scheidung ein. Reagiere ich anders, bin ich bloßgestellt und vor allen blamiert.«

»Vivienne«, er blieb stehen und sah mich an. »Du bist doch nicht umsonst nach Wien gekommen, und es ist doch kein Zufall, dass dir das Schicksal hier echt wunderliche Menschen und wirklich Weise geschickt hat. Schieb nicht weg, was du gelernt und hinzugewonnen hast.«

»Will ich ja nicht«, bockte ich ein wenig, weil mich das Gespräch langsam an eine Therapiestunde erinnerte.

»Ohne weiteres konntest du akzeptieren«, übersah Paul, dass ich mich stur stellen wollte, »dass manche Männer Frauen und manche Frauen Männer sind. Dass es Menschen gibt, deren Tag die Nacht ist. Dass Rotlicht nicht unbedingt was Schmutziges ist. Mach dir das doch zunutze und fall nicht in dein altes Denken zurück.«

»Wie soll das gehen?«, gab ich ein wenig nach. Irgendwie war ich neugierig, in welche Richtung Paul mich lenken wollte. Ein Fahrradfahrer passierte unseren Weg, und eine Familie saß um ein frisch gedecktes Grab herum. Alltag, Tod und Leben. Es gab wirklich nicht nur eines, sondern immer alles miteinander.

»Okay.« Pauls Stimme hatte einen Klang von: Noch nicht ganz kapiert, also beginnen wir noch mal von vorn. »Wenn du der Lusterkönigin von deiner Situation erzählst, was würde sie wohl sagen?«

Ich stutzte, was das nun wieder sollte. Allerdings, die Antwort fiel mir leicht. »Sie würde mir raten, dass ich für viele Möglichkeiten offen sein soll, aber dabei meinen Stolz bewahren.«

»Und Marlene, was würde die zu Olivia sagen?«

»Na, die würde mich zu Herzilein Kindermoden schleppen und ausflippen, weil es ihr einfach eine Riesenfreude macht, kleine Mädchen auszustaffieren. Schreien würde sie vor Glück!«

»Obwohl Olivia ein Kind der Sünde ist?« Paul schäkerte mit mir, es war nicht zu übersehen.

»Das wäre Marlene total wurscht beziehungsweise würde sie Olivia vermutlich gerade deswegen besonders lieben.«

Marlene hatte ein großes Herz. Deine Kinder, meine Kinder, das gab es für sie nicht. Für Marlene war die Welt das Vorzimmer zum Paradies. Großzügigkeit, Großmut, Offenheit, Neugier, Menschenfreundlichkeit und Vertrauen waren das, was sie bewegte. Kleingeist und Schuldzuweisungen waren ihr von Natur aus fremd. Es musste großartig sein, sich mit Marlene in Kindermodengeschäften herumzutreiben. Mädchen zu beschenken war sowieso etwas Feines, das fand auch ich. Bei Jungen liefen fast alle Geschenke auf drögen Technikkram hinaus. Apparate und Programme, mit denen mich nichts verband. Ronny etwas zu schenken machte mir schon seit Ende der Grundschule keinen Spaß mehr.

»Apropos«, griff Paul prompt die Gedanken an Ronny auf. »Wie wird dein Sohn wohl reagieren, wenn er von Olivia erfährt?«

»Ich glaube, er fände eine kleine Schwester süß, solange er sich nicht um sie kümmern müsste. Ich glaube sogar«, ich war verblüfft über die Klarheit meiner Worte, »es würde ihn frei machen, weil er Uwe und mich beschäftigt wüsste.«

»Kommen wir zur Fürstin.«

Mutter? Wie würde Mutter reagieren? Wirklich so fassungslos, wie mein erster Impuls mir eingab? Stellte ich sie mir mit Olivia vor, dann kamen eigentlich andere Bilder.

»Seltsam … ich glaube, auch sie würde sich sehr freuen. Mutter mag Kinder, auch wenn sie das nicht so zeigen kann. Sie hat sich immer ein weiteres Enkelkind gewünscht. Eines in der Nähe. Meine Brüder wohnen nämlich sehr weit fort.«

Die Situation war vielleicht gar nicht so schlimm, wie ich sie mir ausgemalt hatte, denn es steckten Überraschungen darin. Diese ganzen Patchwork-Konstellationen, Wahlfamilien und skurrilen Verbindungen, die das Leben von heute schuf, sie brachten auch viel Lebendigkeit mit.

»Was könnte Manu sagen?«

Ach Manu, da musste ich gar nicht viel nachdenken. Manu war immer auf meiner Seite. Die würde das lustig finden und Uwe ein Wandergestell mit Kindersitz andrehen.

»Na also, wie du selbst siehst, sind die meisten Menschen doch viel offener, als wir das erst annehmen. Okay, da ist was passiert, das musst du erst einmal verdauen, aber wenn du nun diese Jennifer und dein früheres, eingefahrenes Denken mal eben zur Seite schiebst und versuchst, so vielfältig auf die Situation zu reagieren, wie das all diese Menschen tun? Was fühlst du dann?«

Ich staunte nicht schlecht. »Es ist beschissen, aber ich freue mich auf die Kleine!«

»Ja, denn all das, was du von den anderen erzählt hast, ist auch in dir drin. Da sind nicht nur die Kränkungen und die alte Anne, da sind auch eine Lusterkönigin, Marlene, Ronny, deine Mutter, deine Freundin, ja sogar Uwe drin. Du hast mehr zu bieten und kannst großzügiger entscheiden, wenn du dir erlaubst, die Summe deiner ganzen Lebenserfahrung zu sein und nicht nur das bisschen, was Maikammer aus dir machte. Obwohl ich dir das nicht nehmen will, denn auch Maikammer hat aus dir den Menschen gemacht, den andere schätzen und sehr lieben.«

Menschen lieben? Menschen, Anne, lieben?

»Das Leben wird schöner, Vivienne, wenn du all das zulässt, was du bist, und mir glaubst, dass die Menschen dich dafür lieben.«

Das Leben wird schöner, Anne …

»Du bist ein Zauberer!«, flüsterte ich leise.

Nein, er hatte recht, die kleine Olivia war für mich keine Bedrohung, sondern ein Neuanfang. Mit ihr und Wien war es möglich, einen Schnitt zu machen und unsere Ehe noch mal anzugehen, wenn wir das wollten. So betrachtet, konnte ich vielleicht zu einem Verzeihen und einer Beichte kommen. Wir waren beide vom Weg abgekommen, und wir konnten beide auf den alten Weg nicht mehr zurück.

Wir würden sehen. Ich konnte großzügig wie Marlene sein und Uwe und mir einen Neubeginn gestatten. Aber nicht so schnell. Ich würde Uwe meine Großmut nicht sofort spüren lassen. Er sollte ruhig ein wenig schmoren, das tat ihm gut, und mir gab es Zeit, meine neue Vielfältigkeit besser zu verstehen.

»Wenn ich alles so weiterdenke«, resümierte ich, »dann wird es mir direkt schwindelig. Wenn ich viele bin, dann kann ich viele verstehen, und damit gilt nicht mehr das, was man gesunden Menschenverstand nennt, sondern alles wird individuell, und man muss passgenaue Lösungen finden.«

»Ich habe einen Freund«, griff Paul meinen Gedanken auf, »der hat neu geheiratet, aber mit der ersten Frau hat er ein Kind. Sie wollten aktive Eltern bleiben, also haben sie gebaut und das Haus von oben bis unten in der Hälfte geteilt. Rechts wohnt er mit seiner neuen Familie, links seine Frau mit ihrem neuen Mann. Seine Tochter floatet zwischen den beiden Wohnungen, und die Eltern tauschen sich täglich aus. Es ist viel möglich, wenn man will.«

Wieso hatte ich von solchen Familien nie erfahren?

»Vielleicht, weil du diese Information früher gar nicht brauchtest?«

Ja, das konnte möglich sein, aber jetzt fühlte ich mich geheilt, und alles war auf seine Weise gut.

Wo gehört man hin, wenn man nicht mehr eindeutig weiß, wo man wirklich hingehört? Wenn das, was Versprechen, Ablauf, Raster, Vorgabe war, sich aufgelöst hat? Ich war sinnbildlich aus dem Haus meines Lebens getreten, stand nun im Garten und blickte verwundert auf das, was einst mein Leben gewesen war. Wollte ich in das Haus zurück? Auf keinen Fall. Aber ich konnte meinen Teil dazu tun, etwas Neues zu erschaffen.

»Für mich sind aber trotzdem Klarheit, Wahrhaftigkeit, Ehrlichkeit sehr wichtig«, pflückte Paul eine Blume und steckte sie mir in das Haar. »Meine Familie, ich habe es ja schon angedeutet, ist darin nicht besonders gut.«

Hinter der Tanne sah ich ein Eichhörnchen auf einer Mauer tanzen. Es roch nach Wald.

»Hier auf dem Friedhof lerne ich, das Leben leichtzunehmen und nach dem zu greifen, was ich will. Die Tage zählen, jeder Tag zählt. Wenn ich mir das klarmache, dann werde ich furchtloser. Ich trau mich dann mehr, lache Menschen an, sage Ja, wenn ich was will, und deutlicher NEIN, wenn nicht. Und ich lerne, die Gelegenheit beim Schopf zu packen und zu küssen, auch wenn die Frau, die sich an mich lehnt, vielleicht nur so etwas wie eine Schwester ist.« Wieder flirtete er mit mir.

Die Vögel zwitscherten, die Bienen summten, um uns herum waren lauter Tote, zwischen uns das pure Leben, und was mit Olivia auf mich zukam, das würde ich dann schon sehen.

»Ist was?« Paul sah zu mir herüber.

»Ich denke gerade an zu Hause«, umschrieb ich das, was in meinen Gedanken lag.

»Liebst du den Ort, in dem du lebst?«

Maikammer? Nein. Aber ich war oft im Wald, besonders wenn es so heiß war wie jetzt in Wien. Ich liebte die Steine der Kalmit. Große, alte Felsen, Farn und Blaubeerbüsche und unendlich weite Kiefernwälder.

»Der Boden ist aus reinstem Sand«, beschrieb ich Paul unsere Landschaft. »Die Kiefern riechen im Sommer so stark, dass man sich wie in französischen Pinienwäldern fühlt. Mitten im Wald hat man auf einmal einen Geruch in der Nase und einen Sandboden unter den Füßen, dass man das Gefühl bekommt, man wäre nur wenige Schritte vom Meer entfernt.«

Besonders im Sommer, erzählte ich ihm weiter, rieche es ganz eigentümlich. So, wie Sommer sonst nirgendwo riecht. Nach Erde und Pilzen und Meer und Harz und Wurzeln. Und als ich Paul den Wald so inniglich beschrieb, erkannte ich, dass ich mich zwar nicht nach Maikammer zurücksehnte, aber dieser Wald mir eine Heimat war.

»Heimat ist etwas Wunderbares«, bestätigte Paul sehr vorsichtig mein Gefühl. »Und du kannst auch mehr als eine Heimat haben.«

»Meinst du, auch Wien könnte mir zur Heimat werden?«, fragte ich, erstaunt darüber, welche Wendung unser Gespräch jetzt nahm.

»Das ist es dir doch schon«, erklärte er mir grinsend. »Außerdem, niemand braucht dir eine Erlaubnis dafür zu geben, was dir eine Heimat ist. Und wenn du zwanzig Heimaten hast, dann ist es doch auch in Ordnung.«

»Was ist deine Heimat?«, fragte ich. »Wien?«

»Natürlich Wien«, erklärte er. »Wien und immer Wien, und wenn ich meine Heimat in Wien aufteile, dann in ein Stückel Zentralfriedhof, ein Stückel Prater und viele Stückel von verschiedenen Bezirken. Es ist wie mit der Liebe. Das Leben hat zu viele Tage, als dass es nur eine Heimat darin geben darf.«

Auch Marlene und Greta waren mir eine Heimat geworden. Und dann erzählte ich Paul noch mehr von Felix, Greta, Marlene und der Lusterkönigin. Meine Geschichte und die Geschichten sprudelten nur so aus mir heraus. Wie ich aus Maikammer geflohen war, ohne Koffer und ohne Telefon, ich erzählte von dem Mixtape, meinen Wünschen und dass ich eine Schneekugel besaß und auch, dass ich ja gar nicht Vivienne war.

»Da hast du ja viel erlebt und viele Menschen getroffen, die du lieben kannst. Für mich darf auch die Liebe mehr als eine Heimat haben. Aber die Zankerei, wie viel Platz den einzelnen Lieben zusteht, die hält halt ziemlich auf und ist auch ziemlich alt. Seit es Menschen gibt, sind sie mit der Liebe beschäftigt. Liebesbriefe, Schlager, Popsongs und Opern, die gäbe es ohne die Liebe nicht. Liebe verwundert uns, hält uns beschäftigt, setzt sich in unseren Zellen fest, raubt uns den Schlaf, macht uns süchtig, hilflos und klein. Immer wieder glauben wir ihr. Oft genug hält sie uns zum Narren. Kaum hat sie unser Herz erobert und ist sich unserer Gefühle sicher, zeigt sie uns eine lange Nase und grinst uns hässlich an. Dann war sie nur eine Fata Morgana, aber wir hetzen ihr noch immer nach, rufen, betteln und winken. Aber die Liebe macht dennoch, was sie will. Lass es Liebe sein, wünschen sich die Menschen immer wieder. Nicht wahr?«

Das waren so viele Gedanken gewesen, dass ich ihnen kaum folgen konnte.

»Aber nicht jede Liebe wird halt glücklich«, hörte ich mich fast kläglich sagen. »Zumindest nicht dauerhaft.«

Obwohl mir meine Geschichte mit Uwe auf der Zunge lag, hielt ich mich zurück. Es erschien mir nicht angemessen, vertiefend mit jemandem darüber zu sprechen, bevor Uwe und ich unsere Beziehung nicht geklärt hatten.

»Vor allen Dingen glaube ich aber«, meinte Paul und drückte meine Hand, »dass man so oft lieben darf, wie man mag. Aber es entspannt die Sache, wenn man sich dabei nicht belogen fühlt. Und«, Paul sah mich an, »nun würde mich interessieren, wer gerade neben mir geht. Mit wem aus deiner Geschichte habe ich denn nun die Ehre? Anne, Vivienne, Nannerl, Püppilein? Wer geht neben mir? Die Ehefrau, die kleine Lügnerin, das naive Engerl oder das Mädchen, das so tut, als wäre die Liebe eine bunte Götterspeise?«

»Vielleicht mit einer Prinzessin?«, gab ich mich ganz wagemutig.

»Prinzessin zu sein verlangt mehr, als Prinzessin zu spielen.«

»Dann eben Königin!«, grinste ich. »Ach, vielleicht bin ich sogar alles!«, erkannte ich, kuschelte mich im Gehen wieder an Paul, nahm einen tiefen Zug voll frischer Luft und war dankbar, dass er mir all diese Fragen stellte und mir ein ganz besonderes Stückchen Wien hier zeigte. »Schön, dass du mich mit in deinen Schutzraum genommen hast. Ich hätte den Zentralfriedhof von mir aus sicher nicht besucht.«

»So einen Platz wie hier, den findet man nicht überall«, wiederholte er sich. »Es ist so verwildert hier und dennoch ganz geordnet. Was könnte denn in deinem Leben schlimmstenfalls passieren?«, fragte er mich.

»Dass sich alle von mir abwenden«, wusste ich sofort.

»Und was könnte im schlimmsten Fall passieren, wenn alles bleibt, wie es einst war?«

»Dass ich mich von mir abwende!«

Das war es. Die Lösung lag dazwischen. Sie war nicht in Maikammer zu finden und nicht in Wien, sondern sie war beweglich, flexibel und irgendwie dazwischen.

»Das sollten die Touristen sehen.« Paul zeigte in die Weite des Zentralfriedhofs hinein. »Nicht nur immer Würstelstände, die keine mehr sind, und Lokale, die nur noch Wien im Schriftzug stehen haben. Es gibt so viele ganz besondere Stellen, die in Wien zu finden sind. Aber genug jetzt. Ich hab Hunger und du sicher auch. Komm, jetzt gehen wir rüber ins Schloss, da gibt es das beste Schnitzel weit und breit.«

Ja, das stimmte. Genau diese Winkel und Ecken waren es, von denen man erzählen musste, weil man sie nicht auf Anhieb fand. Greta und Marlene hatten mir dafür damals einen Plan gemacht. Sie hatten mich in den Alpengarten bei Belvedere, den Botanischen Garten und rund um die Ruprechtskirche, die älteste Kirche von Wien, geschickt, weil hier noch das ursprüngliche Wien zu finden war. Die Alser Straße hinauf und über die Josefstädter wieder hinunter. In die Venediger Au, weil hier kaum Touristen zu sehen waren, und an die verwunschenen Orte am Donaukai, wo es im Sommer Steckerlfisch zu kaufen gab.

»Meine Freundin hat einen Wanderladen.« Während des Essens kam mir Manu in den Sinn. »Der würde das hier super gefallen!«

Wir saßen in einem wunderbar romantisch-wilden Gastgarten, tranken Wein, und ich lernte, dass es Schnitzel auch in der Rolle gab. Während Paul mir von seinem Wien erzählte, fächerte sich alles vor mir auf: Das ist es, dachte ich. Das ist der Knopf, der mein früheres und jetziges Leben verbindet. Und es ist ganz einfach! Eine Idee, die mir hilft, beide meiner Welten zu leben.

»Du, ich glaub, ich hab da was gefunden!«, strahlte ich Paul glückselig an. »Ich könnte doch gemeinsam mit Manu besondere Reisen nach Wien organisieren. Sie hat den Laden und ihre Webseite, dort könnten wir die Reisen ganz wunderbar verkaufen.«

Tatsächlich! Das war eine Idee, die alle Heimaten verband. »Die Wiener bringe ich nach Maikammer und die Leute aus Maikammer nach Wien.«

Wir sprachen immer weiter von dieser Idee, und Paul bot sich sofort als Fremdenführer an. Als wir wieder vor unserem Haus standen, verabschiedete Paul sich sehr höflich von mir, kaum dass wir das Vorderhaus betreten hatten.

»Es war sehr schön!«

»Sehr, sehr schön!«, stimmte ich ihm einfach zu. Konnte Paul ein Lover werden? Ich beobachtete ihn, als er den Haustürschlüssel in seiner Jacke suchte. Schwer zu sagen. Paul war etwas *in between*, er konnte ein Lover werden, aber sicherlich war er mir jetzt schon ein wunderbarer Freund. Und dann, als wir vor seinem Aufgang standen, küssten wir uns doch. Sehr vorsichtig und sehr zaghaft. Schade, dachte ich, dass er nicht wieder näher rutscht. Diesmal hätte ich ihm keine Ohrfeige gegeben.

Als ich verträumt und glücklich wieder in die Wohnung kam, zeigte das Handy eine SMS an.

Ich bin da, schrieb Uwe. *Kann ich Dich morgen sehen?*

KAPITEL 27

Geh nicht fort von mir

Klaus Hoffmann

Ich hatte nicht so schnell mit ihm gerechnet. Uwe musste wie ein Wahnsinniger gefahren sein, und er kam mir etwas zu früh. Da er sich so spät am Abend meldete, reagierte ich nicht sofort. Er hatte sicher ein Hotel gebucht, da würde er sich gedulden können. Außerdem hatte ich morgen früh noch eine Probe, die ich nicht schwänzen konnte, weil die Premiere schon am Wochenende war. Oskar Pirzak drehte bereits hohl, und ich tat das ebenfalls, weil mir die Vielzahl meiner Lebensschauplätze langsam über den Kopf wuchs.

Kann ich dich noch mal sprechen?, signalisierte ich Paul vom Fenster aus, und ja, er hatte Zeit. Ich sprang zu ihm hinüber.

»Uwe ist bereits da«, informierte ich ihn atemlos, obwohl er das ja wusste.

»Komm rein«, lud Paul mich in seine Wohnung ein. Seine Haare waren feucht, er musste gleich nach unserem Spaziergang geduscht haben. Ich roch die Frische und Kühle auf seiner Haut. Das hatte mich bei Männern schon immer ganz verrückt gemacht.

»Ich meine, er ist bereits da«, wiederholte ich mich und entdeckte unter seinem Bademantel die Härchen auf der Brust. Das war blöd, denn es lenkte mich von Uwe ab. »Es ist zu früh, ich brauche doch noch Zeit für mich, wenigstens ein paar wenige Tage.«

»Das Leben sorgt für sich, wir können nicht alles planen und wissen. Weißt du, Anne, was ich in solchen Momenten denke?«

Verwirrt schüttelte ich den Kopf.

»Wenn es mir schlechtgeht, ich aber eigentlich gar nichts machen kann, dann denke ich: Paul, leg deine Ruder ins Boot und vertraue darauf, dass der Fluss des Lebens dich an die richtige Stelle bringt.«

»Du bist lustig«, konnte ich da nur sarkastisch sagen, »ich muss doch jetzt irgendwie reagieren.«

Am besten mit einem Beischlaf, dachte ich. Der Paul, der jetzt vor mir stand, war ein anderer als der, der mit mir spazieren gegangen war. Er machte mich schwindelig, weil er etwas Männliches hatte, etwas, auf das ich hungrig war, und ich war irritiert von mir selbst, weil ich in ihm einerseits etwas Brüderliches sah, mich aber dann doch wieder von ihm angezogen fühlte. Paul schien, was uns anging, genauer zu wissen, was er wollte.

Wenn ich nur was von dieser Weisheit spüren würde, dachte ich und fühlte mich gerade wie ein Ei, das von einem Mixer aufgeschlagen wurde.

»Du, Anne«, beugte sich Paul zu mir herab und flüsterte dabei ein bisschen. »Weißt du, was ich gerade denke?«

»Nein«, schniefte ich und roch mich noch ein Stückchen näher zu ihm hin.

»Dass du gerade mit mir flirtest, und das ist nicht gut.«

Mein Kopf schreckte hoch, und ich fühlte mich durch und durch ertappt.

»Ich mag dich sehr«, erklärte er, »wirklich. Aber meinst du nicht auch, es gibt schon genügend Durcheinander in deinem Leben? Mit Ruder ins Boot legen meine ich stillhalten und sich treiben lassen, und nicht, noch ein paar Zusatzturbulenzen zu gestalten. Ich küsse dich sehr gerne noch einmal brüderlich, aber ich denke, es ist besser, du schläfst heute Nacht bei dir. Sonst vergesse ich meinen Vortrag, den ich dir auf dem Zentralfriedhof gehalten habe.«

Er nahm mich lächelnd in die Arme, küsste mich auf die Stirn und sehr, sehr flüchtig auch auf den Mund. Einen kurzen Moment, für die Dauer einer Ewigkeit, blieben wir so, Arm in Arm, mit den Mündern ganz nah beieinander. Es war schön, dass er meine Zuneigung erkannte und wir beide erwachsen genug waren, nicht jede Aufwallung von Liebe immer und bei jeder Gelegenheit auszuleben.

»Jetzt sind wir beide sieben Jahre lang keusch, und dann sehen wir uns wieder«, lächelte Paul und küsste mich noch mal sehr zärtlich auf die Stirn. »Schlaf gut, meine Prinzessin, und vergiss nicht, du wirst begehrt.«

Sehr nachdenklich und verträumt ging ich zurück zu mir, winkte Paul noch einmal durchs Fenster zu und legte mich ins Bett. Ich war verzaubert von dem Moment, den ich gerade mit Paul erleben durfte. Diese Nähe, diese Begleitung, die keine Zukunft brauchte oder wollte. Es gibt so viele Beziehungen, die man zu Menschen haben kann, überlegte ich, während ich mein Handy suchte. Wieso hatte man uns beigebracht, immer nur an »den einen« Mann zu glauben?

»In einem Herzen ist viel Platz«, erinnerte ich mich an die Worte von Marlene. »Wir dürfen lieben, und wir sollen es auch. Aber nicht jede Liebe ist so groß, dass sie sich auf lange Zeit erfüllt.«

Paul musste so eine Liebe sein, und wenn ich mich wirklich entscheiden sollte, dann war mir der Freund wichtiger, als es der Mann Paul werden konnte.

»Manchmal muss man halt auch ein bissel brav sein«, schmunzelte ich und zitierte damit den Abschlussspruch aus der Fernsehshow *Wir sind Kaiser*, die ich immer gerne im österreichischen Fernsehen anschaute.

Irgendwie hatte ich auch den Wunsch, kurz mit Mutter zu sprechen. Sehr gespannt, wie das werden würde, wählte ich die Nummer.

»Mama?«

»Anne, ach du, wie schön ... Wie geht es dir?«

Ich wusste eigentlich gar nicht, was ich sagen sollte. Ganz gut. Halb gut. Anderthalb, zweieinhalb gut, da nun mit einem Stiefkind?

»Ist Uwe bei dir?«

»Nicht bei mir, aber heute angekommen.«

»Und wollt ihr euch versöhnen?«

»Das ist das Problem, ich weiß nicht mehr, ob ich das kann.«

»Und wenn du dich einfach noch nicht entscheidest?«

Das war lustig. Seltsamerweise war ich auf diese Möglichkeit noch gar nicht gekommen. Ich musste mich ja nicht gleich entscheiden, nur weil er nach Wien gekommen war. Auch wenn Uwe sich das sehr wünschte, konnte ich mir Zeit lassen. Wir waren jetzt seit über dreißig Jahren ein Paar, es war doch eigentlich klug, die Sache jetzt in aller Ruhe anzugehen.

»Deswegen könnt ihr trotzdem miteinander sein. Aber vielleicht versteht ihr euch besser, wenn ihr euch nicht so häufig seht. Du könntest hier bei mir einziehen. Frau Mertens, meine neue Nachbarin, hat eine Luftmatratze, die sich ganz von selbst aufpumpt. Ihre Tochter lebt in Paris, ist alle zwei Monate für drei Wochen da und schläft dann auf der Matratze. Wir könnten uns doch auch so eine Matratze kaufen. Dann wärst du ganz bei mir und könntest viele Dinge für mich tun, und ich würde dich natürlich auch verwöhnen.«

Da war sie wieder, gottlob, die alte Fürstin in der Haut der guten Mutter. Fast freute ich mich über die Wiederbegegnung. Aber eine solche Lebensform kam für mich ganz sicher nicht in Frage.

»Oh, die Idee mit der Matratze ist ganz wunderbar«, entgegnete ich begeistert. »Klaus und Michael werden sich riesig darüber freuen, wenn sie dich besuchen kommen. Und danke auch für deinen Tipp, ab und zu mal eine Ehepause einzulegen. Ich hab da so eine Geschäftsidee, und ich freu mich, dass du verstehst, dass ich ab jetzt öfter mal auf Reisen bin.«

»Ah so …«, antwortete sie dürr, aber ich merkte, dass mir dieser Dämpfer nicht wirklich weh tat. Mutter und ich, wir würden lernen, miteinander zu reden. Dass ich auch über Olivia hatte sprechen wollen, schob ich weg. Mütter müssen nicht alles sofort wissen, so wie Töchter nicht alles sofort zu erledigen haben.

»Ich drück dich jetzt und grüße Uwe dann von dir«, beendete ich das Gespräch.

»Wirst du mit ihm heimkommen?«

»Wir werden sehen«, blieb ich ganz ehrlich. »Vielleicht, aber vielleicht auch nicht. Morgen Nachmittag weiß ich mehr.«

Wir hängten ein, ich fütterte die Katzen und notierte auf einem Zettel, dass Manu und ich auch süße Nannerln produzieren konnten.

Süßigkeiten gab es auf der Welt schließlich nie genug. Als ich, auf meinem Küchenschemel sitzend, einen frisch aufgebrühten Tee trank und mir mein künftiges Leben zwischen Maikammer und Wien ausmalte, fühlte ich zwei zarte Katzenkörper um meine Beine streichen. Ich lächelte und fand zum ersten Mal in meinem Leben, dass Katzen wirklich wunderbare Seelengefährten waren.

KAPITEL 28

Up where we belong

Joe Cocker & Jennifer Warnes

Ich machte mich nicht gleich bemerkbar, sondern verharrte ein paar Schritte von ihm entfernt in einer Nische neben dem Kerzenladen, der gleich beim Stephansdom zu finden war. Uwe war, wie ich, etwas zu früh gekommen. Er besah sich Plakate und studierte aufmerksam die Menschen, die in den Dom hinein- und herausspazierten. Seine Blicke wanderten über den Platz, als ob er befürchtete, mich zu übersehen. Jetzt, da ich ihn mir ganz in Ruhe aus der Distanz betrachten konnte, sah ich, wie schmal er geworden war. Wie viele seiner Freunde hatte auch Uwe neben dem Golfen noch mit Joggen begonnen. Wer nicht mit protzigen Uhren und Geschäftswagen aufwarten konnte, dem war der erfolgreiche Marathonlauf eine adäquate Insignie der Macht. Nur Gewinnertypen, das war die Haltung dieser Männer, schafften 42,195 Kilometer. Ich konnte diesem Lauf nichts abgewinnen und fand, dass Uwe zu schmal geworden war. Jetzt sah er aus wie einer dieser drahtigen Mittfünfziger, die durch das Laufen Beinchen wie Streichhölzer bekamen, bei jedem kalten Luftzug sofort froren und deswegen lange Unterhosen unter den Businessanzügen trugen.

Ich sehnte mich aber nach dem Jüngling, in den ich mich einst verliebt hatte. *Baby's got blue eyes*. Diesen jungen Mann, an den ich gedacht hatte, als ich das Herz in den Pfosten auf dem Dachboden schnitzte, dort, wo Liebesbriefe und Zettelchen vom jungen Uwe zu finden waren und Musik, bei der wir damals geschmust hatten, genau diesen Mann wollte ich wiederhaben.

Doch konnte ich mir nicht vorstellen, wie das gehen sollte. Marathon, eine Harley und dünne graue Haare, über die Halbglatze gelegt und zum Zopf gebunden, brachten Männern die Jugend nicht zurück, nach der ich mich bei Uwe sehnte. Dabei hatte ich noch Glück, denn wenigstens die Harley und den dünnen Zopf hatte Uwe mir erspart. Sein süßer Speck war allerdings abtrainiert, und dadurch näherte er sich optisch gefährlich nahe dem Bilanzbuchhaltertyp, der er nie hatte werden wollen.

Wollte ich es mit diesem Mann noch einmal wagen? Wollte ich mit ihm die Beziehung klären, die wie ein Wagen aus der Kurve geraten war und nun in einem Dreckloch steckte?

»Du kannst dir Zeit lassen«, erinnerte ich mich. »Du brauchst auf die Schnelle nichts entscheiden. Leg die Ruder in dein Boot.«

Bänder kann man anziehen und man kann sie lösen. Manchmal mehrfach nacheinander.

»Da bist du ja!«, begrüßte er mich, als er mich sah. Ich kam langsam über den Platz auf ihn zu, er kam mir sehr schnell entgegen.

»Da bin ich«, antwortete ich.

»Lieb, dass du gekommen bist.«

Lieb. Nein, in diese Tonart wollte ich nicht einsteigen. Dass ich nicht mit dem erwarteten »Auch lieb« oder »Das ist doch selbstverständlich« reagierte, machte ihn nervös. Er schien zu befürchten, dass ich auf der Stelle wieder ging. Dass ich es einmal getan hatte und auch bei seinem letzten Besuch nicht nachgiebig gewesen war, hatte einen Eindruck hinterlassen. Ich erkannte das an der kleinen Falte zwischen seinen Augenbrauen, die er immer dann bekam, wenn er sich unsicher fühlte. Früher hatte ich die kleine Falte sehr geliebt, weil sie mir zeigte, dass er sensibel war und ihn etwas zutiefst beschäftigte. »Soll ich deine Falte fragen?«, hatte ich ihn geneckt und ihm über die Stirn gestreichelt, wenn ihm einerseits die Worte fehlten und andererseits alles auf seiner Stirn zu lesen war.

»Ich habe dir ein paar Blumen mitgebracht«, zauberte er einen kleinen Strauß Veilchen aus dem Ärmel.

Warum, fragte ich mich, gibt es diese Blumen immer erst dann, wenn es fast zu spät ist? Dann, wenn sie eher verletzten als glücklich machten? Ich nahm den Strauß dennoch entgegen, und wir gingen ein wenig die Kärntnerstraße auf und ab, weil wir nicht richtig ins

Gespräch kamen und auch keine wirkliche Richtung wussten. Obwohl es mir schwerfiel, das auszuhalten, wollte ich auf keinen Fall die Führung übernehmen, auch wenn ich diejenige war, die sich auskannte und gute Plätze wusste.

»Willst du einen Kaffee trinken?«, beendete er die unsägliche Spaziererei, und nach ein paar Nachfragen lenkte ich ein und zeigte auf das Café Frauenhuber, weil in diesem Café ein Stück alte Normalität zu finden war. Leider half auch das Café nicht, die gespenstische Spannung zwischen uns etwas zu mindern. Uwe brütete, und ich lauerte auf das Ei, das er zu legen schien.

»Wien ist schön.« Sein Blick war so offen, wie es angesichts der Lage möglich war. »Es gibt so viel zu sehen.«

»Da vorne ist das Kaufhaus Steffel«, nahm ich ihn einfach ernst und überging, dass er mir eigentlich sagen wollte: Wieso hast du dich gestern nicht mehr bei mir gemeldet? »In der früheren Fahrradabteilung soll angeblich Mozart gestorben sein. Also etwa an dem Platz. Fahrräder gab es da ja noch nicht.«

Es war erstaunlich, welch unsinniges Zeug man in einer so beklommenen Situation daherredete. Ich würde auf die ganz große Szene verzichten, hatte ich entschieden, aber welche Szene ich geben wollte, das war mir noch immer nicht ganz klar. Es warf mich innerlich hin und her. Ich sah in Uwe alles und nichts, und in mir sah ich alle Möglichkeiten dieser Welt und gleichzeitig mein Hausfrauendasein in Maikammer, wie ich es zuletzt gelebt hatte. Während der Ablaufpausen bei der vormittäglichen Probe hatte ich eine Plus-Minus-Statistik erstellt, so wie es Manu immer machte, wenn sie vor einer wichtigen Entscheidung stand. So eine Liste, dachte ich, würde mir helfen, mehr Standfestigkeit zu erlangen. Was würde es mir bringen, wenn ich bei Uwe blieb? Sicherheit? Liebe? Ich würde mit einem Versuch, die Liebe wiederzufinden, schon zufrieden sein.

Heirate nicht nur den Menschen, den du liebst, sondern liebe auch den, den du geheiratet hast. Das war ein sehr wahrer Spruch. Wenn ich auf das baute, was Uwe und ich in guten Tagen zusammen gemeistert hatten, wie wir versucht hatten, miteinander in Balance zu bleiben, dann gab es eventuell eine Chance, an diese alte Energie noch einmal anzuknüpfen. Doch wenn ich ihn jetzt betrachtete, wie er in seiner Tasse rührte, dann bewegte sich in mir nichts. Auf keinen Fall wollte ich weiter sein weiblicher Kumpel sein.

»Der Mozart hat ja an vielen Stellen gelebt«, ging Uwe auf meine Fahrradgeschichte ein und zeigte, dass er sich bereits in Wien eingelesen hatte. »Irgendwo hier ist noch so eine Mozartwohnung. Wusstest du, dass die Mozartkugeln eigentlich in Salzburg erfunden wurden?«

Nein, das war mir komplett neu.

»Das hab ich im Internet gelesen.«

»Ah so«, stellte ich mich weiter blöd, bevor ich schließlich doch noch die Geduld verlor. »Du kannst doch jetzt nicht mit Mozartkugeln kommen!«

Er zuckte sofort zusammen.

»Wie stellst du dir das mit dieser Olivia vor? Das ist das Einzige, was mich augenblicklich interessiert.« Was nicht stimmte, denn da gab es noch mehr Dinge, die für mich ungeklärt und gestaltungsbedürftig waren.

»Zwei Melange, ein Schnittlauchbrot mit Ei und eine Buchtel«, postierte uns der Ober zwei Tassen und Teller vor die Nase, obwohl wir nichts bestellt hatten.

»Oh, Entschuldigung«, er packte die Teller und Tassen wieder auf das Tablett. »Was darf ich bringen?«

»Zwei Melange, ein Schnittlauchbrot mit Ei und eine Buchtel«, schoss es albern aus Uwe heraus, und der Ober packte alles wieder auf den Tisch. Augenrollend wandte er sich ab. Am Nebentisch fragte jemand, wann endlich die Bestellung käme.

Diese Olivia, hörte ich in Gedanken noch einmal, was ich im Eifer des Gefechts gesagt hatte. Wie das klang! »Wie stellst du dir das also vor mit der kleinen Olivia?«, berichtigte ich mich. »Ich möchte das mit dir besprechen.«

Die Antwort fiel ihm sichtlich schwer. Das Schnittlauchbrot mit Ei rührte er nicht an, obwohl er es gleich zu sich gezogen hatte. Während ich die Buchtel auseinanderbrach, um zu prüfen, ob auch genügend Powidl drin war, sprach Uwe gedrückt und fast vor sich hin. Er führte Ronny auf und dass er sich nicht nur als mein Mann, sondern auch als Vater schämte. Zwischen den Worten strich er sich die Haare aus der Stirn, so als könnte er die Sätze dann freier formulieren. Ich versuchte ihm zu folgen und so zugänglich zu sein, wie ich mir das umgekehrt auch von ihm wünschen würde. Wenn ich viele war, dann war auch Uwe mehr als nur ein Mann. Ich versuchte die Vielseitigkeit zu bewahren, die ich mit Pauls Hilfe entdeckt hatte, und stellte mir die Lusterkönigin an meiner Stelle vor, dann Oskar Pirzak, ja, ich überlegte sogar, was ich in meiner Rolle als singender Cherub dazu sagen würde. Dann erst kam ich auf Vivienne, und ganz zum Schluss landete ich bei mir selbst. Bei der Maikammer-Anne, die ich einmal gewesen war. Ich hatte einiges dazugelernt, trug das Neue bereits in mir. Aber jetzt wollte ich doch wieder mit den alten Gewohnheiten reagieren, weil sie mir näher waren, da dreißig Jahre lang geübt. Die Versuchung war sehr groß, das Verhalten aufzufahren, das man mich von Kind auf gelehrt hatte: Mann macht Kind, Frau tobt und stellt, ungeachtet des eigenen Handelns, böse Bedingungen, denn böse Bedingungen und Rosenkriege sind nun mal die Folge, *werden Kinder mit fremden Frauen gemacht*. Ich war wie ein Mädchen, das Mathematik studieren möchte und immer wieder mit dem kleinen Einmaleins beginnt.

»Es geht nicht nur um dich«, fasste ich mich mit einem Mal. »Du musst wissen, was du willst, und ich muss es auch wissen. Wir haben da beide, unabhängig voneinander, etwas zu entscheiden.«

»Deswegen bin ich ja gekommen«, reagierte Uwe ruhig. Er schaute mich lange an. »Ich weiß, dass die Gefahr groß ist, alles zu verlieren. Deswegen habe ich mich gleich auf den Weg gemacht, und ich habe auch etwas geplant. Die Uhrzeit war vorhin nur noch ein bissel früh.«

»Was ist mit Olivia?«, bohrte ich ein wenig drohend weiter.

»Ich werde Olivia nächste Woche sehen und dann mit ihrer Mutter sprechen. Bislang ist der Stand der, dass ich die beiden finanziell unterstütze und zu Olivia Kontakt aufbaue. Sie wird nicht dauernd da sein, aber ich werde sie sehen.«

»Hast du geplant, dass ich sie kennenlerne?«

»Geplant habe ich nichts. Ich wollte es mit dir besprechen.« Ich sah, wie seine Halsschlagader pochte. »Aber erst einmal ist eine andere Frage für mich wichtig. Kommst du mit? Ich will ein paar Schritte mit dir gehen.«

Die letzte Frage überhörte ich fast, weil Uwe einerseits so leise sprach und andererseits da diese Schnittlauchfaser war, die zwischen seinen Schneidezähnen hing. Seine Zähne zogen Schnittlauch wirklich magisch an. Auch das war mir sehr vertraut.

»Mach das mal weg«, sagte ich und reichte ihm meine Serviette, obwohl sie bereits von mir gebraucht worden war. Er lächelte verlegen.

»Was ist nun? Kommst du mit?«, fragte er erneut. Ganz zaghaft war er, so als hätte er Angst, ich würde ihn nach dem Kaffeehausbesuch sofort wieder verlassen. »Ich würde gerne mit dir in den Prater fahren.«

Das Riesenrad! An einer Sightseeingtour mit Uwe hatte ich nun wirklich kein Interesse. Außerdem war der Prater, historisch gesehen, *mein* Revier. Bevor ich etwas sagen konnte, winkte er dem Ober und bezahlte. Das magere Trinkgeld, das ahnte der Ober nicht, war für Uwes Verhältnisse formidabel.

Wir gingen zu Fuß, ohne viel miteinander zu sprechen. Ich war vorsichtig, weil ich mir nicht ausmalen konnte, was Uwe vorhatte und was nun kommen würde. Etwas hatte er im Sinn, doch was es war, konnte ich nicht erkennen. Wir gingen über die Brücke am Schwedenplatz, liefen die Praterstraße hinunter und steuerten direkt auf den Prater zu.

»Da ist es ja, das Riesenrad.« Uwe war von dem Anblick überrascht, obwohl wir noch mindestens zehn Minuten zu gehen hatten. Ich kannte die Strecke gut.

»Wir können auch die U-Bahn nehmen«, deutete ich auf die Station, die wenige Schritte entfernt lag, aber Uwe wollte laufen. Es schien, als bräuchte er den Weg, um sich im Inneren noch einmal zu sortieren.

Dann waren wir da, schneller als gedacht. Der Park war natürlich voll, weil es bei gutem Wetter alle in den Prater trieb. Touristen, Schulklassen, Senioren, Singles, Frischverliebte und Familien. Uwe führte mich zum Riesenrad, und wir gingen zielsicher an den Schlangen vorbei, die sich vor den Kassen gebildet hatte.

Sehr stolz präsentierte mir Uwe zwei Eintrittskarten, die er als Überraschung für mich aus der Tasche zog. »Ich hab mich vorbereitet«, versuchte er zu dokumentieren, dass er sich Mühe geben wollte.

Wir quetschten uns durch das Gedränge aus Italienern, Japanern, Arabern und Russen, die sich die Ausstellungsstücke im Riesenradmuseum besahen, das dem Vergnügen vorgeschaltet ist. Ein paar Wiener waren auch darunter, ich hörte die Stimmen aus dem babylonischen Gewirr heraus.

»Einen Moment dauert es noch«, erklärte mir Uwe und fasste mich bei der Hand. Fast zog ich sie zurück, denn es war lange her, dass wir Hand in Hand gegangen waren. Er hatte es aber nicht als Annäherung gemeint, sondern wollte mich eher wie ein Kind durch die bunten Attraktionen ziehen. Sehr beeindruckt staunte er vor den mechanischen Schaukästen und den Informationen, die es über das Riesenrad zu sehen gab: Fotos, Bilder, Spielereien.

»Ist alles so schön bunt hier!«, zitierte ich aus einem Nina-Hagen-Song und wich dem Souvenirshop aus, der brechend voll mit Wien-Artikeln war. *Der Kuss* von Klimt in dreihundertachtzig Variationen. Postkarten, die, wenn man sie öffnete, Walzer erklingen ließen. Sisi als Kühlschrankmagnet und die Lipizzaner als Button für die Tasche. Hinter unserem Rücken drehte das Riesenrad leise klackernd seine Runden, so wie es das schon seit 1897 tat. Jetzt waren wir dran. Der Angestellte gab uns ein Signal. Er grinste Uwe breit und wissend zu und öffnete den Waggon mit einer höfischen Verbeugung: »Bitte einzutreten.«

Uwe zog mich sanft mit sich, die Tür ging zu, und ich staunte, denn dieser Waggon sah ganz anders aus als die anderen Wagen, die aus Holz bestanden und mit Holzbänken ausgestattet waren.

»Wow!«, rief ich erstaunt. Das war kein Wagen, sondern es war … wieder einmal … ein Séparée. Ich konnte es fast nicht glauben, und

Uwe erkannte in meinem Schweigen, wie verblüfft ich war – ja wie verblüfft ich sein *musste*. Die Fahrt ging los, und der Waggon erhob sich majestätisch in die Luft. Ein festlich geschmückter Waggon, nur für uns allein.

»Sieht das schick aus!«, versuchte ich wenigstens zu reagieren, und bestaunte irritiert die in Weiß gehaltene Tischdekoration, die brennenden Kerzen, weißen Rosen, den Champagner und die Sachertorte. Leise Musik von irgendwoher. Ein Séparée. Das alles hatte ich erst vor kurzem in schwülem Rot erlebt. Ich war froh, dass Uwe das nicht wusste. Und er würde es auch nie von mir erfahren, Olivia hin oder her.

»Es ist grandios«, staunte Uwe und lief von einem Fenster zum anderen. O Marlene, dachte ich, das Wort gehört doch dir!

»Uwe …«, versuchte ich einen Satzanfang, kam aber nicht weiter. Er überhörte mich aufgeregt und füllte den Champagner in die Flöten. Das Riesenrad trug uns derweil unschuldig und sanft nach oben, mitten in das Babyblau des Frühsommerhimmels hinein. In seiner Geschichte hatte es schon viele Paare hochgetragen – und viele Paare aus der Liebe auch wieder aussteigen sehen.

»Das ist der Hochzeitswaggon«, reichte mir Uwe feierlich mein Glas. Er hatte keine Falte auf der Stirn. »Als du in Wien warst, kam im Fernsehen eine Dokumentation über den Prater. Ich habe sie mir angeschaut.« Er schwieg einen Moment. »Weil ich ein wenig bei dir sein und irgendwie versuchen wollte, dich zu verstehen. Und ich wollte dir zeigen, dass alles anders werden kann. So kam es zu dieser Fahrt.«

»Der Hochzeitswaggon. Etwas unpassend, findest du das nicht auch?«

Uwe führte mich am Ellenbogen ans geöffnete Fenster, so dass wir über Wien blicken konnten und uns der leise Fahrtwind durch die Haare fuhr. Ich sah hinunter. Hier hatte ich als Kind die Reise begonnen, die ich jetzt erst wirklich angetreten war. Die große Reise zu mir selbst. Jetzt holte ich nach, was in meinem Leben auf der Strecke geblieben war. Dafür war dieser Waggon eine äußerst passende Metapher, nicht aber für den Beziehungsstand von Uwe und mir. Die Holzklasse und ein Piccolofläschchen Sekt wären angemessener gewesen.

»Dieser Festwaggon ist der Hochzeitswagen«, sagte Uwe dennoch auf, was er wohl bei der Buchung gelernt hatte. »Der wird für Heiratsanträge angemietet.«

Ich verriet ihm nicht, dass ich die Geschichte kannte, und Uwe war so in sein Aufsagen vertieft, dass ihm meine Reserviertheit entging.

»Es gibt auch noch andere Jubiläumswaggons, aber dies ist der prächtigste von allen.«

Er schritt mit seinem Glas ein Stückchen auf mich zu. Es war zu spüren, wie er mit sich rang und nach den richtigen Worten suchte. »Anne, dieser Waggon wird in der Regel an junge Brautleute vermietet oder an Menschen, die ihrem Partner einen Heiratsantrag machen wollen.«

Ich schwankte ein wenig hin und her, weil das Rad wieder stehen blieb. Der Waggon schaukelte leicht in der Luft.

»Diese Fahrt habe ich gebucht, nicht weil ich dich fragen will, ob du meine Frau werden möchtest ...«, er stockte, »... ich meine natürlich, bleiben, denn meine Frau bist du ja schon.«

Oje, nun nahm nicht nur das Riesenrad, sondern die ganze Sache Fahrt auf. Ich ahnte bereits, worauf dies alles hinauslief. Eine Menge Entschuldigungen, viele Versprechungen, selbstverständlich auf beiden Seiten, weil es so die gepflegte eheliche Kommunikation verlangt. Während Uwe sich mühsam seine Gedanken zurechtlegte, versuchte ich in mir zu erspüren, wie es mir hier ging, eingepfercht in diese Riesenradkabine der Glückseligkeit. Uwes Augen glänzten. Es kam mir vor, als wäre er von sich selbst begeistert, dass er zu solch famosen Überraschungen noch in der Lage war.

»Für mich bist du noch immer das junge Mädchen, das ich im Aqua damals traf. Ich sehe dich noch genau vor mir, und ich weiß noch heute, wie ich damals fühlte und wie stolz ich war, dass du mein Mädchen warst. Mein Mädchen! Du hattest dich für mich entschieden, mich wachgeküsst, mich zum Mann gemacht. Ich liebte dich nicht allein, ich brannte vor Liebe. Und deswegen, weil sich eigentlich nicht viel verändert hat ...«

Das war zu viel! Empört öffnete ich den Mund, um etwas zu sagen. Uwe hatte mal für mich gebrannt. Jetzt war es nur noch Asche, was ich fühlte.

»Ich will dich fragen, nein, ich will dich bitten«, jedes einzelne Wort sprach er mit gezieltem Nachdruck aus, »meine Frau zu bleiben. Nach all dem, was ich dir zugemutet habe. Und, na ja, es lief die letzten Jahre ja auch nicht gerade gut. Aber ich habe daraus gelernt und will es besser machen.«

Nun war er fertig und wollte eine Reaktion. Die kam aber erst einmal nicht, weil die Sache, bei aller Romantik, für mich zu komplex für ein Ja oder Nein war und weil ich außerdem nichts sagen konnte. Es war mir, als hätte ich ein Wollknäuel in meinem Mund. Meine Gedanken sprangen wie Kobolde hin und her. Einmal waren sie bei der Verletzung, die Uwe mir zugefügt hatte, dann wieder bei den Zumutungen, die ich in meine Waagschale geschmissen hatte.

»Vielleicht brauchst du noch einen Moment«, erkannte er und setzte sich nun wenigstens an den Tisch. Ich konnte sehen, dass er enttäuscht war. Selbst der Waggon ruckelte etwas irritiert, war er es doch gewohnt, dass spätestens jetzt die Braut ausflippte und vor Freude gleichzeitig heulte und lachte. Ich tat weder das eine noch das andere. Dass er sich so etwas einfallen lassen würde, so spät in unserer Ehe, nur das dachte ich, darauf wäre ich im Leben nicht gekommen. Jahrzehntelang hatte ich mir nichts sehnlicher als eine Überraschung von ihm gewünscht und die Freundinnen heimlich beneidet, die mit ihren Männern mal eben schnell nach London oder Kopenhagen flogen.

Der Waggon schwebte weiter durch die Luft, und durch die Fenster konnte ich in die anderen Wagen sehen, wo Menschen sich küssten und umarmten und Kinder die kleine Welt unter sich fotografierten.

»Du sagst ja gar nichts.« Uwe biss sich enttäuscht auf die Unterlippe. Es rührte mich. Uwe rührte mich. Mein Aktenwürmchen, dem es schon schwerfiel, »Ich liebe dich« zu sagen, versuchte mich mit einem Riesenaufgebot an Hochromantik zu gewinnen.

»Gleich«, versuchte ich, so neutral, wie es nur ging, zu bleiben. »Gib mir einen Moment Zeit, du hast mich wirklich überrascht.«

Ich sah auf den Prater, die Menschen, die dort wie Ameisen herumliefen. Das Getöse und die Musik des Jahrmarktes drangen bis zu uns herauf, das Johlen der Menschen in den Luftschaukeln, die heiteren Schreie aus den Gespensterbuden, und auch die Liliputbahn war von hier aus gut zu sehen. Ich fand mich in all dem Treiben wieder.

»Mit mir ist es wie mit diesem Prater«, versuchte ich mich mit einem Vergleich verständlich zu machen. »Hier hat vor vielen, vielen Jahren alles einmal harmlos mit ein paar Losverkäufern, vergnüglichen Ringelspielen und Marktschreiern angefangen. Der Prater war ein Ausflugsziel für die freien Tage. Man konnte Spaß haben, Rosen gewinnen, Lebkuchenherzen kaufen, die über die Woche als Versprechen dienten. Dann ging die Leidenschaft weg und mit ihr die Ehrlichkeit. Die Menschen sahen mehr und mehr nur noch das Geschäft. Immer mehr Buden wurden aufgestellt, und viele davon waren nicht mehr schön. Außer Tand gab es nichts mehr zu gewinnen. Die Bratwürste hatten nicht mehr so eine gute Qualität, und der Wein war verdünnt. Die Fahrten mit dem Karussell wurden immer kürzer, und die Eintrittspreise gingen hoch.«

Uwe saß mir wie ein Stock gegenüber. Er wartete.

»Und ich bin wie dieser Wurstelprater.« Ich setzte am Satzende einen deutlichen Punkt.

»Mein Leben mit dir hat mal bunt und mit viel Freude begonnen, und nun ist es so verwaschen, dass ich gar nicht mehr weiß, wie mal die echten Farben waren. Wir waren miteinander absichtslos und ohne Kalkül, einfach weil es gut war, so wie es war. Und später, um uns beide bei Laune zu halten, habe ich in meinem Seelenkostüm zu viele Rollen angenommen. Ich war gleichzeitig die Stripteasetänzerin und die Imbissbudenbesitzerin. Es gab Lose zu kaufen in meinem inneren Prater, und es gab Bänke, auf denen du dich ausruhen konntest. Wenn ich dich erschrecken wollte, dann veranstaltete ich eine Geisterbahnfahrt. Oder ich ließ dich ein wenig in der Luft hängen, wie im Sessel eines Kettenkarussells.«

Komm, sag es schon, dachte ich an diesem Punkt. Das ist doch der Moment, der danach schreit, den Mund aufzutun und zu sagen: »So wie jetzt! Du lässt mich jetzt auch zappeln, merkst du es nicht?«

Aber Uwe sagte nichts. Er hörte zu. Uwe hörte mir wirklich und ernsthaft zu. Viel mehr, als ich ihm zugehört hatte, stellte ich auf einmal fest.

»Offen gestanden habe ich das nicht einmal gemerkt«, erklärte ich weiter. »Es war wie eine schlecht geführte Trance. Es hatte sich entwickelt und war auf einmal, wie es war. Auf den Augen trug ich eine Brille, die meine Welt farbig machte. Und dann nahm ich diese Brille ab und sah, dass meine Welt – unsere Welt – grau war.«

»Hast du dir die Brille abgenommen oder hat das jemand für dich getan?«

Ich reagierte darauf nicht, sondern schaute weiter aus dem Fenster. Wir in deutlicher Höhe. Er spielte auf Paul und Felix an. Aber die beiden gehörten mir.

»Schau mal!«, zeigte ich stattdessen auf den Stephansdom. Der Prater unter uns wurde wieder spielzeughaft klein. Tränen stiegen mir in die Augen. Ich wollte nicht weinen, ich wollte nicht zurück, ich wollte ihn nicht verlassen, ich wollte mich nicht verlassen, und ich fand es anrührend, dass er diese Fahrt von Maikammer aus gebucht hatte. Fast konnte ich ihn dort sitzen sehen, in seinem alten Fernsehsessel, den er von seinen Eltern übernommen hatte.

»Anne?«

»Es tut mir leid«, tupfte ich mir schnell die Tränen weg. »Aber ich kann dir keine Antwort auf deine Frage geben.« Ich schluckte, weil ich seinen entsetzten Blick sah. »Es hat nichts mit Olivia zu tun, sondern nur mit mir. Um zu wissen, ob ich deine Frau bleibe, muss ich erst weiter meine eigene Frau werden.«

Nun war es raus. Es war wie eine Trennung, eine einstweilige Verfügung. Und die Fahrt war erst zur Hälfte vorbei. Trotzdem atmete ich schon jetzt leichter. »Ich versuche schon seit Tagen, das für mich zu klären, aber was es auch ist, ich will es wagen.«

Die Waggons vor uns tauchten wieder auf, der Höhepunkt der Fahrt war nun endgültig vorbei. Wir konnten in die anderen Waggons sehen, in denen staunende Familien und Touristen saßen. Sie hingen glücklich an den Fenstern, lachten oder blickten einfach still über diese traumhaft schöne Stadt hinweg.

»Willst du nicht wenigstens ein Stück Kuchen?«, fragte Uwe, denn man hatte für uns im Festwaggon ja ziemlich fürstlich aufgedeckt. Nein, ich wollte nicht. Sachertorte war noch nie mein Favorit gewesen. Um ihn nicht ganz zu enttäuschen, nahm ich eine kleine Praline aus der Schachtel, die wohl vom Schokokönig angeliefert worden war. Bonbons waren verstreut, auf denen *Wiener Zuckerl* stand.

»Du willst mir aber nicht meine Hoffnung nehmen?«

Wie immer seine Hoffnung auch aussah.

»Und was willst du wagen?«, fragte Uwe weiter.

»Ich zu sein.«

»Ist das eine andere Frau als die, die ich kenne?«

»Ja!«

»Gut zu wissen. Dann hoffe ich wenigstens, dass ich mich an sie gewöhnen könnte.« Enttäuschung verfinsterte sein Gesicht.

»Versteh doch«, bat ich ihn. »Wien hat gemacht, dass ich mich in mir zu Hause fühle. Und ich brauche eine Pause, viele Pausen, um zu sehen, ob ich auch in unserem Leben wieder ein Zuhause finde.«

»Eigentlich wäre jetzt eine Fiakerfahrt der nächste Programmpunkt gewesen …«, flüsterte Uwe, und in jedem Wort schwang Traurigkeit mit.

»Fangen wir mit einer Liliputbahnfahrt an«, baute ich ihn auf und freute mich, dass Uwe nicht einschätzen konnte, was für ein großes Angebot ich ihm damit machte.

»Darf ich dich küssen?«, fragte er, und obwohl die Fahrt so gut wie vorüber war, erlaubte ich es ihm lächelnd.

»Und darf ich die Nacht bei dir bleiben und morgen den Tag mit dir verbringen und dich dann auch am Abend wiedersehen?«

Ich wusste, dass er sich großartig dabei fühlte.

»Leider nein«, sagte ich ihm ab. »Wir müssen eine Pause einlegen, denn morgen steht für mich etwas Großes auf dem Plan.«

»Ich glaube, ich ahne, was du meinst«, erklärte Uwe und verriet mir nicht, was er von mir wusste.

KAPITEL 29

Halt dich an deiner Liebe fest

Ton Steine Scherben

Der Tag der Premiere war eine einzige Unruhe. Nicht nur in mir, auch in der Hausoper waren alle ganz wuselig, und selbst die Bühne dampfte das Lampenfieber aus allen Brettern. Ich saß in meiner Ecke, die mir als Umkleide diente, und verstand im Nachhinein, warum Marlene und Greta sich immer zu Hause umgezogen hatten. Es war wahnsinnig eng, und Oskar rauchte eine Zigarette nach der anderen. Er verpestete damit die eh schon muffige Luft, was für weiteren Protest und zunehmenden Ärger sorgte. Wir hatten am Vormittag noch einmal die ganze *Zauberflöte* durchgespielt, und ich war froh, dass ich nur drei Takte zu singen hatte und es mehr darauf ankam, dass ich nicht aus dem Körbchen fiel. Aber natürlich belastete mich auch dieser kleine Auftritt, der mit jeder Minute näher rückte. Meine Gedanken fuhren Karussell.

Aus dem Zuschauerraum war ein einziges Geruckel, Geschiebe und Gemecker zu hören, denn natürlich hatte die Putzfrau die Anordnung der Stuhlreihen durcheinandergebracht und war dann nach Hause abgezischt. Trudi, die eigentlich die Schmalzbrote schmieren sollte, war nun damit beschäftigt, die Reihen wieder neu zu richten, damit der Raum auch nach Premiere aussah. Ich versuchte mich auf die Geräusche zu konzentrieren und nicht zu sehr auf meinen Hals, der sich kratzig anfühlte. Erkältung war schon als Kind mein bevorzugtes Lampenfiebersymptom gewesen. Ich wollte mich nicht drücken, aber es würde mir auch sehr schwerfallen, mich vergnügt und heiter in meinem Körbchen unter die Decke ziehen zu lassen, um dann wie ein Rotkehlchen von dort zu trällern. Die dicken Bäckchen, die Trudi mir geschminkt hatte, und das gerüschte Kleid machten mich noch dicker, als ich war. Der Korb würde sich bei meinem Gewicht vermutlich gar nicht in die Höhe ziehen lassen.

Sie quält verschmähter Liebe Leiden.
Lasst uns der Armen Trost bereiten!
Fürwahr, ihr Schicksal geht uns nah!
O wäre nur ihr Jüngling da!

Wacker probte ich den Text, den Emanuel Schikaneder zu den Noten von Mozart erdacht hatte. Der kleine Vierzeiler war nicht schwer zu singen, aber es schien mir, als brächte ich die Noten einfach nicht heraus. Dann noch dieser Text! Noch vor wenigen Tagen hatte ich beim Singen an Felix gedacht. Aber an ihn zu denken war nicht mehr schön. Paul war kein Jüngling, obwohl er etwas sehr Junges in seiner Persönlichkeit hatte. Und Uwe? Nein, der war kein Jüngling, aber verlässlich wie ein poröser Buchhalterradiergummi. So einer, den man auf Stummelbleistifte steckte. Mal abgesehen von der Riesenradfahrt und dass er ganz spontan nach Wien gekommen war und den gestrigen und heutigen Tag als eine vergnügte Pause angenommen hatte.

»Keine Sorge, ich lasse mich durch Wien treiben«, hatte er sich kurz verabschiedet. Sorge? Ich machte mir keine Sorgen um ihn, sondern mehr um mich und diesen Korb.

Warum hatte ich mich nur darauf eingelassen? Wieso hatte mich Oskar überreden können? Ich war keine Künstlerin. Ich war eine Zahnarzthelferin aus Maikammer an der Weinstraße. Ich war keine Operndiva, sondern eine Frau, die ihren Mann interimsmäßig verlassen, sich in einen Barkeeper verliebt und dann mit einem Sozialarbeiter platonisch flirtend verbunden und schließlich einen Heiratsantrag von ihrem eigenen Mann erhalten hatte.

»Ich kann das nicht!«, dachte ich und erwog, mich von der Bühne zu werfen, damit ich für das Stück nicht mehr einsatzfähig war. Eine Glocke schrillte, Oskar Pirzak rief uns auf diese Weise um sich zusammen.

»Kommen Sie, kommen Sie«, klatschte er in die Hände. »In wenigen Augenblicken wird die Kassa geöffnet!«

Er bildete mit uns einen Kreis, wie ich das mal bei einer Dokumentation über Madonna und ihr Team gesehen hatte. Dann sah Oskar prüfend in die Runde, blickte von rechts nach links und von dort wieder zurück.

»Wo ist Josefine?«, fragte er erstaunt. Noch lag keine Besorgnis in seiner Stimme, aber wie ein Wasserkessel, der auf einer Flamme steht, zischte die Frage aus ihm heraus.

Wir sahen uns alle ratlos an, denn jeder war so mit sich beschäftigt gewesen, dass das Fehlen von Josefine niemandem aufgefallen war. Ich hatte sie in der Maske vermutet, weil sie für ihren Auftritt als Königin der Nacht ziemlich aufgedonnert wurde, und das brauchte seine Zeit. Dann klingelte das Telefon im Büro. Trudi verließ den Kreis, sprang schnell weg und war eine Minute später wieder da.

»Josefine ist krank«, brach es aus ihr heraus, und ich reagierte innerlich mit der winzigen Hoffnung, dass nun alles vorbei und Oskar Pirzak gezwungen war, die Premiere wirklich abzusagen.

»Da kennst du Pirzak aber schlecht«, raunte jemand hinter mir, und nachdem Oskar losgesprungen war: »Wetten, dass jetzt Chaos folgt?«

Tatsächlich, mit einem Mal kam eine Riesenhektik auf. Ich hatte noch nie so viel Personal in der Hausoper gesehen. Komparsen, Chor, Sänger und Sängerinnen rannten hin und her, standen vor den Spiegeln, Garderobenfrauen zupften an ihnen herum und richteten Hosen, Ausschnitte und wallende Kostüme.

»Beeil dich«, rief mir Dieter, der Requisitenmeister zu, »du musst als eine der Ersten fertig sein, weil du doch ins Körbchen musst!«

So war es abgemacht gewesen. Während ich als letzten Schliff noch mal die Nase getupft bekam, hörte ich Oskar weit hinten fluchen, weil der bedeutendste Moment, die Arie der Königin der Nacht, nun nicht mehr imposant gesungen, sondern instrumental oder gepfiffen dargeboten werden würde.

»Quelle blamage!«, japste Oskar, und ich sah an seinem Schatten, wie er sich nervös Luft zuwedelte. Die langen Haarwellen seiner Perücke hingen schon ganz schief, und sein Monokel baumelte einsam vor dem Bauch. Keine Frage, die Sache nahm ihn mit.

»Wir müssen da durch«, hörte ich ihn stöhnen, »aber es wird uns Karten kosten. Niemand geht in eine *Zauberflöte*, die keine Königin-der-Nacht-Arie enthält.«

»Aber es kann doch sein, dass Josefine schon morgen wieder gesund ist«, versuchte ich ihn zu trösten.

»Papperlapapp, halte Sie den Mund«, fuhr er mich sofort gereizt an. »Sie hat ja keine Ahnung und kennt das Operngewerbe nicht. Heute müsste Josefine singen. Morgen ist es zu spät. Nicht mal eine Pratermitzi ist zu haben!«

Pratermitzis waren bei Oskar Laiensängerinnen, die regelmäßig um einen Auftritt baten, um neben den Vergnügungsbühnen des Praters einmal echte Bühnenluft zu schnuppern. Ich fühlte mich über diesen Status schon jetzt sehr erhaben.

»Trudi!«, schrie Oskar jetzt. »Sie hat doch nicht wirklich den Hund zur Premiere mitgebracht?« In all dem Tohuwabohu kläffte und bellte ein kniehoher Hund, der zwischen all den Beinen Männchen machte.

»Gut«, offenbar kam Oskar eine Idee. »Setz Sie den Hund in das Körbchen.«

Er winkte Trudi zu sich heran. Die beiden tuschelten und berieten sich, und während Oskar sich dem Ensemble zuwendete, rief er laut:

»Wir stellen um! Die ersten Szenen bleiben, Hund in den Korb, Engerln werden gepfiffen, Vivienne bitte in die Maske!«

Ich reagierte erst mal nicht, weil ich zuweilen auf Vivienne nicht reagierte. Dann fasste mich Trudi fest am Ärmel, zog mich aus dem Körbchen heraus und schleppte mich nach hinten.

»Alles neu«, raunte sie mir zu, »aber wird schon gut werden. Freu dich, du hast eine Chance, wirst schon sehen.«

Schnell schärfte sie mir ein, dass ich jetzt die Königin der Nacht war, weil ich die Einzige war, die in Josefines Kostüm passte.

»Aber du musst nur stehen und den Mund bewegen und so tun,

als ob du singst«, versuchte sie meine aufkommende Panik zu beruhigen. »Oskar pfeift dich an, und dann kommt auch schon das Band. Josefine hat die Arie ja mal aufgenommen. Playback bekommst du sicher hin.«

Schon wurden mir die rosa Bäckchen abgeschminkt, und aus meinem strubbeligen Haar wurde eine Hochfrisur, die sich sehen lassen konnte.

»Alles ganz einfach«, redete Trudi beim Schminken weiter auf mich ein. »Mund auf, und schon läuft das Band, und ist es zu Ende, Mund wieder zu. Viel leichter, als aus dem Körbchen zu singen.«

Ich glaubte es, weil ich es glauben wollte. Natürlich war es einfach, nur als schöne Puppe dazustehen. Gleichzeitig wuchs meine Angst immer weiter. »Ich kann das nicht!«, erklärte ich voller Panik. »Auch Playback muss man lernen!«

»Ach, hör Sie doch mit dem Gezeter auf, und übe Sie sich in Contenance! Sie macht mir ja die ganze Truppe noch verrückt!« Oskar drückte mir ein Blatt in die Hand, auf dem der Text stand, den ich nachher mit dem Mund formulieren sollte. Die Arie war allerdings etwas abgeändert.

»Ein Genie hält das aus!«, grunzte Pirzak und meinte damit Mozart.

Des Lebens Fülle wallt in meinem Herzen,
Lust und Verzückung flammet um mich her!
Fühlst nicht der Liebe Sta-a-a-chelschmerzen,
der Liiiiebe Sta-a-achelschmerzen,
so bist du mein Geliebter nimmermehr.
Die Königin auf ewig,
im Sternenglanz auf ewig,
die Liebe sei auf ewig
an meinem Busen frisch,
küüüüss, küüüss, küüüss, du Schneckenschnuppi,
küss mein Dekolleté!

»Was ist denn das für ein Schwachsinnstext?«, schimpfte ich, doch schon knuffte Oskar mich hinter die Bühne, und atemlos blinzelte ich durch den Samtvorhang hindurch. Auch das noch, alle Reihen waren besetzt. Die Kerzen brannten, und ich konnte die Köpfe erkennen. Großer Gott, da war ja Uwe! Doch, ja, da seitlich rechts, da saß er und, ich fasste es kaum, hinter ihm Paul, und auch Felix war gekommen. Wie lustig, die beiden unterhielten sich. Dann reichten sie einander wie zur Begrüßung kurz die Hand. Komisch war das, und ja, sie sahen sich wirklich unglaublich ähnlich. In den hinteren Reihen, konnte das sein, saßen da tatsächlich Greta und Marlene? Ich musste zweimal schauen, denn die beiden trugen keine Perücken, sondern jede hatte ein Tuch im Haar, und beide trugen hübsche Kleider. Wie schön sie aussahen, und wie bescheuert, dass ich jetzt nicht zu ihnen laufen und sie begrüßen konnte! Auch K&K und Mitzi saßen ein paar Reihen weiter. Meine ganze Klein-WG!

»Ich glaub's nicht!«, schnaufte ich.

Dann fing die Oper an, zunächst die Ouvertüre, leise, zärtlich, wie sie nur Mozart erfinden konnte. Ich stand hinter der Bühne, aufgeregt, erfreut, erfüllt, staunend, und hörte den Melodien und den Stimmen meiner Kollegen zu. Oskar Pirzak gab den Pamino, und er tat dies fabelhaft. Die weisen alten Priester kamen nun auf die Bühne, Pamina entzückte, und dann, wie mir schien, nach vielen Stunden, war ich endlich mit meinem Playback dran. Oskar pfiff, und aus dem Publikum hörte ich Geraune. Was nun kam, war nicht geplant, und ich konnte es selbst kaum verstehen, doch als ich dieses Geraune hörte und wusste, dass das Stück damit vermutlich durchfallen würde, da setzte ich an, übernahm den Ton des Pfeifens, sang die Arie und wurde zur leibhaftigen Königin der Nacht. Ich dachte nicht darüber nach und hörte mir erst recht nicht zu, aber ich konnte fühlen, dass jeder Ton, obwohl ungeübt, doch so saß, als hätte ein Konzertmeister mir die Arie in den Brustkorb eingepasst. Ich sang, laut, klar, gefährlich hoch, und donnerte den Starauftritt der Königin vehement, zornig und deutlich von der Wolke, auf der ich mit bloßen Füßen stand.

Ende. Stille. Dann tosender Applaus. »Das gibt's doch nicht!«, platzte es leise aus mir heraus, denn ich hatte etwas geschafft, etwas gezeigt, mit dem niemand gerechnet hatte, nicht einmal ich selbst. Zitternd legte ich eine Hand auf mein Herz, spürte, wie es schlug, und fühlte mich nicht mehr ängstlich, sondern irrsinnig stolz, Teil eines kleinen Ganzen zu sein. Der Vorhang senkte sich, und wir fielen uns alle in die Arme, weil das Singspiel so überaus großartig gewesen war und diese kleine Oper viel bedeutender war, als es Wiens große Oper je werden konnte.

»Ich muss raus«, dachte ich und schlüpfte, so schnell es ging, aus meinem Kostüm. Aber es saß schon niemand mehr im Publikum. Alle waren vorausgegangen, zur Premierenfeier in die Lusterkönigin.

»Sie hat mich überrascht«, meinte Pirzak und zwirbelte sich stolz seinen imaginären Bart. »Aus Ihr möcht noch was werden.«

Trudi küsste und herzte mich ausgelassen, und Fips, der Hund, sprang wie ein kläffendes Äffchen um uns herum.

»Trink Sie was!«, hörte ich Oskar und gleich darauf einen Korken knallen, aber ich war längst schon von der Bühne.

»Du warst so wunderbar!«, rief Uwe mir entgegen, schnappte mich, drückte mich und hielt mich sehr fest in seinen Armen.

»Woher wusstest du?«, japste ich aufgeregt und las in seinen Augen, wie stolz er auf mich war.

»Hab ich dir eigentlich nie gesagt, dass ich mich für dein Leben interessiere?«

Gerade wollte ich wieder mit »Eigentlich nicht« oder »Na ja, nicht oft genug« reagieren, da drängte sich ein Mann näher an uns heran.

»Entschuldigung«, sprach er mich höflich an und lüpfte seinen Hut. »Ihr Gesicht erinnert mich an ein Mädchen aus Deutschland, das ich als Kind einmal im Prater getroffen habe.«

Nein, dachte ich da nur und wunderte mich nun über gar nichts mehr, auch nicht über diesen biederen Einzelhandelskaufmannstypen, den das Leben zufällig gerade heute zum ersten Mal samt Frau in die Hausoper geführt hatte.

»Georg?«, erkundigte ich mich zögerlich und winkte den anderen zu, dass ich gleich in die Lusterkönigin nachkommen würde.

»Kommt doch mit, wir feiern gleich das Wiedersehen«, lud ich

Georg samt Gattin ein, viel zu aufgedreht, um ein Gespräch zu führen.

Als wir die Bar betraten, wurde gerade die Mittsommernacht gefeiert. Viele der Zuschauer waren mitgekommen, und die Räume waren brechend voll. Georg und Frau schlichen mir vorsichtig hinterher.

»Mauserl, nur auf ein Fluchtachterl!«, versuchte Georg seine Susanne zu überreden, die nach einem kurzen prüfenden Blick sehr deutlich machte, auf der Stelle wieder gehen zu wollen. Schmunzelnd erinnerte ich mich an meinen ersten Besuch in der Lusterkönigin.

Ich wollte mich gerade fürsorglich um die beiden kümmern, da warf Marlene sich durch das Getümmel und fiel mir um den Hals. »Nannerl, eine Operndiva ist aus dir geworden! Lass dich abbusseln«, umfasste sie mich stürmisch und küsste mich viele Hundert Mal. Hinter ihr sah ich Greta auftauchen, die ebenfalls die Arme ausbreitete, um mich fest hineinzuschließen.

»Ich werd verrückt, ihr seid wieder da?«, jubelte ich.

»Aber ja, wir lassen uns deine Premiere doch nicht entgehen … und schau, dahinten sind K&K, Mitzi, Traudel und die anderen.« Sie küsste mich auf beide Wangen. »Alle san ma da.«

»A-a-aber der Schlagobers?«, stotterte ich vor Aufregung.

»Ist selbst abgehauen, denn jemand hat ihn hochgehen lassen. Ich glaub, es war der Schrammel, der hatte ihn schon länger auf der Zither. Ich hab dem Obers ein Alibi geschenkt, und damit waren wir dann quitt.« Marlene amüsierte sich laut über diese Wendung des Schicksals. »So ein Droddl. Lässt sich einfach vom Schrammel verpfeifen!«

Schrammel, den Namen hatte ich noch nie gehört, und es war mir für heute auch zu viel, und außerdem entdeckte ich Felix, wie er Uwe und Paul jeweils einen Cocktail reichte.

»Willst du auch einen oder bleibst du bei deiner Sorte?«, zwinkerte er mir zu.

»Als die wäre?«, erkundigte sich Uwe interessiert.

»Sex on the Beach«, grinste ich ihn an.

»Du warst wunderbar«, flüsterte Uwe mir zu. »Ich kann nicht fassen, wie schön du warst.«

»Warst?«

»Bist!«

Ich lächelte ihn an und legte meine Ruder in das Boot. Auch was Felix anging. Für Studenten war ich einfach viel zu alt, mochten aus ihnen irgendwann einmal auch Männer werden. Ob das auf Felix zutraf? Ich war mir da nicht so sicher.

»Und ihr beiden?«, fragte ich Paul und Felix. »Versteht ihr nun, dass man euch verwechselt?«

»Nein«, lachten sie zurück.

»Sie sind Brüder«, flüsterte mir Uwe diskret ins Ohr, und von hinter der Bar kam bereits Helene angeschlichen, den Blick sehr fest auf Paul gerichtet.

»Herzchen«, sprach sie ihn säuselnd an, »wir kennen uns ja noch gar nicht.«

Was für eine Nacht, dachte ich erstaunt. Mittsommernacht, und wie in meiner ersten Nacht in dieser Bar zündete auch heute die Lusterkönigin feierlich die Kerzen an.

»Und wie wird es mit uns nun weitergehen?«, fragte Uwe, und ich wusste, ohne eine Antwort, einen Willen, ein Bekenntnis würden wir nicht weiterkommen. Wie würde er reagieren, wenn er gleich meine ehrliche Antwort hörte?

Sehr zögerlich nur fasste ich mir ein Herz. »Lass mich noch ein wenig bleiben.«

»Nur wenn du mir sagst, was du hier willst! Ach ja, ich hab da was gefunden«, meinte Uwe und griff in seine Hosentasche. Er legte ein Medaillon neben unsere Gläser auf die Bar.

»Hat dein Zögern vielleicht damit etwas zu tun?«

»Wo hast du das her?«, fragte ich ganz baff, und ja, es hatte damit zu tun, alles hatte damit zu tun.

»Aus der Tasche, die du mir nach Hause mitgegeben hast. Es war in deinem Bärchenanzug drin. Als ich den daheim an mich drückte, fiel das Medaillon aus einem Ärmel. Ich habe es nicht aufgemacht.«

»Nun will ich wissen, was auf dem geheimen Zettel steht.« Ich öffnete den kleinen verzierten Deckel und suchte nach der Notiz.

»*7490810* – verstehst du das?« Uwe linste über meine Schulter.

»It's määtschig«, nickte ich ihm zu. »Ein Zahlencode. Ich glaube, er bedeutet, dass ich mit Manu ein kleines Touri-Programm aufziehen soll«, orakelte ich weiter vor mich hin. »Die Pfälzer bringe ich nach Wien und die Wiener in die Pfalz. Oder ich fertige ein Konfekt, das süße Nannerln heißen wird. Ich finde, das hätte ebenfalls Potential:

7 = ist der siebte Sinn, die Intuition

4 = Wien

9 = ist die Geburt

0 = heißt alles von Anfang an

8 = die Strahlen eines Sterns

Und 10 steht für den ermäßigten Mehrwertsteuersatz in Österreich, der für Lebensmittel und das Transportwesen gilt.«

Uwe schürzte die Lippen, und ich konnte verfolgen, wie sich in seinem Kopf die Zahlenkolonnen schon addierten.

»Das ist gut! Wir könnten zudem doppelte Haushaltsführung geltend machen, zumindest für eine gewisse Zeit. Steuerlich würde sich das rechnen.«

»Ich glaube, ich liebe dich schon wieder ziemlich«, entfuhr es mir, als ich ihn so bilanzieren sah. Denn auf einmal wusste ich sehr klar, dass er und ich zwar eine komplizierte Ehe führten, dass wir aber nicht aufgeben würden, einen gemeinsamen Weg zu suchen. Es lag in unserer Natur.

»Weißt du«, schmiegte ich mich an ihn. »Das mit dem Code stimmt nicht. Die Zahlen ergeben einen Satz, wenn man sie entschlüsselt.«

»Und wie heißt der?«

»Er heißt: Man muss mit allem rechnen, auch mit dem Schönen!«

Dann küsste ich ihn. Sehnsuchtsvoll, inniglich, caprisonnenmäßig und mit einem *Moonshadow*-Gefühl im Herzen. Ganz so, wie ich es mir als Mädchen gewünscht hatte.

In jedem Dunkel, dachte ich, während wir uns hielten, gibt es doch einen Stern, der leuchtet, der uns den Weg in unsere Kraft weist und uns zu den Orten und Menschen führt, die uns begleiten und unterstützen können. Bei dem einen passiert das in Wien, beim anderen in Maikammer. Und bei mir, da passiert es in Wien *und* Maikammer, und es werden noch eine ganze Menge Menschen und Erfahrungen hinzukommen.

»Wie bitte? Ihr habt in dieser Nacht nicht weiter über diese Frau und das Kind gesprochen?«, fragte mich die Lusterkönigin ein paar Tage später, und ich entdeckte echte Anerkennung in ihrem Blick.

»Na ja, ich finde, es bringt nicht viel, mit dem zu beginnen, was nicht funktioniert, wenn man noch einmal starten will. Wenn wir eine Zukunft haben möchten, dann muss die in der Gegenwart beginnen, und die ist jetzt.«

»Und ihr konntet das wirklich alles so annehmen?« Sie sah mich ungläubig an.

»Ja«, erklärte ich ihr. »Wir konnten das wirklich genau so annehmen. Ich seine Geschichte und er die meine. Erstaunlicherweise.«

»Was seid ihr für ein unglaubliches Paar!«, platzte es verblüfft aus ihr heraus, und in dem Moment fand ich es auch … dass ich ein gutes Händchen hatte. Mit meinen Männern, Maikammer und Wien.

Sail on

Commodores

Lovely Anne,

schön war die Zeit mit Dir in Wien! Und schön wird unsere Zukunft sein. Ich hab Dich finden dürfen und ich danke Dir für dieses Geschenk.

Du bist eine wunderbare Maikammer Anne, Wiener Vivienne, mein Püppilein. Du bist für mich viel und weit, wie der Himmel über dem Prater.

Es ist so schön, dass es Dich gibt. Wieder gibt.

♥ Anne

DANKSAGUNG

Vielen Dank an Sabine Maier und ihre tolle Seite diestadtspionin.at, die mich Wien immer wieder neu entdecken lässt.

Danke Igor und Sascha. Ohne die Sonntage in eurem Haus, wären Greta & Marlene sicherlich nicht entstanden. Die Stunden bei euch waren für mich ein g-r-a-n-d-i-o-s-e-s Vergnügen! Ich werde eure fulminanten Feste mit leerem Kühlschrank und vollen Champagnerflaschen, Igors Gesang, Saschas Tänze und die vielen bunten Gäste nie, nie, nie vergessen!

Vielen Dank an Stefan Fleischhacker, Operndirektor des L.E.O., dem letzten erfreulichen Operntheaters in Wien (www.theaterleo.at), der in einem kleinen Raum opulente Opernaufführungen auf die Bühne zaubert.

Vielen Dank an die junge Autorin Cathrin Schweizer, die ihr Gedicht auf Seite 315 großzügig dem Sopherl schenkte.

Vielen Dank auch dem Haus Miteinander, einer Mannheimer Wohn- und Lebensgemeinschaft für junge Menschen mit Behinderung, das dem Buch einen wichtigen Impuls gab.

Danke an meine Mutter, die keine Fürstin ist, aber sicher eine Baronesse.

Danke für die Unterstützung in den feinen Kleinarbeiten des Transkribierens an meine beiden Tipp-Engerln Gabi und Marion.

Dank an Helga und Betty fürs erste und zweite liebevolle Lesen.

Danke an dich, liebster Bernd. Mit dir durch Wien zu »schlunz´n« ist pures Glück.

Und: Tausend Dank an Wien, das mich aufnahm, mir tausend Wunder zeigte und das mir erlaubt, mich wie eine ferne Tochter zu fühlen.